NEVER BACK DOWN

NISHA ET CAETERA
Les Éditions de l'Opportun

sont éditées par les Éditions de **l'Opportun**
16, rue Dupetit-Thouars
75003 Paris

www.editionsopportun.com

Direction éditoriale : Stéphane Chabenat

Éditrice : Coralie Delvigne

Mise en page et conception graphique : Nord Compo

Conception graphique de la couverture : 2Li

LAURA E-L

NEVER BACK DOWN

TOME 1

Avertissement

Never Back Down est un récit centré sur le personnage de Tobias Reed, une âme brisée qui vit dans une atmosphère de violence et de sang. Certaines scènes peuvent heurter votre sensibilité, liées à certains thèmes abordés : violence physique, psychologique, meurtres et armes.

Vous allez entrer au cœur d'une romance explosive, pure et sincère : la rencontre d'un amour capable de guérir tous les maux.

À vous, qui êtes une âme brisée,
ne laissez pas la noirceur vous envahir.

À vous, qui êtes une âme torturée,
ne laissez pas vos ombres prendre le dessus.

La lumière est au bout du tunnel.

Non loin de vous.

Laissez-la venir à vous, laissez-la vous traverser.

Un jour, vous rencontrerez votre lumière.

Vous êtes fort.

Je vous le promets.

Prologue

— Léonie… murmure-t-il, anéanti.

Je m'approche de lui en le dévisageant, le cœur serré. Il s'empare de mon visage, les yeux remplis de désespoir.

— Je suis désolé, souffle-t-il en posant son front contre le mien.

À ces mots, ma respiration se coupe. Je comprends directement qu'il s'est, sans aucun doute, passé quelque chose de grave.

— Que s'est-il passé ? demandé-je, apeurée, en recouvrant ses mains des miennes.

Il respire bruyamment. Il tremble. Je ne l'ai jamais vu dans un tel état et la terreur s'empare de tout mon être.

— Je te demande pardon… je ne veux pas que tu oublies tout ce que j'ai pu te dire, Léonie. Ne l'oublie jamais, dit-il en m'embrassant le front.

Mes yeux deviennent humides en l'entendant parler de cette façon. Je ne comprends pas ce qui est en train de se passer et je redoute le moment où je vais le découvrir.

Il s'apprête à me lâcher mais je resserre mon étreinte autour de ses poignets pour replacer ses mains sur mes joues :

— Tobias, parviens-je à articuler, dis-moi ce qu'il se passe, je t'en supplie…

Une larme roule sur ma joue.

Sa respiration est saccadée et je ressens son inquiétude et toute sa peur dans son regard, mais pas n'importe quelle peur : celle de me perdre, *à tout jamais.*

— C'était inévitable Léonie, inévitable…

Léonie

J'ai toujours espéré qu'un jour je rencontrerai un homme beau, fidèle, attentionné avec une pointe de bestialité comme dans les rêves de beaucoup de femmes. J'ai toujours rêvé d'une histoire d'amour inconditionnel, un amour sincère et indestructible qui unirait deux êtres à tout jamais.

En déménageant chez Dayan, mon meilleur ami, je pensais rencontrer un bel étudiant à l'université qui pourrait me faire tourner la tête…

Mais je ne m'attendais pas à faire une rencontre.

Cette rencontre.

Celle qui allait changer ma vie à jamais.

Tobias

Depuis mon plus jeune âge, la colère, l'agressivité et la violence font partie de mon quotidien. Après avoir atteint la majorité, on a commencé à m'appeler le Diable. « C'est le diable en personne », disent-ils tous, sans exception. Drogue, sexe, armes, sang, boxe, sont un registre habituel pour moi. Je suis l'homme le plus puissant de Chicago et le boxeur invaincu en ville depuis maintenant cinq ans.

Depuis toujours, l'obscurité fait partie de moi. La noirceur est nichée au plus profond de mon âme.

Il arrive que certaines personnes mûrissent plus vite car la vie leur a montré ses côtés sombres bien trop tôt.

« Même le diable était autrefois un ange. »

Ce jour-là, je sortais de deux années de détention dans le centre pénitentiaire le plus sécurisé de cette ville. Les affaires allaient reprendre, comme autrefois. J'allais reprendre les combats, le réseau, et recommencer avec un but précis : ne plus jamais retomber.

Ce soir-là, j'allais faire mon grand retour sur le ring. J'étais persuadé que tout allait se passer comme à chaque fois : les mettre tous, sans exception, K.-O., et ensuite finir la soirée dans notre bar habituel ou dans ma chambre avec une ou deux nanas.

Mais *elle* allait être présente.

Celle qui allait changer ma vie à jamais.

Est-ce le hasard ou la destinée ?

« Le hasard n'existe pas, tout est préétabli, préconçu, minutieusement élaboré. »

Mazouz Hacène.

Chapitre 1
Tobias

Lorsque j'étais encore enfant, on me répétait souvent que l'obscurité n'était qu'un trou noir, un abîme où l'on aime se réfugier, mais que la lumière n'était jamais très loin. Je me suis longtemps accroché à cette idée, sans doute pour m'aider à passer au-dessus des épreuves… J'ai longtemps pensé que la vie ne pouvait pas se définir que par la noirceur, par une douleur permanente, au creux de la poitrine. J'ai longtemps pensé que chacun finissait par voir le bout du tunnel, que la lumière nous ouvrait les bras, un jour ou l'autre.

Mais dorénavant, ces pensées ne sont plus qu'un simple murmure, un simple souffle.

Je me suis fait à l'idée qu'une fois entré dans les Enfers, il est bien difficile d'en sortir.

Les bras croisés, j'observe les deux flics devant moi. L'un d'entre eux me tend les quelques affaires que j'avais dû laisser lors de mon incarcération. Aujourd'hui, je sors enfin de deux ans de détention. La psychologue en charge de mon dossier m'explique une dernière fois les exigences liées à ma libération conditionnelle : entrer à l'université pour une année scolaire, badger à l'administration de la fac pour qu'ils puissent me surveiller, dormir dans une des chambres du campus et plein d'autres conneries qui sont censées faire de moi quelqu'un de plus sociable, de plus « normal ». Laissez-moi rire.

Je ne les écoute que d'une oreille. Mon regard reste figé sur l'entrée du bâtiment, là où mon frère m'attend impatiemment. Je suis tellement excité que je serai prêt à courir pour atteindre l'extérieur, quitte à en bousculer quelques-uns sur mon passage, mais il faut que je me contrôle. Ce n'est pas le moment de faire le con.

Mon cœur fait un bond dans ma poitrine lorsqu'ils m'annoncent qu'il est temps pour moi de quitter cet endroit. Je ne saurai dire ce qui m'excite le plus : revoir mon frère, reprendre les affaires là où je les ai laissées, ou boxer à nouveau. Je suis de nature solitaire depuis que je suis enfant, c'est vrai, mais être loin de mon frère a été l'une des épreuves les plus difficiles de toute ma vie… Il est l'une des rares personnes à s'être insinuée au plus profond de mon cœur. Roderic est mon frère, mon meilleur ami, mon roc. Sans lui, je ne serais rien.

L'air matinal vient gonfler mes poumons d'une douce émotion. Je respire enfin. L'air de la liberté. Je passe une main dans mes cheveux en fermant les yeux un instant tandis que les deux flics referment les grilles derrière moi.

À quelques mètres, je *le* vois enfin. Les rayons du soleil l'éblouissent un instant, alors il met une main près de son front. Je peux apercevoir d'ici ses yeux bleus maintenant bordés de larmes. Je n'attends pas et cours jusqu'à lui. Je le prends dans mes bras et le serre de toutes mes forces. J'enfouis mon visage contre son cou, les larmes au bord des yeux. Lui, il pleure contre mon épaule. Nous ne disons pas un mot, notre étreinte parle pour nous. Il m'a terriblement manqué. Je n'ai d'estime que pour très peu de personnes, mon cercle est très restreint, je n'ai aucune attache pour personne, en fait. Mais lui, il est mon monde.

— Tu m'as tellement manqué… sanglote-t-il contre mon épaule.

Je me redresse légèrement et pose une main sur sa nuque. Je continue de l'étreindre quelques secondes, le temps que ses émotions se calment un peu.

— Je suis là maintenant, mon frère.

Il prend une profonde inspiration et se redresse pour me faire face. Je ne peux m'empêcher de sourire en voyant ses cheveux blonds ébouriffés et ses joues rougies par les larmes. Je ravale les miennes et je passe mes pouces sous ses joues.

— Je peux enfin respirer, souffle-t-il.

Les deux mains accrochées de part et d'autre de son cou, je le regarde un instant. Moi, je revis enfin. Depuis mon incarcération, il y a deux ans, c'est comme si l'on m'avait déconnecté. Ma vie a été mise sur pause. C'est un sentiment étrange, mais c'est celui que je ressens lorsque je suis loin de mon frère.

— C'est fini maintenant, je suis là, dis-je dans un sourire.

Tobias Reed est de retour.

J'ai maintenant vingt-trois ans et je suis l'homme le plus redouté et le boxeur le plus respecté de cette ville. Rien ne me résiste, rien. Si je veux quelque chose, je l'obtiens. Si j'ai besoin de quelque chose, je l'obtiens. Ils pensent que deux ans de détention m'ont changé, que je suis devenu un nouvel homme. Mais personne ne me changera. Personne ne pourra changer qui je suis. En revanche, cet endroit m'a fait prendre conscience d'une chose : je ne me ferai pas avoir une seconde fois. Je ne succomberai plus à mes pulsions.

Les affaires reprennent. C'est le grand jour, Chicago. Me revoilà et… je ne céderai jamais.

Léonie

Dimanche, 17 h 30

— Tu as grandi tellement vite ma chérie, dit mon père en m'embrassant le front.

Je ne lui réponds pas, je me contente de lui sourire. Il me rabâche la même chose depuis mon réveil. Aujourd'hui, je déménage chez Dayan, mon meilleur ami, que je connais depuis toute petite. Il habite tout près d'ici, mais pour mon père c'est une autre histoire. Pour lui, je ne suis pas assez proche de la maison. J'ai presque dix-neuf ans et je pense que je suis assez mature pour prendre mes propres décisions.

J'habite avec mon père depuis ma plus tendre enfance. Nous avons emménagé près de Chicago il y a maintenant deux ans. Dayan, qui a actuellement vingt-deux ans, y habite depuis plus de quatre ans, pour ses études.

Ma mère nous a abandonnés à ma naissance, je n'ai jamais su pour quelle raison. J'ai donc grandi aux côtés de mon père qui m'a tout donné et tout appris du monde en général, du bien et du mal, par exemple.

— Papa, il est temps d'y aller ! lui dis-je, impatiente.

Je le vois se dépêcher. Il se place devant moi et me regarde de haut en bas d'un air attendri.

— Tu es tellement belle, ma fille, dit-il en m'embrassant la joue.

— Papa… murmuré-je.

Je sais ce qu'il fait. Il essaie de me faire changer d'avis pour que je reste vivre avec lui, mais c'est trop tard. Je veux aller vivre avec Dayan. Et puis, l'université est beaucoup plus proche de son appartement. C'est une nouvelle vie qui commence pour moi, et je veux en profiter.

Une heure plus tard, nous sommes en voiture pour rejoindre mon nouveau chez-moi. Depuis notre départ, mon père est silencieux. Il me lance plusieurs regards, et je vois bien qu'il ne va pas tarder à craquer.

— Tu as de la chance que ce soit Dayan, sinon je ne t'aurais jamais laissée partir. Majeure ou non ! balance mon père.

— Tu sais très bien que Dayan est un ange, tout ira pour le mieux. Je viendrai te voir les week-ends, ne t'en fais pas.

Il tourne légèrement la tête vers moi en me regardant d'un air triste. Ses yeux bleu océan me scrutent un moment tandis que j'analyse son visage d'un sourire. Je lui ressemble tellement… La forme du visage, son nez, sa bouche, la couleur de ses yeux…

— S'il y a ne serait-ce qu'un tout petit évènement qui tourne mal, tu sais que je serai toujours là, ma puce. Quoi qu'il arrive, je serai là.

Il me dit ça comme si je partais pour toujours. Je ne vois pas pourquoi il en fait tout un plat comme ça. En même temps, il m'a toujours couvée jusqu'à maintenant, et il laissait peu de personnes m'approcher, à part Dayan qui a su le convaincre de me laisser partir à ses côtés. Et je pense que c'est une bonne chose.

— Je sais papa, lui dis-je en souriant.

* * *

Quelques cartons et mes deux valises en main, nous montons au premier étage pour rejoindre l'appartement. Mon père a le visage crispé, légèrement contrarié par mon départ alors que, moi, je suis tout excitée de revoir mon meilleur ami.

Il m'a tellement manqué durant ces vacances...

Je toque à la porte, le sourire aux lèvres, et elle s'ouvre rapidement. Mon visage s'illumine en apercevant Dayan, habillé d'un simple jogging et d'un large débardeur blanc. Il est tellement beau ce monsieur Ross. Ses cheveux bruns et sa barbe de quelques jours font ressortir ses yeux noisette ainsi que son teint pâle. J'observe le tatouage sur son bras droit. Je ne me souvenais pas qu'il était aussi long. Il part de son épaule et chemine jusqu'à son poignet.

— T'as agrandi ton tatouage ? observé-je en le lui montrant du doigt.

Il se met à rire puis m'ouvre les bras.

— Viens donc là, canaille !

J'enroule mes bras autour de son corps et l'étreins de toutes mes forces.

Après avoir déposé mes valises dans le salon et m'avoir enlacée de longues minutes, mon père est reparti. Il était si triste de me laisser… J'ai un pincement au cœur en me rendant compte que je ne le verrai plus aussi souvent qu'avant. Mais comme il me le répète souvent : « Il faut savoir prendre son envol. »

— Alors, t'en dis quoi de ma demeure ? demande mon meilleur ami, le sourire aux lèvres.

Je scrute l'appartement des yeux. Il est vraiment magnifique. Le salon est relié, par une salle à manger spacieuse, à une cuisine ouverte. Les murs sont peints en marron clair et le sol est couvert d'un parquet en chêne. Une grande baie vitrée mène à un petit balcon. C'est somptueux. Je n'en reviens pas qu'il habite seul ici.

— C'est tellement beau ! dis-je, ébahie.

— Et encore, t'as pas vu les chambres ! annonce-t-il joyeusement.

Il me prend la main et m'entraîne à l'étage. Il ouvre la première porte et nous rentrons dans une chambre. Je conclus qu'elle m'est attribuée grâce aux quelques photos de moi et mon père, et d'autres de Dayan et moi étant petits. Trois des quatre murs sont blancs, l'autre est bleu ciel. Une grande armoire trône au coin de la pièce.

Je me tourne vers mon meilleur ami et finis par le prendre dans mes bras.

— Elle est magnifique, Dayan. Je suis tellement heureuse d'être là, avec toi, dis-je, émue.

— Oh, je suis encore plus heureux que tu sois là, Léo ! m'avoue-t-il en me serrant encore plus fort.

Après qu'il m'a fait visiter l'appartement, pièce par pièce, le sourire jusqu'aux oreilles, nous nous installons sur le canapé.

Il n'attend pas une seconde pour me questionner sur mes vacances :

— Maintenant, je veux que tu me racontes tout ce qu'il s'est passé durant ton été, tout ! déclare Dayan, enjoué.

Installés confortablement sur le canapé, mes jambes sont placées sur les siennes et ses bras les maintiennent pour m'éviter de tomber. Il me regarde fixement en attendant une réponse.

— Le problème, c'est qu'il ne s'est rien passé… avoué-je en me grattant le cou.

— Tu vas pas me dire que t'as rencontré personne, magnifique et sexy comme tu es !

Il sourit, comme s'il avait plein d'idées perverses en tête.

— Je ne te mens pas, Yan !

Il se redresse et me regarde sérieusement.

En voyant son regard appuyé, je ronchonne :

— Quoi ?

— Je veux juste que tu profites, que tu t'amuses. Tu es jeune, tu as toute la vie devant toi et j'ai l'impression que tu ne te lâches pas assez, je trouve ça dommage… me confie-t-il.

— Tu voudrais que je sorte, que je boive, que je fume toutes sortes de choses et que je ramène un gars différent chaque soir ? lui balancé-je, légèrement énervée.

— Pourquoi pas ? ricane-t-il. Non mais sans rire, Léo, tu t'es préservée depuis toujours, ton père t'a gardée au chaud sous son aile sans te laisser le temps de profiter de la vie depuis trop longtemps !

Je ne réponds pas. Il a raison et ça m'énerve.

— Mais maintenant que tu es ici, en ma compagnie, je vais pouvoir te faire découvrir plein de choses ! annonce-t-il en m'embrassant la joue.

Si mon père savait que Dayan était ce genre de garçon, il ne m'aurait jamais laissé partir. Il connaît Dayan depuis tout petit, mais quand il a déménagé pour venir ici, ça n'a pas été la même chose. Je sais quel genre de personne est Dayan, je le connais mieux que quiconque. Il n'est pas le colocataire idéal si on regarde du point de vue de mon père. Mais en ce qui me concerne, je sais qu'il va me permettre de m'ouvrir au monde extérieur ; me faire découvrir beaucoup de choses.

Je lui souris tandis qu'il se lève du canapé. Je l'observe un instant et je ne peux m'empêcher de penser que mon meilleur ami est quand même beau gosse. Il est grand, brun aux yeux noisette, musclé, très musclé et a de nombreux tatouages sur le corps. Pourtant, il n'y a jamais eu d'ambiguïté entre nous. Je n'ai jamais éprouvé de l'attirance pour lui. Nous nous considérons comme des frères et sœurs, depuis le premier jour.

Je sursaute lorsqu'on entend toquer à la porte. Dayan ouvre et une voix que je ne connais que trop bien résonne dans tout l'appartement :

— Salut ! s'écrie Isabelle, la sœur de Dayan et également ma meilleure amie.

Je me lève instantanément et me dirige vers la jolie brune qui me saute dans les bras, le sourire jusqu'aux oreilles.

— Tu m'as manqué, ma Léo !

— Toi aussi, Isa.

Je suis vraiment heureuse qu'elle soit là. Je ne l'ai pas vue de toutes les vacances, comme Dayan d'ailleurs. Elle est tellement gentille… Elle a toujours été là pour moi, à chaque instant. Dès que je l'ai rencontrée, je me suis entendue avec elle comme si c'était une évidence. Depuis que je suis enfant, je n'ai jamais eu beaucoup d'amis, ce n'est pas ce qui m'intéressait le plus, mais Dayan et Isabelle sont les incroyables exceptions, et je suis vraiment ravie d'être auprès d'eux.

— Tu es toujours aussi jolie, ma Léo !

— Tu peux parler !

C'est vrai qu'Isabelle est magnifique, avec sa chevelure brune et ses yeux noisette, elle en a fait tomber plus d'un. De plus, son corps de déesse l'aide à obtenir tout ce qu'elle souhaite. C'est le sosie de Dayan, sa version au féminin.

— Tu veux boire quelque chose, Isa ? demande Dayan.

— Oui, volontiers.

***

Installées toutes les deux autour de la table, les discussions s'enchaînent. Dayan nous apporte deux tasses de café puis s'installe à nos côtés.

— Alors tes vacances, Léo ? me demande Isabelle.

— Oh tu sais, rien de bien intéressant.

— Ah bon ? Pendant deux mois de vacances, il ne s'est rien passé ? dit-elle, surprise.

Je lève les deux mains en l'air avant de dire :

— Absolument rien !

Elle lance un regard en biais à son frère.

Elle croit que je lui cache quelque chose ou quoi ?

— Ne me dévisage pas comme ça ! s'esclaffe-t-il. Moi aussi ça m'a surpris, mais elle ne te ment pas.

Isabelle me fixe et s'apprête à dire quelque chose mais je l'arrête au vol :

— Non, je ne veux pas en parler !

— D'accord ! disent mes amis en même temps en levant leurs mains.

Un silence assez pesant s'installe pendant quelques minutes qui me paraissent interminables. Je ne voulais pas jeter un froid, mais je n'ai tout simplement pas envie de remettre le sujet de mes relations sur la table.

— Vous avez entendu les rumeurs ? déclare Isabelle d'un ton sérieux, presque inquiet.

Dayan et moi la dévisageons, curieux.

Elle hésite un instant avant de parler :

— Il est de retour ! annonce-t-elle avec une pointe d'excitation.

— De qui tu parles ? demande Dayan.

Elle nous regarde l'un après l'autre, comme choquée de notre ignorance.

— Vous ne savez pas ?

— Non… répond Dayan, impatient.

— Tobias Reed est de retour ! dévoile-t-elle.

Le visage de mon meilleur ami se décompose.

— Ah… *Ce* retour… souffle Dayan.

Je fronce les sourcils d'incompréhension.

— Comment t'as su ?

— Tout le monde en parle, Isa ! Et puis Rodéric m'a envoyé un message pour me l'annoncer.

Je ne comprends rien à ce qu'ils disent.

— Qui est-ce ? les interrogé-je.

— Tu ne le connais pas ? me répond Isabelle, les yeux grands ouverts.

— Euh, non… Je devrais ?

— Elle est arrivée ici quelques jours après son jugement, Isa, rappelle Dayan à sa sœur.

— Ah oui, c'est vrai.

Je la regarde fixement de façon qu'elle m'en dise plus sur cet homme.

— C'est le meilleur boxeur et l'homme le plus dangereux de tout Chicago et des alentours. Il se fait appeler « The Devil » sur le ring. Il a toutes les femmes à ses pieds, ce mec est un dieu vivant, tu t'imagines pas… confie-t-elle avec des cœurs dans les yeux.

— Vraiment ?

Elle acquiesce.

D'accord, bon…

Je réfléchis un instant avant de demander, perplexe :

— De quel jugement vous parlez ? La prison ?

— Oui, me répond mon meilleur ami.

— Et c'est à cause de lui qu'il faut être vigilant ? Il est si dangereux que ça ? Vous le connaissez vraiment ?

— Moi je le connais parfaitement bien, Léo. Tu te porteras mieux si tu n'as pas affaire à lui ! certifie Dayan.

Isabelle souffle avant d'ajouter :

— C'est quand même dommage qu'il ait ce caractère parce qu'il est vraiment magnifique, dit-elle en fermant les yeux un instant. Rien que d'y penser…

Je me mets à rire en observant la tête qu'elle affiche.

Il est si beau que ça ?

— Bon, je suis contente de vous avoir vus, mais il faut que j'aille à l'université pour récupérer ma chambre, annonce-t-elle avec un sourire.

Isabelle est étudiante en journalisme dans la même université que moi. De mon côté, j'étudie le droit dans l'espoir de devenir avocate dans les affaires familiales. Isabelle est une fille indépendante, depuis toujours, alors elle souhaitait à tout prix vivre seule, avoir son propre environnement. Dayan a longtemps insisté pour qu'elle vienne habiter avec nous, mais elle a refusé à chaque fois.

— Déjà ? demandé-je tristement.

— On se voit demain de toute façon !

Je lui décroche un large sourire et elle nous embrasse avant de quitter l'appartement. Après avoir verrouillé la porte d'entrée, Dayan se dirige vers la cuisine tandis que je le suis de près, bien décidée à en savoir plus sur ce boxeur si redouté. Il ouvre le frigo et prend le jus d'orange avant de se servir un verre sous mon regard attentif.

— Qui est ce Tobias pour toi ? demandé-je d'une douce voix.

Il s'adosse au plan de travail en croisant les bras et m'observe d'un air mélancolique. Sans un mot, je m'approche et me place devant lui, le regard insistant.

— Tu veux que je te dise quoi, Léo ?

— Je sais pas, ce que tu sais pour que je comprenne vraiment qui est cet homme.

Il soupire légèrement avant de prendre la parole :

— Je l'ai rencontré lors d'un combat de boxe. À l'époque, j'avais dix-huit ans, lui en avait dix-neuf, commence-t-il. Rodéric, son frère et entraîneur, est venu me voir pour me proposer de me coacher et… j'ai évidemment accepté.

Il se tait un instant alors que je le fixe pour qu'il continue, ce qu'il fait :

— Tobias a toujours été meilleur que moi, évidemment. Il a la hargne, la violence que je n'aurai jamais. Je voyais que la boxe était quelque chose de vital pour lui, il avait besoin de ça pour maintenir son équilibre. Il s'entraînait jour et nuit, sans arrêt. Il est devenu l'homme le plus redoutable, que ce soit en boxe ou même en ville. Il trempait dans des trafics de drogues, des trafics d'armes… Personne n'osait le toucher, lui demander quelque chose ou même lui parler. Il était invincible, et je l'étais à ses côtés.

Je bois ses paroles. Je l'écoute attentivement, imprime ce qu'il me dévoile et déglutis malgré moi.

— Qu'est-ce qu'il s'est passé pour qu'il finisse en prison ?

Il soupire doucement en se passant la main dans les cheveux. Je vois qu'il hésite à me le dire et j'avoue m'attendre au pire.

— Deux ans après, Rodéric s'est fait poignarder dans le ventre par un alcoolique qui passait sur son chemin. Tobias ne l'a pas accepté et s'est jeté sur lui pour le rouer de coups. Je n'avais jamais eu aussi peur de toute ma vie. Je ne l'avais jamais vu si enragé et si triste… m'avoue-t-il.

— Que s'est-il passé… ? parviens-je à articuler.

Il inspire un grand coup avant de continuer :

— Je n'ai jamais su comment ils ont réussi à couvrir ce qu'il a fait. Les flics ont accepté de fermer les yeux là-dessus. Ils en ont conclu que l'homme était tombé dans un coma éthylique et qu'il n'avait pas survécu. Sauf que ce n'est pas la vérité, mais l'argent triomphe toujours… dit-il tout bas.

— Il… Il l'a…

— Tu sais, j'ai fait la promesse de ne jamais rien dévoiler. Je te le dis parce que je veux vraiment que tu voies quel genre de personne est Reed. Mais en aucun cas tu n'en parles, d'accord ?

Je hoche la tête en silence, encore choquée par ces révélations.

— Les flics ont quand même réussi à l'envoyer en centre de détention pour deux ans, finit-il doucement.

Je le dévisage sans un mot. J'étais loin d'imaginer que mon meilleur ami évoluait dans un monde tel que celui-ci… Comment ai-je pu manquer ce moment de sa vie ? Comment celui que je considérais, jusqu'à présent, comme mon meilleur ami a pu me cacher quelque chose d'aussi important ?

— Pourquoi tu m'en as jamais parlé ? balancé-je en contenant ma colère.

— Parce que je ne suis plus ce gars-là, Léonie. Je ne voulais pas que tu me voies différemment, m'avoue-t-il d'une triste voix.

— Je ne te verrai jamais différemment, Dayan, alors arrête de te faire ce genre d'idées. Maintenant, j'ai l'impression de ne pas te connaître vraiment !

Je n'en reviens toujours pas… Depuis toujours, il me confie les évènements les plus importants de sa vie. Je n'arrive pas à croire qu'il m'ait caché tout ça. Comment j'ai pu passer à côté de ça ? Et comment j'ai pu passer à côté de ce Tobias Reed ? Apparemment, c'est une célébrité ici…

Il s'approche de moi et me prend dans ses bras. Malgré la colère que je ressens, son contact me rassure et m'apaise.

— Tu es la personne qui me connaît le mieux, Léonie, n'en doute pas.

— Hum.

Il me fait un bisou sur le front et je murmure :

— Que lui est-il arrivé à… je cherche son prénom, je ne m'en souviens plus.

— Rodéric ?

— Oui ?

— Il s'en est sorti. Je pense que Tobias ne s'en serait jamais remis, sinon !

Ce Tobias a l'air d'être quelqu'un de dur et de caractériel, mais attaché de façon inconditionnelle à son frère. D'un côté, j'espère ne jamais le croiser, mais de l'autre, j'aimerais vraiment voir qui est cet homme si redouté de tous.

— Ce soir, on sort ! annonce brusquement Dayan en me sortant de mes pensées.

— Comment ça, « ce soir on sort » ? réponds-je, surprise.

— À vingt-trois heures on a une soirée, ma belle !

— À vingt-trois heures ? Une soirée ?

— Tu vas répéter tout ce que je dis ? s'esclaffe-t-il.

— C'est hors de question, demain c'est ma rentrée, Dayan !

— Et alors ?

— Et alors, et alors c'est comme ça !

Il me regarde avec ses yeux de merlan frit…

Comment résister à ça… ?

— Arrête, je sais ce que tu fais !

Je le bouscule en souriant malgré moi.

— Allez ! On va juste voir le combat et on rentre apr…

En comprenant qu'il vient de faire une bourde, il se fige et m'observe pour voir ma réaction. J'émets un rire nerveux.

— Tu te fous de moi là ?

— S'il te plaît, ce sera pas long, je te le promets, insiste-t-il en me faisant les yeux doux.

— Oh, tu m'énerves ! râlé-je avec un sourire.

— Ouais ! hurle-t-il. Je le savais que tu ne pouvais rien me refuser de toute façon !

— Hm.

Il rit, vainqueur, et enveloppe mon cou de son bras. Une question me vient soudain en tête et je songe à voix haute :

— S'il est sorti, il…

— Je ne pense pas qu'on le croisera, ne t'en fais pas ! Je doute que dès sa sortie, il prenne le risque de se faire remarquer.

Je ne réponds rien ; il a sans doute raison.

Chapitre 2
Léonie

20 heures

Je me regarde dans le miroir quelques secondes en tirant légèrement sur ma petite veste en cuir pour l'ajuster. Je n'ai vraiment pas envie d'aller à cette fête, pas la veille de la rentrée. Je viens juste d'emménager et me voilà partie à une soirée. *Mais que dirait mon père ?* Je prends une grande inspiration. Je me suis habillée simplement avec un slim noir, un haut assorti et ma veste en cuir de la même couleur. J'ai mis des petites baskets blanches assez basiques. J'attrape la brosse qui se trouve sur mon bureau et peigne mes cheveux bruns. Ils commencent à être très longs, quelques reflets acajou ressortent sur les pointes. Je n'avais pas remarqué, ou plutôt je n'y prêtais pas grand intérêt, mais ça fait son petit effet.

Enfin prête, je descends rejoindre Dayan, qui m'attend impatiemment. Il est assis sur le canapé, occupé à regarder la télé. Je m'approche et me place entre lui et l'écran, les deux mains sur mes hanches.

— Dépêche-toi avant que je ne change d'avis, Monsieur Ross ! fais-je mine d'être agacée, un sourire au bord des lèvres.

Il se lève instantanément et me détaille de haut en bas en s'approchant de moi, les yeux pétillants.

— Tu es magnifique, Léonie, me complimente-t-il en me faisant tourner sur moi-même.

— C'est très aimable à toi ! réponds-je d'un ton distingué.

Il s'esclaffe en s'emparant de mes mains et commence à me faire danser en tournant autour de moi. Un rire s'échappe de ma bouche et plus les secondes passent, plus je rigole comme une enfant devant mon meilleur ami aussi joyeux que moi. Il parle de moi, mais il s'est bien apprêté pour ce soir. Il est tout de noir vêtu, comme moi, avec une veste en cuir. Ses mèches brunes viennent chatouiller son nez et ses nombreux tatouages ressortent sur le haut de son torse, sur ses doigts, sur ses poignets.

Dix minutes plus tard, nous sommes en voiture avec le volume de la musique à fond. Dayan roule très vite, même trop vite et je vois à quel point il aime ça. Il sourit fièrement à chaque fois qu'il double dangereusement d'autres voitures, mais moi, ça ne me fait pas rire du tout. Je plante les ongles dans mes genoux en regardant droit devant moi, comme si de rien n'était, mais je pense que la peur doit transparaître sur mon visage.

Il lâche le volant d'une main pour la placer sur ma main gauche.

— Ne fais pas cette tête, Léo ! se moque-t-il.

— Ne lâche pas le volant et regarde la route ! m'exclamé-je.

Il me fixe, surpris, et d'un coup, il part dans un fou rire.

— Ne t'inquiète... pas pour ça, s'esclaffe-t-il.

— Non mais tu te rends compte que tu conduis comme un con ?

Il me dévisage de plus belle et se tord de nouveau. Ça m'énerve qu'il réagisse comme ça, mais j'avoue que je me retiens de ne pas me joindre à lui tant son rire est communicatif.

Je lui mets un coup sur son épaule.

— Arrête de te foutre de moi ! pouffé-je.

Après quelques minutes, Dayan emprunte une route assez calme, nous emmenant à la frontière de Chicago.

— Pourquoi tu passes par là ?

— Parce que c'est plus rapide, me répond-il en souriant.

Il continue toujours tout droit et nous arrivons rapidement sur une grande rue déserte. On roule encore et j'entends le bruit sourd d'une moto se rapprocher de nous, trop rapidement. Je regarde dans le rétroviseur et aperçois le conducteur de la moto ralentir, comme s'il avait vu quelque chose qui l'interpellait. Je tourne la tête vers Dayan et je le vois se décomposer. *Qu'est-ce qui lui arrive ?* Le conducteur de la moto nous double à toute vitesse dans un bruit assourdissant.

— Dayan, ça va ? demandé-je, inquiète.

— Oui, oui, ça va ! me rassure-t-il.

— Tu le connaissais ?

— Qui ça ? Le mec sur la moto ? J'ai pas vu sa tête.

Il me ment, je le sais… Je n'y prête pas plus attention car nous arrivons devant une immense villa. J'écarquille les yeux en observant les lieux. Elle est magnifique : lumineuse, blanche, moderne. Je ne savais pas qu'il pouvait y avoir une villa dans un coin aussi paumé que celui-ci. Il y a des tonnes d'endroits magnifiques pour construire des demeures pareilles pourtant. *Je n'en reviens pas !*

Dayan arrête le moteur et nous descendons de la voiture pour nous diriger vers la porte d'entrée. Il y a un monde fou, je n'ai jamais vu ça. Dayan a l'air habitué et rit devant mon ébahissement. Il y a même un videur devant l'entrée de la maison. Dayan le salue et l'homme nous ouvre la porte. *Ils se connaissent ?*

Nous entrons et je reste scotchée par tout ce monde, mais aussi par la grandeur de la demeure. C'est magnifique. L'intérieur est blanc, il y a un bar et une immense piste de danse. La soirée bat son plein.

Mon meilleur ami me tient fermement la main et nous avançons difficilement à cause de tout ce mouvement. J'ai l'impression qu'il connaît parfaitement les lieux. Il m'emmène un peu plus loin dans la maison. Nous passons près d'une cuisine où j'aperçois des couples visiblement très occupés. *Ils sont sérieux ?* Nous arrivons enfin dans une vaste pièce, similaire à celle dans laquelle nous nous trouvions il y a quelques instants. Je suis étonnée de constater qu'il y a un deuxième bar, peut-être un tout petit peu plus petit que l'autre, mais quand même ! Deux bars ! Il y a également un espace pour danser et des canapés tout autour. Cette pièce est bondée de gens qui dansent et qui boivent à grandes gorgées. La musique est si entraînante que je ne peux m'empêcher de danser également. Dayan m'emmène au bar et nous nous installons sur deux grands tabourets.

— On sera beaucoup mieux ici ! déclare-t-il dans un sourire.

— Pourquoi on est pas restés là-bas ? C'est exactement la même pièce !

Il réfléchit un instant.

— Je préfère être ici.

— Quelque chose me dit que tu connais les lieux mieux que tu ne le devrais.

— C'est vrai, m'avoue-t-il, un sourire en coin.

Je n'ai pas le temps de répondre qu'il demande deux cocktails, des « Black », au barman.

— Je connais les boissons de base mais celle-ci, je ne la connais pas, indiqué-je, perplexe.

— Ah bah tu vas goûter ma belle, tu vas voir ce que c'est !

Le barman nous tend nos verres en souriant et retourne à ses occupations.

— C'est fort ? demandé-je à Dayan.

— Goûte ! insiste-t-il, impatient.

Je regarde un instant mon verre et je bois une gorgée. Ce n'est pas mauvais. Ça se boit facilement, peut-être même trop.

* * *

J'ai bu trois Black et ma tête tourne plus qu'elle ne le devrait. C'est bien ce que je disais, c'est super bon, mais ça se boit beaucoup trop facilement. Traître d'alcool ! Je me lève difficilement de mon tabouret et préviens

Dayan que je vais aux toilettes car je ne me sens pas bien du tout.

Après avoir bousculé plusieurs personnes sur mon passage, j'arrive enfin aux toilettes. Elles sont déjà occupées mais je n'y prête pas attention et me passe un peu d'eau sur le front. Je ne bois jamais, c'est vrai, mais je ne pense pas que l'alcool ait cet effet normalement, pas après trois verres ! C'est monté tellement vite… Dayan aurait pu me prévenir !

Je sors des toilettes, et titube jusqu'à la piste de danse en bousculant plusieurs personnes, me faisant sermonner au passage. Je sursaute lorsqu'on m'attrape violemment le poignet. Je me retourne aussitôt, prête à en découdre et je tombe nez à nez avec un homme, très grand, d'une vingtaine d'années. Je plisse les yeux en essayant de le reconnaître mais sans succès. Il m'observe avec un large sourire, un sourire assez sympathique je dois dire, il n'a pas l'air d'avoir bu d'alcool.

Contrairement à toi !

— Lâchez-moi ! lancé-je agressivement.

Il desserre sa poigne et je frotte mon poignet du bout des doigts.

— Tu t'es perdue ? demande-t-il d'un air curieux.

Je hausse un sourcil.

— Pardon ?

Il se rapproche de moi, un peu trop même. Je dois avouer qu'il est vraiment impressionnant : grand, blond aux yeux bleus, plusieurs tatouages sur les bras, j'en aperçois même sur sa clavicule, mais le plus renversant est celui peignant sa gorge : un papillon. Dans cette ville, il n'y a pas beaucoup de personnes possédant ce style-là. À part Dayan, je n'en croise pas souvent. Même jamais.

— Tu comptes me regarder comme ça toute la soirée ou tu vas me répondre ? insiste-t-il doucement.

— Je suis venue avec un ami ! dis-je rapidement, sans trop savoir quoi répondre.

Il rit aux éclats. Il se fiche complètement de moi, en fait !

— Ce n'est pas souvent que je croise des filles comme toi dans ce genre de fête, lance-t-il.

— Une fille comme moi ? m'offusqué-je, les sourcils froncés.

— Hé, t'énerve pas !

Je le dévisage, la mine renfrognée.

— Mais bon, ma maison est assez grande pour accueillir tout genre de personnes, ma belle, poursuit-il en m'adressant un clin d'œil.

Non mais j'hallucine ! Quel connard !

Sa maison ? Je fais partie d'un genre de personnes maintenant ? J'aurais tout entendu.

— Je devrais y aller ! déclaré-je en lui lançant un regard noir.

Il arbore un sourire sincère. Il n'a pas l'air méchant, loin de là, mais je ne comprends pas vraiment ce qu'il veut.

— Rodéric, dépêche-toi, on a un problème ! s'écrie quelqu'un au loin.

L'homme face à moi se retourne, comme si c'était lui que l'on venait d'appeler.

Attendez…

C'est lui.

Rodéric… ?

Rodéric ! Oh mon Dieu !

S'il est là, ça veut dire que… Oh mon Dieu.

Il faut qu'on parte !

Chapitre 3
Léonie

Je me précipite pour rejoindre Dayan, hors de moi. Merde ! Mais pourquoi m'a-t-il emmenée ici ? Dans la maison du frère, ou de je ne sais trop qui, de Tobias Reed ? Lui qui insistait pour que j'évite cet homme si « redoutable », si « dangereux ». *Non mais merde, quoi !*

Je le vois debout, accoudé au comptoir du bar. Je m'approche de lui rapidement et m'assois sur un des tabourets, essoufflée. Je m'apprête à le sermonner, mais il me lance un regard vraiment furieux et angoissé :

— Merde, Léonie, t'étais où ? me demande-t-il en me serrant l'avant-bras.

— Dayan, il faut que je te dise…

— Pourquoi ça t'a pris autant de temps, Léo ? me coupe-t-il.

— Écoute-moi, Dayan ! insisté-je froidement.

Il se met à me fixer d'un air surpris tandis que je balance, au bord de l'explosion :

— Il faut qu'on parte !

— Quoi ? Maintenant ? s'écrie-t-il.

— Oui, maintenant !

J'empoigne son bras et descends de mon tabouret en l'obligeant à me suivre. Mais quelques secondes après, il se dégage brusquement de mon emprise et me fait pivoter sur moi-même.

— Tu pourrais me dire ce qu'il se passe au moins ?

— Pourquoi tu nous as amenés dans cette maison Dayan ? balancé-je, mécontente.

Il relève son visage, les sourcils haussés et la bouche entrouverte. Il me regarde avec incompréhension.

— Ne me fais pas ces yeux-là ! Tu sais très bien de quoi je veux parler, dis-je, exaspérée.

— Léonie, écoute…

— C'est bien lui, Rodéric, le gars…

— Le gars dont je t'ai parlé, oui, me coupe-t-il.

— Mais s'il est là, ça veut dire que…

Je ne finis pas ma phrase car je comprends rapidement, à la façon dont il me regarde, qu'il est déjà au courant. Il le savait dès que l'on est arrivés…

— C'était lui le gars à moto, hein ? C'était ce Tobias, n'est-ce pas ?

Il baisse la tête sans prononcer un mot, presque mal à l'aise. Je comprends mieux maintenant pourquoi il est devenu aussi blanc en apercevant ce motard, et pourquoi il nous a conduits dans cette pièce isolée.

— Non mais t'es complètement inconscient ou quoi, Dayan ? Pourquoi tu nous as entraînés ici, chez son frère ? Et encore pire si t'as vu ce type ? craqué-je, hors de moi.

— Je ne l'ai pas encore vu ici, Léonie. Et comment t'as su tout ça, toi ? m'interroge-t-il.

— Euh… Rodéric m'a parlé, avoué-je en me grattant la nuque.

— Quoi ? hurle-t-il.

Plusieurs regards se posent sur nous puis nous lâchent après plusieurs secondes de silence. Je reporte mon attention sur mon meilleur ami qui est maintenant à bout de nerfs, tout comme moi.

— Dayan, il faut qu'on parte… S'il te plaît, je ne veux pas croiser ce gars.

Il me sourit légèrement en posant une main sur mon épaule.

— Tu ne le croiseras pas, ne t'en fais pas.

J'ai vraiment l'air d'une idiote, j'en suis consciente, mais je ne veux pas avoir de problèmes. Après tout ce que j'ai entendu, j'avoue avoir un peu peur.

— T'as vraiment envie d'aller voir ce combat de boxe ? demandé-je doucement.

Il se redresse momentanément et me dévisage, la bouche entrouverte.

— Il n'est que vingt-deux heures trente Léo, tu veux vraiment rentrer maintenant ?

— Non, bien sûr que non… mens-je.

Je veux partir au plus vite. Je ne veux pas prendre de risques en restant ici plus longtemps.

— De toute façon, il faut qu'on parte avant qu'il y ait trop de monde à l'entrepôt, annonce-t-il en me prenant la main.

Je lui souris tandis qu'il s'empare de son verre d'alcool et le bois cul sec avant de le reposer bruyamment sur le bar. Il se tourne vers moi, serre un peu plus fort ma main et m'entraîne vers la sortie.

— Au fait, il y avait quoi dans ce verre ?

— C'est un secret de la maison ça ! répond-il dans un sourire.

Je me contente de plisser les paupières, ce qui le fait glousser. Je l'observe un instant, détaillant son sourire qui s'élargit lorsqu'il rit de bon cœur et je me demande sincèrement ce que je ferais sans lui. Si j'arriverais à avancer sans ses conseils, sans sa bonne humeur, sans l'amour presque fraternel qu'il me porte…

Mon sourire se transforme en grimace lorsque j'aperçois, au loin, Rodéric posté devant la porte en train de balayer la pièce du regard, comme s'il cherchait quelqu'un.

Je tire brusquement le bras de Dayan pour le faire pivoter de façon qu'il soit placé devant moi.

— Il y a Rodéric là-bas !

— Et alors ? répond-il dans un sourire.

Je le dévisage, surprise. Si je m'attendais à cette réponse… Mon meilleur ami s'avance vers le frère de Tobias, qui est en compagnie de deux hommes qui semblent être des gardes du corps. Dayan ne me lâche pas la main une seule seconde. Lorsque le grand blond remarque Dayan, il se met à sourire de toutes ses dents et vient le prendre dans ses bras.

— Ça va, Yan ? demande-t-il en souriant de plus belle.

— Ouais et toi ?

— Comme toujours ! En pleine forme !

— Ça fait longtemps que je ne t'avais pas vu, lui fait remarquer Dayan.

— J'ai beaucoup voyagé, je ne pouvais pas rester ici, lui confie Rodéric, d'un air attristé.

— Je sais, souffle mon meilleur ami. Sa sortie s'est bien passée ?

— Évidemment !

Le regard de Rodéric se pose sur moi un instant et dès qu'il distingue nos mains entrelacées, il demande à Dayan d'un ton moqueur :

— Qui est-ce ?

— Je te présente ma meilleure amie, Léonie.

Contre toute attente, le grand blond me tend une main amicale :

— Ah, la fameuse ! Enchanté, je suis Rodéric.

J'hésite un instant, les yeux rivés aux siens. Quelques minutes auparavant, il m'insultait presque, et là il se présente à moi de façon tout à fait décontractée ?

— Enchantée, je suis la fameuse, dis-je d'un ton ironique.

Rodéric hausse les sourcils tandis que Dayan laisse échapper un rire. Rodéric esquisse un sourire en coin puis rétorque :

— Vous avez le même humour, on n'est pas rendus !

J'échange un regard complice avec Dayan. Rodéric place ses mains dans les poches et change soudain de sujet en s'adressant à Dayan :

— Tu boxes toujours ?

— Ça m'arrive, répond simplement mon meilleur ami.

— Si t'as besoin, tu sais où me trouver ! Ce serait sympa de reprendre quelques entraînements.

Dayan lui adresse un sourire franc et chaleureux. On peut facilement voir à quel point ces deux hommes s'apprécient.

— On en reparlera, il ne faut pas qu'on traîne.

— Je suis heureux de t'avoir vu, Dayan, ça faisait longtemps, ajoute tristement Rodéric.

Dayan lui presse légèrement l'épaule, le regard empli d'émotions.

— Moi aussi, Rodd.

Rodéric esquisse un sourire et Dayan tire légèrement sur ma main pour me faire comprendre qu'il est temps pour nous de partir.

Une fois dehors, nous nous dirigeons vers la voiture. Il y a un monde hallucinant autour de nous. Certains boivent, d'autres dansent sur des voitures, ils sont déchaînés. Mon regard se pose instinctivement sur un homme qui marche rapidement dans ma direction. Un sweat noir à capuche recouvre sa tête et ne me permet pas d'apercevoir son visage. Il passe à côté de moi d'un pas assuré. Il est grand, extrêmement grand. Ses épaules et ses triceps ressortent parfaitement avec ce gilet moulant, sa prestance est si naturelle que beaucoup de regards se posent sur lui.

Mon cœur fait un bond lorsqu'il se tourne légèrement vers moi. Je remarque instantanément ses yeux. Son regard est si noir, un des plus noirs que j'ai pu voir jusqu'à présent. De la colère, de la rage. Il me dévisage l'espace de quelques secondes. Il ne sourit pas. Il me fait presque peur. Il renvoie une émotion si négative que ça me fait froid dans le dos. Mais malgré tout, ce regard si mélancolique et si furieux m'envoûte complètement.

Je reviens à la réalité quand plusieurs personnes me bousculent. Dayan me tient toujours par la main. Ce moment n'a duré que quelques secondes, mais j'en ai eu des frissons. Je pense que c'est à cause de cette histoire, à propos de ce boxeur. Mes idées sont embrouillées. Dayan, quant à lui, n'a rien remarqué.

* * *

Alors que nous roulons, je suis toujours un peu contrariée. Plusieurs sentiments m'assaillent, beaucoup de contradictions fusent dans mon esprit et je ne peux m'empêcher de fixer mon meilleur ami.

— Qu'est-ce qu'il y a ? ricane-t-il.

— Rodéric n'a pas l'air si mauvais.

— Je n'ai jamais dit qu'il l'était, il est bien tout le contraire, me confie-t-il en me lançant plusieurs regards.

— Avec toutes ces histoires, je m'étais imaginé le pire, dis-je, un peu honteuse.

— C'est normal, Léo. Tu arrives à peine et tu apprends tout ça d'un coup. Rodéric est une personne profondément gentille, il ne te ferait jamais aucun mal. Tobias non plus d'ailleurs, mais lui, c'est différent.

Il se stoppe en regardant la route. Je le fixe plusieurs secondes, je veux qu'il continue, je veux en apprendre plus.

— En quoi c'est différent pour lui ? l'interrogé-je.

— Je les apprécie beaucoup tous les deux, mais du point de vue extérieur, de *ton* point de vue, Tobias est dangereux, antipathique, c'est un homme à garder loin de soi. Peu de personnes ont eu la chance de pouvoir rencontrer le vrai Tobias. Seulement son frère et moi, en fait.

Je reporte mon attention sur la route, en silence. Je réfléchis à tout ce que je viens d'entendre et j'avoue ne pas être avancée du tout. Au travers des paroles de Dayan, je n'arrive pas vraiment à savoir si ce Tobias est le véritable monstre que j'imagine depuis que j'ai entendu son nom. Je retiens seulement que c'est une personne qu'il est préférable de garder à distance.

Le reste du trajet, Dayan me parle de différents sujets : l'université, les filles qu'il a fréquentées, de la boxe, et je l'écoute attentivement en lui racontant à mon tour quelques anecdotes de mon été.

Nous arrivons près d'un énorme entrepôt devant lequel se trouve un monde fou. Ils sont partout : autour du bâtiment, dans les rues, partout.

— Pour pouvoir entrer, il va falloir parier mes agneaux ! crie un homme à l'entrée.

— Tu ne m'avais pas dit qu'on était obligé de parier, dis-je à Dayan.

Il rit et s'approche de l'entrée en se frayant un chemin dans cette foule en délire. Je le suis de très près. En arrivant à sa hauteur, je me retrouve face à un homme, brun aux yeux marron et assez rondouillet. Il sourit de toutes ses dents en voyant Dayan.

— Ah, salut mon gars ! lance l'homme en serrant la main de mon meilleur ami.

Il me regarde un instant avant me saluer dans un sourire :

— Bonsoir.

— Bonsoir, réponds-je en souriant à mon tour.

— Ça va, mon gars ? demande Dayan.

— Super ! Tu viens voir le combat ?

— Exact !

— Ça va être du lourd ce soir, j'espère que ta copine n'aura pas trop peur ! lance l'ami de Dayan dans un rire.

— Oh, ne t'en fais pas pour elle, Luke ! répond Dayan, en me lançant un bref regard.

— Allez, bonne soirée mes agneaux, sourit Luke en nous ouvrant les portes.

Dayan me prend la main et nous avançons jusqu'au premier rang, au plus près du ring. Je ne sais pas comment Dayan a réussi à avoir d'aussi bonnes places… Pour arriver jusque-là, il s'est arrêté toutes les deux secondes pour serrer la main de quelques hommes et faire des accolades à de nombreuses filles.

Je me fais bousculer par plusieurs personnes qui essaient coûte que coûte de se frayer un chemin jusqu'au ring. Je me fais même tirer le bras à plusieurs reprises. Je tiens fermement la main de Dayan pour éviter de me faire emporter.

— Ne t'inquiète pas, je suis là, me rassure-t-il à l'oreille.

Je lui souris en resserrant mon étreinte autour de son bras.

— Comment ça se fait que t'as pas été obligé de parier ? demandé-je en hurlant presque à cause du bruit de la foule.

— Parce que je suis un habitué, répond-il en m'adressant un clin d'œil.

— Ah, je vois.

Tout à coup, j'entends une voix masculine résonner dans les haut-parleurs et le silence se fait instantanément dans l'énorme entrepôt.

— Bonsoir, Chicago ! Ce soir, nous accueillons deux boxeurs qui connaissent très bien ces locaux. J'espère que vous avez misé gros, c'est tout ce que je peux vous dire, déclare-t-il en riant grassement.

Sa voix me donnerait presque froid dans le dos.

— Pour ce premier combat nous accueillons, sous des tonnerres d'applaudissements, Mattheeeew Holleeeeen !

Des spectateurs se lèvent et se mettent à crier. Beaucoup encouragent le premier boxeur mais certains l'insultent. Des applaudissements en masse se font entendre à l'arrivée, sur le ring, d'un homme extrêmement grand, dont la carrure est très imposante : il paraît plus gros que musclé. Ses longs cheveux blonds tombent sur ses épaules. Il est tatoué sur tout le torse, mais pas sur les bras. Il arpente le ring, les deux poings en l'air en criant pour se motiver, ainsi que le public.

— Notre deuxième boxeur est une légende ici. Il fait son grand retour parmi nous, voici notre grand champion, Tobias Reed, The Deviiiiil !

Mon cœur rate un battement à l'entente de ce nom. Je regarde Dayan qui est aussi enthousiaste que la foule en délire. Les filles comme les garçons sont debout et hurlent, en secouant leur maillot. Tout le monde, sans exception, encourage Tobias en criant son nom. J'entends même des filles hurler des choses obscènes.

Mais qu'est-ce que je fais ici ?

Dayan savait-il qu'il allait combattre ?

Évidemment…

Je suis même bête de ne pas l'avoir deviné lorsqu'il m'a parlé de combat de boxe…

Je n'ai pas le temps de dire quoi que ce soit que le fameux Tobias monte sur le ring.

Je reste figée. Mon cœur bat à mille à l'heure.

Il est vraiment impressionnant, ça ne m'étonne pas que personne ne veuille s'approcher de lui. Il est beaucoup plus grand que l'homme qui lui fait face, il doit faire un mètre quatre-vingt-dix au moins. Mais, putain ce qu'il est beau ! Je comprends mieux la réaction d'Isabelle à son égard.

Il m'est déjà arrivé de trouver plusieurs hommes vraiment beaux, mais ce Tobias les éclipse tous. Il incarne à lui seul tous mes fantasmes. Il porte un peignoir rouge à manches courtes, celui que portent beaucoup de boxeurs pour faire leur entrée. Une multitude de tatouages peignent ses bras, de ses doigts jusqu'à ses épaules. Je peux même en apercevoir sur son cou, sur ton torse, sur son ventre. Il est imposant, musclé, bestial. Je n'ai jamais rien vu de tel.

Je ne comprends pas. Cet homme qui a la réputation d'être si mauvais et si redoutable m'intrigue et m'attire, alors que ça ne devrait pas être le cas, loin de là. J'en reste figée. Son visage est froid, sans émotion. Il regarde son adversaire avec rage et fait un tour de ring pour saluer le public qui hurle en sa présence.

Reprenant mes esprits, je me tourne vers Dayan.

— Tu savais qu'il serait là ! dis-je avec un rire nerveux.

Il ne me répond pas. Il se contente de me regarder d'un air d'enfant pris sur le fait.

Je reporte mon attention sur le ring. Les deux adversaires ne s'adressent pas un mot et se préparent quelques secondes de leur côté avant de se placer au milieu du ring. Leurs visages sont glacials. Ils se toisent avec tellement de colère et de haine… J'aperçois Rodéric qui descend du ring pour venir s'asseoir sur une chaise. Il a l'air vraiment stressé. *Comment a-t-il fait pour arriver aussi vite ?*

Je n'ai pas le temps de me poser d'autres questions, car la cloche sonne et la foule cesse instantanément de hurler : le combat commence.

Le premier coup est donné par l'adversaire de Tobias, Matthew. Il lance un coup de poing dans le ventre de Tobias, mais ce dernier ne bouge pas d'un pouce. Il sourit, comme si ce coup ne lui avait rien fait. Pourtant le choc m'a paru violent. Contre toute attente, Reed ne riposte pas et attend, droit devant son adversaire. Qu'est-ce qu'il fait ? Hollen en profite pour foncer sur Reed. Il assène plusieurs coups de poing au visage de Tobias, que ce dernier parvient à parer. Le grand blond, trop occupé à frapper vers le visage de Tobias, baisse sa garde. C'est alors que le genou de Reed s'enfonce dans le ventre de son adversaire qui laisse échapper un râle. Il se recule de plusieurs pas, étourdi. Mon sang se glace lorsque Tobias arbore un sourire. Un sourire glacial, mesquin, diabolique. Il s'approche d'Hollen et le frappe au visage pour le déséquilibrer encore plus. Il enchaîne en lui envoyant un coup de poing si puissant en-dessous de la mâchoire que le grand blond tombe instantanément au sol. Le combat n'a même pas duré cinq minutes que l'adversaire de Tobias est déjà à terre. Ce dernier se jette immédiatement sur son concurrent et le roue de coups. Il les enchaîne, l'un après l'autre. Du sang gicle du nez, de la bouche, de l'arcade du grand blond. C'est atroce. Tobias me paraît incontrôlable. Les veines de son cou et de ses bras sont apparentes, comme prêtes à exploser. Son corps tout entier est contracté. Il ne s'arrête pas, même si son adversaire est K.-O. Hollen ne bouge plus, ne se débat plus. La cloche devrait sonner ! Je ne peux pas voir ça. Je me cache derrière le bras de Dayan en fermant les yeux.

— Il va l'achever ! m'angoissé-je.

Dayan ne me répond pas. Je ne sais vraiment pas ce que je fais ici. Il n'aurait jamais dû m'emmener voir ça. Le public a les yeux rivés sur Tobias en train de se défouler sur cet homme. Je n'en reviens pas que tous ces gens aient payé pour voir ça.

La cloche retentit enfin. Je regarde de nouveau vers le ring et je croise le regard de ce monstre, toujours accroupi près de son adversaire. Mon cœur bat à tout rompre, une fois de plus.

C'est le même regard que celui de tout à l'heure, à la soirée. Ce regard froid et sans âme.

Alors c'était lui…

Une seule question me vient en tête : comment un homme peut-il être aussi cruel et aussi beau à la fois ?

Il ne me quitte pas des yeux. Ses émeraudes me transpercent. Nos regards ne se quittent pas durant de longues secondes. Je ne sais pas comment réagir, je suis complètement captivée par cet homme. Je ne saurais l'expliquer, c'est un sentiment vraiment étrange.

Oh merde ! Ce combat m'a vraiment retourné la tête !

En l'espace d'une seconde, il me décroche un petit sourire accompagné d'un signe de la main, comme le font les militaires.

Je me tourne pour voir si c'est vraiment à moi que ce geste est destiné et j'ai bien l'impression que c'est le cas. Je me retourne pour le regarder à nouveau, mais il s'est relevé sous un tonnerre d'applaudissements. L'homme au sol semble inconscient, et plusieurs personnes accourent pour le soigner.

* * *

Les combats continuent. Tobias les enchaîne en un rien de temps et met tous ses adversaires K.-O. Pas une seule fois il ne s'est retrouvé à terre, *pas une seule fois !*

Une fois le dernier combat fini, il descend du ring et salue le public. Il me lance, encore une fois, un bref regard accompagné d'un sourire fier.

Je secoue la tête afin de me ressaisir et me tourne vers Dayan. Une fille arrivée de nulle part se colle contre lui en le dévorant des yeux. *Il ne manquait plus que ça !* Je crois qu'il n'a pas remarqué l'attitude de Tobias envers moi… Si ça se trouve, j'ai rêvé, totalement rêvé… *Mais non !* J'ai bien vu pourtant !

J'observe Dayan embrasser la fille à pleine bouche. Je détourne les yeux aussitôt. *Oh non, pas devant moi s'il vous plaît !* Je n'ai pas envie de tenir la chandelle, voyez-vous.

— Moi, je m'en vais ! dis-je à Dayan, dégoûtée.

Il me sourit, prend la fille par la main et passe devant moi tandis que je soupire en le suivant pour regagner la sortie. Mais je sursaute lorsqu'une main me retient fermement par le bras.

Chapitre 4
Léonie

Je suis surprise de me retrouver face à June, une amie de longue date, un sourire béat sur les lèvres. Je ne perds pas une seconde et lui saute dans les bras en la serrant de toutes mes forces.

— Oh, je suis tellement contente de te voir, June !

— Moi aussi, ma Léo.

— Qu'est-ce que tu viens faire ici ? l'interrogé-je dans un sourire.

— Je suis venue assister au combat, mais c'est plutôt à moi de te demander ça ! rit-elle.

— C'est Dayan qui m'a traînée ici.

— Ah ! Ça m'étonne pas !

Je l'observe sourire et nous discutons plusieurs minutes. Lorsque je l'ai rencontrée, j'ai tout de suite su qu'elle était une fille vraiment gentille avec le cœur sur la main. Elle est mon opposé, c'est vrai, mais on s'est toujours bien entendues. Elle fait partie des filles très populaires. Très mince, grande, blonde aux yeux bleus, elle est toujours à la pointe de la mode.

Je sursaute lorsque Dayan tapote mon épaule.

— Tu pars déjà ? me demande tristement June.

Mon meilleur ami se rapproche un peu plus de moi, sa conquête toujours à ses côtés.

— Tu peux rester un peu Léo si tu veux, je reviens vite ! me dit-il dans un regard complice.

Je lève les yeux au ciel. Je sais très bien ce qu'il va aller faire avec cette fille.

— Ne prends pas trop de temps, hein ? le préviens-je en riant.

Il s'éloigne en s'esclaffant et June me propose d'aller prendre l'air, loin des gens plus déchaînés les uns que les autres.

— Alors comme ça, tu aimes la boxe maintenant ? déclare mon amie en s'arrêtant près d'un mur.

— Oh non pas du tout, c'est Dayan qui voulait absolument que je l'accompagne.

— Ah, je vois, sourit-elle.

— Bon, sinon, prête pour la rentrée ?

— Oh, m'en parle pas !

— Tu veux toujours être journaliste ? demandé-je en souriant.

— Oui toujours, ça ne change pas.

Elle me sourit puis son regard se porte derrière moi. Elle se met à faire de grands gestes, le sourire jusqu'aux oreilles.

— Ça te dérange pas si je te laisse deux petites minutes ? me demande-t-elle.

— Non, bien…

Je n'ai pas le temps de finir ma phrase qu'elle est déjà partie rejoindre un groupe de filles derrière moi.

OK, super…

Je me retourne quelques secondes pour la regarder s'esclaffer avec ses amis « populaires » de la fac. C'est toujours comme ça avec June. Elle ne peut pas s'empêcher d'aller traîner avec ses autres amis, qu'elle fait souvent passer avant Isabelle et moi.

Je me décale de quelques mètres pour m'éloigner de l'entrée où beaucoup de personnes font des allées et venues. Je reste là, seule, à attendre que Dayan ait fini ses affaires… La colère qui monte soudainement en moi me donnerait presque envie d'appeler un taxi pour rentrer à l'appartement, mais une voix masculine me coupe dans mon élan :

— Tu es seule ?

Je tourne la tête et tombe nez à nez avec un jeune homme de mon âge, blond aux yeux marron, avec de jolies lunettes. Il est plutôt grand et très fin ; à première vue, il a l'air sympathique, mais je me méfie tout de même des personnes qui viennent m'accoster ; des gens en général je devrais dire…

Il me dévisage en souriant, attendant patiemment ma réponse.

— Oui, pour l'instant, réponds-je froidement.

— Je ne viens pas pour te draguer, ne t'en fais pas, s'esclaffe-t-il.

Je l'observe quelques secondes tandis qu'il sort de sa poche un paquet de cigarettes et un briquet.

Il m'en tend une.

— Non, merci.

Il la range dans son paquet puis allume celle qu'il s'est glissée entre ses lèvres. Il inspire la fumée lentement puis lève la tête pour la recracher petit à petit.

— Alors, d'où viens-tu ? me demande-t-il sans me regarder.

— D'une ville à côté de Chicago.

— Pourquoi t'es venue ici ? continue-t-il.

Ça te regarde ?

— Parce que j'aime bien ce coin de Chicago, mens-je.

Il me fixe en continuant de sourire avant de me tendre la main :

— Je m'appelle Elyo.

Elyo ? Étrange comme prénom.

— Léonie, réponds-je en lui serrant la main.

— C'est pas souvent qu'on croise des filles comme toi ici, m'avoue-t-il.

Ils ont vraiment de gros problèmes avec ça ! Est-ce que je fais tache à ce point dans le paysage ?

— Ne me regarde pas comme ça, je ne voulais pas t'offenser, déclare-t-il, perplexe.

Je lâche un léger sourire pour simple réponse, car je n'ai vraiment pas envie d'entamer une discussion avec lui. Je ne suis pas d'humeur après ce que Dayan vient de me faire. D'ailleurs, je ne sais pas pourquoi il prend autant de temps, mais je commence à m'impatienter. J'ai vraiment envie de partir d'ici et de me réfugier dans mon lit.

Je sursaute pour la énième fois de la soirée lorsqu'une voix rauque se fait entendre dans l'obscurité :

— Je pourrais savoir qui tu es ?

Je plisse les yeux en essayant d'apercevoir l'homme qui vient de parler mais je n'y parviens pas. Je distingue simplement des vêtements sombres et une silhouette excessivement grande. Mais plus il s'approche, plus je le reconnais. Mon cœur rate un battement. Mon corps se raidit lorsque je me rends compte que l'homme qui se tient à seulement quelques mètres de moi n'est d'autre que Tobias Reed.

L'homme dont tout le monde parle. L'homme que tout le monde redoute. L'homme le plus puissant et le plus dangereux de Chicago.

Mon Dieu…

Pourquoi vient-il vers moi ? Pourquoi vient-il me parler ? Au regard qu'il me lance, c'est à moi qu'il s'adresse, et rien qu'à moi…

Malheureusement, aucun mot ne parvient à sortir de ma bouche tant la surprise et la peur soudaine que j'éprouve ont pris le dessus. Il me reluque, m'observe et me dévisage intensément. Sa corpulence est si impressionnante que j'en perds mes mots. Je me sens honteuse de le trouver aussi beau mais c'est pourtant la vérité, cet homme est doté d'une beauté faussement angélique – bien qu'un démon se cache au plus profond de lui –, une beauté dont très peu d'hommes ont la chance de bénéficier.

Il me fait peur, très peur même. Avec tout ce que j'ai entendu dire à son sujet, c'est tout à fait normal. Je ne suis pas du genre à écouter les « on-dit » mais là, c'est plus fort que moi. Je n'ai jamais été effrayée par qui que ce soit. D'habitude, malgré ma timidité, je ne me laisse pas marcher dessus. Jamais. Mais avec lui, ce n'est pas du tout la même chose. Je ne saurais expliquer cette sensation d'impuissance qui m'envahit, plus forte à chaque seconde. Ça me rend dingue…

Il se rapproche de moi et je recule à chaque pas qu'il fait dans ma direction. Ses yeux émeraude me dévisagent, emplis de rage et de noirceur. Je les observe attentivement et j'avoue n'en avoir jamais vu de la sorte. Magnifiques. *Il* est magnifique. Mon regard est ancré au sien. Je ne parviens plus à m'en détacher. C'est une sensation déstabilisante, déroutante, incompréhensible.

Je me sens assez ridicule face à lui. Il est si grand, si imposant, si colossal. Il est doté d'une prestance qui me paralyse complètement. Sa mâchoire est carrée avec un début de barbe. Ses traits sont si durs, si conquérants, si masculins. Ses cheveux sont noir corbeau, légèrement décoiffés, et l'envie de passer ma main dedans est très présente.

— Tu comptes me répondre ? insiste-t-il hargneusement.

Je le dévisage, choquée. Jamais personne ne m'a parlé sur ce ton.

— Pourquoi je te répondrais ? parviens-je à articuler.

Un jour, ton assurance te tuera Léonie !

Il s'avance d'un pas, plaque sa main sur mon épaule, ce qui me fait reculer, et mon dos cogne violemment contre le mur. Un léger cri de douleur et de frayeur s'immisce entre mes lèvres. Il me dévisage à la fois si intensément et si agressivement que je ne sais plus où donner de la tête. C'est comme s'il me dévorait des yeux, mais avec une pointe d'amertume.

Sa main vient se placer à côté de ma tête, contre le mur, et sa bouche s'approche de mon oreille pour me chuchoter :

— Tu devrais faire attention à qui tu t'adresses, trésor.

Il souffle lentement contre mon cou, et de violents frissons incontrôlables parcourent mon corps. Il se recule en affichant un sourire au coin des lèvres.

— Ma pauvre, regarde-toi, c'est à peine si je te touche que ton cœur s'emballe ! Pathétique, ricane-t-il.

Une colère insurmontable s'empare de moi et à cet instant, j'aimerais le frapper, l'étrangler et tout ce qui va avec ! Je ne réfléchis pas et me redresse en levant la tête pour planter mes yeux emplis de haine dans les siens :

— Non mais pour qui tu te prends ? lui lancé-je avec une agressivité dont je ne connaissais pas l'existence.

Je ne sais pas ce qui m'a pris et je vais le regretter, je le sens. C'est évident. Jamais je n'aurais réagi comme ça normalement, je ne suis pas le genre de personne qui s'énerve facilement... Mais là, c'en est trop !

Il me scrute avec stupéfaction pendant plusieurs secondes tandis que mon cœur se met à tambouriner contre ma poitrine tant l'appréhension qui m'envahit est grande.

Je suis surprise de remarquer qu'il sourit. Un sourire en coin, presque satisfait. Alors là, je ne m'attendais pas à ça. Je suis toujours rouge de colère et de gêne, et lui, il me décroche un sourire en coin ? *Sérieux ?*

Il reste devant moi, très près de moi, l'air enjoué tandis que j'observe chaque partie de son visage. Sa mâchoire est si bien dessinée, sa bouche a l'air si douce, sa peau est si éclatante, et ses yeux... d'un vert presque métallique, qui se mettent à briller à la lumière...

Léonie, ça va pas ou quoi ?

Je frissonne de nouveau lorsqu'il s'approche une seconde fois de mon oreille :

— Je suis Tobias Reed, trésor, et tu devrais faire attention à toi, tu ne t'énerves pas contre la bonne personne, murmure-t-il en soufflant contre ma joue.

Je le dévisage, estomaquée. Je n'ai jamais rencontré un homme aussi détestable et provocant que lui. Il me regarde fixement, toujours d'un air amusé, alors que je le fusille du regard.

Mais, au fond de moi, j'ai peur. Je serais prête à partir en courant, mais ma colère m'en empêche.

Je tourne instinctivement la tête lorsqu'une voix se met à crier :

— Putain, Léonie !

Mon Dieu, Dayan, il était temps que t'arrives !

Il court jusqu'à moi, mais lorsqu'il aperçoit Tobias, il se stoppe.

— Tobias ?

Ce dernier se recule rapidement en l'observant comme s'il était… heureux de le voir ?

— Tiens, Dayan ! répond le boxeur.

Dayan s'approche de moi, pose une main sur mon épaule puis vient chuchoter à mon oreille, anxieux :

— Tu vas bien ?

— C'est ta copine ? s'intéresse l'autre con.

— Qu'est-ce que tu fais là, Tobias ?

— T'as pas répondu à ma question, insiste-t-il d'un ton calme.

— Pourquoi tu veux savoir ça ? Non, c'est pas ma copine, mais c'est tout comme !

— Hm, je vois…

— Allez, on y va ! ordonne mon meilleur ami.

J'acquiesce avant de tourner la tête. Je m'aperçois qu'Elyo n'est plus là, il a sans doute eu la trouille. Dayan me prend brusquement la main pour partir, mais Tobias nous retient :

— Rodéric m'a dit que tu étais le seul à être resté avec lui quand je suis parti.

On pourrait croire qu'il est en train de le remercier. Mais le ton de sa voix m'ôte immédiatement cette pensée de l'esprit. Il est froid et distant. Dayan se tourne pour faire face à Tobias, et je fais de même. Je remarque alors quelqu'un posté derrière lui, les bras croisés. Je ne l'avais même pas aperçu, c'est sans doute son garde du corps.

— Ça t'étonne ? lui demande Dayan.

— Pas vraiment, répond froidement Tobias.

La voix du boxeur est grave et effrayante comparée à celle de Dayan, qui est douce et chaleureuse. Je ne comprends pas ce que cherche à faire Tobias.

— Je suis heureux de te revoir, Yan, confie soudain le boxeur.

— Moi aussi, Tobias, souffle mon meilleur ami.

Tobias lui tend son avant-bras et Dayan s'empresse de le saisir. Ils se font une légère accolade en souriant maintenant de toutes leurs dents. Je les regarde l'un après l'autre, assez confuse face à ce revirement de situation. La pression semble être redescendue du côté de Dayan.

— Tu boxes toujours ? l'interroge Tobias.

— Parfois.

— Tu serais prêt à reprendre les combats ?

Non mais il ne va pas bien ou quoi ?

— Hors de question ! m'exclamé-je.

Ils se retournent tous deux vers moi. L'un me dévisage, surpris, tandis que l'autre hausse un sourcil, un sourire accroché au coin des lèvres.

— Pas de problème, lance mon meilleur ami.

— Quoi ? Mais Dayan, ça va pas ou quoi ? balancé-je, énervée.

— Demain à dix heures trente, répond Reed.

Non mais j'hallucine ou ils m'ignorent totalement ?

Dayan fait un pas en avant tandis que je le dévisage, furieuse. Il presse légèrement l'épaule de Tobias, un sourire aux lèvres, sans dire un mot. Je n'en reviens pas qu'il ait accepté ! Mon ami salue Tobias d'un hochement de tête et se retourne pour partir. Je jette un œil au boxeur qui me regarde avec un sourire satisfait. Il s'approche de moi, beaucoup trop près, si bien que je remarque une petite cicatrice sur le côté de sa joue.

Mes yeux restent accrochés à cette marque… Je ne l'avais même pas aperçue tout à l'heure.

Il se penche légèrement et s'approche de mon oreille, jusqu'à l'effleurer de sa bouche. Mon cœur fait plusieurs sauts sans que je ne puisse l'en empêcher.

— On se reverra très vite, trésor, chuchote-t-il.

Il se redresse, me lance un clin d'œil et s'éloigne en me laissant là, sans que je comprenne ce qu'il vient de se produire.

Je ne pense pas te revoir de sitôt, mon gars !

* * *

Je monte dans la voiture et j'ai à peine le temps de m'attacher que Dayan démarre le moteur. Un silence pesant règne dans l'habitacle et je n'aime pas ça du tout. Je lance un regard à Dayan qui regarde droit devant lui, sans un mot. Je me retiens le plus longtemps possible pour ne pas lui hurler dessus, mais ma colère est trop grande :

— Putain, mais qu'est-ce qui t'a pris, Dayan ?

Il ne répond pas, se contentant de fixer la route.

— Tu sais avec qui tu as pactisé ?

— Je sais, Léo, je te rappelle que je le connais et qu'on est amis ! indique-t-il.

— Eh bien justement, tu le connais, Dayan ! Tout le monde le connaît, putain ! réponds-je, hors de moi.

Sauf moi !

Il accélère brusquement en lançant un juron. Nous restons silencieux tout le long du trajet jusqu'à l'appartement, la colère ne se dissipant pas un seul instant.

Dayan se gare. Je ne fais que de repenser à ce qu'il s'est produit. Je le savais qu'il se passerait quelque chose de ce genre, je m'y attendais, avec ma chance légendaire…

Et Tobias. Ce qu'il m'a dit avant de partir me file la chair de poule.

— S'il t'arrive quoi que ce soit, je te jure que…

— Je vais juste boxer, Léonie, rien de plus, il ne m'arrivera rien, me coupe-t-il froidement.

Il a peut-être raison, mais je ne suis pas rassurée pour autant.

— Je ne te comprends pas, Yan. Tu me disais que tu ne voulais pas que j'aie affaire à lui, et là tu te jettes dans la gueule du loup…

Il passe une main dans ses cheveux sans me regarder durant de longues secondes. J'attends patiemment une réponse, une main posée sur le tableau de bord.

— Je sais ce que j'ai dit… Je n'ai pas envie de te faire entrer dans son monde, mais moi, j'en fais partie… Nous sommes amis depuis de longues années, Rodéric et Tobias comptent énormément pour moi. Je ferais tout pour les garder loin de toi, Léonie, mais moi, je ne peux pas…

Je l'observe de longues secondes, en silence. Il semble si tiraillé entre ses sentiments que je ne peux ressentir que de l'empathie à son égard. Il semble bien plus attaché aux deux frères que je ne le pensais.

Je ne préfère pas répondre et nous descendons enfin de la voiture. Nous entrons dans l'immeuble avant de prendre l'ascenseur. Il ne me décroche pas un mot et j'avoue que ça me fait mal au cœur. Il ouvre la porte de l'appartement et je me rends directement dans ma chambre. Je prends mon portable et en voyant qu'il est une heure du matin, j'ai envie de me frapper. *Tu vas le regretter à ton réveil, Léonie…* Je vais être dans un état lamentable pour ma rentrée… Un peu plus tard, confortablement installée dans mon lit, je m'apprête à éteindre la lumière lorsque Dayan fait irruption dans ma chambre. Il s'assoit à côté de moi et me regarde fixement.

— Qu'est-ce qu'il y a ? chuchoté-je.

— Vous vous êtes parlé ? me demande-t-il, inquiet.

— Ouais, avoué-je en mettant ma tête sous mon oreiller.

— Raconte-moi.

J'hésite un instant.

— C'est un con, ce gars !

— Qu'est-ce qu'il t'a dit, Léonie ? insiste-t-il en me prenant l'oreiller des mains.

— Mais rien ! Il m'a juste énervée en me prenant de haut !

— T'es bien la première fille à ne pas l'aimer, finit-il par s'esclaffer.

— Ouais, bah je sais pas comment elles font pour l'apprécier ! ajouté-je avec dégoût.

— Il t'a dit quelque chose quand je suis parti ?

— Ouais…

Il hausse un sourcil.

— Il m'a dit qu'on allait se revoir.

— Sérieux ?

Je me redresse légèrement avant de répondre :

— Je ne te mens pas, dis-je en croisant les bras. Il m'a dit ça avec un ton flippant !

— Je te crois, Léo, c'est juste bizarre venant de lui, c'est tout.

Il semble vraiment surpris par ce que je viens de lui dire. Si ça n'avait pas été moi, il ne l'aurait jamais cru, c'est certain. Je ne cherche pas à en savoir plus. De toute façon, je ne compte pas revoir ce gars.

Il s'approche de moi et m'embrasse le front tendrement.

— Bonne nuit, ma petite Léo.

— Bonne nuit, Dayan, réponds-je en lui faisant un bisou sur la joue.

Chapitre 5
Léonie

Lundi, 7 h 10

Je grommelle lorsque j'entends mon réveil sonner. J'enfouis ma tête sous l'oreiller quelques minutes. Je n'ai pas envie d'aller à l'université, mais vraiment pas du tout. Je soupire puis me redresse. Je m'assois sur le bord du lit et me tapote légèrement les joues. Je finis par regarder l'heure sur mon téléphone. *Oh merde.* Je lâche un soupir las puis me dirige dans la salle de bains en traînant des pieds. Je m'arrête de longues secondes devant le miroir en apercevant ma petite mine. On dirait un zombie… j'ai des cernes sous les yeux, les joues légèrement rosées et le teint extrêmement pâle. Le point positif, ce sont mes yeux bleu clair, cerclés d'un éclat émeraude autour de la pupille qui brillent à la lueur des lampes. Je prends une profonde inspiration en passant une main dans mes cheveux. Il faut que je me dépêche…

Après m'être douchée et préparée, je descends et me dirige vers la cuisine. Je m'empare d'un paquet de gâteaux et vais m'installer à table, seule. Dayan n'est toujours pas levé, car la rentrée des deuxièmes années n'est que demain après-midi. Malheureusement, il a redoublé son année de sociologie mais sincèrement, je trouve qu'il l'avait bien mérité parce qu'il va à l'université quand ça lui chante. Il n'est pas sérieux, il n'étudie que lorsqu'il n'a rien d'autre à faire… De toute façon, il arrêtera ses études, c'est une certitude. Il a d'autres projets en tête, même s'il ne veut pas l'admettre pour le moment. En plus, ce matin, il a un « rendez-vous » avec monsieur Reed.

Une heure plus tard, mon sac à main sur l'épaule, j'observe l'immense bâtisse devant moi d'un air ébahi. J'avais entendu dire que la fac était impressionnante et vraiment très belle, mais je ne m'étais pas imaginé que c'était à ce point-là. Ce sont de vieux bâtiments, mais rénovés au goût du jour, ce qui leur confère énormément de charme.

Beaucoup d'étudiants, de tout âge, rentrent dans l'établissement. Je prends une grande inspiration puis fais de même. Je me dirige vers les listes pour savoir dans quel amphithéâtre me rendre. J'ai pu voir que les filles et moi avions quelques cours en commun et j'en suis vraiment heureuse.

Je demande à plusieurs reprises mon chemin quand, au bout d'une dizaine de minutes, je trouve enfin les portes pour entrer dans l'amphi.

— Léonie ! m'appelle une voix au loin.

Je me retourne et manque de tomber à la renverse quand Isabelle me saute dessus en me serrant dans ses bras.

— Hé, doucement ! m'esclaffé-je.

— Je suis contente de te voir ! s'écrie-t-elle en s'écartant un peu.

— Moi aussi, Isa.

— Alors ta soirée ? demande-t-elle en esquissant un sourire coquin.

Je hausse un sourcil. Elle est au courant ou quoi ?

— Tu as vu mister Reed ? m'interroge-t-elle.

Je me mets à rire en remarquant sa gaieté, avant de répondre :

— Pourquoi t'es aussi excitée ?

— Je suis de bonne humeur, c'est tout, répond-elle en me fixant un instant. Alors ?

Je lâche un rire et l'observe quelques secondes. Isabelle est le genre de filles qui se lâche en permanence, qui est toujours de bonne humeur et sur qui on peut toujours compter. C'est une qualité que possède également son frère.

— T'es au courant de quelque chose ou quoi ? la questionné-je en plissant les yeux.

— Oh attends ! Tu l'as vu ?

Je soupire en passant à côté d'elle pour rejoindre la salle, mais elle me retient par le bras avec un regard insistant.

— Oui, tu es contente ? Il faut y aller, on va être en retard.

— Il t'a parlé ? renchérit-elle.

— Pourquoi tu me demandes tout ça ? Dayan te l'a dit, c'est ça ?

Elle arbore un air coupable en se grattant la nuque.

Il ne peut pas s'en empêcher, hein !

— Non mais c'est pas possible ! balancé-je, légèrement énervée.

— Tu me l'aurais dit de toute façon.

Je mordille l'intérieur de ma joue et reste silencieuse. Évidemment que je lui aurais confié tout ce qu'il s'est passé hier… Ou peut-être pas. Je ne sais pas si ça aurait été vraiment utile car je ne pense pas revoir ce boxeur de sitôt. *Enfin, j'espère…*

Isabelle me prend la main en m'incitant à entrer dans l'amphithéâtre, le sourire aux lèvres. Elle me pousse légèrement à plusieurs reprises pour que je m'installe au plus vite, impatiente que je lui raconte tout le déroulé de la veille. Une fois assise, je finis par tout lui expliquer, en détail.

— Quoi ? crie ma meilleure amie.

— Chut, chut ! sifflé-je, gênée.

— Tu lui as vraiment dit ça ? répète-t-elle en chuchotant.

— Je te le jure Isa, et franchement j'aurais pas dû.

— Oh my God ! Je suis sûre que t'es la première à le remettre à sa place !

— J'en doute… soufflé-je.

— Si, c'est certain, et à tous les coups il a aimé et c'est pour ça qu'il t'a dit que vous alliez vous revoir ! s'exclame-t-elle, enjouée.

— Ouais bah je regrette, il m'a fait flipper ! soupiré-je.

— Tu lui as plu ! balance-t-elle.

Je ris nerveusement.

C'est faux.

— Je n'y crois pas une seconde.

— Oh là là, mais dans quoi tu t'es embarquée ! s'exclame-t-elle, la main sur le front.

J'ouvre la bouche puis la referme lorsque j'aperçois June s'approcher de nous en souriant.

— Salut, les filles ! dit-elle en s'installant à côté de moi.

— Salut, répondons-nous en chœur.

— Je suis désolée pour hier, Léo, j'ai dû rejoindre les filles, je leur avais promis de passer la soirée avec elles… me confie June.

— Ne t'en fais pas, c'est pas grave !

Elle me sourit et la voix d'un homme dans un micro retentit dans toute la salle. Notre professeur commence à faire un speech. Il nous dit clairement que nous sommes en première année et qu'il faut se prendre en main dès maintenant, et plein d'autres choses que je n'écoute que d'une oreille. Isabelle est presque en train de dormir sur mon épaule alors que le professeur continue de parler, mais je finis par la secouer quand il termine enfin de blablater pour commencer notre premier cours.

Tobias

Je grogne contre mon oreiller en entendant mon réveil résonner contre mes oreilles. Je relève la tête, attrape mon téléphone et constate qu'il est neuf heures et que je dois me rendre à l'entrepôt pour boxer. Je me redresse et hausse un sourcil lorsque j'aperçois une nana étalée de tout son long à côté de moi.

Merde, je l'avais oubliée celle-là.

Je m'assois au bord du lit, la tête entre les mains. Je m'étire quelques secondes et décide enfin de me lever pour me rendre dans la salle de bains. Je m'arrête devant le miroir et observe mon corps, ma musculature qui s'est développée. Mes épaules sont maintenant plus carrées, mes triceps plus gonflés ainsi que mes abdos, et j'avoue en être fier. En prison, je faisais du sport – beaucoup de sport. Je boxais presque tout le temps. Dès que je le pouvais, je me défoulais à travers le sport, quel qu'il soit.

J'examine quelques instants les tatouages qui parcourent la majorité de mon corps, de mon ventre jusqu'au bout de mes doigts et même au-dessus de mes oreilles. Je passe une main dans mes cheveux ébène, mais je serre subitement la mâchoire lorsque j'aperçois cette petite marque sur ma joue, cette putain de cicatrice qui me replonge dans ces effroyables années. Ces années qui m'ont détruit. Entièrement détruit. Je revois parfois *son* regard noir au travers de cauchemars, je peux sentir *son* emprise se resserrer autour de ma peau bien trop maigre, je peux entendre *sa* voix me hurler toutes ces choses qui m'empêchent de dormir, encore aujourd'hui. Rodéric est devenu mon ancrage depuis le jour où je l'ai rencontré, à l'âge de dix ans. Il est présent les nuits où les souvenirs m'assaillent. Il est présent, telle la lumière dont j'ai besoin au quotidien.

Mais lorsque j'étais en prison, il n'était pas là et c'est ce qui a été le plus difficile à gérer. Le manque de lumière déclenchait des crises la nuit à répétition. La solitude a été l'un de mes plus grands ennemis. En fin de compte, ce n'est pas l'animosité au sein de la taule qui me posait problème, car en réalité, personne n'osait vraiment me faire chier. C'était la solitude, le manque des combats de boxe, des affaires quotidiennes, et mon frère.

Une fois douché, je sors de la salle de bains avec une serviette autour de la taille, mais j'ai à peine mis un pied hors de la pièce que je tombe nez à nez avec cette fille dont je ne connais même pas le prénom. Elle se place devant moi et commence à me toucher le torse tout en me fixant avec un regard répugnant.

— Tu as prévu quoi aujourd'hui ? me demande-t-elle.

— Pas maintenant ! soupiré-je en la maintenant à distance.

— Mais…

— Dégage d'ici ! grogné-je.

Elle me dévisage, médusée.

Si tu t'attendais à du romantisme avec moi, t'es mal tombée, ma jolie.

Elle quitte l'appartement après m'avoir insulté de tous les noms, mais malheureusement pour elle, ça ne m'atteint pas. J'ai l'habitude.

Je m'habille puis sors à mon tour de l'appartement accompagné de Zack, mon garde du corps. Ma conscience se met à rire en repensant au jour où mon frère me l'a présentée. J'ai d'abord pensé qu'il me faisait une blague pour ma sortie de prison, mais quand j'ai vu qu'il ne riait pas, j'ai très vite compris qu'il valait mieux que je me taise.

* * *

Arrivé à l'entrepôt, je fais signe à Zack de rester devant la porte. J'enlève mon t-shirt pour être plus à l'aise et décide d'aller frapper. Je me place devant ma cible puis balance le premier coup. Putain ce que ça fait du bien. Le premier assaut est toujours le meilleur. Il est toujours source d'une première adrénaline, d'un premier frisson, d'une première douleur.

Bam Bam Bam.

Les coups s'enchaînent sur le sac. Je ne m'arrête pas.

Bam Bam Bam.

Je le replace à plusieurs reprises. Frapper me fait un bien fou. Je respire enfin, comme si mes poumons se gonflaient enfin entièrement.

Bam Bam Bam.

Je fais ensuite des pompes, puis des abdos, durant de longues minutes. Je me replace à côté du sac et envoie de nouveaux coups de poing, des coups de pied, sans m'arrêter une seconde pour reprendre mon souffle.

— Hé, doucement mon pote !

Je m'arrête et me retourne aussitôt.

— Ça va ? me demande Rodéric.

— Ouais, et toi ?

— J'ai entendu parler de ce qu'il s'est passé hier, déclare-t-il en croisant les bras.

Je le contourne pour prendre ma bouteille d'eau.

— Hm !

— Tu ne peux pas te permettre de frapper le premier venu, Tobias, tu risques de…

— Je ne retournerai pas en taule, Rodd ! Ne t'en fais pas pour ça, le coupé-je en buvant une gorgée d'eau.

Après le départ de Dayan et de sa « copine », un mec est venu me voir en me parlant d'une façon un peu trop agressive. Je l'ai donc gentiment remis à sa place. Peut-être un peu plus violemment que je l'aurais voulu, certes, mais au moins il ne reviendra pas.

Rodéric s'approche de moi d'un air sérieux.

— Ils t'ont donné des conditions à respecter, Tobias ! Je sais que tu n'aimes pas recevoir d'ordres, mais tu n'as pas le choix.

— Je ne me referai pas prendre, Rodéric.

Il a peur que tout se reproduise une seconde fois, sauf que ça n'arrivera pas.

Oh que non.

— Zack ne t'a pas arrêté ? me demande-t-il, perplexe.

Je laisse échapper un rire. Zack a vingt-huit ans et est un très bon garde du corps. Bien sûr qu'il s'est interposé entre ce mec et moi, mais ça n'a pas suffi.

— Je ne peux pas toujours être là pour t'arrêter, As ! s'exclame-t-il, furieux.

Je ne réponds rien. Que dire, de toute façon ? Que je veuille l'admettre ou non, Rodéric est le seul à avoir une influence et un contrôle sur moi.

— Bonjour la populace, s'écrie Dayan en entrant dans la pièce.

— Ah, un revenant ! sourit mon frère.

Dayan serre ma main et celle de Rodd.

— Alors, qu'est-ce qui est prévu ? demande Dayan.

— Aujourd'hui, on va juste s'entraîner ! annonce Rodéric.

Il acquiesce et se dirige vers les sacs de frappe où il finit par retirer son t-shirt. Je m'avance près de lui et aperçois son tatouage, plus long et plus rempli qu'avant.

— Je vois que tu as poursuivi ton tatouage ?

— Je trouvais ça mieux, dit-il en souriant.

— J'aime bien.

Rodd se place derrière le sac pour le maintenir.

— Tu vas commencer par frapper qu'avec les poings, on verra les jambes après, le guide-t-il.

Je vais voir s'il boxe toujours aussi bien.

Il commence à frapper. *Droite, gauche, droite, gauche.* Je l'observe avec attention. Il a pris beaucoup de masse et ses coups sont plus puissants qu'autrefois. Je souris intérieurement. J'ai hâte de voir ce qu'il donne sur un ring, maintenant.

Pendant qu'il boxe, une question me traverse l'esprit :

— La fille qui était avec toi hier soir, tu ne m'as pas dit qui elle était réellement.

Il se stoppe subitement et me dévisage. *Putain*, je ne supporte toujours pas quand on me regarde de façon insistante.

— Qu'est-ce que t'as avec elle ? demande-t-il, curieux.

— Ça m'étonne que tu te trimbales une fille comme ça, c'est pas ton genre.

— C'est ma meilleure amie, dit-il doucement.

Je comprends mieux.

— Tu n'en as jamais parlé.

— Moi, il m'en avait parlé ! lance mon frère.

Je lève les yeux au ciel.

— Tu la kiffes ou quoi ? demande Rodéric dans un rire.

— Arrête tes conneries ! Je l'ai juste croisée hier soir, je voulais savoir qui c'était, point ! craché-je, perdant mon calme.

Je ne sais même pas pour quelle raison je me justifie.

Gros gamin !

Hier soir, j'ai cru que j'allais péter un plomb sur cette fille. Jamais personne n'avait osé me répondre comme elle l'a fait. Elle était si innocente et en même temps si sûre d'elle que ça m'a rendu perplexe. Et puis, elle était si belle, bordel ! Jamais aucune femme ne m'avait fait éprouver un tel sentiment, et une telle attirance… Je ne l'avais jamais vue dans le coin et je compte bien en apprendre davantage sur elle, quoi qu'il en coûte.

Je veux savoir ce que cette fille a de plus que les autres.

Dayan recommence à frapper dans le sac pendant plusieurs minutes, sous mon regard.

Rodéric lâche le sac et annonce :

— Je crois que vous êtes prêts pour un combat !

Léonie

— Bonjour à toutes et à tous. Je me présente, je suis monsieur Garcia. Je serai votre professeur référent durant toute l'année. Nous avons décidé de mélanger le cursus droit et journalisme seulement pour cette rentrée, étant donné que vous allez avoir deux cours en commun, faire votre rentrée ensemble nous semblait plus efficace. Ensuite, je ne suis pas du genre à faire la morale à qui que ce soit. Mais ici, vous êtes à l'université ; vous avez choisi d'être là, et je compte sur vous pour que vous soyez présents à chacun de mes cours ainsi qu'à tous les autres, bien sûr. Voilà, c'est tout ce que j'avais à dire. Des questions ? lance notre professeur.

Toute la classe reste bouche bée face au tempérament bien trempé de monsieur Garcia.

Installées au milieu de l'amphithéâtre, Isabelle et June fixent notre jeune professeur amoureusement.

Ça commence !

C'est vrai qu'il est jeune et beau garçon, mais il ne faut pas abuser non plus.

— Il a plus de trente ans, les filles ! leur indiqué-je en chuchotant.

— Et alors, j'ai vingt ans en janvier je te rappelle ! rétorque Isabelle en souriant.

— Je crois que je vais redoubler cette année, chuchote June en riant.

Je lève les yeux au ciel.

— Mais j'y crois pas !

L'homme admiré par, sans doute, toutes les filles de l'amphithéâtre, commence enfin son cours.

— Oh et vous ne savez pas quoi ? lance Isabelle.

— Non, dis-nous !?

— Demain soir, ils organisent une soirée de rentrée.

— Oui, mais c'est que pour les étudiants qui résident sur le campus, Isa ! répond June en soufflant.

— Oui mais on a le droit d'inviter une ou deux personnes de l'extérieur, et moi je vous invite toutes les deux ! annonce-t-elle en souriant de toutes ses dents.

— Sans moi, j'ai déjà donné hier soir ! annoncé-je en regardant le large tableau blanc.

— Oh allez, s'il te plaît ! me supplie June.

— Non, je changerai pas d'avis. Je me suis fait avoir une fois, c'est mort.

— Déjà, ce ne sera pas le même genre de soirée que celle d'hier soir, me chuchote Isa à l'oreille pour ne pas que June entende, et Reed ne sera pas de la partie, si c'est ça que tu redoutes.

Je la regarde un instant. *Elle a peut-être raison, après tout...* Ça me fera sans doute du bien d'aller à une soirée, sans histoire, juste pour décompresser un peu.

Je me tourne vers ma meilleure amie en esquissant un sourire.

— Yes ! s'écrie-t-elle.

— Les filles au fond, encore une fois et c'est dehors ! nous menace monsieur Garcia.

— Bien sûr, Monsieur, lui répondent June et Isabelle d'une voix mielleuse.

Rah, celles-là.

Chapitre 6
Tobias

Une fois mon combat avec Dayan terminé, je m'empare d'une bouteille d'eau. Je descends suivi de Dayan devant Rodéric, qui est complètement surexcité par notre boxe. Il affiche un sourire plus que satisfait et fier. L'entraînement, toutes nos affaires quotidiennes ainsi que les combats lui ont manqué. Et je dirais, presque même plus qu'à moi. Après mon arrestation, Rodéric est parti de Chicago. Il n'a pas supporté d'être seul dans cette ville, sans moi, alors il a voyagé. Dayan s'est retrouvé seul et a laissé de côté la boxe quelque temps, jusqu'à aujourd'hui. J'essaie de ne pas penser à tout ce que j'ai fait exploser à cause de mes erreurs, j'essaie de penser au présent, à tout ce que j'essaie de reconstruire. Je me fais la promesse de ne plus jamais être la cause de la souffrance de mon frère, et de toutes les personnes qui comptent pour moi.

— Eh bah, Dayan, t'as pas perdu la main, mon pote ! le félicite Rodéric.

— T'as vu ça ! se vante ce dernier.

Je ne peux m'empêcher d'esquisser un sourire moqueur.

S'il est encore debout, ce n'est pas grâce à sa performance, mais plutôt grâce à moi.

Je n'ai pas voulu forcer, je ne veux pas le blesser alors qu'on vient juste de se retrouver.

Je balance la bouteille dans la poubelle et me dirige vers les vestiaires pour prendre une douche.

Dix minutes plus tard, je sors du bâtiment et rejoins mon frère qui parle toujours avec Dayan.

— Encore là ? plaisanté-je.

— Toujours, répond Dayan. Bon, j'y vais, les gars ! annonce-t-il en tapant sur l'épaule de Rodéric.

Il me serre ensuite la main et fait un geste vers Zack, qui reste de marbre. Il ne parle pas beaucoup ce gars-là, j'ai rarement vu un homme comme lui : qui ne montre aucune expression, aucune émotion, rien du tout. Je le connais depuis une semaine et il ne m'a pas adressé un mot ; je pense sincèrement qu'il ne va pas rester longtemps à mes côtés, peu importe ce que dira mon frère.

Dayan commence à partir mais Rodéric le retient :

— Attends, attends !

Il se retourne et nous regarde d'un air surpris. Je croise les bras, attendant que mon frère dise quelque chose :

— Demain soir il y a une soirée à la fac, tu viens ?

— Comment tu sais ça, toi ? demande Dayan.

— J'ai un appartement sur le campus !

— Mais tu vas en cours, toi ?

— Je n'ai que vingt-cinq ans, hein ! s'offusque mon frère.

Dayan se met à rire.

— Ce que je veux dire, c'est que tu ne vas pas à la fac !

— C'est pour moi l'appart, interviens-je en faisant un pas vers eux, je suis obligé de faire une année à l'université.

Dayan écarquille les yeux. Mon frère ne lui avait rien dit.

— Tu ne vas jamais tenir à la fac ! se moque Dayan.

Rodéric se tourne vers moi, échange un regard avec notre ami, puis se met à rire.

Ils se foutent clairement de ma gueule.

— Enfin bref, comment tu sais qu'il y aura une soirée ? On n'a même pas fait notre rentrée !

— On sait tout, réponds-je simplement.

— Je serai là, affirme Dayan en partant en direction de sa voiture.

Aussitôt, mon regard rencontre celui de mon frère qui me fixe comme un con, avec un sourire en coin.

Je tourne rapidement les talons. Je ne veux pas entendre ce qu'il a à me dire. Je sais très bien de quoi il veut parler, sauf que moi, je ne veux pas.

— Tobiaaas ! m'appelle-t-il d'une voix enjouée.

Je l'ignore et continue de marcher, mais il se place à côté de moi, un sourire taquin toujours accroché aux lèvres.

— Arrête, Rodd !

— Oh, allez, Tobias !

— Qu'est-ce que tu veux ? grogné-je en perdant patience.

— Que tu me racontes tout ! Alors, la fille d'hier ?

Je m'y attendais. Il est si prévisible… Il n'attendait que ça, que Dayan parte pour enfin me poser tout un tas de questions sur cette fille. Et je le connais tellement que je peux deviner d'un simple regard tout ce qu'il pense, tout ce qu'il ressent. Il est mon frère, mon roc, la partie essentielle à ma vie. Je n'ai jamais éprouvé un sentiment similaire pour personne. Mais j'ai été élevé à ses côtés, j'ai tout fait avec lui. Il est âgé de deux ans de plus que moi, mais je le considère comme mon petit frère. Il est si différent de moi. C'est un grand fou qui ne prend rien au sérieux. Il est doté d'une force de caractère que j'admire depuis que je suis gamin. Jamais il ne s'énerve. Il n'a jamais un mot plus haut que l'autre. Il est d'une patience hors du commun. Tout mon opposé. Depuis que je l'ai rencontré, lors de mon adoption à l'âge de dix ans, il n'a jamais montré un signe de faiblesse. Il a le cœur sur la main, et c'est un homme sensible, extrêmement sensible. Mais il ne faut pas se fier aux apparences car mon frère est tout aussi redouté que moi. Lorsqu'il prend quelque chose au sérieux, une affaire au sérieux, il peut se montrer impétueux et redoutable. Lorsque j'ai été envoyé derrière les barreaux, il m'en a voulu si longtemps pour ce que j'ai fait… Mais ce jour-là, quand il s'est fait poignarder, je ne l'ai pas supporté. Le voir souffrir m'a fait un mal de chien. Un mal insurmontable. C'est la première fois de ma vie que j'ai eu aussi mal au cœur. C'est comme si mon monde s'écroulait, comme si mon cœur se trouvait dans un étau. Un étau si étroit que mon cœur se brisait en mille morceaux. Cette douleur était si infernale que j'ai perdu le contrôle… Je l'ai regretté, oh oui, je l'ai regretté. Mais il était trop tard.

— Je t'ai déjà tout raconté Rodd, qu'est-ce que tu veux que je te dise de plus ? Je la connais pas celle-là !

— Pourquoi t'as posé toutes ces questions à Dayan alors ?

— Je te l'ai déjà dit, putain ! Elle m'a répondu d'une façon que j'ai pas appréciée, alors je voulais savoir qui c'était ! craché-je.

Il m'observe avec un sourire en coin. Il est le seul à ne pas avoir peur de mon agressivité. Il est le seul à en rire en fait. N'importe qui serait déjà parti en courant en entendant mon timbre de voix. Mais lui, jamais. C'est pour ça qu'il est mon point faible, et en même temps ma force. Avant l'incident, je faisais tout pour que les personnes extérieures ne s'aperçoivent pas de notre « lien », car nous avons des ennemis partout, prêts à tout pour nous voir flancher. Désormais, je n'en ai plus rien à faire. Je ne me cacherai plus. Quiconque voudrait nous faire du mal le paiera de sa vie, s'il le faut.

— Jamais tu ne t'intéresses aux autres, alors ce n'est pas maintenant que tu vas t'y mettre.

Je place mes mains sur chacune de ses épaules et l'observe attentivement.

— Tu penses vraiment qu'une fille comme ça m'intéresse ? Sérieusement ? Je croyais que tu me connaissais mieux que ça, répliqué-je.

— Ouais, t'as sans doute raison ! Mais tu n'as pas l'habitude qu'une fille te réponde comme elle l'a fait, hein ? déclare-t-il avec un clin d'œil.

Il sourit comme un imbécile en attendant ma réponse.

— Non, c'est vrai, avoué-je.

Il se met à rire, victorieux. Je ne peux m'empêcher de l'imiter tant son rire est communicatif. Je l'observe longuement en réalisant la chance que j'ai de l'avoir pour frère.

Il passe brusquement son bras autour de mon épaule avant d'avouer :

— C'est bon de te retrouver, tu sais ?

— Je sais ! me vanté-je dans un sourire.

Il me lâche après m'avoir mis une légère tape sur l'épaule et je monte à l'arrière de la voiture dans laquelle Zack m'attend au volant. Rodéric retient la portière tandis que je hausse un sourcil. Il me regarde fixement plusieurs secondes avant de balancer :

— Pour en revenir à la fille, elle est quand même mignonne !

Je me contente de lever les yeux au ciel et il me tire la langue. Il ne m'en a pas parlé, mais je me doutais qu'il l'avait vue avec Dayan à sa soirée. Il vient tout juste de me le confirmer.

Je fais claquer la portière et Zack démarre rapidement la voiture, laissant mon frère devant l'entrepôt.

Léonie

18 h 05

Après une bonne journée, me voilà enfin rentrée à l'appartement. Je me rends dans la cuisine pour prendre quelque chose à grignoter. Je ne sais pas où est Dayan, il ne m'a pas parlé de la journée et ça m'ennuie. Je ne suis pas du genre à le harceler pour savoir où il se trouve, mais depuis cette soirée, depuis que je sais qu'il fréquente Monsieur-le-boxeur-intense-et-dangereux, j'avoue avoir un peu peur.

Je prends un paquet de cookies puis m'installe sur le canapé pour regarder la télé. Je croque dans un gâteau, lorsque j'entends mon téléphone sonner.

Je pose le biscuit à côté de moi et décroche en apercevant le nom de mon père s'afficher.

— Allô, papa ?

— Ma chérie, tu vas bien ?

— Oui, et toi ?

— Oui très bien, alors cette rentrée ?

— Ça s'est très bien passé, je suis avec Isabelle et June.

— Ah, c'est super ça !

— Tu voulais me dire quelque chose en particulier ? poursuis-je.

— Oui… Je voulais te dire que dorénavant, je ne paierai que la moitié de ce que je paie en ce moment pour l'appartement. Je voudrais que tu te débrouilles comme une adulte.

Je reste muette. *Il est sérieux là ?* Je me doutais que ça arriverait, mais pas aussi vite.

— Léonie ? m'appelle-t-il.

— Mais papa, je n'ai pas de boulot. Et tu me dis ça maintenant alors que j'ai déménagé il y a même pas une semaine !

— Je sais, ma chérie, c'est pour ça que j'ai payé le loyer pour ce mois-ci ! Ça te laisse un mois pour t'organiser.

— Tu aurais pu attendre un peu ou me prévenir avant, papa ! m'agacé-je.

— Ne le prends pas comme ça, Léonie, je fais ça pour toi, continue-t-il calmement.

Je ne lui réponds pas et l'entends soupirer à l'autre bout du fil.

— Tu passeras me voir ce week-end ? demande-t-il tristement.

J'hésite un moment.

— Oui.

— À ce week-end alors ! Je t'aime, ma chérie.

— Je t'aime aussi papa…

Il raccroche instantanément et je reste bouche bée.

Je n'en reviens pas.

Il m'annonce ça d'un coup, sans prévenir. En un mois, c'est faisable mais si je ne trouve pas de boulot ? *Oh non…* Je vais me retrouver à la rue…

— Léonie ? m'appelle une voix derrière moi.

Je me retourne et tombe nez à nez avec Dayan.

— Je ne savais pas que t'étais ici.

— C'était ton père ? me demande-t-il, connaissant pourtant la réponse.

— Oui…

— Ça s'est mal passé ?

— C'est pas ça…

— Dis-moi !

Il s'assoit à côté de moi et me regarde avec insistance. Je l'observe un instant, silencieuse. Ses yeux bruns me détaillent en profondeur tandis que je regarde son visage, sa peau légèrement brunie, sans aucune imperfection.

Comment peut-on avoir un visage aussi parfait ?

— Léo !

— Il veut que je trouve un boulot pour payer l'appartement, avoué-je après de longues secondes de silence.

— Il ne veut plus payer ? demande-t-il, surpris.

— Si, mais je dois payer la moitié.

— Hé, tu sais, j'ai de l'argent ! Tu n'es même pas obligée de payer l'appart.

— Mais bien sûr que si je vais participer !

Il rit en entendant ma réponse.

— T'es têtue, hein ! dit-il en me poussant légèrement l'épaule.

Je lui souris en lui tirant la langue. Tant que je vivrai avec lui, je ne le laisserai jamais payer l'appartement tout seul.

Hors de question.

— Comment ça s'est passé ce matin ? le questionné-je pour changer de sujet.

Il me regarde, surpris.

— Quoi ? Même si je n'approuve pas du tout, je m'intéresse ! indiqué-je en souriant.

— Ça s'est bien passé, répond-il doucement.

— Tant mieux alors.

Je tourne la tête et me plonge tout de suite dans le film qui passe à la télé.

Mais mon meilleur ami me révèle soudain :

— Il m'a posé des questions sur toi.

Je tourne instantanément la tête vers lui. Je sais très bien de qui il veut parler et sincèrement, ça me fait un peu peur.

— Ah bon ?

— Ouais !

Je le fixe.

— Il ne faut pas qu'il s'intéresse à toi, ce n'est pas envisageable ! dit-il, agacé.

— Il ne s'intéresse pas à moi, Yan, je ne suis pas son genre de filles.

— Tu pourrais être étonnée, Léo, parce que tu as du caractère, et lui, il aime ça !

Je le fixe un instant.

Il veut me faire flipper ou ça se passe comment ?

— C'est le genre d'homme qui aime les filles faciles, Dayan, pas les filles comme moi ! Il n'a pas l'air de m'apprécier en plus de ça, balancé-je.

Il soupire, l'air peu convaincu. Pourtant, moi, je le suis.

— Je le connais depuis longtemps maintenant et ce que je peux te dire c'est qu'il ne se comporte pas correctement avec les femmes. Il ne s'intéresse à personne d'autre que lui, me prévient-il.

— Je m'en doutais, soufflé-je en fixant un point imaginaire devant moi.

Il m'observe un moment avant de changer brusquement de sujet :

— Qu'est-ce qu'on mange ce soir ?

— Euh… Pizza ?

— Toi et les pizzas, hein !

Je me mets à rire en me réinstallant confortablement sur le canapé.

Une heure plus tard, nous regardons un film d'action en mangeant nos pizzas. Je ne pouvais pas rêver mieux que d'être ici, avec mon meilleur ami, celui que je considère comme mon grand frère. Je pose ma tête sur son épaule avant d'annoncer d'un ton moqueur :

— C'est ta rentrée demain !

— C'est ça, moque-toi !

— Tu vas y aller au moins ?

Il croque dans sa part de pizza avant de répondre :

— Bien sûr que je vais y aller !

Je plisse les yeux.

— Tu ne vas pas me refaire le coup de l'année dernière : « Non, j'ai la flemme d'y aller, j'irai demain, oh », dis-je en imitant sa voix.

Il se met à rire à pleins poumons. Je souris en le voyant plié en deux.

— Tu vas me tuer un jour !

Il continue de rire.

— Non mais il faut vraiment que tu prennes cette année au sérieux ! déclaré-je plus sérieusement.

Il s'arrête de rire et m'observe un instant.

— J'irai, ne t'en fais pas.

Je réfléchis un instant et je ne peux m'empêcher de dire :

— Pourquoi tu t'obstines à continuer le droit alors qu'on sait tous les deux que ce n'est pas vraiment ce que tu veux faire ?

Il me regarde aussitôt.

— Je sais pas… peut-être pour une question de sûreté ?

Je fais la moue. Dayan, c'est le dessin qui l'intéresse, les tatouages… Je ne comprends pas pourquoi il ne veut pas se lancer.

Il m'embrasse la joue, attrape une bière sur la table basse et se rassoit confortablement sur le canapé. Je souris puis repose ma tête sur son épaule tout en continuant de regarder notre film, comme au bon vieux temps.

Chapitre 7
Léonie

Mardi, 6 h 50

J'ouvre les yeux avec difficulté, je n'ai toujours pas repris goût au réveil de bonne heure. Je n'y arriverai jamais, je crois. Je tourne légèrement la tête, les paupières mi-closes, et j'aperçois Dayan étalé en étoile sur le dos, la bouche grande ouverte. J'avais complètement oublié qu'il s'était endormi dans mon lit. On a beaucoup discuté jusqu'à… tard dans la nuit, il m'a surtout parlé de ses conquêtes et tout ce qui va avec.

Je le regarde dormir un long moment en détaillant les tatouages présents sur ses bras. Je frôle la tête de mort sur son triceps du bout des doigts avant de me lever pour me diriger vers la salle de bains. Les tatouages, pour moi et pour bien d'autres personnes, représentent quelque chose de profond et parfois même, quelque chose de douloureux que l'on a voulu ancrer sur notre peau, pour toujours. Une fois douchée et préparée, je sors de l'appartement, verrouille la porte et pars pour l'université. Je devais rejoindre Isabelle il y a maintenant dix minutes et je pense que je vais me faire allumer pour mon retard…

Au loin, je l'aperçois, les mains posées sur les hanches, les sourcils froncés.

Eh merde !

Je m'approche d'elle en esquissant une moue enfantine.

— Salut, Isabelleee !

— Ouais c'est ça, passe la pommade ! dit-elle en tentant de conserver son sérieux.

— Oh allez, je suis désolée, ajouté-je en la prenant dans mes bras.

Elle se détend et finit par me serrer contre elle. Soudain, quelqu'un nous saute dans les bras en nous serrant très fort.

June.

— Pourquoi vous vous faites un câlin ? demande-t-elle.

— J'étouffe, souffle Isabelle.

— Ah, merde ! répond June dans un rire.

Elle nous lâche avant d'ajouter, excitée :

— Prêtes pour ce soir ?

— Quoi, ce soir ? lâché-je d'un coup.

— Bah, la soirée ! répond Isabelle en me faisant les gros yeux.

— Ah oui, j'avais complètement oublié !

— Ouais, bah non, tu n'oublies pas, hein ! me dit June en me poussant légèrement l'épaule.

— Non, ne t'inquiète pas.

Elles me regardent en plissant les yeux et je me mets à rire :

— Je viendrai, ne me regardez pas comme ça !

Leur rire se joint au mien et nous nous dirigeons vers les casiers. J'ouvre le mien tandis que ma meilleure amie et June m'attendent impatiemment.

— Tu vas faire quoi cet après-midi, Léo ? me demande June en s'adossant sur l'un des casiers.

Oh oui, c'est vrai !

J'avais complètement oublié que je n'ai pas cours cet après-midi, car c'est la rentrée des deuxièmes années.

— Je pense aller chercher du travail ! annoncé-je.

— Pourquoi tu veux bosser en plus des cours ? m'interroge Isabelle, surprise.

— Mon père veut que je « prenne ma vie en main » ! déclaré-je en mimant les guillemets.

— Oh mince… souffle June d'une moue triste.

— Tu me tiendras au courant alors ! me sourit Isabelle.

— Oui.

June se remet à parler avec Isa tandis que je range quelques affaires dans mon casier. Je prends un peu de temps, ce qui, visiblement, commence à agacer mes amies.

— Vous devriez y aller, je vous rejoins ! lancé-je en leur souriant.

— Bon, d'accord !

— Fais vite, ma poulette ! me crie June en s'éloignant avec Isabelle.

Je me retourne et vide le contenu de mon sac dans mon casier, puis le verrouille. Je prends le chemin de l'amphithéâtre lorsque je surprends une conversation qui m'interpelle entre deux professeurs. Curieuse, je m'approche discrètement et c'est alors que j'entends *son* nom.

Oh non…

Je me cache derrière des casiers, et je tends l'oreille en jetant plusieurs coups d'œil.

— Il fait sa rentrée cet après-midi ! annonce l'un des deux profs.

— Je ne comprends pas pour quelles raisons ils le font venir ici.

— Ni même ailleurs…

— Tobias Reed dans cette université ! s'exclame le premier prof en croisant les bras, perplexe.

— Je ne sais pas comment va se passer cette année… dit l'autre prof, inquiet.

Oh non, ce n'est pas possible ! Tu es maudite, Léonie Foster !

Pourquoi dans cette université ? Pourquoi dans *mon* université ? Je souffle bruyamment, ce qui attire l'attention des deux professeurs. Je me retourne et appuie ma tête contre le mur, serrant mes cahiers contre ma poitrine. Je ferme les yeux, soupire et attends qu'ils partent pour pouvoir rejoindre ma salle.

Je sursaute lorsqu'une voix masculine me ramène à la réalité :

— Ce n'est pas bien d'espionner ses profs !

J'ouvre rapidement les yeux et tombe sur un jeune homme de mon âge, plutôt charmant et assez petit.

— Je sais, dis-je dans un rire.

— T'es en première année ? me demande-t-il.

— Oui, toi aussi ?

— Ouais, t'es dans quel amphi ?

— Numéro 3, et je suis en retard… et toi ?

— Ah moi aussi, on devrait y aller alors !

Je lui souris pour simple réponse et je passe devant lui tandis qu'il me suit de près.

En arrivant devant la salle, il me retient par le bras :

— Au fait, moi c'est Daniel !

— Léonie.

Au moment où j'ouvre la porte, je tombe nez à nez avec notre professeur qui est en train d'écrire au tableau. Sans pour autant arrêter son cours pour nous, il déclare froidement :

— Vous êtes en retard.

— On est désolés, répond Daniel derrière moi.

— J'espère que ça ne se reproduira pas ! continue le prof, toujours en train d'écrire.

Aucun de nous ne répond, on s'échange un dernier regard en souriant puis on rejoint nos places respectives. Les filles, assises au fond de l'amphi, me dévisagent, les yeux en soucoupe. Je m'assois entre elles en regardant fixement le tableau pour éviter leurs regards remplis de questionnements, mais je ne peux me retenir de leur chuchoter :

— Quoi ?

— Mademoiselle est en retard ? constate Isabelle.

— Ça commence bien ce début d'année, continue June.

— Oh, ça va, hein !

Le professeur commence à nous expliquer le début du programme de droit et de journalisme très sérieusement. On sera divisés en deux groupes la prochaine fois, les futurs journalistes d'un côté et les élèves de droit de l'autre.

En voyant que June est captivée par le prof, Isabelle me chuchote à l'oreille :

— Pourquoi t'es arrivée en retard ? T'es toujours à l'heure !

Je tourne la tête pour lui faire face.

Je lui dis ou je lui dis pas ?

Je ne sais pas comment elle réagirait, et je ne sais même pas comment je suis censée réagir moi-même. Dire qu'il sera ici, toute cette année scolaire. Je souffle et mets les mains sur mon visage quelques secondes. Ça se trouve, je ne le croiserai jamais. *Oui !* Je ne le croiserai pas après tout. Et puis, de toute façon, il ne me reconnaîtra peut-être pas. Toutes les filles seront après lui, il n'aura pas le temps de me porter de l'attention. Et puis, je ne vois pas pourquoi il le ferait.

— Hé, qu'est-ce qu'il y a ? me dit-elle en me prenant les mains.

— Tu sais pas ce que j'ai entendu tout à l'heure ! chuchoté-je.

— Dis-moi ! insiste-t-elle en haussant le ton.

— Chut, chut !

Elle me regarde les yeux grands ouverts.

— Tu savais que votre boxeur faisait sa rentrée ici cet après-midi ?

— Quoi ? s'exclame-t-elle.

Le prof se retourne instantanément en nous fusillant du regard. Je lui fais comprendre qu'on est désolées et il reprend son cours.

June tourne la tête vers nous, sans comprendre.

— Il se passe quoi ? s'enquiert-elle.

— Tobias Reed va venir étudier à l'université, balance Isabelle.

— Comment c'est possible ? s'interroge June, les yeux grands ouverts.

Je les regarde l'une après l'autre. Elles me fixent comme si je détenais toutes les réponses.

— Ne me faites pas ces yeux-là, je n'en sais pas plus que vous, je vous rapporte simplement ce que j'ai entendu.

— Ce n'est pourtant pas le genre à venir à l'université, s'étonne June.

— C'est vrai, je ne comprends pas… souffle Isabelle.

Un silence s'abat entre nous, comme si chacune d'entre nous réfléchissait à la situation.

June se met soudain à sourire avant de lancer :

— Bon, bah, il sera peut-être sympa !

— Crois-moi, il ne l'est pas ! réponds-je en regardant devant moi.

— Oui, je ne sais pas trop quoi en penser, avoue-t-elle.

— De toute manière, il est en deuxième année. On ne va pas les croiser souvent, si ? intervient Isabelle.

— Je ne pense pas, je demanderai à Dayan.

— Il n'est pas au courant lui d'ailleurs ? ajoute-t-elle en faisant les gros yeux.

— Oh le con ! Il ne m'a rien dit ! ronchonné-je.

— C'est du grand Dayan !

Je réfléchis un instant et finis par demander à ma meilleure amie :

— Tu crois qu'il sera là, ce soir ?

— Je ne pense pas, il va sûrement aller s'entraîner, comme toujours !

Je ne réponds pas et détourne les yeux vers le tableau. Elle a sans doute raison…

* * *

16 h 50

Les cours sont terminés depuis deux heures ; je suis allée m'acheter un sandwich à la cafétéria avant de commencer ma recherche de job. Isabelle et June sont rentrées chez elles dès la fin des cours. Cela fait donc plus d'une heure et demie que je dépose des C.V. dans divers commerces.

Je marche en direction du dernier bar/café que j'ai repéré pas très loin de l'appartement, le *Corner Coffee*. Ils cherchent une serveuse. Je me munis de mon C.V. et rentre dans l'établissement. Je me dirige vers le bar et constate qu'il n'y a que très peu de personnes attablées dans la pièce. Ça m'étonne, j'avais pourtant remarqué qu'il y avait beaucoup plus de monde la fois passée.

Une voix féminine me coupe de ma rêverie :

— Je peux vous aider ?

Une très jolie femme brune aux yeux noisette, d'une trentaine d'années et à l'allure très dynamique, s'approche de moi.

— Oui, je viens pour l'annonce affichée sur la porte, réponds-je en souriant.

— Ah génial, s'exclame-t-elle, on avait besoin d'une serveuse au plus vite.

Elle me fixe un moment, avant de dire :

— J'ai vingt minutes devant moi, on peut aller s'installer un peu plus loin.

— Bien sûr, réponds-je en souriant.

Elle fait signe à son collègue pour qu'il prenne le relais et nous nous installons autour d'une petite table en retrait de la salle.

— Je vais te poser quelques questions de forme puis on verra par la suite, m'annonce-t-elle gentiment.

Le stress me monte d'un coup et je me retiens de taper du pied sous la table.

Après plusieurs minutes d'échange concernant mon expérience et mes compétences, elle finit par m'annoncer :

— Tu seras parfaite pour ce boulot !

— Vraiment ? ne puis-je m'empêcher de réagir.

— Vraiment ! Tu seras accompagnée d'un autre serveur, qui est également mon fils, Damien. C'est lui qui te formera, m'annonce-t-elle.

— D'accord.

Elle me sourit une seconde fois avant de se pencher pour attraper un bout de papier, posé sur le comptoir. Je l'observe écrire quelques mots sur ce dernier, en silence. Je n'en reviens toujours pas d'avoir été engagée aussi rapidement, je ne m'attendais pas à trouver un boulot avec autant de facilité.

À peine sortie du bar, je lève la tête vers le ciel, le sourire aux lèvres. J'ai trouvé un boulot !

J'ai trouvé un boulot !

Je suis tellement contente et si soulagée. Ma patronne m'a expliqué comment se passent les services et a évoqué ma rémunération. Elle m'a aussi confié qu'elle n'était pas souvent présente, mais qu'elle venait de temps en temps pour voir si le service se passe bien – mais en général il n'y a jamais de problème.

Bon, c'est déjà une bonne chose de faite et une angoisse en moins.

Pour le moment.

Chapitre 8
Tobias

14 h 00

Je me gare sur le parking de l'université puis me dirige vers les bâtiments, accompagné de Rodéric. Je lui ai pourtant dit de rester à l'appartement, mais il n'a rien voulu savoir. Lorsqu'il s'agit de ma sécurité… Il se prend pour mon garde du corps alors que je n'en ai pas besoin, vraiment pas. Je suis obligé de me traîner Zack lorsque mon frère n'est pas avec moi, mais lorsque Rodd est à mes côtés, Zack ne nous accompagne pas toujours.

Aujourd'hui, je ne suis pas d'humeur. Savoir que je vais être enfermé dans une salle pleine à craquer à écouter un prof me rend malade. Je n'ai pas besoin de ça, sans déconner ! Mais je dois faire une année ici. Je dois remettre un pied dans la vie active et améliorer ma vie sociale, vivre comme un mec normal de vingt-trois ans. Je dois être plus « sociable », ne plus être ce démon que tout le monde redoute.

Quelles conneries !

Je sais que beaucoup de personnes sont au courant de ma venue dans cette université et je sais que les journalistes ne vont pas perdre une miette de mon arrivée, alors je relève ma capuche et nous entrons par une porte de secours. Nous nous rendons rapidement à l'accueil de la fac pour que je puisse badger, puis nous nous dirigeons vers l'amphithéâtre où se déroulera mon premier cours. J'ai noté sur un morceau de papier les cours que je dois suivre et les salles attitrées. Je suis plutôt soulagé de constater que beaucoup de cours se déroulent en amphithéâtre, là où je vais pouvoir me mettre à l'écart.

Dès que la porte se referme, toutes les têtes se tournent vers nous. Certains se décomposent et d'autres me reluquent avec excitation. J'enlève ma capuche et mon sweat, dévoilant ainsi mes bras tatoués.

Je les vois toutes se tortiller sur leur siège.

Bande de gamines.

Tous les regards sont braqués sur moi quand je commence à monter les marches pour m'asseoir le plus haut possible. Je m'installe à côté d'une fille complètement ébahie qui baisse le regard en se trémoussant au simple frôlement de ma peau contre son bras nu.

Ridicule.

Rodéric s'assoit à côté de moi.

— Tu sais que t'es pas obligé de rester, Rodd ?

— Je sais, je partirai quand le cours commencera.

— Il ne peut rien m'arriver, tu le sais ça ? ris-je.

Il me fixe un instant.

— On ne sait jamais !

J'esquisse un sourire avant de dire :

— Tu sais à qui tu t'adresses ?

Il se met à rire en me frappant légèrement l'épaule.

— Ouais, ouais, je sais !

Le professeur, un homme d'une cinquantaine d'années, se place sur une estrade et branche son micro tout en toussotant pour avoir notre attention. Je n'y porte pas grand intérêt et aperçois Dayan arriver en trombe. Il s'assoit à côté de Rodéric, essoufflé.

— T'as couru un marathon ou quoi ? demande Rodéric en riant.

— Je suis pas en retard ?

— Mais non, ne t'inquiète pas ! dit mon frère.

— Ça va toi ? demandé-je.

— Ça va toujours et toi ?

Je souris en guise de réponse. Le quinquagénaire commence un monologue à mourir d'ennui.

— Au fait, pourquoi t'es là, toi ? demande Dayan à Rodéric.

— Il joue les gardes du corps ! me moqué-je.

Dayan explose de rire, ce qui n'échappe pas au prof :

— Monsieur Ross ! Je ne vous dérange pas, j'espère ?

Et une fois de plus, tous les regards sont braqués sur nous.

— Ah non, pas du tout, Monsieur, répond Dayan avec un sourire en coin.

Le prof reporte son attention sur toute la salle et annonce soudain :

— Il semblerait qu'il y ait eu une erreur sur les listes. Les étudiants de sociologie doivent se rendre à l'amphithéâtre numéro cinq.

Je ne fais pas vraiment attention à ce qu'il se passe et écoute Dayan déblatérer depuis son arrivée.

Je m'installe confortablement dans mon siège, mais je relève la tête lorsque la fille à mes côtés se lève en me fixant avec insistance. *Qu'est-ce que tu veux, toi ?* Elle fixe mes jambes puis revient vers mes yeux avec un sourire nerveux. *Ah d'accord, il fallait le dire plus tôt.* Mes jambes sont appuyées sur le siège devant moi, car je n'ai pas assez de place, ce qui ne lui laisse pas la possibilité de passer. Je la dévisage, un sourire accroché aux lèvres. Elle rougit instantanément et attend patiemment que je me décale.

— Assieds-toi sur mes genoux si tu veux passer, ma jolie, lancé-je d'un air taquin, avec un clin d'œil.

Elle ne répond pas. Elle se contente de me dévisager, ses joues devenues rouges de honte.

Je fais autant d'effet que ça ?

Elle ne décroche toujours pas un mot et ne me lâche pas des yeux, se demandant sans doute si je plaisante ou non. Je hoche la tête pour qu'elle comprenne que je ne blague pas et elle s'assoit sur mes genoux en passant de l'autre côté en une fraction de seconde. Elle passe devant Rodéric sans problème et commence à descendre les marches, encore toute rouge.

Ah, ce que j'aime les déstabiliser !

Tout l'amphithéâtre a assisté à cette petite scène, même le professeur qui attendait avec impatience la jeune demoiselle mais qui n'a pourtant pas décroché un mot.

Il secoue la tête puis recommence à appeler les étudiants alors que Rodéric me dévisage, amusé.

— T'as pas changé, hein !

Je souris pour simple réponse, mais mon corps se raidit brusquement lorsque j'entends mon nom. Toute la salle s'arrête de parler. Il n'y a plus aucun bruit, aucune parole, aucune messe basse. Je me tourne vers mon frère, interrogateur. Pourquoi est-ce qu'on m'appelle ?

— Merde ! peste-t-il, tu fais partie des étudiants en sociologie, faut qu'on bouge.

— Moi aussi, répond Dayan en se grattant la nuque.

Je grince des dents en fermant les yeux un instant.

— J'y vais, toi tu t'en vas, dis-je à mon frère.

Il acquiesce et je tapote son épaule en me levant, accompagné de Dayan, puis nous commençons à descendre les marches. Plusieurs chuchotements se font de nouveau entendre, tous leurs regards sont braqués sur moi. *Bordel !* Ce ne sont pas les regards qui me gênent, *oh non loin de là*, c'est la façon dont ils me dévisagent. Ils me toisent comme s'ils savaient tout de moi, comme s'ils me connaissaient plus que moi-même. *Je ne supporte pas ça.* Et je n'ai qu'une envie, me retourner et leur coller une droite en pleine mâchoire.

Une fois en bas, je lance un dernier regard à mon frère qui me fait comprendre qu'il m'attendra à la voiture. Quelques minutes plus tard, nous nous retrouvons dans un autre amphi. Le bon cette fois.

Un plaisir.

* * *

Le cours a commencé depuis dix minutes seulement et je sens déjà mon sang bouillonner dans mes veines.

Je ne tiens pas en place, mes muscles me hurlent de partir, me supplient de frapper dans quelque chose, sauf que je ne peux pas… Je sais pertinemment que je ne tiendrai jamais une année entière dans un établissement scolaire, c'est impossible pour moi.

— Quand je suis venu te voir en prison, tu m'avais dit que tu ne reviendrais pas à Chicago, m'annonce Dayan en regardant droit devant lui.

— Tu n'es venu que deux fois la première année, j'ai eu le temps de changer d'avis.

Cette fois-ci, il tourne la tête vers moi.

— Ils ne voulaient pas me laisser te voir !

— Je sais, Rodéric n'a pas pu venir autant qu'il l'aurait voulu… avoué-je en regardant le prof.

Ce dernier détourne aussitôt le regard en me voyant le fixer.

— Pourquoi tu t'es inscrit dans cette université ? Pourquoi revenir en cours ? me questionne Dayan.

— Je n'ai pas eu le choix.

Il ne dit rien durant quelques secondes avant de reprendre son interrogatoire :

— Comment ça se fait que t'aies un appart sur le campus ?

— Je n'ai pas eu le choix non plus, Dayan ! grogné-je.

— Et tous tes appartements ?

Ma mâchoire se serre à ces mots. Je possède deux maisons en plus de celle où nous vivons, Rodéric et moi. Je sais, c'est ridicule de m'obliger à vivre une année sur le campus, mais je n'y peux rien. Toutes mes négociations ont échoué.

— Je suis obligé de rester dans cette putain de résidence universitaire jusqu'à la fin de l'année ! grondé-je, les sourcils froncés.

Il ne répond rien face à ma colère. L'agacement commence à me monter à la tête et toutes ses questions n'arrangent rien.

— Mais je crois que je ne tiendrai jamais ici, déclaré-je en regardant droit devant moi.

— Ouais, mais tu sais ce qui t'attend si tu fais une connerie, As, dit-il en m'observant.

Je ne réponds pas. Je sais pertinemment ce qui m'attend si je dérape une fois. Une erreur et c'est retour à la case départ. Et ce n'est pas envisageable.

* * *

16 h 15

Je retourne à l'amphithéâtre pour reprendre le chemin menant au parking, et j'aperçois Rodéric adossé à la voiture.

Lorsqu'il me voit, il se met à sourire comme un gamin. C'est qu'il se fout de ma gueule en plus !

— Allez, go sur le campus ! lance-t-il d'un ton moqueur.

Son amusement ne me fait pas rire du tout. Savoir que j'ai des tas de logements dans tout Chicago et que je dois me taper un studio pourri dans une résidence universitaire me rend fou.

Je monte dans la voiture côté passager et Rodd démarre en trombe. En sortant, je remarque une foule ainsi qu'un tas de journalistes placés à l'entrée du bâtiment.

Qu'ils sont naïfs !

Rodéric lance un bref regard par la fenêtre avant d'accélérer.

Quelques minutes plus tard, j'entre dans la résidence et remarque une vaste salle commune noir et blanc avec une décoration assez design. Je hausse un sourcil en apercevant quelques personnes en train d'accrocher des rubans aux lustres.

Mais qu'est-ce qu'ils font ces cons ? Ils refont vraiment la déco là ?

Je rabats ma capuche une fois de plus et empreinte les escaliers pour rejoindre mon appartement. Rodéric me rejoint et me tend la clé, sur laquelle est inscrit le numéro 18.

Arrivé devant la porte, je l'ouvre et découvre une pièce spacieuse aux murs clairs. Une grande baie vitrée donne accès à un balcon. Je dépose mon sac sur le lit double avant de m'avancer vers une porte que je m'empresse d'ouvrir. Une imposante salle de bains s'offre à moi. *Ce n'est pas aussi beau et aussi grand que dans mes appartements, mais ça fera l'affaire.* J'avoue être surpris par la beauté des lieux. Je ne savais pas que les chambres universitaires pouvaient ressembler à ça.

Franchement, c'est pas mal.

J'enlève mon t-shirt et ouvre la baie vitrée pour aérer un peu. Je me retourne et m'avance vers mon frère qui m'observe depuis notre arrivée.

— Pas mal, hein ?

— Franchement ouais ! Comment ça se fait que ce soit comme ça ici ? demandé-je en m'asseyant sur le lit.

— Ce sont les plus belles chambres de la résidence ! Dans ce couloir, il n'y a que nous et une fille, je crois.

À ces mots, je hausse un sourcil, directement intéressé.

— Non, non, non ! Ce soir tu ne fais pas de conneries, As. Il y a déjà la soirée de prévue et demain soir tu as un combat, alors mollo !

— Ah, c'est ça qu'ils préparent en bas ?

— Ouais !

Je me gratte le menton.

— Tu sais très bien que le sexe m'aide avant les combats, c'est même toi qui m'y obliges, Rodd !

— T'en fais pas un peu trop ? pouffe-t-il. Je veux que tu ailles t'entraîner maintenant, parce que ce soir tu ne pourras pas.

Je l'observe un instant tandis qu'il soutient mon regard.

— D'accord, je vais prendre une douche et je te rejoins à l'entrée, capitulé-je d'une voix grave.

Il acquiesce et se retourne pour partir, mais je le retiens :

— Tu te rends compte que t'as pris une chambre sur le campus, à côté de la mienne, seulement pour me surveiller ? dis-je avec une pointe d'amusement.

— J'ai même le double de clé de ta chambre, affirme-t-il en souriant de toutes ses dents.

Je secoue la tête.

— Tu sais très bien que la nuit, il vaut mieux que je ne sois pas très loin, Tobias… déclare-t-il sérieusement.

Mon sourire disparaît aussitôt en entendant ces mots. Mes poings se serrent tandis que ma mâchoire tressaute à plusieurs reprises. Je ferme les yeux quelques instants en inspirant profondément lorsque plusieurs images défilent dans ma tête. La nuit… L'un de mes pires cauchemars.

— On se rejoint à la voiture ! lance Rodd avant de claquer la porte derrière lui.

***

Je descends, vêtu d'un jogging gris clair et d'un large t-shirt noir. J'ai mis une casquette pour pouvoir cacher un minimum mon visage. Dans la salle principale, où se déroulera la soirée, quelques personnes me reconnaissent, mais ne disent rien. Les étudiants se contentent de m'observer, les yeux comme des billes. Je leur lance un bref regard avant de sortir par la porte principale. *Grosse erreur, Reed !*

Des tas de journalistes avec leur micro, et tout ce qui va avec, s'approchent de moi en hurlant mon nom. Ils sont près, trop près de moi. S'ils me touchent, je n'arriverai pas à me contenir. Je reste droit, et serre mes poings aussi fort que je le peux.

— Reed, Reed, comment va se passer le combat de demain soir ? hurle un journaliste.

— Êtes-vous sûr de pouvoir combattre à nouveau ?

— Racontez-nous vos deux années en prison !

Les questions à mon encontre fusent dans tous les sens, des personnes hurlent mon nom, m'acclament.

— Tobias ! Oh mon Dieu, Tobiiiias !

— On t'aime, Devil !

Putain, mais où est Rodéric ?

J'essaye de me frayer un chemin, mais ils me suivent en continuant avec toutes leurs questions. Je vais les éclater ! Je ne tiendrai pas. Je ne supporte pas les journalistes, ils racontent tellement de choses fausses et ignobles qu'ils ne méritent en aucun cas mon attention. Tous ceux qui hurlent mon prénom pour m'encourager ou m'insulter, ça fait partie de mon monde et ça ne me dérange pas. Mais les journalistes, c'est tout bonnement impossible.

Je vois Rodéric débarquer à toute vitesse en poussant tout ce monde pour arriver jusqu'à moi.

— Putain mais dégagez ! hurle-t-il en poussant quelques journalistes.

Je reste concentré sur mon frère qui arrive à fendre la foule au bout de plusieurs secondes. Il passe une main sur mes épaules en m'incitant à avancer, ce que je fais immédiatement. Nous courons jusqu'à la voiture et, l'instant d'après, nous démarrons en trombe.

— Bordel, mais c'est pas possible ! Ils ne nous lâcheront jamais ! s'écrie mon frère.

Je ne réponds rien. J'observe les immeubles défiler à une vitesse folle et les nombreuses personnes qui se promènent dans les rues de Chicago. J'inspire profondément plusieurs fois, et parviens à reprendre le contrôle de ma respiration, petit à petit.

— J'aurais dû rester devant, je suis désolé ! Mais ils n'étaient pas là quand je suis sorti, continue-t-il perplexe.

Je ne réponds toujours pas et son regard se pose alors sur moi. Un regard inquiet, mais surtout nerveux.

— Ça va, toi ?

— Ne t'inquiète pas pour moi, Rodd.

Arrivé à l'entrepôt, j'enlève mon t-shirt et me dirige rapidement vers les sacs sous le regard de mon frère qui s'installe sur un banc, attendant patiemment que je me défoule.

Il faut que j'évacue ce qu'il vient de se passer pour ensuite réussir à me concentrer sur l'entraînement qui m'attend, alors je me place devant le sac en sautillant un instant. Je fais craquer mon cou de gauche à droite puis commence à m'échauffer. J'enchaîne les coups sur le sac de longues minutes, pour évacuer toute cette rage qui vient de faire irruption, trop subitement.

— On peut commencer ? me demande Rodéric, les bras croisés.

J'acquiesce et il commence à me donner des directives.

— Tu vas d'abord faire cent pompes, cinquante abdos et frapper dans la poire. Ensuite, on commencera, ordonne-t-il.

Je souris et m'exécute sans broncher. Il m'observe et me guide, mais ne me reprend pas une seule fois.

Lorsque l'entraînement est terminé, je ne suis toujours pas épuisé. J'ai besoin de plus, de *beaucoup* plus, et il le sait.

Je monte sur le ring et enfile mes gants ; lui, ses protections ainsi que son bouclier de frappe. Il me fixe quelques secondes puis commence à tourner autour de moi.

— Allez, frappe ! ordonne-t-il.

Je me concentre sur ma cible qui tourne autour de moi. Je l'observe de longues secondes et, sans qu'il ne s'y attende, je frappe de toutes mes forces d'un coup droit puis d'un coup de genou. Rodd se recule légèrement et s'arrête brusquement en me regardant. Je continue d'enchaîner les coups sans m'arrêter. Il ne bouge presque pas et ça m'énerve, j'ai l'impression que ma puissance n'est pas présente et ça me rend fou. Je sautille sur place puis envoie un coup de poing assez violent, en plein milieu du bouclier, pour qu'il se retrouve à l'extrémité du ring.

Rodd se met à sourire fièrement avant de tapoter mon épaule.

Nous continuons, encore et encore, jusqu'à ce que je n'en puisse plus. C'est-à-dire, plusieurs heures.

Chapitre 9
Léonie

20 h 00

— Tiens, mets ça ! m'ordonne Isabelle.

Elle me lance un simple t-shirt blanc, un pantalon noir taille haute et des talons de la même couleur. Cet assortiment est vraiment beau, je ne me rappelais même pas avoir cette tenue dans mes affaires.

Je lui souris et me dirige dans la salle de bains pour prendre une douche avant de partir à la soirée.

J'ai appelé mon père pour le prévenir que j'avais trouvé du travail. Il était tellement heureux au téléphone qu'il n'a parlé que de ça durant toute la conversation.

Ensuite, je l'ai annoncé à Dayan dès qu'il est rentré de cours. Lui aussi était très content pour moi. J'avoue que ça me fait plaisir d'avoir pu trouver un boulot aussi vite, mais je me rends compte que j'ai complètement oublié de lui poser la question qui me trotte dans la tête depuis ce matin. *Merde !*

Après m'être habillée, j'ai laissé Isabelle me coiffer. Elle m'a fait une queue-de-cheval haute accompagnée d'un petit ruban bleu. Je me suis ensuite maquillée comme d'habitude.

Je regarde mon amie s'observer dans le miroir. Elle est tellement belle avec sa robe moulante noire, elle va faire des ravages ce soir.

— Je te vois me fixer, Léo ! s'esclaffe-t-elle en se retournant.

Je m'approche d'elle et je la fais tourner sur elle-même.

— T'as vu comment tu t'es faite belle aussi ? C'est pour qui tout ça ? demandé-je avec un petit sourire en coin.

— Pour personne, il va y avoir tellement de monde, tu ne t'imagines pas ! s'enthousiasme-t-elle.

Je ne réponds pas, je me contente de rire face à son excitation.

Une fois mes chaussures aux pieds, je lui prends la main pour descendre rejoindre Dayan qui nous attend depuis dix minutes.

Isabelle me stoppe dans l'escalier, l'air ravi :

— Tu es éblouissante ma Léo, comme toujours !

Je lui souris et nous rejoignons Dayan qui est déjà en train de boire.

Dès qu'il nous aperçoit, il nous reluque de haut en bas avant de siffler :

— Oh Gosh !

On lui fait un clin d'œil et je l'observe à mon tour. Il est si bien habillé… Il porte un jean serré noir avec une chemise de la même couleur. C'est simple, mais parfait.

— T'es beau tu sais ? Tu comptes rencontrer l'amour de ta vie ou quoi ? plaisanté-je.

— Exactement !

— Bon, il est vingt heures ! On devrait partir, nous prévient Isabelle.

— Oui, chef ! répond Dayan en souriant de toutes ses dents.

Isabelle ouvre la porte et se dirige vers la voiture. Je retiens Dayan avant de monter à l'intérieur :

— Qui t'a invité ?

— Euh… un mec que je connais vite fait, hésite-t-il.

Il ouvre rapidement la portière et s'assoit sur le siège conducteur. Je m'installe à côté de lui et m'apprête à lui poser une dernière question, mais Isabelle me devance :

— Tu savais que Reed allait dans cette université, Yan ?

Il se retourne d'un coup en nous fixant tour à tour deux fois d'affilée.

— Comment tu sais ça ? demande-t-il.

Elle me jette un coup d'œil, une lueur de panique dans les yeux et le regard de Dayan revient se poser sur moi en attendant ma réponse.

— Bah tu vois, il y avait deux profs qui en parlaient et du coup… J'ai écouté, parviens-je à avouer en me grattant la nuque.

Dayan garde le silence et se redresse en démarrant la voiture rapidement, trop rapidement.

— Pourquoi tu ne me l'as pas dit ? demandé-je pour mettre fin au silence.

— Tu n'étais pas obligée d'être au courant.

— Mais de toute façon j'aurais fini par l'être, Dayan !

Il ne répond pas et je demande enfin :

— Pourquoi tu me mets à l'écart de tout ce qui a un rapport avec lui ?

— Parce que je ne veux pas que tu aies affaire à lui !

— Eh bah c'est déjà fait Dayan, malheureusement ! dis-je, agacée.

Il ne répond pas et c'est Isabelle qui enchaîne :

— Pourquoi il est en deuxième année ?

— J'en sais rien !

— Pourquoi il va en cours ? C'est pas le genre d'homme à rester assis toute la journée, demandé-je doucement.

— Il n'a pas le choix, c'est l'une des conditions liées à sa libération anticipée.

— Mais il va être emmerdé sans arrêt avec les journalistes et tout, non ? remarque Isabelle.

— À ce point ?

— Tu te rends pas compte, Léonie. C'est le *meilleur* boxeur de Chicago et en plus de ça, il fait peur ! me confie-t-elle.

Je me replace confortablement dans le siège en réfléchissant un instant. C'est vrai qu'il est effrayant, mais dans son regard, au plus profond de lui, c'est lui qui semble effrayé. J'ai eu la sensation qu'il avait peur de quelque chose, de quelque chose d'obscur et de bien plus noir que ce que l'on pourrait imaginer. Ça paraît absurde, je sais…

Je tourne mon visage vers Dayan. Il est devenu si froid en une fraction de seconde…

— Qu'est-ce qui ne va pas, Yan ?

— Vous savez que ce soir il n'a pas de combat ?

— Oui et ? rétorque Isabelle.

— Il habite sur le campus ! révèle mon meilleur ami.

— Arrête… souffle-t-elle.

— C'était dans son contrat également.

— Donc il sera là ? dit Isabelle en souriant.

— Tu n'as pas intérêt à t'approcher de lui, Isa ! la prévient son frère.

— T'inquiète pas pour ça, il me fait assez flipper comme ça !

Le regard de Dayan est vraiment sérieux. Je pose ma main sur son bras puis demande :

— Pourquoi il viendrait à une soirée comme celle-ci ?

— Je pense savoir pourquoi et c'est pour ça que tu n'aurais jamais dû venir, Léonie !

— Ne dis pas n'importe quoi, tu cherches à me faire peur ou quoi ?

Il pose une main sur mon genou avant de dire :

— Non, bien sûr que non, Léo. Je ne veux juste pas qu'il t'arrive quoi que ce soit !

— Il ne m'arrivera rien, Yan. Je ne vais pas me priver d'une soirée juste parce qu'il sera peut-être là !

Il acquiesce puis se retourne vers sa sœur qui nous fixe depuis cinq minutes.

— S'il te plaît, Isa, fais ce que je te dis.

— Mais pourquoi tu ne veux pas qu'elle l'approche ? demandé-je sans comprendre.

— Ça se voit que tu ne le connais pas, toi, me répond-il d'un coup.

— J'ai eu un aperçu l'autre fois, si !

— Et encore, il a été gentil, c'est ça qui m'a choqué d'ailleurs, m'avoue-t-il.

Je le dévisage un instant tandis qu'Isabelle reste silencieuse.

Dayan lui lance plusieurs regards dans le rétroviseur avant de dire :

— Tu sais de quoi il est capable, Isa, ce que je vous demande c'est pour votre bien, rien d'autre.

— On le sait, Yan, souffle-t-elle.

Il se reconcentre sur la route et le reste du trajet se fait dans un silence pesant. Aucun de nous trois ne dit un mot et c'est assez dérangeant… « Tu sais de quoi il est capable », cette phrase tourne dans ma tête sans cesse, me provoquant des frissons incontrôlables.

Qu'a-t-il donc fait ?

* * *

Nous attendons June depuis maintenant plusieurs minutes devant l'entrée de la résidence universitaire. Dayan ne fait que ronchonner, car il souhaite rejoindre au plus vite la fête.

— Bon, moi j'y vais ! finit-il par annoncer, impatient.

— D'accord, on te rejoindra alors ! réponds-je.

Il entre et se fait rapidement interpeller par plusieurs personnes. Il est si populaire, c'est incroyable !

— J'espère qu'il y aura des beaux mecs ! lance Isabelle en souriant.

— On te changera jamais !

On se met à rire jusqu'au moment où l'on aperçoit June courir vers nous. Quelle bombe ! Elle porte une robe rouge avec une ceinture noire autour de la taille et ses cheveux blonds retombent sur ses épaules nues : elle est irrésistible.

— Tu es ravissante, Juny ! s'exclame Isabelle en lui faisant un bisou sur la joue.

— Ouais, ouais, canon ! ajouté-je en l'enlaçant.

— Non mais parlez pour vous ! dit-elle dans un rire.

— Bon, allez go ! lance Isabelle en nous prenant par le bras.

— J'espère que les mecs seront beaux ce soir ! lâche June.

Je les regarde chacune leur tour en lançant :

— Non, mais vous êtes vraiment incorrigibles toutes les deux !

Isabelle se met à rire alors que June me regarde avec incompréhension.

— Elle m'a sorti exactement la même chose il y a deux minutes !

— Ah d'accord !

— Peut-être que tu trouveras ton prince charmant ce soir, Léo ! déclare Isabelle avec un sourire en coin.

— C'est même sûr ! continue June.

— Pourquoi ce serait sûr ?

— Hm, une intuition.

Je plisse les yeux puis entre à l'intérieur du bâtiment. Il y a beaucoup de monde, de tout âge. La pièce est immense et extrêmement bien décorée, c'est vraiment beau. Les murs sont peints en noir ou blanc, les décorations dans des tons rose pâle ; les verres, les chaises et même la boule de disco sont de la même couleur, et c'est vraiment joli. La musique est plutôt pas mal.

— Bon, tu vas pas rester scotchée sur la déco toute la soirée ! Viens, on va boire ! m'ordonne Isa en me prenant la main.

Je lui souris tandis qu'elle me traîne jusqu'au bar. June a déjà trouvé un mec pour la soirée, elle danse avec lui sur la piste au milieu de la foule. Je balaye la pièce du regard ; certaines personnes dansent et d'autres discutent debout et sur les canapés, un verre à la main. Je crois reconnaître un visage, je me décale légèrement et découvre avec étonnement Rodéric, assis sur un des canapés avec deux filles à ses côtés. Mon cœur se met à cogner contre ma poitrine et ma respiration se fait plus nerveuse. Je scrute chaque centimètre de la grande pièce, à la recherche de l'homme que je ne veux surtout pas croiser ce soir, mais je ne le vois pas. J'inspire profondément en fermant les yeux plusieurs secondes, rassurée.

— Léo ? T'as vu un fantôme ou quoi ? s'inquiète ma meilleure amie.

— Il y a Rodéric là-bas ! signalé-je en lui montrant du doigt les canapés, sans regarder.

Elle me prend la main aussitôt en ouvrant grand les yeux.

— Putain, Léo, il t'a vue !

— Quoi ?

Je tourne brusquement la tête et aperçois Rodéric s'approcher avec un sourire en coin.

Merde ! Merde !

— Prends ton verre, on y va ! ordonné-je en attrapant le mien.

Elle acquiesce. Nous commençons à nous éloigner, mais une voix rauque nous stoppe dans notre élan :

— Mademoiselle Foster !

Je me retourne aussitôt et me retrouve face à Rodéric.

— Comment tu connais mon nom ?

— J'ai mes sources ! me répond-il en souriant.

— Qu'est-ce que tu veux ? lui demandé-je.

— Pourquoi tu pointais ton doigt vers moi ?

— Euh… je…

— Elle me montrait juste l'une des filles à tes côtés qu'elle pensait reconnaître, lance Isabelle.

Le regard de Rodéric me lâche pour venir se poser sur celui de ma meilleure amie. Il ne prononce aucun mot durant de longues secondes. Il l'observe d'un air sauvage, il la dévore littéralement du regard. *J'hallucine ou il a flashé sur elle ?* Je tourne la tête vers Isabelle qui est exactement dans le même état que lui. *Non mais c'est pas vrai !*

Rodéric passe une main sur son menton en souriant :

— Et tu es ?

Elle entrouvre la bouche, surprise, et murmure :

— Tu ne me reconnais pas ?

Il hausse légèrement un sourcil en scrutant son visage et parvient à articuler :

— Isabelle ?

Elle sourit légèrement et il reprend :

— Mais c'est pas possible ! Comment t'as changé, c'est hallucinant !

— Tu as bien changé aussi.

Moi, je suis sur le cul. Je ne m'attendais pas du tout à ça – je suis souvent dans cet état en ce moment. Je savais qu'ils se connaissaient mais je ne pensais pas qu'ils seraient… heureux de se voir ?

Ils commencent soudain à discuter, de tout et de rien.

Je crois qu'ils ont oublié que j'étais là !

J'en profite pour le regarder un instant. Il est habillé tout de noir, une veste en cuir sur les épaules. Ses yeux bleus transpercent ceux de mon amie. Ses cheveux blonds sont coiffés légèrement en arrière et je m'arrête quelques secondes sur le tatouage sur sa gorge.

Un silence gênant s'installe avant qu'Isabelle reprenne :

— Tu es toujours son entraîneur ?

— Exact !

Il se tourne vers moi en me tendant la main.

— Pour refaire les présentations, je suis Rodéric, entraîneur et frère de Tobias Reed.

Je lui souris et lui serre la main en secouant légèrement la tête, amusée.

— Bon, je vais vous laisser, les filles ! On se reverra peut-être, dit-il en faisant un clin d'œil à Isabelle.

Il se retourne et part rejoindre les filles assises sur le canapé. Isabelle m'emmène dans un coin calme pour que personne ne puisse nous voir, et elle se met à crier de joie :

— Putain ! J'en reviens pas !

— Tu le connais beaucoup plus que ce que j'imaginais en fait ! dis-je dans un rire.

— Ça fait plus de deux ans que je ne l'ai pas vu, aussi…

— Il semble vraiment sympa.

— Ouais… Il est tout le contraire de Tobias.

Je bois mon verre cul sec, imitée par Isabelle.

— Merde ! J'ai complètement oublié de lui demander s'il serait là ce soir…

— C'est pas grave, il n'a pas l'air d'être là de toute façon.

— Ouais, t'as raison !

— Il a flashé sur toi, Rodéric, tu le sais ça ? lancé-je.

— Ne dis pas n'importe quoi !

— Je t'assure que si. Et toi aussi d'ailleurs ! lui signalé-je avec un sourire en coin.

— Bon, on va se resservir un verre et on va danser ? propose-t-elle en se déhanchant.

— C'est ça, change de sujet ! dis-je, amusée.

Nous nous dirigeons vers le bar en riant.

Dire que j'étais prête à éviter Rodéric à cause de tout ce que je peux entendre à leur sujet, ça me désole. *N'importe quoi !* À cause de toutes les rumeurs sur son frère, je deviens complètement parano…

En songeant à Tobias, je devrais sans doute être rassurée qu'il ne soit pas là, mais j'ai vraiment l'intuition qu'il n'est pas loin. Il m'a dit qu'on se reverrait, ça sonnait comme une promesse et il n'a pas l'air d'être du genre à ne pas les tenir.

Chapitre 10
Léonie

22 h 20

Depuis plusieurs minutes, Dayan et moi dansons sur une musique douce, lui me parlant de diverses choses que je n'écoute pas vraiment, je l'avoue. Mes pensées restent focalisées sur l'autre soir, au combat de boxe. Je n'arrive pas à me *le* sortir de la tête, c'est hallucinant. C'est plus fort que moi. Je revois ses yeux, son sourire, son petit geste de la main qui m'était destiné… Mais ce qui me trouble le plus, c'est la façon dont il m'a parlé. Il était si froid, si arrogant, mais si irrésistible. *Pourquoi m'avoir souri pour ensuite me parler comme il l'a fait ?* Quoi qu'il en soit, avec tout ce que j'ai entendu à son sujet, je ne pense pas lui dire le fond de ma pensée un jour ; je n'ai pas l'intention de le revoir non plus en fait, et je ne ferai rien pour recroiser sa route.

— Bon, tu vas finir par me dire ce qu'il t'arrive ou non ? fini par demander mon meilleur ami.

Je le fixe un instant. Je ne vais certainement pas lui dire à qui je songe. Même si j'aimerais au plus profond de moi lui avouer que Tobias Reed occupe toutes mes pensées, je me retiens. Dayan me ramènerait directement à l'appartement et ne me laisserait plus jamais en sortir.

— Il ne m'arrive rien, j'observe simplement June danser avec sa conquête ! dis-je en désignant mon amie du doigt.

Il se tourne légèrement pour la regarder se déhancher, un verre vide à la main. Je sens que je vais la retrouver à moitié morte dans pas longtemps… *Comme d'habitude en fait.*

— Mais c'est pas le même que tout à l'heure, si ?

— Non, c'est pas le même !

Nous nous mettons à rire un instant et il lance :

— June me ressemble là-dessus !

— C'est vrai !

Je resserre mon étreinte autour de son cou pour ne pas qu'il m'échappe avant de lui chuchoter :

— On a croisé Rodéric.

— Ah, tu lui as parlé ! dit-il en passant une main sous son menton.

— Isabelle lui a tapé dans l'œil !

— Arrête ? dit-il d'un hochement de tête.

— Je te jure, ricané-je.

— Alors ça, je ne l'ai pas vu venir, raille-t-il.

— Il semble être tout à fait normal…

Dayan laisse échapper un rire.

— Bien sûr qu'il est normal, surtout Rodéric !

— Excuse-moi de penser ainsi, mais avec tout ce que j'entends sur son frère…

— En parlant de Tobias, tu ne l'as pas vu ? me demande-t-il subitement.

— Non.

— Hm.

— Pourquoi ? Il est ici ?

— J'en sais rien, répond-il d'un ton bien trop froid.

Il me lâche d'un geste vif et s'apprête à partir, mais j'attrape son bras en soufflant :

— Dayan, si tu ne veux rien me dire ne me dis rien, mais ne me mens pas !

Il me dévisage puis s'avance vers moi pour m'embrasser la joue en chuchotant :

— Ne reste pas seule, va rejoindre Isabelle. Je reviens plus tard.

Il ne me laisse pas le temps de répondre. Je me retrouve complètement seule au milieu de la foule qui se déchaîne au rythme de la musique. Je soupire en passant une main dans mes cheveux. Je n'aime pas lorsqu'il me cache des choses. Il me disait tout, avant.

Je pars à la recherche d'Isabelle en longeant un long couloir bondé et j'ouvre une porte qui donne accès à une grande salle. Plusieurs personnes s'y trouvent, occupées à danser et à boire, mais mon regard se pose sur June, assise sur une chaise, les yeux dans le vide. *Oh non !* Je cours vers elle et m'accroupis en prenant sa tête entre mes mains.

— June, regarde-moi !

Elle relève la tête, ses yeux sont rouges, à moitié fermés.

— T'as fumé ? demandé-je, furieuse.

— Hmmm, ouais ! dit-elle en balançant sa tête de tous les côtés.

— Mon Dieu, June… regarde dans quel état tu es…

Elle ne répond pas. Elle est si pâle. C'est uniquement grâce à mes mains que sa tête arrive à tenir. Je ne sais pas du tout quoi faire dans ces moments-là.

— Je me sens pas bien… gémit-elle en se tenant le ventre.

— Oh non… d'accord, d'accord. Attends, je vais appeler Isabelle !

Je lui caresse les joues et lui embrasse le front. J'attrape mon portable et appelle Isabelle qui ne me répond qu'au bout de trois appels.

— Putain, Isabelle, June est dans un sale état, il faut que tu viennes !

— Vous êtes où ?

— Dans la salle au fond du couloir, dépêche-toi, Isa. S'il te plaît !

Elle raccroche sans répondre.

— Ça va aller, Juny.

— Il m'a laissée tomber l'autre… connard ! parvient-elle à articuler.

Je m'abstiens de répondre. Je ne veux pas la mettre encore plus mal qu'elle ne l'est déjà.

Nous attendons plusieurs minutes, je retiens toujours le visage de June entre mes mains. Je souffle de soulagement lorsque je vois enfin Isabelle courir vers nous et s'agenouiller à mes côtés.

— Oh non, elle a recommencé ? constate-t-elle.

— Oui, il faut l'emmener dans une chambre.

— La mienne est au-dessus !

— Génial ! Aide-moi à la lever ! dis-je en attrapant un bras de June.

Isabelle s'empare de son autre bras en le passant derrière son cou et on se précipite vers le couloir. Mais après quelques secondes de marche difficile, June s'arrête brusquement en se libérant de notre emprise pour aller vomir dans une poubelle.

Oh non…

— Eh merde ! jure Isabelle en mettant la main sur son front.

— Il faut qu'on arrive à l'emmener à l'étage !

Elle acquiesce d'un air attristé et nous attendons quelques instants que June se sente un peu mieux pour recommencer à avancer.

Une fois à l'étage, nous arrivons directement dans un long couloir desservant six portes. Je les observe une à une tandis qu'Isabelle s'arrête brusquement en me fixant avec des yeux globuleux.

— Quoi ?

— J'ai laissé mes clés dans la voiture…

— Mais tu te fous de moi là ! Merde, Isa ! maugréé-je.

— Je sais, je sais…

— Peut-être qu'une des autres portes sera ouverte ! dis-je désespérément.

— On peut toujours essayer.

Elle lâche June si brutalement qu'elle s'avachit sur moi. Je manque de tomber au sol avec elle. Je grogne contre ma meilleure amie tandis qu'elle tente d'ouvrir les portes, qui sont toutes verrouillées. Elle se tourne vers moi en me regardant tristement et je propose :

— Essaie la dix-huit.

Elle me fixe un instant, hésitante, et finit par s'approcher de la dernière chambre, qui s'ouvre comme par magie. Elle se tourne vers moi en souriant de toutes ses dents et nous nous précipitons à l'intérieur de la chambre. Je dépose June sur le lit double, la recouvre des couvertures et je rejoins Isabelle qui est dans la salle de bains en train de se regarder dans le miroir.

— Il n'est que vingt-trois heures et elle est déjà dans cet état ! Elle y est allée fort quand même… dit-elle tristement.

— Je pensais qu'elle avait arrêté…

— Visiblement, on s'est trompées.

— Ouais…

Elle se positionne soudain derrière moi.

— Ton ruban est tout de travers, maintenant.

— Remets-le-moi alors, dis-je dans un rire.

Elle le réajuste sans dire un mot. J'observe mon reflet dans le miroir le temps qu'elle finisse et je songe à ce début de soirée plutôt chaotique : Dayan qui devient distant avec moi, June qui s'est mise à consommer alors qu'elle nous avait pourtant promis qu'elle était passée à autre chose… Je me demande sincèrement comment va se terminer cette soirée.

— Voilà, tu es de nouveau parfaite ! sourit ma meilleure amie en me tapotant l'épaule.

Je la remercie avant d'éteindre la lumière et de rejoindre la chambre.

— Tu devrais partir pour profiter de la soirée, je reste avec elle, annoncé-je en ouvrant la fenêtre.

— Vraiment ?

— Oui, ne t'inquiète pas.

Elle s'approche de moi en souriant, reconnaissante, puis m'embrasse la joue.

— Merci.

Je lui souris à mon tour puis elle quitte la chambre. Je me retourne vers la fenêtre et observe l'horizon, les bras croisés, en attendant patiemment que June se sente un peu mieux.

Tobias

Quinze minutes plus tôt

Après avoir ajusté ma veste, je ferme la fenêtre et descends rejoindre Rodéric qui me harcèle depuis un long moment. La porte claque derrière moi tandis que je longe le couloir avant de descendre rapidement les escaliers. Je balaye la salle du regard et aperçois enfin mon frère, assis à côté de plusieurs nanas. Dayan est également présent, installé sur le canapé avec eux.

— Eh bah, t'en as mis du temps pour arriver ! me signale Rodd.

Je m'assois à côté de lui sans prendre la peine de lui répondre. Dayan s'approche de moi en souriant, me serre la main et déclare :

— J'ai bien cru que tu n'allais jamais venir !

— Ce genre de fête, ça ne commence jamais avant vingt-trois heures !

— Qu'est-ce que tu fais à une soirée comme celle-là, d'ailleurs ? me demande-t-il en s'asseyant sur la table basse devant moi.

— J'avais que ça à faire ce soir. Je voulais voir s'il y avait des gens intéressants.

Je remarque la mâchoire de Dayan se serrer, ce qui me fait intérieurement sourire. Je sais très bien à quoi il pense, mais je préfère ne rien dire pour le moment.

— Y a que des gosses de riches ici ! balance subitement Rodéric.

— C'est ça l'université, les gars ! s'exclame Dayan.

Je souris en silence. Mon regard se porte brusquement sur un abruti qui vient de tomber à quelques mètres de moi. Plusieurs personnes s'approchent pour lui venir en aide, mais mes yeux restent bloqués sur ses clés qui ont glissé jusqu'à moi.

Ma porte !

Putain de merde, Reed !

Je tapote le bras de Rodéric en demandant :

— Beaucoup de personnes montent à l'étage ?

— Ouais pour se p'loter, pourquoi ?

— Et merde ! Je reviens.

Je me lève en soufflant et empreinte rapidement les escaliers pour rejoindre ma chambre. Comme toujours, les regards sont braqués sur moi, mais je n'y prête pas attention et continue mon chemin. C'est devenu mon quotidien. Je jette un léger coup d'œil vers les portes d'entrée où sont postés deux de mes gardes du corps – au cas où des journalistes voudraient se joindre à la fête.

Arrivé devant la porte de ma chambre, je vois qu'elle est entrouverte et mon sang ne fait qu'un tour. *Non mais c'est pas possible ! Je suis descendu à peine dix minutes et quelqu'un est déjà en train de squatter ma chambre ?* Moi qui ne voulais pas m'énerver ce soir…

J'ouvre doucement la porte, sans un bruit. Les lumières sont éteintes, mais l'éclat de la lune me permet de voir la chambre dans les moindres détails. Je m'approche et remarque quelqu'un debout, face à la fenêtre, les bras croisés, en train de regarder droit devant elle. Je reconnaîtrais cette silhouette parmi des centaines d'autres. Sa cambrure et ses longues jambes fines, son corps tout entier a un effet bien trop ravageur sur moi. Elle ne m'a pas entendu. Elle respire fort, très fort. Je tourne la tête vers le lit et aperçois une autre fille étendue de tout son long, inconsciente.

— C'est quoi ce bordel ? grondé-je.

La fille devant la fenêtre sursaute et se retourne brusquement. Quand elle m'aperçoit, j'ai l'impression qu'elle va faire une crise cardiaque. Elle est ridicule, mais j'avoue qu'elle est vraiment belle, *putain !* Ses cheveux sont remontés en queue-de-cheval et l'envie de passer mes doigts dedans pour la basculer en arrière me rend dingue. Et cette bouche, cette bouche que j'ai envie de dévorer depuis le jour où je l'ai rencontrée… J'ai envie d'une seule chose, que cette fille soit mienne. Qu'elle m'appartienne corps et âme, quel qu'en soit le prix.

Le problème, c'est que, si je parviens à mes fins, j'ai peur que mon côté dévastateur prenne le dessus et la fasse fuir, me laissant de nouveau seul, noyé dans la noirceur de mon âme. Donc ce n'est pas envisageable, il faut que je me ressaisisse, et vite.

Elle me dévisage fixement, toujours sous le choc, et ma colère prend le dessus.

— Réponds-moi, putain !

— C'était la seule chambre d'ouverte, et elle était tellement mal que j'ai dû la mettre sur le lit… m'explique-t-elle en désignant son amie de la main.

— Ouais, bah maintenant vous bougez d'ici ! dis-je durement.

— Quoi ? Non, hors de question ! déclare-t-elle brusquement.

Je hausse un sourcil et l'observe, légèrement surpris. J'aime son tempérament. J'ai remarqué qu'elle peut être très calme et innocente, mais également très sûre d'elle. J'en ai eu la preuve l'autre soir au combat, elle me paraissait douce et sainte-nitouche comme beaucoup d'autres filles, mais dès que je lui ai parlé, j'ai rapidement changé d'avis à son sujet.

Rapidement, je m'approche d'elle et la plaque contre le mur. Je place une main à côté de sa tête en veillant à ce que ma peau frôle la sienne, et lui murmure :

— Et pourquoi tu aurais le droit de rester ici, trésor ?

— Tu ne peux pas la mettre dehors dans l'état où elle se trouve…

Elle fait une moue dans l'espoir de m'attendrir, sauf que je m'en tape royalement que sa pote soit en mauvais état. Elle pourrait être en train de crever, ce serait pareil.

Je place ma main libre sur l'autre côté de son visage et l'observe attentivement. Ses yeux sont si beaux, turquoise et bordés de longs cils, *bon sang…* Et son petit nez, et puis ses lèvres pulpeuses… J'ai besoin d'y goûter, c'est plus fort que moi… Elle a un effet sur moi qu'aucune autre n'a réussi à avoir et je déteste ça. Ça ne peut pas être réel, ce n'est qu'une illusion. Une attirance passagère…

— Il faut que tu partes, murmuré-je.

— Je ne peux pas la laisser, dit-elle tout bas.

Je vais péter un plomb, je le sais, je le sens. Elle a peur, c'est évident, mais elle me tient tête. Elle ne sait visiblement pas à quoi elle s'expose en continuant sur ce dangereux chemin. D'habitude elles font tout ce que je demande, de peur de me contrarier, et ça me va très bien. Mais avec elle…

— Ne m'oblige pas à te porter…

Je la toise avec tellement de haine, mais aussi avec tellement d'envie, que ça en devient pathétique. Elle détaille chaque partie de mon visage sans en rater une miette. Je sais l'effet que j'ai sur elle, elle déglutit et je vois ses jambes trembler sous cette attraction dévastatrice qui l'anime. J'avais prévu de la revoir, mais pas dans ces circonstances. J'aurais pris un malin plaisir à faire dégager n'importe qui d'autre, mais je n'arrive à rien avec elle… Ça me met hors de moi.

Elle ne répond pas. Elle se contente simplement de me fixer, me faisant clairement comprendre qu'elle ne bougera pas d'un pouce.

Ma mâchoire se contracte à m'en faire mal. Mon poing se serre contre le mur.

De contrariété, je frappe la paume à plat contre le mur et je quitte la chambre précipitamment. Je pousse toutes les personnes qui se trouvent sur mon chemin et ouvre violemment les portes du bâtiment pour sortir prendre l'air. Les gardes du corps ne me retiennent pas et me regardent m'éloigner à quelques mètres. Je m'arrête près d'un arbre, les battements de mon cœur contre ma poitrine se font plus intenses. Je donne un violent coup de poing sur le tronc d'arbre, qui me fait grimacer de douleur. Ouais, c'est ridicule, mais j'ai besoin de cette souffrance pour me calmer.

Je pose ma main ensanglantée sur le tronc d'arbre et baisse la tête. J'inspire profondément plusieurs fois, et mon souffle redevient enfin régulier.

— Tobias ! Qu'est-ce qu'il t'arrive ? s'écrie Rodéric en courant vers moi.

Je relève la tête vers le ciel, inspirant l'air frais en fermant les yeux un instant. Je sens la présence de mon frère à mes côtés. Je sais qu'il me regarde avec tristesse et incompréhension.

— Dis-moi ce qu'il s'est passé, As.

Je me recule brusquement en faisant les cent pas devant lui avant d'exploser :

— Je sais pas ce qu'il m'arrive Rodd, elle me rend fou, putain !

— Quoi ? Qui ça ?

— La petite protégée de Dayan ! Léonie Foster !

Chapitre 11
Léonie

Je m'assois sur le lit un instant pour reprendre mes esprits. Tous mes muscles m'ont lâchée, mes jambes et mes mains tremblent de frayeur. *Mon Dieu,* je n'en reviens pas de ce qu'il vient de se passer. C'est clair que maintenant il me déteste, il doit me haïr jusqu'au plus profond de lui ; mais je ne pouvais tout de même pas le laisser nous mettre dehors alors que June était inconsciente, hors de question ! Il faudrait vraiment être sans cœur pour laisser faire une chose pareille.

Mais ce qui m'a le plus troublée, c'est la façon dont il m'a regardée. Ses yeux étaient remplis de rage et de haine, j'ai rarement vu un regard aussi effrayant. Pour la première fois de ma vie, j'ai eu peur qu'un homme lève la main sur moi. Je n'ai jamais ressenti une telle frayeur.

Seulement, j'ai en même temps eu l'impression qu'il me dévisageait profondément, comme si je lui plaisais. Ça paraît idiot, je sais.

Je ne pensais pas le revoir aussi vite et surtout maintenant, dans cette chambre, *sa* chambre. Il fallait qu'on tombe sur la sienne…

Le sort s'acharne sur toi, Léonie.

— Léo… m'appelle June d'une petite voix.

Je me précipite vers elle alors qu'elle s'apprête à se lever.

— Ça va ? lui demandé-je en l'aidant à se tenir debout.

— Oui, ça va mieux.

Elle se dirige vers la salle de bains pour se mettre de l'eau sur le visage.

— T'es sûre que ça va, Juny ? redemandé-je doucement.

— Oui, oui très bien.

Je plisse les yeux, stupéfaite. Comment ça se fait qu'elle soit sur pied aussi vite ? *Peut-être en ayant vomi ?*

Je m'approche d'elle et replace une mèche derrière son oreille.

— T'as entendu quelque chose pendant que tu dormais ? la questionné-je rapidement.

— Non, pourquoi ?

— Pour rien.

Elle me sourit en éteignant la lumière.

— On y retourne ? demande-t-elle avec entrain.

— Quoi ? Non !

— Pourquoi ? Ça va mieux, je t'ai dit.

— Tu es sûre ? On peut rester là quelques minutes sinon…

— Oui, oui, je suis sûre ! Allez, viens ! dit-elle en me prenant la main.

Je suis abasourdie par cet élan d'énergie.

Nous quittons la chambre mais, avant de fermer la porte, je lance un dernier coup d'œil à l'intérieur en repensant à la scène qui vient de se jouer avec ce boxeur. Je me demande où il a bien pu aller en partant, dans l'état où il était…

— Allez, Léo ! me pousse légèrement June.

— J'arrive !

* * *

June part rejoindre Isabelle. Moi, j'ai besoin de prendre l'air. J'ouvre les deux grandes portes, et un vent glacial vient me fouetter le visage. J'inspire profondément puis m'avance dans l'obscurité. Je m'appuie contre le mur, perdue dans mes pensées. Je reste ici de longues minutes jusqu'à ce que j'entende mon prénom résonner tout autour de moi. Je sursaute et je suis surprise de découvrir Rodéric et Tobias en pleine discussion. Le grand blond a les bras croisés tandis que son frère fait les cent pas devant lui. Je tente de me dissimuler le mieux possible contre le mur pour essayer d'écouter leur conversation.

— Mais de quoi tu veux parler, Tobias ? demande Rodéric.

— Je sais pas, Rodd, c'est ça le problème !

Je ne les regarde pas, par peur de me faire repérer, alors je me contente d'écouter avec attention. Normalement je ne l'aurais pas fait, mais là, j'ai entendu mon prénom alors c'est plus fort que moi.

— Comment ça, elle te rend fou ?

Je n'entends rien durant de longues secondes, je retiens mon souffle comme je peux, de peur de me faire prendre. Sincèrement, je ne sais pas comment ils pourraient réagir.

Reed répond enfin :

— Il y a quelque chose qui me retient quand je suis avec elle, Rodd, et je ne le supporte pas !

Il ne peut pas parler de moi, c'est pas possible… Je décide de jeter un coup d'œil discrètement et j'aperçois Rodéric poser la main sur l'épaule de son frère.

— Je ne supporte pas ressentir ça, Rodéric.

Je n'arrive pas à assimiler tout ce qu'il est en train de dire. Mon esprit est au bord de la rupture. Ils parlent réellement de moi et je n'arrive pas à tout comprendre. C'est comme si mon subconscient me hurlait de ne pas y croire.

— Je sais, As, je sais…

Tobias lève la tête en passant les deux mains derrière son cou puis se retourne brusquement pour regarder dans ma direction. *Merde !* Je colle ma tête contre le mur en soufflant plusieurs injures. Je repars au pas de course vers l'entrée du bâtiment. *Faites qu'il ne m'ait pas vue, faites qu'il ne m'ait pas vue…*

Je répète cette phrase plusieurs fois en soufflant.

Je ne suis qu'à quelques mètres de l'entrée lorsque je sens une main m'attraper le bras. Je me retourne instinctivement et je retiens mon souffle en voyant Tobias devant moi. Il est si grand que je dois lever les yeux pour le regarder en face. Il me dévisage de ses iris émeraude, à la fois intenses et impassibles. Je ne l'ai jamais regardé dans les yeux plus de quelques secondes, mais à ce moment, c'est comme si son âme était envahie par l'obscurité. C'est très dérangeant, j'ai la nette impression d'être un petit animal sans défense lorsqu'il me scrute de cette façon. Mais pourtant, son regard s'est radouci. Je suis toujours aussi perturbée par sa présence que lorsque je l'ai rencontré. Ses émeraudes me toisent au plus profond de mon être.

Mon regard se pose sur sa main, qui serre mon bras, et j'aperçois du sang couler de cette dernière. *Qu'a-t-il fait ?*

— Pourquoi tu nous écoutais ? demande-t-il froidement.

— Euh... En fait... bégayé-je sans savoir quoi répondre.

Il s'approche de moi, bien trop près de moi.

— Pourquoi tu bégayes, Léonie ?

Le son de sa voix prononçant mon prénom me provoque des frissons incontrôlables.

— Je ne vous écoutais pas !

Il resserre l'étreinte de sa main sur mon bras pour me rapprocher un peu plus de son corps.

— Tu en es sûre ?

— Je suis arrivée par hasard et j'ai entendu mon nom, alors...

— Et ça te donne le droit d'écouter ? murmure-t-il à mon oreille.

Bordel... Je vais tomber par terre s'il continue son petit jeu.

Je devrais m'éloigner de lui au plus vite et partir en courant. Je devrais me méfier de lui, le redouter comme tout le monde dans cette fichue ville, mais je n'y parviens pas, je suis pétrifiée. Je ne sais pas ce qu'il me prend, vraiment pas.

Il me regarde toujours comme s'il allait me dévorer d'une seconde à l'autre et ça me déstabilise tellement que mes jambes en flageolent. Nos corps sont proches, beaucoup trop proches. Il place une main sur mon cou et, avec son pouce, me caresse doucement la joue. Ce simple contact me procure un énième frisson qui parcourt ma peau. Mon cœur tambourine dans ma poitrine à une allure folle. Un léger sourire se forme sur son visage tandis qu'il s'approche de moi, si bien que je sens le bout de ses lèvres frôler les miennes. Mes jambes sont sur le point de céder tant l'intensité entre cet homme et moi est pesante, profonde. Ses doigts lâchent mon bras pour venir se nicher au creux de mon dos, pour me coller à lui. Mes mains se posent sur son torse pour trouver un certain équilibre et mon souffle se coupe lorsqu'il se penche pour effleurer mes lèvres des siennes.

Bon sang…

Il ne m'embrasse pas, il les caresse simplement. Ce n'est peut-être qu'un simple toucher, mais ce contact provoque des picotements sur chaque parcelle de ma peau, chaque centimètre.

Quelle idiote !

Je ne sais même pas pour quelle raison je le laisse faire. Je ne l'apprécie pas, et surtout, il me fait peur ; j'ai peur de cet homme. Il est violent et incontrôlable.

Il se recule brusquement en rompant tout contact.

— Tu devrais partir.

Sa voix est grave et menaçante. Il est si lunatique, c'est incroyable.

— Je n'aurais pas dû faire ça, continue-t-il d'une voix méprisante.

— Exactement ! répliqué-je, vexée.

— Tu devrais vraiment faire attention à toi, trésor, murmure-t-il à mon oreille.

Il se retourne et je le suis du regard, le souffle court, avant de retourner à la soirée, toujours sous le choc.

* * *

Je demande au barman deux shots de vodka que je bois quasiment cul sec. Je reste assise au comptoir, sur un tabouret, en me tenant la tête qui est actuellement lourde, très lourde. Je n'aurais pas dû boire aussi vite, mais j'en avais besoin.

Ce boxeur me fait perdre tous mes moyens, et ça me rend malade. Tout le monde me dit de ne pas l'approcher, de ne pas lui parler ou de partir en vitesse si je le croise, mais je n'y arrive pas. C'est lui qui vient à moi à chaque fois et je ne peux rien y faire. Et puis, il n'a pas l'air de me vouloir du mal, *même s'il me fait flipper* !

— Léonie, mais qu'est-ce que tu fais ? me demande soudain Isabelle en voyant les verres vides sur le bar. C'est toi qui as bu tout ça ?

— Ouais ! réponds-je d'un hochement de tête, mais ne t'inquiète pas Isa, je vais bien !

— Ouais, c'est ça ! Lève-toi !

Elle me prend la main et me fait descendre du tabouret. Je pose les deux mains sur ses épaules pour trouver le bon équilibre et la regarde, les yeux mi-clos.

— Léonie, tu as trop bu ! Heureusement que Dayan ne t'a pas vue dans cet état ! dit-elle, furieuse.

— Oh ça va, je m'amuuuse un peu !

— Oui mais pas en buvant autant, Léo !

Je ne dis rien et elle se met à regarder attentivement ma joue.

— C'est quoi ça ? m'interroge-t-elle en me touchant le bas de l'oreille.

— Quoi, c'est quoi ? chuchoté-je en la fixant.

— Mais c'est du sang ! C'est quoi ce bordel ? Qu'est-ce que t'as fait ?

Je frotte ma main sur ma joue et regarde le bout de mes doigts, plein de sang. *Oh le con !* C'est le sang qu'il avait sur les mains.

— Comment t'expliquer… articulé-je comme je peux.

— Tu t'es battue ? s'écrie-t-elle, les yeux ronds.

— Quoi ? Non ! Ce n'est pas moi !

— Comment ça, pas toi ?

— Non, mais, je sais pas s'il s'est battu ! Il avait du sang sur les mains quand je l'ai revu après l'avoir croisé dans la chambre et…

— Mais de qui tu parles ? me coupe-t-elle.

Je la regarde, sans un mot.

— Ne me dis pas que… Oh non… Léo !

— C'est pas de ma faute ! C'est sa chambre la dix-huit, tu sais ! Et comme je ne voulais pas m'en aller vu l'état de June, il s'est énervé et il est parti et…

— Et quoi ? demande-t-elle, perplexe.

— Je l'ai revu et… Il m'a…

— Il t'a frappée ? crie-t-elle brusquement.

Tout le monde se retourne vers nous pour nous dévisager. *Il ne manquait plus que ça !*

— Bien sûr que non, ne fais pas cette tête !

Elle me fixe pour que je parle, mais je n'ose pas décrocher un mot. Je ne sais pas pourquoi, mais je ne veux pas qu'elle sache qu'il m'a embrassée. J'ai peur qu'elle le dise à Dayan où qu'elle s'imagine des choses par rapport à ce boxeur et moi. J'ai confiance en elle et je sais que c'est l'alcool qui pense à ma place. Je le lui dirai, mais pas tout de suite.

— Il m'a simplement touché la joue et a laissé du sang dessus, parviens-je à dire.

— Hmm, fait-elle en plissant les yeux. Viens, on va nettoyer ça !

* * *

Je regarde mon visage dans le miroir des toilettes, les yeux mi-clos, et attends qu'Isabelle finisse de me rincer le visage. Elle est concentrée, je sais qu'elle hésite à me poser un tas de questions. Elle sait que j'ai bu et que je pourrais lui raconter un peu n'importe quoi, mais elle ne tardera pas à craquer.

Elle pose la petite serviette sur le bord du lavabo puis me fait pivoter pour enfin demander :

— Dis-moi ce qu'il s'est passé, Léonie !

Je la regarde un instant en soupirant, avant d'avouer :

— Il m'a embrassée.

— Quoi ? s'égosille-t-elle.

— Non, enfin, il a juste effleuré mes lèvres.

— Tobias Reed, le boxeur, le mec que tout le monde redoute, le gars le plus inatteignable a posé ses lèvres sur les tiennes ?

— Ouais…

Elle me scrute, abasourdie, comme si je venais de lui avouer quelque chose de très grave, alors que ce n'est pas le cas, *si ?*

— Il embrasse bien d'autres filles, non ? ajouté-je en faisant les cent pas.

Rien que d'y penser, je m'en veux de l'avoir laissé faire. Je ressens un soudain dégoût qui me ferait presque vomir.

— Oui, mais avec tout ce que tu m'as dit ça ne semble pas être la même chose, déclare-t-elle en mettant les deux mains sur mes épaules.

— Comment ça ?

— Tu sais, je le connais un peu, comme il est très proche de Dayan. J'ai pu voir son attitude envers les femmes et je peux te jurer qu'il est totalement différent avec toi. J'ai l'impression que c'est d'un autre homme dont on parle.

Je la dévisage, confuse.

— Ne me regarde pas comme ça, Léo, dis-moi quelque chose.

— Je ne vois pas en quoi il est différent. Il est arrogant et violent… ! finis-je par répéter en secouant la tête.

Elle soupire mais se retient de rire :

— Tu as trop bu ! On devrait rentrer.

— Non ! Il n'est que minuit trente !

— Je m'en fous !

Je m'approche d'elle en inclinant la tête et la supplie du regard.

— Bon d'accord, capitule-t-elle, on reste encore une heure et on rentre !

Chapitre 12
Tobias

1 h 00

— Il faut que tu te contrôles Tobias, tu ne peux pas te permettre de t'abîmer les mains ! s'exclame Rodéric, furieux, en passant un produit désinfectant sur mes phalanges.

Nous sommes montés dans ma chambre pour qu'il puisse s'occuper de ma plaie. Il n'avait pas décroché un mot depuis tout à l'heure.

— T'as un combat demain soir, As, alors canalise-toi un peu ! continue-t-il durement.

— Je sais.

— Bien sûr que tu sais !

Je ne réponds pas. Il place un bandage sur ma peau, silencieux. Il est furieux. Je l'observe quelques instants et remarque la veine de son front briller sous la lumière. Il est si contrarié. C'est dur pour moi de me contrôler dans des moments pareils, mais c'est plus fort que moi. D'habitude c'est sur le ring que j'extériorise toute cette colère, mais ce soir je ne pouvais pas attendre.

— Voilà ! dit-il en tapotant ma main.

— Merci.

Il range tout son matériel tandis que je me rends sur le balcon. Je pose mes deux mains sur le rebord en regardant devant moi. Il y a quelques personnes devant le bâtiment qui parlent et rient entre eux. Ça me change vraiment des soirées que j'organise, l'ambiance n'est pas du tout la même.

Rodéric me rejoint et s'accoude sur le balcon.

— Maintenant que t'es calmé, j'ai une question à te poser.

Je tourne légèrement la tête vers lui et il reprend :

— T'as eu un coup de cœur pour elle ?

Je le dévisage, surpris par son air sérieux.

— Ne me regarde pas comme ça ! C'est juste que tu…

— Non, non, je t'arrête tout de suite, Rodd ! le coupé-je en levant les deux mains en l'air.

— Tu n'as jamais connu cette sensation et tu ne sais pas comment gérer, continue-t-il.

— Ne dis pas n'importe quoi !

Il se redresse en m'observant d'un regard tendre.

— C'est la seule explication à ton comportement envers elle. T'as jamais été comme ça avec une femme, As !

— Elle me fait juste pitié, c'est tout !

Il me scrute un instant puis se met à sourire de toutes ses dents. Il change si vite d'humeur, c'est d'ailleurs l'un de nos seuls points communs.

— Allez, pas à moi ! On a été élevés ensemble, je te rappelle, dit-il avec un clin d'œil.

Je ris nerveusement sans lui répondre. Il dit vraiment n'importe quoi. Les coups de cœur n'existent pas, tout ce qu'on peut dire sur l'amour n'est que foutaise. C'est éphémère, tout est éphémère. Je me suis contenu avec cette fille parce qu'elle me faisait pitié, rien d'autre.

Elle me fait quand même bander ! Plus que n'importe qui d'autre !

C'est vrai qu'elle est belle, vraiment belle même. Et alors ?

Je ne compte pas dire à Rodd que je l'ai embrassée, il me charrierait pendant des heures. Je ne sais pas ce qui m'a pris. C'est la première fois que je fais ça sans aller plus loin. Je ne peux pas expliquer ce qui a bien pu me passer par la tête. Mais il le fallait, j'avais un besoin urgent d'établir un contact avec elle.

Tu te ramollis, Reed !

En voyant que je ne réponds plus, il change de sujet :

— J'ai revu Isabelle, dit-il d'un coup.

— La sœur de Dayan ?

— Ouais !

— Tu ne l'avais pas revue ? demandé-je, surpris.

— Bah, tu sais, j'ai quitté Chicago un long moment et lorsque je suis rentré, je ne sortais plus beaucoup… Je voyais Dayan quelques fois et c'est tout, me confie-t-il tristement.

Mes poils se hérissent lorsque son regard douloureux accroche le mien. Je n'aime pas quand il repense à ce qu'il s'est passé.

— Et alors ? Elle est canon j'imagine, si tu m'en parles ! lancé-je pour lui faire penser à autre chose.

— Oh putain, tu la verrais ! affirme-t-il en levant la tête en l'air.

— On dirait bien que c'est toi qui as eu un coup de cœur, mon vieux ! plaisanté-je.

Il pose les deux mains sur mes épaules.

— Oui, mais moi je l'avoue, contrairement à toi !

***

Je suis assis sur un des canapés, entouré par Rodéric et Dayan en pleine discussion au sujet du combat de demain soir.

— Demain, il affrontera un de ses plus grands adversaires, Satyre, annonce Rodd à Dayan.

— Sérieux ?

— Ouais !

Dayan se tourne légèrement vers moi en disant :

— Tu sais qu'il a battu tous les autres boxeurs durant ton absence ?

— Je sais. Mais je l'ai mis K.-O. la dernière fois et demain ce sera la même chose, déclaré-je dans un rire nerveux.

Ils échangent un regard complice et continuent de parler de tous les K.-O. que j'ai infligés durant des années. Je les écoute tout en regardant fixement en direction du bar. Je *la* vois, assise sur un des grands tabourets en train de boire encore et encore comme une alcoolique mélancolique. De là, je peux apercevoir à quel point elle est soûle. Je ne la lâche pas du regard une seule seconde, c'est plus fort que moi. Je lutte pour me changer les idées, mais je n'y parviens pas.

Une voix me coupe dans mes pensées :

— Oh mon Dieu, Tobias Reed ! Je peux m'asseoir ? me demande une fille d'à peu près mon âge.

Je tourne la tête un instant pour la reluquer. *Quelle allumeuse…* Elle porte un short en cuir noir très court avec un t-shirt de la même couleur. Mes yeux remontent pour observer son visage bien trop maquillé.

J'esquisse un sourire en hochant la tête. Elle s'installe aussitôt à côté de moi, très près de moi. *Bah quoi ?* Si je peux me la faire ce soir, c'est avec plaisir. Elle est plutôt jolie, puis bien foutue donc ça me va très bien.

— Je suis tellement fan de tes combats ! me confie-t-elle en me dévorant du regard.

Je m'approche d'elle doucement pour lui chuchoter à l'oreille :

— Ah oui ?

Je la sens frissonner tandis qu'elle hoche la tête. Elle est comme toutes les autres : il suffit que je m'approche d'elle et c'est dans la poche.

Malheureusement, pas toutes.

— Tu as prévu quelque chose après la soirée ? m'allume-t-elle.

— Je suis libre, ma belle, annoncé-je avec un clin d'œil.

Elle me sourit et je me replace confortablement sur le canapé. Elle commence à me parler de je ne sais trop quoi, je m'en branle complètement. Je me remets à fixer le bar lorsque j'aperçois un gars s'asseoir à côté d'*elle*, de cette fille qui arrive à me déstabiliser en une fraction de seconde. Il lui parle, la reluque sans aucune gêne. Je les observe attentivement, mais je sens que je ne vais plus tenir très longtemps.

La belle blonde se rapproche dangereusement de moi avec un regard rempli de sous-entendus. Pour calmer mon envie de me lever pour commettre l'irréparable, j'attrape sa chevelure dorée et plaque brusquement mes lèvres sur les siennes. Elle s'agrippe à mes avant-bras en se dandinant sur le canapé. C'est tellement facile que ça en devient ridicule, un simple regard ravageur et c'est dans la poche.

Pathétique !

Je sens ses mains se rapprocher dangereusement de mon ventre alors je m'en empare violemment, ce qui me donne droit à un regard complètement paniqué. Un sourire en coin m'échappe. Je me lève d'un coup sous le regard de toutes les personnes aux alentours.

Je me baisse légèrement pour chuchoter à l'oreille de la blonde :

— Chambre dix-huit à l'étage, viens à la fin de la soirée, j'y serai, ma belle.

Je ne la laisse pas répondre, car je sais qu'elle viendra, et je me dirige vers le bar. Mes pensées sont totalement hors de contrôle depuis que ce putain de gars s'est assis à côté d'*elle*.

Arrivé à leur hauteur, je me fais accueillir par un regard tétanisé du gars assis à côté de Léonie.

— Bouge !

Il ne réagit pas durant quelques secondes, mais finit par partir aussi vite qu'il est arrivé. Je recule le tabouret et m'accoude au comptoir en la regardant attentivement. Elle me reluque, les yeux grands ouverts, comme si elle ne se rendait pas encore compte que c'était moi qui étais à côté d'elle. J'aurais presque envie de rire, mais je me retiens et demande au barman :

— Deux Black !

— Deux quoi ? me demande-t-il en me fixant, presque paralysé de m'avoir devant lui.

C'est vrai qu'ils ne connaissent pas ça ici, ces imbéciles.

— Deux scotchs, soupiré-je.

— Non, non, j'ai déjà trop bu, moi ! proteste Léonie en détournant le regard.

— Un scotch et un jus d'orange ! dis-je alors en lançant un bref regard aux yeux bleu turquoise qui viennent de me quitter.

Elle se triture les doigts de longues secondes jusqu'à ce que nos verres arrivent. Je me tourne vers elle, qui se met à essayer de me fixer, luttant contre le sommeil.

— Tu as bu combien de verres ? demandé-je d'une voix grave.

— Pourquoi tu veux…

— Combien ?

— Sept…

Un rictus s'empare de mon visage. Une si petite femme avec autant de vodka dans le sang… Je ne sais pas comment elle tient encore debout. *Et encore, elle est assise !*

— Pourquoi t'as fait partir l'autre gars ? Pourquoi tu es ici, avec moi ? me demande-t-elle brusquement.

Je l'observe quelques secondes avant de détourner mon regard pour boire une gorgée de scotch.

— Bois ton verre, ça te changera de l'alcool ! ordonné-je sèchement.

Elle me dévisage.

— Tu es si froid… dit-elle en buvant rapidement son verre.

Je souris avant de dire :

— Je ne pensais pas que tu étais du genre à boire.

— Ça te surprend ?

— Légèrement, ouais, déclaré-je en buvant mon verre cul sec.

Elle ne répond pas, ses yeux bleus m'épient de longues secondes, passant de mes yeux à ma bouche à plusieurs reprises. J'esquisse un sourire en coin. L'effet que j'ai sur elle est indéniable. Sous l'effet de l'alcool, toute la peur qu'elle éprouvait envers moi n'est plus qu'un mauvais souvenir.

Je sais qu'elle ne contrôle plus aucun de ses faits et gestes et qu'elle ne se rend pas compte qu'elle me reluque ouvertement – et de façon insistante. N'importe qui d'autre en serait gêné alors que moi, j'ai simplement envie de rire.

Je scrute plus attentivement son visage pâle : elle est si fatiguée, ses yeux à moitié fermés et sa petite mine parlent pour elle. *Je ne sais pas ce qu'elle fait encore ici.*

Elle décroche enfin son regard du mien pour venir le poser sur mon bandage.

— Qu'est-ce qui t'est arrivé ? demande-t-elle doucement.

— Rien d'important, réponds-je en serrant mon verre.

Elle souffle légèrement et répète :

— Pourquoi t'as fait partir l'autre gars ?

— Je n'ai pas à répondre à ça.

Face à mon ton sévère, elle soupire et commence à se lever avant de dire :

— Je devrais partir.

Elle se lève si rapidement que je devine ce qu'il va se passer. Je la rattrape au vol quand elle manque de tomber au sol.

— Vas-y plus doucement la prochaine fois, trésor.

— J-Je n'ai pas besoin de ton aide ! bégaye-t-elle en essayant de se libérer de mon emprise.

Je resserre mon étreinte autour de son corps pour la stabiliser. Elle ne bouge plus. Elle se contente de lever légèrement la tête afin de plonger ses yeux dans les miens et je sens des frissons parcourir le bas de son dos. Un sourire en coin m'échappe encore une fois.

Elle le remarque et finit par lancer plus sérieusement :

— S'il te plaît, lâche-moi, j'ai pas besoin d'un baby-sitter macho, trop sûr de lui et qui, en plus de ça, est un boxeur à moitié barjot !

Elle balance ça si naturellement que j'en perds, pour la première fois, mes mots. Mon regard plonge au plus profond du sien. À cet instant, je mesure à quel point elle est effrayée. Elle redoute ma réaction – qui ne vient pas. Je la maintiens toujours fermement tandis qu'elle essaie tant bien que mal de jouer la fille sûre d'elle.

J'approche mon visage du sien, son corps se tend instantanément. Je ne prononce aucun mot pendant de longues secondes avant de lui murmurer à l'oreille :

— Bonne fin de soirée, Mademoiselle Foster.

Je me redresse lentement en la libérant de mon emprise, mon regard toujours accroché au sien. Je me retourne et m'apprête à partir lorsque j'entends mon nom :

— Tobias ?

En reconnaissant cette voix, je me tourne afin d'être face à celle à qui elle appartient.

— Isabelle Ross !

Je l'observe un instant. J'avais oublié qu'Isabelle était vraiment jolie, encore plus maintenant, deux ans plus tard. Je comprends maintenant la réaction de mon frère.

Elle jette un coup d'œil par-dessus mon épaule et voit Léonie, toujours plantée derrière moi.

Je m'approche d'elle et murmure :

— Ramène-la, elle est dans un sale état.

Elle acquiesce en continuant de me scruter, et je me dirige vers la sortie. Je m'approche des deux gardes du corps en leur montrant Léonie :

— Je veux que vous suiviez cette fille jusque chez elle et que vous reveniez ici.

— Mais Monsieur, on ne peut p…

— Ne posez pas de questions et faites-le, compris ?

— Oui, Monsieur, comment s'appelle-t-elle ?

— Léonie Foster.

Ils acquiescent et je retourne à l'intérieur rejoindre Rodéric, toujours installé sur les canapés.

Chapitre 13
Léonie

Isabelle contemple Tobias tandis qu'il rejoint son frère. Je lève les yeux au ciel face à son admiration qui me provoque des haut-le-cœur, puis m'éloigne.

Ma meilleure amie me rattrape rapidement par le bras :

— On rentre, Léo.

— Maintenant ?

— Oui, il est presque deux heures et tu as trop bu ! dit-elle, furieuse.

Elle me prend la main pour m'emmener à l'extérieur.

— Attends, il faut prévenir Dayan ! l'arrêté-je en me retournant pour rentrer dans le bâtiment.

Elle me rattrape encore une fois et ajoute :

— Dayan est en train de s'éclater avec Rodéric, Tobias et toutes les filles à leurs côtés alors laisse-le. Nous, on rentre !

— Tu ne restes pas dormir ici ? demandé-je, surprise.

— Non, je te raccompagne et je resterai avec toi cette nuit.

— D'accord, dis-je en lui prenant la main.

Elle me sourit puis nous nous dirigeons tranquillement vers l'appartement. J'essaie, du mieux que je peux, de faire un pas devant l'autre sans trébucher.

— Mais c'est loin, non ? demandé-je.

— Non, non, ne t'inquiète pas.

Je continue d'avancer en silence.

D'un coup, Isabelle s'arrête puis se retourne pour regarder quelque chose. Je n'y prête pas attention et continue d'avancer. Elle me rejoint d'un pas rapide puis passe un bras sous le mien.

— Viens, on passe par là, annonce-t-elle en me tirant par le bras.

Je la suis sans résistance. Le monde tourne toujours autant autour de moi, ce qui ne m'aide pas à marcher convenablement.

Je sens ma meilleure amie presser le pas et jeter des coups d'œil derrière nous à plusieurs reprises. Je ne comprends pas tout de suite ce qu'il se passe, je suis bien trop occupée à essayer de marcher droit.

— Léo, je crois que deux hommes sont en train de nous suivre… chuchote-t-elle, effrayée.

— Quoi ?

— Ça fait plusieurs minutes qu'ils nous suivent…

Putain, c'est pas vrai…

Je me retourne à mon tour, mais ma vue est bien trop floue pour que je perçoive quoi que ce soit de net. Je plisse les yeux et arrive enfin à identifier deux hommes baraqués à plusieurs mètres de nous en train de marcher dans notre direction. La panique m'envahit aussitôt, mon cœur tambourine dans ma poitrine.

Contre toute attente, Isabelle se retourne d'un coup et s'arrête.

— Qu'est-ce que tu fais ? On devrait… continuer à avancer, voire même à courir ! articulé-je en commençant vraiment à paniquer.

— Ce sont les deux videurs qui étaient devant le bâtiment.

— Pourquoi… ils nous suivent ? Ils devraient rester là-bas, non ? la questionné-je, toujours aussi paniquée.

— Eh bah on va leur demander ! dit-elle en s'avançant vers eux.

Elle est folle ? Oui, elle a perdu la tête, putain !

Elle n'a vraiment peur de rien, c'est hallucinant. En plus, j'ai consommé beaucoup d'alcool ; je devrais même dire que j'ai bu comme un trou, alors je ne pourrai pas m'interposer si ça tourne mal.

Je la suis tout de même de près. Lorsque nous arrivons à leur hauteur, ils nous regardent avec les bras croisés, du haut de leur mètre quatre-vingt-dix. Ils sont si grands et si costauds dans leurs costumes noirs ; ils n'ont pourtant pas l'air de nous vouloir du mal, mais je me méfie quand même.

— Pourquoi vous nous suivez ? demande Isabelle, sûre d'elle.

— On doit raccompagner cette jeune femme jusque chez elle, annonce l'un des deux videurs en faisant un mouvement de tête dans ma direction.

Je me mets à rire nerveusement. En quel honneur ?

— Pardon ?

— Nous sommes les gardes du corps de monsieur Reed et il nous a donné l'ordre de vous suivre jusque chez vous, Mademoiselle Foster, insiste le deuxième homme.

Mon sang se glace à l'entente de son nom. Je n'en crois pas mes oreilles.

— Pourquoi ? demande Isabelle, stupéfaite.

— Ce sont les ordres, Mademoiselle, nous n'en savons pas plus.

Ma meilleure amie se tourne précipitamment vers moi, bouche bée. Je me mets soudainement à rire.

Elle se met à leur poser tout un tas de questions, afin d'être certaine qu'il ne s'agisse pas d'un coup monté, puis elle finit par conclure :

— Bon, d'accord, on sera plus en sécurité après tout !

Elle me prend par le bras puis nous reprenons notre marche, les deux gardes du corps derrière nous.

— Eh bah… je crois qu'il se passe vraiment quelque chose entre ce boxeur et toi, Léo, chuchote-t-elle en souriant.

— Je ne comprends vraiment pas ce qu'il cherche, avoué-je.

— Sur ce coup, je peux pas t'aider ! Je n'ai jamais réussi à cerner ce gars…

J'essaie de comprendre le comportement de Tobias, mais je n'y parviens pas. Il est dur à suivre : froid et inexpressif, mais en même temps attentionné envers moi… c'est vraiment perturbant. Froid et attentionné… quel bel oxymore, non ?

***

Nous arrivons devant l'appartement au bout de trente minutes de marche. Tandis qu'Isabelle rentre à l'intérieur, je reste sur le pas de la porte et me tourne vers mes deux gardes du corps.

— Je peux vous demander un service ?

Ils échangent un regard avant que le premier réponde :

— Bien sûr.

— Vous connaissez Dayan Ross, j'imagine ?

— Oui ?

— Est-ce que vous pourrez lui dire que nous sommes rentrées saines et sauves à l'appartement et lui demander s'il pourrait ramener notre amie June chez elle ?

— Nous le ferons, Mademoiselle Foster, acquiesce le deuxième garde du corps.

— Merci beaucoup.

— Ne nous remerciez pas.

Je leur souris, entre dans le bâtiment et une fois arrivée à l'étage, je ferme à clé derrière Isabelle et moi. Je me dirige vers ma chambre et m'affale sur mon lit, Isabelle à mes côtés.

Elle se tourne sur le dos tandis que je suis étendue comme une crêpe sur le ventre.

— T'en auras vécu des choses ce soir ! plaisante-t-elle en me caressant le dos.

— M'en parle pas !

— Tu le croises dans sa propre chambre, tu le revois quelques minutes après et il t'embrasse. Il t'a embrassée, quoi ! s'écrie-t-elle d'un ton joyeux.

— Ouais, je n'aurais pas dû le laisser faire ! Surtout qu'après il m'a sorti qu'il n'aurait jamais dû faire ça et tout le tralala ! dis-je en parlant dans mon coussin.

Elle se redresse, choquée.

— Ah bon ?

— Ouais ! C'est un con !

— C'est vrai qu'il est étrange comme gars. Je ne dis rien et elle finit par reprendre :

— Je te l'ai dit, je n'ai jamais réussi à le cerner. Je le voyais peut-être pas souvent, mais il a toujours été dur à suivre ! Mais je peux te dire une chose, il n'aurait jamais fait raccompagner une autre fille par ses deux gardes du corps jusque chez elle.

— Hm, ouais, si tu le dis.

Ce qu'elle me dit est peut-être vrai, mais je ne pense pas être différente à ses yeux… Soudain, ma tête se met à tourner et je suis prise de nausées. Je me précipite aux toilettes et vomis toutes mes tripes. Isabelle me rejoint aussitôt pour retenir mes cheveux. Je n'aurais pas dû boire autant.

Mon ventre se calme enfin. Je me brosse les dents et retourne me coucher sous la surveillance de ma meilleure amie, comme à chaque fois que je vais au-delà de mes limites.

* * *

Mercredi, 8 h 50

Mon réveil résonne dans tout l'appartement. Il est extrêmement fort, et me provoque un mal de tête abominable. Je l'éteins directement puis m'assois sur le lit, mon visage entre les mains. Aujourd'hui, mon premier cours est à dix heures et j'en suis bien heureuse. Je tourne la tête. Isabelle dort paisiblement sur le ventre.

Je lui caresse les cheveux pour la réveiller en douceur.

— Hm, quoi ? me demande-t-elle d'une petite voix.

— Il faut se lever, Isa.

— Je n'vais pas en cours, moi !

— Ne m'oblige pas à te mettre par terre pour que tu te lèves ! dis-je en commençant à la pousser légèrement.

Elle sort du lit immédiatement en levant les deux bras en l'air.

— D'accord, d'accord, je suis levée !

Je me mets à rire de bon cœur et la laisse aller se doucher. Je mets une petite couverture sur mes épaules et rejoins la cuisine pour boire un chocolat chaud. Je tombe sur Dayan, assis, en train de manger de la brioche avec de la pâte à tartiner dans le plus grand des silences, presque dépité. Dès qu'il m'aperçoit, il se lève et me serre dans ses bras.

Je m'attendais à tout sauf à cette réaction.

— Oh mon Dieu, Léonie, je te déteste !

— Oh… euh, d'accord !

Il m'embrasse le haut de la tête et se redresse en me regardant furieusement.

Et merde !

— Pourquoi vous ne m'avez pas dit que vous partiez ?

— T'étais en train de t'amuser, alors on n'a pas voulu te déranger.

— Putain, mais Léonie ! Jamais tu ne me dérangeras, alors la prochaine fois tu viens me prévenir ! Tu te rends compte s'il vous était arrivé une merde ? J'aurais fait quoi moi, hein ? continue-t-il en hurlant.

— Ne t'énerve pas, Yan…

— Arrête, ne me dis pas ça parce que ça m'énerve encore plus !

— Il ne nous est rien arrivé !

— Comment t'aurais pu le savoir, hein ? T'étais complètement déchirée à ce qu'on m'a dit ! aboie-t-il.

— Qui t'a dit ça ? demandé-je, même si je suis à peu près sûre de connaître sa source.

— Ça n'a pas d'importance !

Je soupire en m'approchant de lui.

— Les gardes du corps de Tobias nous ont raccompagnées.

— Quoi ? répond-il, surpris.

— Ah, ça il te l'a pas dit, hein !

— Comment ça se fait ? Ils ne peuvent pas partir ! Sauf si…

Il s'interrompt et se redresse pour me dévisager avec de grands yeux.

— Non mais j'hallucine, chuchote-t-il.

De ce que je peux voir, Tobias ne lui dit pas tout. Il n'a pas dû lui parler de ce qu'il s'est passé et j'en suis bien heureuse, parce que je ne sais pas comment aurait réagi Dayan.

Je n'aime pas lui cacher quoi que ce soit, mais cette fois-ci, je ne peux pas faire autrement.

— J'en reviens pas, reprend-il.

— Moi non plus…

Il réfléchit en silence pendant de longues secondes.

— Ouais, mais vous alliez repartir seules avant de savoir qu'ils allaient vous raccompagner, je me trompe ?

Je divague entre ses yeux puis baisse la tête. Je pensais qu'il était passé à autre chose.

— Léonie… m'appelle-t-il en s'approchant de moi, la prochaine fois, préviens-moi, d'accord ?

— Oui, je suis désolée, Yan.

Je n'ose pas lui dire que j'aurais voulu aller le prévenir, mais que sa sœur m'a retenue… Dayan lui en voudrait et ce n'est pas mon but.

Il me serre dans ses bras avant d'avouer tristement :

— J'ai eu si peur… Quand l'un des gorilles de Tobias est venu me dire que tu étais en sécurité à l'appart avec Isa, j'ai cru que j'allais péter un câble que personne ne m'ait prévenu…

— On aurait dû te prévenir, je suis désolée.

— Allez, c'est bon pour cette fois ! dit-il en me caressant les cheveux.

Il part se rasseoir et je vais préparer mon chocolat. Je prends, en passant, un Doliprane pour mon mal de tête, mais je me retourne subitement en m'écriant :

— Et June ?

— Je l'ai ramenée chez elle, me rassure-t-il.

L'adrénaline qui s'était emparée de moi s'estompe aussitôt. Je suis si soulagée… On l'a laissée toute seule sans la prévenir et je m'en veux énormément.

On a vraiment fait n'importe quoi !

C'est bien pour cette raison que je ne bois pas d'alcool normalement, ou du moins très peu, car je n'aime pas me sentir impuissante face aux évènements. J'aime contrôler mes faits et gestes et le simple fait de savoir que je n'ai rien pu faire pour empêcher tous les évènements de la veille me rend dingue.

— Tu commences à dix heures toi aussi ? demandé-je doucement en m'asseyant à côté de mon meilleur ami.

— Ouais.

Trente minutes plus tard, une fois douchée et préparée, je monte en voiture avec Dayan et Isabelle pour aller à l'université. Ma meilleure amie a eu droit à la colère de son frère, tout comme moi, et maintenant, je pense qu'il se sent mieux.

— Sinon, vous avez passé une bonne soirée ? demande-t-il en passant une vitesse.

Je fais les gros yeux à Isabelle pour lui faire comprendre de ne rien dévoiler et elle finit par répondre :

— Oh oui géniale, et toi ?

— Ouais, c'est pas du tout le même genre de soirée que celles où je vais d'habitude, mais franchement c'était plutôt pas mal.

— Tant mieux alors, dis-je.

— Rodéric m'a dit qu'il t'avait vue, Isa ! reprend-il avec un léger sourire en coin.

— Ah oui ? dit-elle en se redressant d'un coup.

— Hm !

— Et alors ?

— Oh bah rien ! répond-il en fixant la route.

Je la regarde en souriant et je chuchote à mon meilleur ami :

— Ils ont eu un coup de cœur l'un pour l'autre.

— Je sais ! chuchote-t-il à son tour dans un rire.

— Hé, oh, je suis là ! grogne Isabelle.

— Ouais, on le sait ! lançons-nous en chœur.

Elle plisse légèrement les yeux et passe sa tête entre les deux sièges en nous regardant l'un après l'autre.

— Vous ne me cachez rien, hein ?

— Rien du tout, petite sœur. Allez, rattache-toi.

Elle s'exécute en ronchonnant et nous continuons de discuter joyeusement jusqu'à l'université.

Pourtant, les battements de mon cœur sont incontrôlables et douloureux. Mes mains sont serrées l'une contre l'autre ; je redoute notre arrivée. J'appréhende le moment où je vais *le* revoir. Une partie de moi ne souhaite pour rien au monde le revoir, mais une autre le réclame…

Mon pouls s'emballe de nouveau, rien que d'y songer.

Je suis dans la merde…

Chapitre 14
Léonie

11 h 00

Une fois le cours terminé, nous quittons la salle pour nous diriger vers nos casiers. Isabelle et moi sommes seules, car June a quitté le cours précipitamment. Elle ne se sentait pas très bien depuis son arrivée. La cuite d'hier n'est pas encore passée !

— Je l'appellerai après les cours, dit Isabelle.

— D'accord, tu me raconteras ! Je lui enverrai un message.

Elle me sourit puis referme son casier d'un coup sec en laissant la main posée dessus. Elle me regarde d'une drôle de façon.

— Qu'est-ce qu'il y a ?

— Tu sais, hier soir, j'avais l'air enthousiaste à l'idée que Tobias réagisse comme ça avec toi.

Je plisse les yeux pour qu'elle en vienne au fait. C'est vrai qu'elle avait l'air vraiment excitée à l'idée qu'il me porte une certaine attention…

— Mais en fait, j'ai peur pour toi, Léonie, ça me fait flipper de savoir qu'il t'a choisie, toi, ma meilleure amie ! Je le connais, tout le monde le connaît ! Et ce n'est pas quelqu'un de bien…

Je la regarde fixement de longues secondes. Je ne m'attendais pas du tout à ça.

— Il ne m'a pas « choisie », Isa, il m'a juste parlé et…

Je m'arrête brusquement. Il m'a embrassée et m'a fait escorter jusque chez moi. Tous les évènements de la veille me reviennent en pleine figure et je ne me sens pas bien du tout. Je sais que ce n'est pas une bonne personne, qu'il est dangereux et destructeur, mais je n'ose pas le repousser parce qu'il m'effraie plus que n'importe qui d'autre et m'attire aussi d'une façon qui me consume. *Étrange et terrifiant.*

— Tu vois, j'ai raison… continue ma meilleure amie.

— Pourtant, il n'a pas l'air de me vouloir du mal. C'est juste que ces rumeurs m'inquiètent…

— Et je pense que c'est une bonne chose ! lance-t-elle d'un coup.

— Pourquoi ? demandé-je, surprise.

— Tu ignores ce qu'il a pu faire, et ce qu'il continue de faire en ce moment, Léonie !

Je ne préfère pas répondre et ferme mon casier. Je m'apprête à rejoindre la salle de cours, mais elle me rattrape par le bras pour me faire pivoter.

— Je ne voulais pas te faire peur, Léonie, ce n'était pas mon but… me confie-t-elle tristement.

— Eh bien, c'est loupé !

— Je m'inquiète pour toi, c'est tout.

Je la fixe quelques secondes avant de dire :

— C'est lui qui vient à moi à chaque fois, Isa, et je n'y peux rien.

— C'est bien ça qui m'inquiète !

Cette conversation ne mènera à rien. Tout ce qu'elle me dit, je le sais déjà.

Elle me serre légèrement le bras avant d'aller rejoindre la salle de cours. Je retourne vers mon casier pour le verrouiller en laissant libre cours à toutes mes pensées, complètement sonnée et tourmentée.

Je n'arrive pas à mettre des mots sur ce qu'il s'est passé hier soir. *Pourquoi est-il venu vers moi ?* Dans la chambre, c'était une simple coïncidence, mais à l'extérieur… Et au bar… Et les gardes du corps… Ça me fait mal au crâne de réfléchir autant. De ce que j'ai entendu, Tobias ne porte aucune attention aux femmes, il les traite comme de simples jouets. *Alors pourquoi avoir réagi comme ça avec moi ?*

Je m'arrête brusquement lorsque j'entends quelques paroles d'un groupe d'étudiants, près de moi.

— Il me fait peur ce mec, avoue une jeune fille d'une petite voix, c'est un meurtrier…

— Je ne comprends pas qu'il ait été accepté dans cette université, c'est un dégénéré ! ajoute un des garçons.

— Il porte bien son nom de scène, c'est le diable en personne ! renchérit un autre.

Je ne veux pas en entendre davantage. Ce n'est pas possible d'avoir une telle réputation. *Comment peuvent-ils dire ce genre de choses sur Tobias Reed ?* Avant de revenir en ville, je n'avais jamais entendu son nom. Maintenant, il est partout, partout autour de moi.

Mes pensées s'interrompent brusquement.

Il est là.

Il marche d'un pas tranquille, à quelques mètres de moi. Il paraît si froid, sa mâchoire est éternellement contractée et son visage est si dur…

Mais ce qu'il est beau…

Je n'ai jamais croisé un mec aussi sublime et aussi puissant que lui, jamais. Et je pense que c'est, de loin, l'homme le plus costaud de cette université. Il est entièrement vêtu de noir : chaussures, jean, t-shirt, veste en cuir. Il est doté d'une prestance presque surnaturelle. Toutes les personnes autour de lui le contemplent, l'admirent et le redoutent.

Soudain, il tourne son visage dans ma direction et dès qu'il m'aperçoit, il ralentit. Il n'est qu'à quelques mètres de moi. Mon regard refuse de se détacher du sien. C'est plus fort que moi, il m'envoûte complètement. *Merde, c'est pas vrai !*

Je le vois s'avancer vers moi, un petit sourire au coin de la bouche. Je suis totalement grillée.

Merde !

Je me retourne, tourne la petite clé dans mon cadenas et m'éloigne aussi vite que possible en tenant fermement mes livres contre ma poitrine.

Des frissons parcourent mon corps lorsque je sens *sa* main serrer mon épaule brutalement. Je me retourne aussitôt et ne peux retenir un petit cri de stupeur. J'ouvre grand les yeux, incrédule. Son regard est sauvage, il est prêt à sauter sur sa proie. *Oh mon Dieu, non…* Sa main serre toujours mon épaule, ce qui me fait vraiment mal. J'ouvre la bouche, mais les mots ne veulent pas sortir.

Soudain, il ouvre la porte des toilettes qui se trouve derrière moi et m'entraîne à l'intérieur. Avant qu'il puisse me traîner plus loin, je me dégage de son emprise et finis par demander :

— Qu'est-ce que tu fais ?

Trois filles occupées à se maquiller se figent instantanément en voyant Tobias juste à côté d'elles. Elles sont complètement bouche bée, comme envoûtées par le boxeur.

— Vous pouvez nous laisser, Mesdemoiselles ? demande Tobias avec une gentillesse extrême, mais ponctuée de froideur, comme à son habitude.

— O-Oui, parvient à articuler l'une d'entre elles.

Elles rangent leurs affaires à la vitesse de la lumière avant de sortir de la pièce.

Je ne le quitte pas des yeux. Il me dévisage d'un regard si sauvage que j'en perdrais presque pied.

— Tu n'as pas quelque chose à me dire ? demande-t-il soudain.

Je hausse un sourcil.

— Tu pourrais me remercier, trésor, dit-il enfin en croisant les bras.

Il s'adosse sur le rebord d'un des lavabos en continuant de me fixer.

— Pourquoi je te remercierais ? soufflé-je avec un léger rire qui ne le fait pas sourire du tout.

Oh non…

— Pour hier soir.

Je lève un sourcil et il se redresse brutalement. Il s'approche de moi. Trop près. Il se trouve à un mètre de mon corps, les bras croisés, me dominant de toute sa hauteur.

— Je t'ai surveillée la moitié de la soirée et je t'ai fait raccompagner, trésor, déclare-t-il d'une voix rauque.

Je croise les bras à mon tour et finis par balancer sans réfléchir :

— Comme je te l'ai dit, je n'ai pas besoin d'un baby-sitter ! Je suis assez grande pour me défendre, je le fais depuis longtemps !

Tu vas te faire tuer, Léonie ! Tu ne sais pas de quoi il est capable !

Sa mâchoire se serre et je vois les veines de ses avant-bras saillir.

Oh, merde !

Soudain, il me plaque contre l'une des cabines.

Qu'est-ce qu'il va me faire ?

Je déglutis difficilement, ma bouche devient sèche et mon cœur incontrôlable. Tobias me fait si peur, je déteste ressentir ce genre de choses. Personne ne m'a jamais fait éprouver une telle frayeur.

— Tu cherches vraiment les problèmes… murmure-t-il à mon oreille d'une voix à la fois sensuelle et extrêmement dure.

— Pourquoi tu viens vers moi ? Pourquoi tu viens me parler, à moi ? demandé-je soudain sans oser le regarder.

J'observe ses épaules, ses trapèzes incroyablement développés qui s'offrent à moi, mais je reviens vers ses yeux qui me reluquent d'une façon vraiment étrange.

Son torse est appuyé contre ma poitrine et ses mains sont placées de part et d'autre de ma tête. Il baisse légèrement son visage pour pouvoir m'observer. Je vois qu'il ne veut pas me répondre, et ses yeux ne laissent rien paraître. Cet homme est impénétrable.

— Réponds-moi, s'il te plaît… murmuré-je en plongeant davantage mes yeux dans les siens.

Il pose une main sur ma joue et la caresse tendrement. Je ne décroche pas mon regard du sien. J'oublie, l'espace d'une seconde, toutes ces rumeurs à son sujet, j'oublie que c'est un boxeur incontrôlable, redouté par toute la ville. À ce moment même, j'ai l'impression que c'est d'un autre homme dont on parle sans cesse.

— Viens à mon combat ce soir, lâche-t-il subitement en continuant les caresses sur ma joue.

Il n'a même pas répondu à ma question, pour changer.

— Pourquoi ?

— Je t'enverrai deux places, continue-t-il fermement.

Je ne réponds pas, ça ne servirait à rien. De toute manière, je n'irai pas à son stupide combat. *Hors de question que j'y remette les pieds !*

— Je n'en veux pas ! lancé-je, encore une fois, sans réfléchir.

Il me scrute quelques secondes puis lève la tête en laissant tomber ses bras le long de son corps. Il souffle puis ferme les yeux avant de reposer son regard sur le mien. Il essaie de se contrôler comme dans la chambre, la veille, et ça ne me rassure pas du tout.

Il pose à nouveau ses mains de chaque côté de ma tête en se baissant légèrement pour être à ma hauteur.

— Un conseil, trésor, ne me cherche pas, dit-il dans un murmure.

Sincèrement, je ne sais pas pour qui il se prend. J'aimerais lui balancer tellement de choses en pleine figure que cela en devient douloureux, mais je ne peux pas ; quelque chose m'en empêche et ça me rend folle.

Je lui lance mon regard le plus noir et me libère de son emprise pour me diriger vers la sortie. Mais malheureusement, sa voix me coupe dans mon élan :

— Attends ! gronde-t-il.

— Quoi ? dis-je froidement en me retournant.

Il semble si furieux que mes jambes se mettent à trembler. C'est incroyable comme il peut s'énerver à la première contrariété.

— Ne m'oblige pas à venir te chercher si je ne te vois pas là-bas, Léonie ! me menace-t-il d'une voix grave.

J'ouvre la bouche puis la referme, pour ne pas que mes pensées m'échappent. Je sais que je ne tiendrai pas très longtemps en retenant le fond de ma pensée. S'il continue, je vais exploser, qu'il soit dangereux ou non.

Je sursaute en entendant une voix hurler dans le couloir.

— Tobias ?

— Merde, Rodéric ! souffle ce dernier en s'avançant près de moi.

Il me dévisage quelques secondes.

— À tout à l'heure, Léonie, chuchote-t-il.

Bordel…

Je déglutis une fois de plus tandis que mon pouls s'emballe. De légers picotements caressent ma colonne vertébrale, animant ma libido qui devient hors de contrôle. Toute la colère que j'éprouvais envers lui s'évapore lorsqu'il prononce mon nom.

L'effet qu'il a sur moi est insupportable.

Je me dépêche de sortir. Je veux m'échapper au plus vite, je veux me délivrer de son emprise et de sa prestance qui me rendent complètement dingue.

Je heurte presque Rodéric, qui se tient juste derrière la porte. Lorsqu'il aperçoit Tobias derrière moi, il se met à rire :

— Ah bah vous n'avez pas perdu de temps, à ce que je vois !

— Arrête, Rodéric ! ordonné-je.

— Il y est allé un peu trop fort, c'est pour ça que t'es de mauvaise humeur ?

Quel con, lui aussi !

Je lève un sourcil en le dévisageant, la bouche légèrement entrouverte.

— C'est du grand Tobias ça, il ne faut pas lui en vouloir, ma belle ! continue-t-il.

Je m'apprête à lui hurler dessus, mais Tobias me devance :

— Rodd !

— Oh pardon, pardon ! Je savais pas que c'était un secret, s'esclaffe-t-il en levant les deux mains en l'air.

— Je te jure, arrête, Rodd ! s'écrie Tobias en passant devant moi pour faire face à son frère qui sourit de toutes ses dents.

— Ouais, désolé, souffle ce dernier.

Je n'en reviens pas de l'autorité que possède Tobias. Il est si hargneux, si exigeant, si… *OK, stop !*

Je secoue la tête pour éviter de me perdre dans mes pensées les plus… charnelles, et j'en profite pour m'éloigner rapidement, les laissant seuls, afin de rejoindre ma salle de cours.

* * *

Je toque à la porte puis l'ouvre doucement et tombe nez à nez avec mon prof principal.

Et merde !

Je le fixe quelques secondes, sans dire un mot. Je remarque Isabelle qui me fait signe de la main depuis le fond de la salle, morte de rire.

— Dehors ! me balance le prof.

— Pardon ?

— Vous avez trente minutes de retard, vous vous foutez de moi ou quoi ?

Toujours aussi aimable celui-là !

Je referme la porte en ronchonnant. Je sors du bâtiment d'un pas lent et m'assois sur un banc. Je n'ai pas de cours avant quatorze heures donc je n'ai plus qu'à attendre Isabelle ici pour qu'on puisse manger ensemble.

Je m'empare de mon portable pour faire passer le temps, mais quelques minutes plus tard, j'entends la voix de ma meilleure amie :

— Bon, bah, me voilà !

Je me retourne promptement et l'aperçois, tout heureuse, avec Daniel, le garçon de l'autre fois.

— Qu'est-ce que vous faites là ? demandé-je, un sourire aux lèvres.

— Je voulais venir te rejoindre et comme c'est très simple de se faire virer du cours… répond ma meilleure amie en riant.

— Mais n'importe quoi ! J'aurais pu attendre, tu sais ?

— Ouais… dit-elle en prenant la main de Daniel, je te présente…

— Daniel, la coupé-je dans un sourire.

— Vous vous connaissez ?

— Oui, on s'est rencontrés le premier jour, dit-il en venant m'embrasser la joue.

Isa plisse les yeux.

— Hm, je vois.

Je secoue la tête en levant les yeux au ciel et je me décale pour leur laisser de la place à mes côtés.

— Vous voulez qu'on aille manger où ? demandé-je en les regardant l'un après l'autre.

— Il paraît que la bouffe de la cafèt' est pas mal, dit Daniel avec un sourire.

— Oui, on peut toujours essayer, répond Isabelle, les yeux fixés sur son portable.

Je me tourne vers Daniel et lui demande :

— Tu la connais depuis quand ?

Il rit.

— Depuis aujourd'hui.

— Ah d'accord.

— Tu habites ici depuis longtemps ? m'interroge-t-il.

— Depuis deux ans.

Il acquiesce.

— Et toi ?

Il me sourit timidement.

— Depuis toujours !

Je souris en voyant ses cheveux blonds en bataille sur sa tête. Je les replace comme je le peux en ne pouvant m'empêcher de rire.

— Ne te moque pas !

— Hé, oh, vous deux, on se calme ! nous prévient Isabelle, toujours scotchée sur son téléphone.

— Qu'est-ce que tu fais toi, d'ailleurs ? demandé-je en poussant son épaule.

— Rien du tout ! Allez, on va manger ! annonce-t-elle brusquement en se levant.

Je lance un regard complice à Daniel et nous lui emboîtons le pas.

Chapitre 15
Léonie

12 h 20

— Pas mal, la cafèt' ! observe Daniel avec un sourire.

— J'avoue n'en avoir jamais vu d'aussi grande ! lance Isabelle qui scrute la salle des yeux.

— Hé, c'est qu'une cafétéria ! me moqué-je en les fixant l'un après l'autre.

— Oh, ça va toi ! répond ma meilleure amie.

Nous nous installons après avoir rempli nos plateaux. Je prends le temps d'observer la pièce et je remarque un grand nombre de groupes tous plus différents les uns que les autres. Je ne peux même pas apercevoir les gens à l'autre bout de la salle tellement elle est bondée.

— Du coup, Léo, t'as une idée de ce que tu veux faire après tes études ? me demande Daniel en attaquant son assiette de pâtes.

— Ouais, avocate !

— C'est bien ça ! dit-il, admiratif.

— Et toi ? demandé-je à mon tour.

— Je ne sais pas trop encore.

— Fais comme moi, journaliste ça passe bien ! lance Isabelle.

Il lui adresse un clin d'œil et je lâche un rire.

Je triture ma salade en fixant mon assiette de longues secondes. Isabelle et Daniel parlent de Dayan depuis maintenant dix minutes, mais je n'écoute plus ce qu'ils racontent. Je ne préfère pas savoir ce qu'il a pu faire par le passé.

— Qu'est-ce qu'il fait là ? chuchote soudain Daniel, devenu blême.

Isabelle relève la tête et se fige aussitôt. Je ne peux pas m'empêcher de me retourner pour voir ce qu'il se passe. J'aperçois, à l'entrée de la cafèt', Tobias, Rodéric et Dayan en train de discuter sous les regards de toute la salle. Je me détourne précipitamment quand le regard du boxeur se pose sur moi.

— Tu le connais ? me demande Daniel.

— Qui ça ? réponds-je en mâchant ma salade.

— Reed !

— Pas du tout !

— Et Dayan ?

— C'est mon meilleur ami, et le frère d'Isa.

Cette dernière confirme d'un signe de la tête.

— Ah, je comprends mieux.

— Au fait, Isa, avec Rodéric ? demandé-je pour changer de sujet, un sourire coquin pendu aux lèvres.

Je vois bien qu'elle ne décroche pas son regard du grand blond depuis plus de cinq minutes. Il lui plaît, c'est certain.

— Hein ? répond-elle en me fixant, surprise par ma question.

— Oh, allez !

— Il m'a parlé par messages ! chuchote-t-elle en se penchant sur la table.

Je fais les gros yeux.

— Ah bon ? Et tu ne me l'as pas dit ?

Elle se mord la lèvre en me lançant un regard coupable.

— J'ai oublié…

— Et tu penses que…

— Sincèrement, je sais pas du tout… souffle-t-elle en buvant son verre d'eau.

Daniel nous observe l'une après l'autre, un sourcil levé.

— Longue histoire ! déclare Isabelle d'un mouvement de main.

— D'accord, répond-il dans un rire.

— Et toi, une copine, peut-être ? lui demande Isabelle.

— Oh non, avoue-t-il en me lançant un bref regard.

— Vraiment ? ajouté-je, un peu surprise.

C'est vrai que c'est un beau garçon, ça m'étonne vraiment qu'il n'ait pas de petite amie.

— Oui, vraiment !

Je lui souris, mais mon sourire disparaît lorsque je vois Tobias s'avancer dans la cafétéria. La majorité des regards sont braqués sur lui. Des chuchotements se font entendre. Je l'observe s'avancer dans la salle, le cœur battant à tout rompre. Mes yeux ne le lâchent pas. Il s'installe à une table à quelques mètres de la nôtre, face à moi. Je ne peux éviter son regard. Je ne parviens pas à décrocher mes yeux des siens. C'est une sensation qui me rend complètement dingue : incontrôlable, indéfinissable, indomptable. Isabelle et Daniel ne peuvent pas le voir, il faudrait qu'ils se retournent complètement et c'est une bonne chose car, avec le regard que me lance le boxeur, je suis sûre que j'aurais eu droit à des réflexions.

Je n'ose plus bouger, et je perds soudainement l'appétit. Je suis totalement paralysée par son regard enflammé. Il n'a pas de plateau, juste un sac avec quelques trucs à manger à l'intérieur.

J'essaie tant bien que mal d'éviter son regard, mais mes yeux viennent rencontrer les siens, à chaque fois. Les rayons du soleil viennent caresser son visage, viennent éclaircir ses cheveux ébène, et ses yeux verts… Je sens mes joues devenir rouges et mes mains devenir moites sous son regard provocateur.

— Vous savez ce qu'il vient faire ici ? demande Daniel en me sortant de ma rêverie.

— Pas du tout, je ne pensais pas qu'il viendrait, répond Isabelle.

Contrairement à eux, je ne suis pas du tout rassurée. Je pense que je suis la seule à être dans cet état. C'est clair que c'est à cause de tout à l'heure, dans les toilettes. Il veut que *moi*, je vienne assister à son combat ce soir. Mais pourquoi ? Je n'ai même pas eu de réponse. Il ne répond jamais à mes questions. C'est vrai, il trouve toujours le moyen de contourner mes interrogations.

Je sursaute quand deux bras viennent entourer le haut de mon corps.

— Ça va, ma Léo ?

Je reconnais la voix de mon meilleur ami.

Je relève la tête et tombe nez à nez avec Dayan qui m'embrasse le front.

— Ça va et toi ? réponds-je en l'observant s'installer à côté de moi.

— Oui, toujours ! Et toi, sœurette ?

— Toujours !

Il lui sourit puis se tourne vers Daniel.

— Dayan Ross, annonce-t-il en lui tendant la main.

— Daniel Fox, répond ce dernier en la serrant.

— T'es en première année ? demande mon meilleur ami, d'un air méfiant.

Et c'est parti pour l'interrogatoire.

— Oui, en journalisme.

— C'est bien ça, et t'es avec ces deux-là depuis quand ?

Je lance un regard à Isabelle, qui soupire en plaçant son visage entre ses mains.

— Depuis aujourd'hui, en fait, répond timidement Daniel.

— Je vois…

Je donne un coup de pied à Dayan, agacée. Je n'ai pas envie qu'il continue de le tester comme il est en train de le faire. Il tourne son visage vers moi, un sourcil relevé.

— Quoi ?

— Arrête avec tes questions !

— Je me renseigne, c'est tout !

— Ouais bah non, laisse-le ! Tu me fais le coup à chaque fois ! râlé-je en le fusillant du regard.

Il se contente de me fixer sans prononcer un mot de longues secondes puis change de sujet :

— Vous allez au combat ce soir ?

— J'aurais bien aimé, mais je ne peux pas… confie Daniel, déçu.

— Ah dommage, tu vas louper quelque chose, mon gars ! répond mon meilleur ami, du tac au tac.

— Je sais bien…

— Et toi, Isa ?

Je n'ai osé dire à Isabelle que Tobias allait m'envoyer deux places pour ce soir, et puis de toute façon, je ne compte pas y aller.

— J'ai pas de billet…

— Tu les achètes sur place ! déclare son frère.

— Mais vous n'avez pas de places gratuitement, vous ? nous interroge Daniel.

— Rodéric et moi sommes les seuls à pouvoir entrer gratuitement, dévoile Dayan, un sourire fier sur les lèvres.

Je lève les yeux au ciel. Je profite que l'attention de mon meilleur ami soit monopolisée ailleurs pour faire les gros yeux à Isabelle, pour lui faire comprendre que j'ai quelque chose d'important à lui dire. Évidemment, elle ne fait même pas attention à mon regard, alors j'abandonne la mission. Je me contente de demander à Dayan :

— Et moi, tu ne me demandes pas si je vais y aller ?

— Non, parce que je sais que tu n'iras pas !

— Et pourquoi ?

— Tu comptes y aller ? demande-t-il, surpris.

— Non, mais admettons que j'aie réussi à avoir des entrées… ? balancé-je sans réfléchir.

— Très drôle !

Il ne me croit pas en plus !

Je ne devrais pas le dire. Je devrais garder ça pour moi, faire comme si rien de tout ça ne s'était passé et rester tranquillement à l'appartement, bien au chaud sous ma couette.

— Je suis sérieuse, Yan.

— Arrête, tu ne peux pas te procurer des places sans passer par…

Il réfléchit quelques secondes puis, au vu de mon regard insistant, il comprend :

— Ne me dis pas qu'il va t'envoyer des billets ?

Je me gratte le cou sans savoir quoi répondre. Maintenant que c'est fait, je ne sais plus quoi dire.

— Il va t'envoyer des billets ? répète Isabelle en haussant le ton.

— Tais-toi, Isa !

Merde ! Ils vont nous entendre !

Je relève la tête et mon cœur s'arrête un instant. *Ses* yeux ténébreux me sondent avec tellement d'intensité que ma gorge s'assèche. Il m'épie d'un regard si profond qu'un frisson s'empare de mon corps. Je secoue la tête puis recentre mon attention sur mes amis, choqués.

— Je ne voulais pas vous le dire alors ne dites rien ! ordonné-je.

— C'est pas possible ! lance Dayan en se frappant le front du plat de la main.

— Euh, il se passe quoi en fait ? demande Daniel, complètement perdu.

Merde, Daniel !

— Rien d'important.

— Allez, arrête, j'ai vite compris que tu le connaissais.

— Quoi ? lance fortement Dayan.

— Je ne le connais pas ! grondé-je pour mettre fin à cette conversation.

Ils me fixent tous les trois, presque amusés par mon embarras.

— Isabelle, quelqu'un vient vers toi ! s'amuse Dayan en lui faisant un clin d'œil.

Je relève la tête en même temps que ma meilleure amie. Rodéric s'approche d'elle et vient plaquer ses lèvres sur les siennes.

Je lâche mon plus grand sourire mais détourne rapidement le regard lorsqu'ils commencent à se rouler de vraies pelles. Les garçons font de même, surpris mais amusés. Ma meilleure amie affiche un large sourire contre les lèvres de Rodéric. C'est alors que je me rends compte d'une chose.

Je lève la tête, *il* a disparu. Je balaie la salle du regard puis finis par me tourner complètement sur mon siège. Je l'aperçois enfin. Il ouvre les portes de la cafétéria d'un air agacé – comme d'habitude, je dois dire.

Je prends une grande inspiration et me lève doucement avant d'ouvrir, à mon tour, les portes de la cafèt'. Il est là, en train de marcher en plein milieu du couloir, seul.

Je souffle un grand coup avant de l'appeler :

— Tobias !

Il s'immobilise aussitôt sans pour autant se retourner. Il doit être à dix mètres de moi, mais il est toujours aussi grand et imposant, même de loin. Il porte un sac noir sur son épaule ainsi que sa veste en cuir. Il ne bouge pas d'un pouce et, à ce moment, je regrette immédiatement de l'avoir suivi.

— Pourquoi tu fais tout ça, Tobias ? parviens-je à articuler d'une voix tremblante.

Mon cœur se met à palpiter. Je déteste cette sensation de peur et de doute. J'ignore ce qu'il va se passer, et j'avoue qu'une légère appréhension vient paralyser mon corps.

Il se retourne subitement et fait quelques pas vers moi. Son regard est toujours le même : froid et impassible.

— Faire quoi ? finit-il par dire d'une voix rauque.

— Tout ça ! réponds-je en faisant un mouvement de la main, pourquoi tu… me regarde comme tu le fais ? Pourquoi tu veux que j'assiste à ton combat ce soir ?

— Qu'est-ce que tu insinues ? demande-t-il en fronçant les sourcils.

Il avance une fois de plus vers moi. Il ne se trouve plus qu'à un mètre et je commence à perdre tous mes moyens. Il me lance son regard provocateur, celui auquel j'ai droit à chaque fois qu'il m'aperçoit. Je ne sais pas s'il le fait à toutes les femmes, mais à ce moment, j'aimerais disparaître.

— Je n'insinue rien du tout, justement, c'est pour ça que je suis là… indiqué-je.

— De quel regard tu parles, Léonie ? insiste-t-il en continuant de me dévisager comme s'il allait me sauter dessus à la minute où je vais ouvrir la bouche.

Je le déteste. Il veut me faire passer pour une idiote qui se fait des films avec le beau gosse de l'université, sauf que je ne suis pas ce genre de fille – loin de là !

Je préfère ne pas répondre et me retourne pour regagner la cafétéria. Comment ai-je pu imaginer une seconde que j'arriverais à parler avec lui ?

Non, mais franchement, Léonie !

Je me suis trompée et, au fond de moi, je le savais. Ils ont tous raison, les rumeurs sont fondées. C'est un homme violent, imprévisible et surtout solitaire. Il a peut-être son frère auprès de lui, mais il vit complètement à part. Il ne peut parler de choses sérieuses qu'avec Rodéric et je le sais, je n'ai pas besoin d'être une lumière pour le deviner. De toute manière, je ne sais pas ce qui m'a pris d'aller lui parler. Je n'ai pas réfléchi, vraiment pas. J'ai voulu n'en faire qu'à ma tête, me faire ma propre opinion. Me voilà fixée !

En une fraction de seconde, je me retrouve dans le gymnase.

Je regarde sa main qui encercle mon poignet puis lui lance un regard incrédule.

— Pose-moi tes questions, souffle-t-il.

Je hausse un sourcil, attendant de voir s'il est sérieux, et c'est le cas. Il me dévisage, me lâche enfin le poignet, croise les bras et attend que je dise quelque chose. *Bordel, il est si beau...* Ses cheveux sont légèrement décoiffés et sa mâchoire est contractée, comme s'il était nerveux. Pourtant, ça n'a pas l'air d'être le cas. J'ai remarqué qu'il n'était jamais détendu, ses muscles sont sans cesse crispés. Cette colère permanente doit être vraiment dure à gérer.

— Pourquoi tu veux m'envoyer des entrées pour ton combat ?

— Tu ne veux pas venir ? demande-t-il froidement, en contournant encore une fois la question.

— Tu as dit que je pouvais poser mes questions... râlé-je.

Il passe une main dans ses cheveux le plus tranquillement possible, ses yeux toujours accrochés aux miens. Il est maintenant à quelques mètres de moi, mais l'effet qu'il me procure est trop fort, beaucoup trop fort.

— Arrête, s'il te plaît... dis-je dans un souffle.

— Arrêter quoi ? demande-t-il en s'avançant vers moi, la tête légèrement inclinée sur le côté.

— De faire ça ! articulé-je difficilement.

Il continue d'avancer pour enfin se planter devant moi. Mon cœur rate plusieurs battements, ma peau s'échauffe, le sang bouillonne dans mes veines. Aucun homme ne m'a jamais regardée de la sorte, aucun.

Il penche la tête près de mon oreille pour me chuchoter :

— Pourquoi tu trembles, Léonie ?

OK. Je vais m'évanouir.

Je me recule brusquement en secouant la tête.

— Tu n'as pas répondu à ma question !

Il lève les yeux au ciel.

— Comme je te l'ai dit, je viendrai te chercher si je ne te vois pas là-bas ! signale-t-il d'une voix grave.

— Mais pourquoi ? insisté-je en faisant un pas vers lui.

— De toute façon, je sais qu'Isabelle te fera venir.

— Comment tu peux en être aussi sûr ? lancé-je en le dévisageant.

J'ai remarqué qu'il n'aime pas quand je le regarde de cette façon, ses yeux s'assombrissent aussitôt.

— Ne me provoque pas, trésor.

Je le dévisage et souffle légèrement.

Il inspire un grand coup puis ses mains viennent s'emparer de mon visage. Je recule d'un pas face à son geste, alors que son front vient presque heurter le mien.

— Je veux que tu sois là, Léonie, point !

Chapitre 16
Tobias

Putain mais quel con ! « Je veux que tu sois là » Bon sang, je parle comme un puceau !

Ma voix sonnait comme un putain de besoin, le besoin de sa présence au combat. C'est sorti si vite, je n'ai pas réfléchi et maintenant elle me dévisage… sans comprendre.

Mais je veux qu'elle soit là, c'est comme ça. Lors de mon dernier combat, dès que je l'ai aperçue, il s'est passé quelque chose… Je ne peux pas l'expliquer, et je n'en ai pas envie.

Je laisse retomber mes bras le long de mon corps et me retourne pour partir. Je ne peux pas rester ici…

Si je continue de lui dire toutes ces conneries, je sais qu'elle finira accro à moi, *si ce n'est pas déjà le cas*, et je ne veux pas que ça se produise. Elle pourrait le payer très cher et ce n'est pas envisageable. Pour la première fois de ma vie, je ne veux pas que quelqu'un souffre par ma faute. Je ne peux pas prendre le risque de la faire entrer dans ma vie. *Je ne le veux pas de toute manière.*

Je n'ai jamais réagi comme ça et encore moins pris soin d'une femme de toute ma vie. En général, je me sers d'elles au lit, et rien d'autre. Je ne me permets jamais plus. Il ne le faut pas. Je ne peux faire entrer personne dans ma vie.

Mais depuis ce combat, quelque chose a changé et ça me rend malade.

— Je serai là ! annonce-t-elle de l'autre bout du gymnase d'une petite voix, anxieuse.

Je pose mes mains sur les poignées de la porte et je reste immobile, la tête en l'air. Sincèrement, je m'attendais à être obligé d'aller chez elle pour l'emmener de force au combat, je m'y étais préparé.

Je me retourne et l'aperçois marcher dans ma direction, lentement.

— Je viendrai, mais ensuite, s'il te plaît, ne m'oblige plus à être présente…

Un sourire m'échappe lorsque je m'approche d'elle, qui reste statique sous mon regard provocateur. Elle fourre les mains dans ses poches en se rendant compte qu'elle se met à trembler et je laisse échapper un rire. Ce que j'aime l'effet que j'ai sur elle ! Je ne m'en lasserai jamais.

Je m'avance encore jusqu'à ce que mon corps ne soit plus qu'à quelques centimètres du sien. Je la domine de tout mon être, et baisse légèrement la tête pour l'inciter à me regarder.

— Ne t'inquiète pas, trésor, je n'aurai plus besoin de t'obliger à quoi que ce soit, parce que tu seras tellement dingue de moi que tu me suivras partout où j'irai, dis-je d'une voix grave en lui caressant la joue de mon pouce.

Elle me scrute, médusée, et repousse ma main posée sur sa joue. Je ricane face à son énervement et je sors une clope de ma poche tandis qu'elle bouillonne de rage.

Ah, ce que j'aime ça !

Je ne pars pas, je veux voir ce qu'elle va bien pouvoir me répondre, ce qu'elle fait dans la minute :

— Je pense que tu ne t'en prends pas à la bonne personne, Tobias. Je suis pas du genre à être « *dingue* », comme tu dis, d'un mec à moitié psychopathe et lunatique à souhait ! crache-t-elle en me regardant droit dans les yeux, sûre d'elle.

Et après c'est moi le lunatique ? Elle était en train de trembler comme une feuille il y a deux minutes !

Je lâche instantanément ma cigarette ainsi que mon sac. Je n'attends pas une seconde pour porter Léonie et la jeter sur mon épaule, ce qui lui arrache un léger cri. Si elle croit que je vais laisser passer ça, elle est mal tombée.

— Tobias, lâche-moi, je t'en supplie ! Je suis désolée, je suis désolée… crie-t-elle en me frappant le dos, terrorisée.

Je me dirige tranquillement vers les vestiaires sans répondre, elle me balance des tas de choses que je n'écoute même plus.

— À la soirée, tu étais bourrée, alors j'ai laissé passer tes insultes, mais là tu es plus que sobre, trésor ! finis-je par dire en la posant dans une des douches.

Elle me regarde, tétanisée. Elle ne sait pas quoi faire, et je la comprends. Je ne compte pas la noyer ou lui faire quoi que ce soit, mais c'est ce que je vais lui laisser croire pour qu'elle comprenne qu'il ne faut pas me provoquer.

— T-Tu vas faire quoi ? bégaye-t-elle.

Je fais de mon mieux pour ne pas rire aux éclats en voyant la tête qu'elle fait.

— Je ne sais pas encore ! réponds-je simplement.

Elle se met à trembler tandis que je la plaque contre le mur de la douche, le bouton derrière son dos, et serre ses poignets de part et d'autre de sa tête.

Elle s'humidifie les lèvres en me dévisageant, toujours sous le choc. *Bordel…* Je me retiens douloureusement de ne pas l'embrasser à pleine bouche et d'enlever tous ses vêtements. Il faut qu'elle arrête de faire ça.

— Tobias, je t'en supplie… m'implore-t-elle encore, les bras toujours collés au mur, sous mon emprise.

— Arrête, arrête de me supplier, ça me rend fou ! grogné-je.

Ça me rend fou au point que toutes mes idées perverses à son sujet refont surface. Elle ne doit pas imaginer à quel point elle me rend dingue. Elle, elle doit penser que ça m'énerve au point de vouloir lever la main sur elle, alors que ce n'est pas du tout le cas… Jamais je ne ferai une chose pareille.

Si elle savait.

Je baisse la tête, garde ses poignets entre mes mains au-dessus de son crâne, et la dévore des yeux. Je sens sa respiration se calmer pour ensuite redevenir saccadée. Elle me dévisage, me contemple, reluque chaque partie de mon visage, passant de mes cheveux à ma mâchoire carrée, et elle se met à fixer mes trapèzes. J'avais remarqué qu'ils lui faisaient de l'effet.

Elle se mord la lèvre inconsciemment et je me sens soudain à l'étroit dans mon caleçon. Ça me fait un mal de chien. *Bon sang…*

— Arrête de faire ça ! grondé-je en ne la quittant pas des yeux.

— Faire quoi ? sursaute-t-elle en posant de nouveau ses yeux sur moi.

Je vais vraiment perdre le contrôle si elle continue de me provoquer comme elle le fait.

Elle se mord de nouveau la lèvre en devinant à quoi je faisais allusion. C'est trop pour moi, alors j'exerce une légère pression contre elle, ce qui lui arrache un gémissement. Elle se cambre et l'eau de la douche se met à couler.

OK. Respire, Reed.

Je resserre un peu plus mon étreinte sur ses poignets en baissant davantage la tête, les yeux fermés, et laisse couler l'eau sur le haut de mon cou et le long de mon dos. Je l'entends respirer fortement, silencieuse. J'ouvre doucement les paupières et la vois en train de me dévorer des yeux. Un sourire m'échappe quand je me rends compte que mon t-shirt trempé me colle au corps.

— Tu… Tu me fais mal aux bras… bégaye-t-elle.

Je lâche aussitôt ses poignets et ses mains viennent se poser sur le bas de mon ventre. Elle ne les bouge pas, mais son contact me refait bander direct. *Putain !* J'inspire profondément sans la quitter des yeux une seule seconde. Sa bouche, où quelques gouttes d'eau viennent se perdre, m'appelle d'une façon irrésistible. Je reprends rapidement mes esprits et attrape sèchement ses deux mains. Elle me scrute, surprise par mon geste, ne se doutant pas une seule seconde ce qui trotte dans ma tête.

— Pourquoi tu nous as amenés ici ? demande-t-elle en essayant de se libérer.

Je lâche ses mains et ne romps toujours pas mon contact avec ses iris. J'appuie une seconde fois sur le bouton de la douche à l'aide de son dos en espérant que l'eau froide calmera mon excitation. Mon corps est collé au sien, la douche est particulièrement étroite et ça n'aide pas.

Elle est trempée. Son chemisier blanc est maintenant transparent.

Mon Dieu, aidez-moi !

Sans pouvoir m'en empêcher, je passe mon pouce sous ses yeux, pour enlever les traces de maquillage et je finis par murmurer à son oreille :

— Pour que tu t'excuses.

— Pardon ? lance-t-elle, interdite.

Je plaque mes mains sur chaque côté de ses épaules.

— Et on restera ici jusqu'à ce que tu te sois excusée, trésor !

Elle me dévisage, abasourdie, avant de dire :

— Je me suis déjà excusée, quand j'étais sur ton épaule tout à l'heure ! rappelle-t-elle.

— Ce n'était pas sincère ! dis-je en appuyant de nouveau sur le bouton de la douche.

Elle prend une grande inspiration en levant la tête, et laisser couler l'eau fraîche sur son visage. Je ne la lâche pas du regard, j'observe chacun de ses gestes. *Elle est si belle…* Trempée, elle est encore plus… encore plus excitante, et je suis sûr qu'elle ne s'en rend même pas compte.

Elle souffle avant de revenir à mes yeux, toujours posés sur elle. Les gouttes d'eau roulent le long de ses joues, de son nez, de ses cils. Comment je fais pour réussir à me contenir autant avec elle ? Comment je fais pour retenir autant les pulsions charnelles qui m'assaillent ?

— Pourquoi je devrais m'excuser ? finit-elle par demander.

Je la dévisage, impassible, puis réponds :

— Parce qu'en général on s'excuse après avoir dit de grosses conneries !

Elle me toise, interloquée, avant de prononcer la phrase de trop :

— C'est pourtant vrai ce que j'ai dit, non ?

Elle est folle ! Elle est vraiment folle…

Je me redresse, passe une main dans mes cheveux, en silence, et attends quelques secondes. *Comment ose-t-elle ?* Elle ne me connaît même pas.

Une soudaine colère vient s'insinuer au plus profond de mes entrailles. Mon regard ne la lâche pas. Je passe mon pouce sur ma lèvre, essayant au mieux de contenir le monstre qui sommeille en moi.

Elle ne vaut pas mieux que ceux qui colportent toutes ces rumeurs. Elle ne cherche pas à connaître la vérité, à comprendre ce qu'il se passe au plus profond du cœur des autres, elle se contente d'écouter ce qui se dit, sans prendre la peine d'aller au-delà.

Putain, je vais devenir fou !

Je sens la colère monter à une vitesse étourdissante. Il faut que je trouve Rodéric au plus vite avant de faire des choses que je pourrais regretter.

Je la laisse plantée là tandis que je sors de la douche, me dirige dans le gymnase, ramasse rapidement mon sac et ouvre les portes brutalement. *Ça recommence, putain, ça recommence !* Mes pensées divaguent, deviennent ivres de folie. Mes muscles, mon corps entier se tendent. Ma respiration se fait plus douloureuse et ma tête me fait mal. Il faut que je trouve Rodd.

Je me précipite vers la cafétéria et ouvre brusquement la porte.

— Rodéric ! l'appelé-je difficilement.

Toutes ces putains de têtes sursautent en entendant la porte claquer contre le mur et me dévisagent. Toutes les personnes encore présentes se sont figées, complètement tétanisées. Ma respiration est irrégulière, ça me ronge de l'intérieur.

Je ne tiendrai pas !

Je frappe sur la porte le plus doucement possible et le regard de mon frère capte enfin le mien. Je me retourne immédiatement en l'entendant pousser plusieurs injures et je sors rapidement du bâtiment. J'avance, les deux mains derrière la nuque, jusqu'à une ruelle, à plusieurs mètres, et finis par coller mon dos au mur.

— Tobias ! Hé, qu'est-ce que t'as fait ? demande Rodéric en s'approchant de moi précipitamment.

— Rien, putain ! craché-je.

J'expire fortement en faisant les cent pas devant mon frère qui m'observe en cherchant ses mots. Je l'entends soupirer, comme s'il était rassuré que je n'aie rien commis de grave…

Pas comme à mon habitude.

— Je pourrai t'aider que si tu me parles, Tobias, finit-il par dire d'une voix rassurante.

Je continue de marcher de gauche à droite, passe une main dans mes cheveux et finis par cracher le morceau :

— C'est à cause d'elle, putain !

Il me dévisage, les yeux grands ouverts.

— Mais qu'est-ce qu'il se passe avec cette nana ? T'as pas fait de crises depuis plus de trois ans, Tobias !

Et là elle surgit et tu replonges, merde, mais il se passe quoi ?

Il me balance ces questions avec tellement de peine que ça me donne envie d'aller frapper le premier qui croisera mon chemin. Je ne supporte pas de le voir comme ça.

— Je sais pas, soufflé-je, au bord de l'explosion.

Je respire bruyamment. Mon souffle est irrégulier. Les battements de mon cœur me tourmentent. Il faut que je reprenne le dessus. Il faut que je me détende, putain !

— Qu'est-ce qu'elle t'a dit ou fait pour que tu sois dans cet état ? demande-t-il en s'approchant de moi.

J'hésite un instant puis mon regard croise le sien alors je révèle :

— Elle me provoque. Elle me fait faire des choses que je ne ferais jamais en temps normal ! Et au final, elle n'est pas mieux que tous les autres ! Elle fait partie de ceux qui croient aux rumeurs. Elle me rend taré au point de me déclencher une crise, putain !

Je me retourne pour recommencer à faire les cent pas.

— T'as juste eu un coup…

— Non ! Arrête Rodéric, j'ai pas envie de m'énerver encore plus, alors ne le dis surtout pas ! le coupé-je d'une voix rauque, en levant une main en l'air.

Je l'entends soupirer avant de s'avancer pour se placer devant moi.

— Je ne pense pas qu'elle le fasse exprès. Je ne la connais peut-être pas, mais elle n'a pas l'air d'être du genre à provoquer les hommes comme toi, As ! Je pense plutôt que c'est toi qui la provoques, sauf qu'elle te répond à chaque fois et comme tu n'en as pas l'habitude, tu perds le contrôle. Le fait qu'elle croit aux rumeurs est légitime…

Je lâche un rire nerveux.

— Pourquoi je la provoquerais ?

— Allez, arrête ça, va ! s'esclaffe mon frère en me tapotant l'épaule.

Je lui souris, légèrement calmé. Il sait quand il peut me toucher ou non, il sait quand je suis détendu ou non. Je suis conscient que ce n'est pas simple de savoir à quel moment je suis calme ou quand je pourrais craquer dans la seconde : il est le seul à différencier mes humeurs. De toute façon, je ne m'en prendrai jamais à lui.

— T'as un combat ce soir et il ne faut pas que tu sois distrait, Tobias !

— Je sais, dis-je dans un souffle.

Il s'approche de moi, une seconde fois, en se grattant le menton avant d'annoncer :

— Si c'est elle qui te met dans tous ces états, il ne faut plus que tu aies de contact avec elle, As.

Je le dévisage quelques secondes. J'en suis conscient, vraiment conscient même, mais c'est plus fort que moi… La défier m'apporte tellement d'euphorie que je ne m'en lasse pas, et puis… elle provoque des sentiments si différents de ceux que je ressens au quotidien, des sentiments nouveaux… J'en ai besoin.

On dirait un con qui croit à toutes ces conneries d'amour, Tobias Reed, reprends-toi !

— Oh, ne t'en fais pas pour ça ! dis-je dans un sourire en plaçant mon bras derrière son épaule, en avançant.

— Pourquoi t'es trempé, au fait ?

— C'est rien, t'inquiète pas !

Je le lâche en enfonçant mes mains dans mes poches après avoir replacé mon sac sur mon épaule. Je m'arrête un instant pour allumer une cigarette. Il me dévisage quelques secondes et finit par me tendre trois comprimés.

— Tiens, prends-les ! m'ordonne-t-il d'une voix détendue.

Je ne réponds rien et avale les médocs avant de me remettre à fumer. Il a toujours cette boîte de pilules blanches sur lui.

— Tu m'en feras voir de toutes les couleurs, hein ! finit-il par dire en riant.

— Et encore pour longtemps, mon frère ! déclaré-je en inspirant la fumée.

Il sourit puis disparaît dans l'établissement. Je le rejoins quelques minutes après, définitivement calmé.

Chapitre 17
Léonie

Je me laisse glisser le long du mur et m'assois sur le sol mouillé. J'inspire profondément et me positionne en tailleur, le regard rivé sur le mur d'en face. Je ne comprends pas pourquoi tout ça m'arrive en ce moment.

Pourquoi moi ? Pourquoi maintenant ?

Je n'arrive pas à comprendre pour quelle raison l'homme le plus dangereux de cette foutue ville s'intéresse autant à moi. C'est vrai, je n'ai rien d'extraordinaire, je suis une étudiante comme une autre. Je n'ai absolument rien fait pour attirer son attention.

Il m'a clairement fait comprendre qu'il avait besoin de ma présence lors de ses combats, *mais pourquoi* ?

Je ne le connais pas, il ne me connaît pas. Il semble me porter de l'intérêt, mais hélas, à chaque fois que cette pensée me parcourt l'esprit, il me fait vite changer d'avis. Il peut devenir violent en une fraction de seconde ; je n'ai jamais rencontré une personne aussi versatile que lui.

J'ai eu la brève impression qu'il allait m'embrasser. La tension qu'il y avait entre nous était insoutenable et surtout indéfinissable. Je n'ai jamais ressenti un tel désir pour un homme, *jamais*. Il provoque en moi des sentiments contradictoires. Je n'arrive pas à le fuir, ou même à le repousser, quelque chose m'en empêche. *C'est inquiétant.*

Je me rendrai à son combat, mais après cette soirée, plus jamais je ne mettrai un pied dans un endroit pareil. Toute cette violence, ce n'est pas pour moi.

— Léonie ! m'appelle une voix au loin.

Je sursaute en entendant mon meilleur ami se rapprocher des douches.

Putain, Dayan !

S'il est ici, ça veut dire qu'il est au courant, et le bruit violent de ses chaussures claquant sur le sol renforce cette idée.

Il ouvre brutalement le rideau de la douche et me regarde, les yeux écarquillés, paniqué.

Je suis toujours assise sur le sol, silencieuse.

— Léo ! Qu'est-ce qu'il s'est passé ? s'écrie-t-il en m'aidant à me relever.

— Comment tu as su que j'étais ici ?

— Parce qu'il me l'a dit ! Qu'est-ce qu'il s'est passé ?

Il garde mes mains entre les siennes, l'air vraiment inquiet.

— Il t'a fait du mal ? me demande-t-il, la mâchoire contractée.

— Non.

S'il savait…

Il prend une profonde inspiration, soulagé, puis finit par me questionner :

— Tu lui as dit quelque chose en particulier ?

— Parce que tu penses que c'est à cause de moi ? réponds-je dans un rire nerveux.

— Bien sûr que non, Léo, mais j'ai rarement vu Tobias dans cet état… Il aurait pu buter tout le monde… dit-il dans une grimace contrariée.

Je passe une main sur mon visage en soufflant quelques secondes. Tout ce qu'il se passe avec ce boxeur est toujours disproportionné, je ne le comprends vraiment pas…

— Ce mec est vraiment lunatique, Dayan… Il est sympa quelques instants pour ensuite se transformer en gros con. Ce n'est pas moi qui déclenche sa colère, il la déclenche tout seul parce qu'il est complètement taré !

— Ne dis pas ça… souffle-t-il.

— Quoi, parce que ce n'est pas le cas, peut-être ?

— Il est loin de l'être, Léonie.

Je soupire puis sors des vestiaires, suivie de mon meilleur ami qui m'arrête en accrochant mon épaule :

— Pourquoi tu es trempée ?

Je me retourne, le dévisage quelques instants puis me décide à tout lui raconter.

— Tu sais, je ne veux pas que tu penses que je t'accuse de quoi que ce soit, car ce n'est pas le cas. Je te connais, Léo, et jamais je ne te jugerai. C'est seulement que ce qu'il se passe entre vous me dépasse complètement… me confie-t-il.

— Crois-moi, ça me dépasse tout autant que toi… J'ai fait une erreur en rattrapant Tobias pour essayer d'avoir des explications… Lorsque j'ai compris que ça ne mènerait à rien, j'ai voulu partir, mais c'est lui qui m'a retenue…

— Je sais.

Il finit par me prendre dans ses bras et je l'étreins en nichant mon visage contre son cou.

* * *

19 h 45

Je suis allongée sur le canapé devant une série fantastique lorsque j'entends des grincements derrière la porte d'entrée. Je me lève doucement, méfiante, et me dirige vers cette dernière. Dayan n'est pas encore rentré, donc je suis seule dans l'appartement.

J'ouvre donc la porte et découvre, sur le paillasson, une enveloppe blanche. Je la regarde quelques instants et me baisse pour la ramasser. Je me penche et jette un œil dans le couloir pour tenter d'apercevoir la personne qui a déposé l'enveloppe, mais je ne vois personne. Je referme la porte et la verrouille à double tour.

Je déchire l'ouverture de l'enveloppe et découvre deux places pour le combat de boxe de ce soir.

Il me les a vraiment envoyées…

Des places VIP, alors que personne n'en reçoit normalement…

Je sursaute quand j'entends toquer à la porte. J'entends la voix d'Isabelle et m'empresse d'ouvrir. Ma meilleure amie soupire, le sourire aux lèvres.

— Ah, c'était une très belle journée ! ironise-t-elle.

Je la regarde fixement en lui tendant les deux billets. Elle ouvre grand les yeux et la bouche avant d'exploser de joie :

— Non, mais j'y crois pas ! s'écrie-t-elle en s'emparant des morceaux de papier.

— Ne crie pas comme ça !

Je referme la porte à clé tandis qu'elle secoue les billets devant mon visage.

— Non, mais tu te rends compte ? Ils n'envoient jamais de places normalement, Léonie !

— Oui, je sais.

Je vais dans la cuisine chercher un verre d'eau quand je l'entends hurler une fois de plus :

— Mais c'est Reed qui te les a envoyées en plus ?

— Oui, je te l'avais dit à la cafèt' !

Elle court me rejoindre avant de me montrer les initiales « T. R. » inscrites sur le haut d'un des billets.

— C'est lui, ce sont *ses* billets ! s'exclame-t-elle, hystérique.

Je lève les yeux au ciel, exaspérée par tant d'euphorie.

— Ce ne sont que des billets, Isabelle !

— Non mais tu ne comprends pas, comme ce sont des places VIP, on a les meilleures places pour voir le combat !

— Ah bon ?

— Oui, banane ! m'insulte-t-elle en me tapotant le front.

Je me mets à rire en la voyant danser dans tout le salon. Elle aime tellement les combats de boxe, depuis toujours. Elle m'en parle sans cesse alors si je peux lui faire profiter d'une place au premier rang, j'en suis ravie.

* * *

21 h 00

Je m'arrête aussitôt quand je vois la foule amassée à l'entrée de l'immense bâtiment. Isabelle m'avait pourtant prévenue qu'il y aurait un monde fou, car Reed va affronter un de ses plus grands rivaux, celui qu'on appelle « Satyre ». Malgré tout, je ne m'attendais pas à un tel rassemblement.

J'aperçois tout un tas de journalistes sur un côté de l'entrepôt. Ils n'étaient pas présents la dernière fois, enfin je ne crois pas. Je sens la main de ma meilleure amie serrer la mienne alors que nous tentons de nous frayer un chemin parmi la foule. Je me fais régulièrement bousculer et même insulter par certaines personnes, à qui je marche sur les pieds. Je sens que je vais tomber dans les pommes si ça continue. Être oppressée par tant de monde, je ne le supporte pas très bien…

Arrête, Léonie, t'es pas une mauviette !

Je secoue la tête pour me ressaisir et c'est rapidement à notre tour de montrer nos billets au videur. Je reconnais immédiatement Luke, l'homme qui avait laissé entrer Dayan sans qu'il ne parie.

Il me regarde fixement avant de me lâcher un grand sourire.

— Ah, mais je me souviens de toi ! T'étais avec Dayan au précédent combat ! dit-il amicalement.

— Exactement !

— Quand tu n'es pas avec l'un, tu es avec l'autre ! plaisante-t-il en lançant un regard à ma meilleure amie, qui lève les yeux au ciel.

— Moi aussi ça me fait plaisir de te voir, Luke ! dit-elle.

— Ton frère n'est pas avec vous ?

— Pas ce soir.

Dayan m'a appelée un peu plus tôt pour me dire qu'il ne pourrait pas assister au combat de ce soir. Ses parents ont insisté pour qu'il vienne dîner avec eux ce soir, il n'a donc pas refusé. Il a passé toute la durée de notre appel à se plaindre du fait qu'il ne pourra pas voir Tobias à l'œuvre ce soir, ce qui m'a bien fait rire. Il ronchonnait sur sa sœur qui a déjà rendu visite à leurs parents ces derniers jours.

— D'accord, bon, qu'est-ce que je peux faire pour vous ?

Je lui tends nos deux billets et ses yeux s'arrondissent aussitôt.

— Comment as-tu eu ces billets ?

— Euh, je… commencé-je en me grattant le cou nerveusement.

— On les lui a envoyés ! intervient Isabelle, venant à ma rescousse.

Il nous dévisage l'une après l'autre et finit par tamponner nos deux bouts de papier.

— Bonne soirée, les filles !

Tu parles !

Nous entrons enfin. Je serre fermement la main d'Isabelle pour ne pas qu'on soit séparées par toute cette foule et nous atteignons enfin nos places, au premier rang. Malheureusement, on ne peut pas s'asseoir et je suis compressée par plusieurs personnes qui ne tiennent pas en place. Le brouhaha me met mal à l'aise. Lors du premier combat, il y avait beaucoup de bruit, mais ce n'était rien comparé à ce vacarme infernal. Je tourne la tête vers ma meilleure amie qui semble heureuse d'être ici. Elle sourit de toutes ses dents en balayant la salle du regard, et heureusement qu'elle est là car sinon je ne sais pas comment je pourrais tenir ici.

— Ça va être génial, Léo, tu vas voir !

— J'en doute pas, réponds-je avec le plus d'entrain possible.

Elle me pousse légèrement l'épaule en riant et, brusquement, je n'entends plus aucun bruit dans la salle. Je sursaute pour la énième fois de la journée en entendant une voix extrêmement grave dans un micro :

— Bonsoir, Chicago ! crie le gars en levant un bras en l'air.

Des hurlements se font entendre pour simple réponse et il reprend en riant :

— Du calme, du calme les enfants !

Il garde le silence quelques secondes puis commence à présenter les boxeurs :

— Bon ! Je vous demande un tonnerre d'applaudissements pour notre champion actuel, Satyyyyre !

La réaction que j'attendais ne se fait pas attendre : la foule hurle, elle est en délire et je me fais bousculer de tous les côtés, j'entends même ma meilleure amie crier. Elle me tient tout de même la main fermement.

Je vois soudain un homme monter sur le ring en souriant et en faisant divers mouvements de bras pour exciter le public. Il est impressionnant – il faut l'avouer. Il est vêtu d'un simple short de sport rouge ; il est torse nu et ses muscles luisants ressortent considérablement.

— Allez, du calme, du calme ! ricane la voix au micro, le boxeur qui arrive, mes chers enfants, est notre plus grande légende et notre plus grand champion encore jamais vaincu… Theeeee Deviiiiil ! hurle-t-il.

Mon souffle se coupe. Mes jambes se mettent à trembler. Un frisson vient embrasser ma peau. Je manque de tomber au sol à cause de la foule complètement hystérique. Tobias suscite tellement d'agitation. Ils sont là pour lui, rien que pour lui. De nombreux maillots volent un peu partout dans la salle. Isabelle a subitement lâché ma main pour hurler le nom de Tobias et saute comme une dégénérée.

Et moi, je suis là, me demandant ce que je fais dans cet endroit et pour quelle raison je suis venue.

Quelle connerie tu as faite, Léonie Foster !

Mon cœur s'arrête l'espace de quelques microsecondes quand je vois Reed monter sur le ring, porté par tous ces hurlements qui lui sont destinés. Je suis tellement proche du ring que j'ai l'impression de pouvoir le toucher. Les projecteurs sont braqués sur lui, sur cet homme colossal et déterminé. Il décroche un léger sourire au public avant de faire le tour du ring en regardant attentivement les premiers rangs. Dès que son regard croise le mien, un électrochoc me parcourt l'échine. Il ne détache pas son regard du mien durant plusieurs secondes qui me paraissent une éternité…

Ses muscles saillants brillent sous la lumière des projecteurs. Ses émeraudes s'illuminent de façon presque surnaturelle. Mon cœur s'emballe une fois de plus tandis qu'il esquisse un sourire taquin. Il finit par rejoindre Rodéric dans un coin du ring pour se préparer.

Je l'observe plus attentivement en commençant par sa cicatrice, que je perçois nettement sur sa joue, puis descends sur cette mâchoire carrée terriblement bien dessinée. Je contemple ses trapèzes puis chemine lentement jusqu'à son bas-ventre où je peux apercevoir ce « v » admirablement tracé sur son bassin.

Léonie, reprends-toi s'il te plaît…

Isabelle me secoue légèrement en riant, face à mon admiration devant ce boxeur et elle finit par me glisser à l'oreille :

— Il faut que j'aille aux toilettes !

— Quoi ? m'écrié-je, paniquée qu'elle me laisse seule.

— Ils ne commenceront pas à se battre avant quelques minutes, je n'en ai pas pour longtemps !

J'acquiesce finalement et la suis du regard jusqu'à ce que sa silhouette disparaisse de mon champ de vision.

Après quelques minutes, je continue de fixer la porte des toilettes en priant pour que ma meilleure amie revienne le plus rapidement possible, mais la sonnerie du premier round se fait entendre.

Et merde !

Chapitre 18
Léonie

Tobias me lance un bref regard puis reporte son attention sur son adversaire avec une haine si profonde qu'un frisson désagréable me traverse. Isabelle va manquer le début du combat. Je ne sais pas ce qui lui prend autant de temps et je ne peux pas me frayer un chemin jusqu'aux toilettes à cause de cette foule en délire. Mon regard se reporte aussitôt sur le ring quand l'homme appelé Satyre frappe Tobias en plein visage. Ce dernier tourne la tête sur le côté et crache du sang sur le sol.

Ça commence bien…

Il se redresse, furieux, et regarde l'homme tatoué d'un satyre sur le bras. Reed s'avance et lance un violent coup de poing au visage du grand blond qui manque de tomber au sol. Reed poursuit ses assauts et le frappe aux côtes, au ventre. Satyre arrive à contrer ses coups en se protégeant de ses bras. Les coups s'enchaînent, le sang continue de couler durant plusieurs minutes avant que la sonnerie de la fin du round ne se fasse entendre. Mon cœur se remet à battre régulièrement. Je souffle en fermant les yeux quelques instants. Je les rouvre enfin et observe Tobias cracher du sang à plusieurs reprises. Je remarque à quel point Satyre est un adversaire puissant, et je commence à avoir peur. *Vraiment peur.*

Isabelle n'est toujours pas revenue, je ne sais plus quoi faire.

Je me fais pousser violemment quand la deuxième sonnerie retentit.

Les deux boxeurs recommencent à échanger des coups, plus violents les uns que les autres. Je ne me sens vraiment pas bien, tout ce sang me met mal à l'aise. C'est trop pour moi.

Quelle petite nature !

Pour le moment, Tobias a pris le dessus et enchaîne les assauts. D'un coup, une sorte d'instinct s'empare de moi et je lâche un « non » lorsque l'homme appelé Satyre frappe Tobias dans la cage thoracique. Mon cœur bat à tout rompre lorsque je devine son souffle coupé. Il secoue la tête pour se reprendre et se remet à donner une série de coups au Satyre. Je passe ma langue sur mes lèvres et l'observe bouger avec une fluidité épatante.

J'admire son agilité, ses jambes et ses muscles puissants. Ses quadriceps, ses biceps et ses épaules bougent au rythme de ses coups. Ses tatouages, sur chaque parcelle de ses bras, sont mis en valeur à chaque coup porté à son adversaire.

Je relâche un « non », quand Tobias se prend un énième coup droit sur la lèvre. Le sang gicle, Reed crache et lèche sa lèvre envahie de cette substance rouge. Mon cœur se serre en voyant cette scène horrible se dérouler sous mes yeux.

Je ferme les paupières quelques secondes pour reprendre mes esprits. Les hurlements de contentement et de frayeur fusent dans toute la salle. Je n'ai qu'une envie, que tout cela cesse.

J'ouvre enfin les yeux, légèrement calmée, et j'aperçois Tobias en mauvaise posture, appuyé contre le coin du ring, en train de se faire frapper au visage, au ventre, aux côtes. Mon sang se glace. Je stoppe instantanément tout mouvement, je suis presque au bord de l'évanouissement. Un cri de douleur s'empare de moi lorsque mon boxeur se prend un terrible coup dans le torse. Toutes les personnes à mes côtés lui hurlent de bouger.

Je ne peux pas voir ça, je ne peux pas le voir dans cet état.

Je croise son regard, qui semble me chercher depuis plusieurs secondes. Je n'arrive pas à avaler ma salive, tant la boule que j'ai dans la gorge est énorme.

Je remarque Rodéric, debout, en train de se mordre les doigts. Il est totalement paniqué. Je pense que s'il pouvait monter sur le ring pour démolir lui-même Satyre, il le ferait.

Mon regard se repose sur Tobias qui ne me lâche pas des yeux. Ses émeraudes me transpercent. Je me sens partir, tous mes muscles me lâchent en l'espace de quelques secondes. Je ne sens plus mes membres… je ne sens plus rien.

Tobias

Alors que je suis toujours coincé contre le pilier du ring, ce putain de Satyre continue de me balancer des coups. Les cris de la foule s'intensifient et je sais que tous les regards sont braqués sur moi, mais surtout le *sien.* Je tourne légèrement la tête vers elle, mais l'expression de son visage me fragilise. Elle est si pâle, j'ai même l'impression qu'elle commence à tanguer.

Je suis si déstabilisé que je ne parviens pas à éviter un coup de poing qui me fait cracher de nouveau.

La foule se met à hurler : « Devil… Devil… Devil… »

Fini de jouer, mon grand !

Je me redresse, les muscles douloureux, mais je ne vois plus Léonie.

Putain, elle est où ?

Les battements de mon cœur s'accélèrent lorsque je la vois, étalée sur le sol, presque piétinée par la foule autour d'elle.

Une rage folle monte en moi. Mon regard se porte sur mon adversaire, qui affiche un sourire triomphant. *Laisse-moi rire.* Mon gant s'abat sur ses côtes et fait craquer ses os sous mes doigts. Il lâche un râle de douleur en reculant de plusieurs pas. Je fonds sur lui et lui assène un uppercut si puissant qu'il s'effondre sur le ring.

La foule se met à scander : « Reed ! Reed ! Reed ! »

Le mec au micro hurle mon nom, mais je ne le laisse pas me rejoindre et descends précipitamment du ring.

— Mais qu'est-ce que… ?

Je n'écoute plus et ne réfléchis plus. Je peux tout de même distinguer la voix de Rodéric en train de hurler mon nom avec mécontentement.

Je m'essuie la bouche à l'aide de mon avant-bras et je m'accroupis devant Léonie, inconsciente. Toute la foule s'approche de moi et je ne peux me retenir de grogner :

— Poussez-vous, putain !

Ils me scrutent, éberlués, tandis que je prends Léonie dans mes bras. Sous le brouhaha de la salle, je me dirige rapidement vers les deux grandes portes qui donnent accès au long couloir qui mène à l'ascenseur, pour rejoindre ma loge. Je sais ce qu'il peut m'arriver en faisant ce que je suis en train de faire, mais je m'en branle royalement.

Je continue d'avancer, le sang coulant le long de mon torse jusque sur le corps inerte de Léonie. Je ne sais pas quelle connerie je suis en train de faire, mais je ne peux rien contre cette envie de la protéger.

Dans quelle merde tu t'embarques, Tobias ?

J'entre dans l'ascenseur et appuie plusieurs fois à l'aide de mon coude sur le bouton du deuxième étage. Mes muscles tremblent. La douleur que je ressens est immense, j'ai rarement éprouvé une telle souffrance après un combat. Je n'aurais pas dû me laisser frapper aussi longtemps, *je n'aurais tout bonnement pas dû écouter mon putain de frère !*

J'aperçois ce dernier courir vers l'ascenseur, qui se ferme avant qu'il parvienne à franchir la porte. Je soupire en levant légèrement la tête. *Bordel…*

* * *

Je dépose doucement Léonie sur le canapé, retire mes gants, et la recouvre d'une couverture. Je lui caresse tendrement la joue et je m'assois à ses côtés. Ses pommettes se remettent à rougir un peu plus à chaque seconde. Je n'en reviens pas qu'elle soit tombée dans les pommes. *Pourquoi s'est-elle évanouie, d'ailleurs ?*

Il a fallu que cette cruche choisisse ce moment pour tomber dans les pommes !

Je me lève précipitamment et me dirige vers la salle de bains pour me passer de l'eau sur le visage. Je m'accoude ensuite au lavabo, et regarde mon visage légèrement bleuté à cause des coups. Je vais avoir de beaux coquards demain…

Je sens la colère monter à une vitesse folle. Si je continue de regarder mon reflet, je ne vais bientôt plus pouvoir contrôler mes gestes et mes paroles, et ce n'est pas le moment de perdre le contrôle. *Vraiment pas.*

Il faut que je sorte.

Je sors de la pièce, mes gants à la main, en jetant un bref regard vers Léonie, toujours allongée sur mon canapé. Je m'approche de son visage pour écouter sa respiration, qui est plutôt régulière. Je me redresse, soupire, puis je quitte la loge en refermant la porte derrière moi.

J'entre dans l'ascenseur, appuie fortement sur le bouton et je place les mains derrière ma nuque dans un souffle. Je sais que Rodéric m'attend impatiemment à l'arrivée et je sais ce qu'il va se passer.

Les portes s'ouvrent et laissent apparaître mon frère, adossé contre le mur d'en face, les bras croisés avec un regard noir, que je ne vois que très rarement.

— Non mais tu te fous de ma gueule, Tobias ? Tu te fous vraiment de ma gueule ou quoi ? hurle-t-il, fou de rage.

Je l'observe un instant puis passe à côté de lui, sans dire un mot. Il m'attrape sauvagement l'épaule pour me retenir.

— Ne m'ignore pas, sinon je vais craquer, Tobias !

— Qu'est-ce que tu veux que je te dise, Rodd ? le questionné-je calmement.

Il me dévisage, rouge de colère, avant de se remettre à hurler :

— Tu te rends compte qu'en descendant du ring avant la sonnerie tu risques d'être disqualifié ? T'as perdu la tête ou quoi ?

Je croise les bras en le regardant toujours droit dans les yeux. Je serre la mâchoire et garde le silence.

— Qu'est-ce qui s'est passé ? demande-t-il enfin.

— Elle s'est évanouie ! Elle allait se faire écraser, je n'ai pas eu le choix.

Il se met à rire nerveusement.

— Tu n'as pas eu le choix, tu n'as pas eu le choix, répète-t-il en haussant le ton, tu te fous de ma gueule, putain ? Pourquoi tu ne me l'as pas dit ? Je serais allé la chercher, Tobias !

— Le temps que tu comprennes, elle serait déjà morte ! pesté-je.

Il soupire en passant une main dans ses cheveux. Il continue de me fixer quelques instants et balance ce que je redoutais depuis la fin du combat :

— Pourquoi t'as laissé Satyre te démolir *autant* ?

— Parce que je t'ai écouté, Rodd, putain ! Je devais faire durer le combat comme prévu, sauf que j'aurais dû le mettre K.-O. dès le départ ! balancé-je d'une voix hargneuse.

Il m'observe un instant. Il sait pertinemment que j'ai raison. J'ai presque laissé ce putain de boxeur me défigurer et je ne laisserai plus une chose pareille se produire, *plus jamais.*

— Allez, retournes-y avant qu'ils perdent patience, finit-il par dire, légèrement calmé.

J'acquiesce et me retourne. J'avance dans l'immense couloir et arrive devant les deux grandes portes qui me séparent du ring. J'enfile mes gants puis sautille quelques secondes sur le sol en faisant craquer mon cou. Je pousse enfin les portes et entre en contact avec une chaleur humaine incroyable. Le bruit assourdissant cesse immédiatement, le temps de quelques secondes, quand le public me voit entrer dans la salle. Ils hurlent mon nom, encore et encore. J'esquisse un sourire rempli de satisfaction en levant un bras en l'air, mais je redeviens tout à coup sérieux quand Isabelle se plante devant moi, les larmes aux yeux.

— Qu'est-ce qu'il s'est passé ? Où est-elle ? me demande-t-elle, complètement paniquée.

Je la dévisage quelques secondes. Elle est tellement pathétique à flipper autant, ce n'est pas possible de se retrouver dans un tel état. La majorité des personnes que je croise est rongée par l'angoisse. Pourquoi faut-il que les gens soient aussi sensibles ?

Ça en devient presque comique avec le temps.

— Dans ma loge, lâché-je froidement en passant à côté d'elle.

Je me raidis instantanément lorsqu'elle me retient par le bras. Je me dégage aussitôt de son emprise.

— Il faut que j'aille la voir, Tobias, s'il te plaît.

— Hors de question !

Elle fait un pas en arrière en entendant le ton sévère de ma voix. J'observe ses yeux s'humidifier, elle est presque au bord de l'explosion.

Oh non, elle ne va pas pleurer quand même ?

Je prends sur moi, inspire un grand coup, et m'approche d'elle.

— Écoute, elle va bien, tu pourras aller la voir après, dis-je d'une voix plus rassurante.

Je sens ses muscles se relâcher de soulagement. Elle acquiesce et je peux enfin rejoindre le ring.

Léonie

Je me réveille en sursaut dans un léger cri de douleur. Je viens de tomber d'un… canapé ?

C'est quoi ce bordel ?

Je me redresse et reste assise sur le sol pour observer la pièce. Une loge ? Je caresse mon bras qui me fait souffrir et une soudaine angoisse s'empare de moi. Où suis-je ?

Je me souviens pourtant nettement du combat, de l'image de Tobias en train de se faire cogner par son adversaire. Je revois son sang, rouge vif, couler le long de son torse. Je revois Satyre frapper Reed avec une euphorie immense tandis que ce dernier se laissait faire. Pourquoi n'a-t-il pas réagi ? Je croyais qu'il était le boxeur « imbattable » de tout Chicago.

Mais je me rends compte que je n'ai aucun souvenir de la fin du combat et surtout de la façon dont j'ai atterri ici.

Oh mon Dieu.

Je suis tombée dans les pommes ! C'est la seule explication qui me vient à l'esprit.

Je soupire et me lève pour rejoindre la salle de bains, que je repère rapidement. J'allume en vitesse le néon et je ne peux retenir un cri en apercevant mon t-shirt couvert de sang. *Mais qu'est-ce qu'il s'est passé ?* Je remarque même de cette substance rouge sur ma joue. *Non, non, non, ce n'est pas possible.*

J'ouvre précipitamment les robinets pour nettoyer mon visage. Je fais de mon mieux pour réguler ma respiration, mais je n'arrive à rien. Je suis tellement angoissée que mon pouls s'emballe. Je pose mes mains sur le rebord du lavabo et ferme les yeux, la tête relevée. J'inspire le plus doucement possible pour me calmer, quelques minutes.

En retournant dans la pièce, j'aperçois un réveil indiquant « 00 h 00 ». Je soupire et reste immobile au milieu de la pièce.

Je finis par sortir de la loge et me retrouve dans un long couloir. Je me précipite vers les escaliers et les descends à toute vitesse.

À bout de souffle, je débouche bientôt dans un étroit couloir sombre.

Mais par où je suis passée ?

Je prends sur moi et longe cet affreux couloir avant de franchir une porte qui me fait atterrir dans une ruelle, éclairée par seulement un lampadaire. La porte se referme brusquement derrière moi et me fait sursauter. Je commence à avancer, sur mes gardes. Cet endroit me donne froid dans le dos, plus j'avance et plus ma frayeur s'intensifie. Je reconnais pourtant les murs, sales, de l'entrepôt.

Je me retourne brusquement quand j'entends une voix masculine chantonner derrière moi. Je continue d'avancer en essayant de ne pas faire attention à cet homme qui se rapproche de plus en plus de moi. Je comprends très vite au ton de sa voix qu'il est soûl, complètement soûl.

Je pose une main sur mon front, affolée. Ce n'est peut-être qu'un homme qui passe ici par hasard, tout comme moi… Pourtant, mes mains ainsi que mes jambes tremblent de panique, je ne sais pas si je dois me mettre à courir ou tout simplement ne plus bouger. Je l'entends se rapprocher. *Putain, il faut que je coure !*

Soudain, je sens sa présence derrière moi. Sans que je ne puisse réagir, l'homme me plaque contre le mur d'une telle force qu'un cri s'échappe de ma bouche. Son corps est collé au mien, m'empêchant de faire le moindre mouvement. J'ouvre enfin les yeux et reconnais, Elyo, le gars avec qui j'avais parlé lors du premier combat.

— E-Elyo ? parviens-je à bégayer d'une voix paniquée.

— Comme on se retrouve, Léonie ! souffle-t-il sur mes lèvres, me faisant profiter de son haleine répugnante, remplie d'alcool.

Je le repousse de toutes mes forces, mais il me plaque de nouveau violemment contre le mur. Mes larmes commencent à couler lorsqu'il passe une main sur ma cuisse. Il remonte petit à petit sa main et dépose d'écœurants baisers dans mon cou.

— Pourquoi tu fais ça ? hurlé-je en tentant de le repousser, en vain.

— J'ai remarqué que Reed te portait beaucoup d'attention, et je pense que c'est la seule chose à part Vega qui pourrait l'atteindre… déclare-t-il avec difficulté.

Il remonte sa main sur le bas de mon ventre, et ses baisers deviennent de plus en plus langoureux. Mes larmes roulent abondamment le long de mes joues, je ne sais plus quoi faire.

— Je t'en supplie, arrête ! Tu racontes n'importe quoi, et tu n'es pas toi-même !

Pour toute réponse, il souffle excessivement fort contre mon cou. Je vais vomir s'il continue… Je tente de repousser une fois de plus le bas de son corps et je frissonne lorsque je sens une arme dépasser de son pantalon. Je ne réfléchis pas et m'en empare sans attendre. Tremblante, je pointe le canon sur le haut de son torse, mes doigts sur la détente, ce qui le fait reculer de plusieurs pas.

Je n'en reviens pas que je sois en train de tenir un revolver entre les mains. Cette chose qui peut tuer une personne en une fraction de seconde. *Je ne pensais pas ça possible un jour.*

Mes larmes continuent de couler. Mon cœur tambourine dans ma poitrine. Je sanglote alors qu'il se met à hurler des injures.

— Lâche ça, ma jolie ! Tu pourrais faire une grosse bêtise, crie-t-il en me fixant dangereusement.

— Ferme-la, hurlé-je en avalant les gouttes salées qui atterrissent sur ma bouche, mets-toi à genoux !

Il s'exécute immédiatement et son visage se décompose un peu plus. Les battements de mon cœur sont presque douloureux, je ne sais pas quoi faire.

Tire, Léonie !

Je ne peux pas faire ça… Il ne mérite pourtant pas que je l'épargne après ce qu'il a tenté de me faire. Je sais très bien qu'il l'aurait fait, soûl ou non.

— Qu'est-ce que tu attends ? demande soudain une voix grave.

Je tourne brusquement la tête, les mains tremblantes, et je sens mon visage pâlir en apercevant Tobias dans l'obscurité, les mains dans les poches, un sourire accroché aux lèvres.

Dès qu'Elyo le remarque, il se met à paniquer.

— Je t'en supplie, je t'en supplie, répète-t-il, paniqué, il va me tuer, laisse-moi partir ! murmure-t-il en commençant à se lever.

— Ne bouge pas ! ordonné-je, tremblante.

Il lève les mains en l'air, les yeux grands ouverts, pétrifié.

Tobias se retrouve à mes côtés en une fraction de seconde. Il lâche un rire. *Ça l'amuse en plus ?* Il a toujours les mains dans les poches lorsqu'il se tourne lentement vers Elyo, en me frôlant le bras. Il le toise quelques secondes, sans dire un mot. Elyo a toujours les mains en l'air, et tremble autant que moi.

Je pointe toujours le revolver sur le front de l'homme qui a voulu abuser de moi quand Reed se place derrière moi.

— Allez, trésor, me souffle-t-il à l'oreille en plaçant ses mains sur mes hanches, prends une grande respiration et tire.

Je frissonne, ne sachant pas si c'est à cause de la frayeur que j'éprouve ou du contact des mains de Tobias qui remontent sur le long de mon bras, atterrissant sur mes mains qui tiennent toujours l'arme.

— Je... non... bégayé-je.

Il me lâche dans un soupir, et me prend l'arme des mains en plongeant ses yeux émeraude dans les miens. Il me fait reculer de quelques pas, toujours le bras pointé sur Elyo qui est terrorisé.

Il ne va pas tirer ? Non, non, non ! Toutes les rumeurs que j'ai entendues à son sujet ne peuvent pas être vraies. Aucun homme ne peut tuer un autre avec un tel sang-froid.

Il me lâche subitement des yeux pour observer mon agresseur toujours à terre avant de déclarer :

— Je savais que tu n'en serais pas capable, trésor ! Maintenant, bouge d'ici, je sais que tu ne veux pas voir ça.

À ces mots, mes muscles ne répondent plus, mes larmes recommencent à inonder mes joues.

— Tu ne peux pas faire ça… parviens-je à articuler d'une voix tremblante.

— Retourne-toi ! gronde-t-il d'un ton menaçant.

Je sursaute puis jette un coup d'œil vers Elyo qui me supplie du regard. Je sais pertinemment qu'il a voulu faire une chose affreuse, mais le tuer serait encore plus impardonnable. Je voulais juste lui faire peur pour pouvoir m'échapper, jamais je n'aurais pensé en arriver là.

Je me retourne, sans un regard pour Tobias. Je commence à avancer, dans le but de quitter les lieux le plus rapidement possible.

D'un coup, une détonation parvient jusqu'à mes oreilles.

Un coup de feu.

Je me retourne aussitôt.

Tous les muscles de mon corps se raidissent.

Les larmes inondent mes joues à la vue du corps d'Elyo, gisant sur le sol, une balle dans la tête.

Chapitre 19
Léonie

Il y a des jours, des moments, où tous nos cauchemars et toutes les choses impensables et surtout inabordables deviennent brusquement réels, pour laisser place à des visions d'horreur pouvant changer une vie à jamais.

Tobias relève le visage, un sourire de satisfaction au coin des lèvres. Il tient toujours l'arme fermement entre ses doigts. Mon visage est inondé de larmes lorsqu'il pose enfin son regard sur moi. C'est à ce moment précis que je me rends compte, avec effroi, que les rumeurs disaient vrai. C'est un boxeur fou, assoiffé de sang et de vengeance, un meurtrier à l'état pur.

Mes mains se mettent à trembler lorsque mon regard se pose de nouveau sur le corps inerte d'Elyo, le sang coulant abondamment autour de lui. Aucun son ne sort de ma gorge, elle est si serrée que je n'arrive à rien. Aucun de mes membres ne fonctionne. Je suis paralysée, tétanisée, anéantie. J'avais cru, ou du moins essayé de croire, que cet homme n'était pas comme les autres le prétendaient. Je ne peux pas dire que je croyais en son innocence, mais j'avais pourtant cru distinguer une part d'humanité au plus profond de lui. Je pensais avoir déchiffré ne serait-ce qu'un peu de pitié sous cette carapace de souffrance, mais je me suis trompée.

Dans les romans à l'eau de rose, l'homme violent et sans pitié cache au fond de lui une douceur pure et sincère qu'il finit par éprouver de nouveau… Mais malheureusement, nous ne sommes pas dans un de ces stupides bouquins. Tout est réel. Tobias Reed, le dieu du ring, le diable en ville, est bien réel.

Je me retourne brusquement et me mets à courir le plus rapidement possible. Je ne peux pas continuer à regarder cette vision d'horreur une seconde de plus…

Je cours, sans m'arrêter. Je dois rejoindre Dayan au plus vite. Il n'y a qu'avec lui que je pourrai être en sécurité. Je suis à plus d'une heure de l'appartement, mais à ce moment, je m'en fous. Si je m'arrête, je reverrai cette scène, encore et encore…

* * *

Je m'arrête enfin en sentant quelques gouttes d'eau perler sur mon visage qui deviennent de plus en plus nombreuses. Je regarde autour de moi, il fait très sombre et j'ai du mal à me repérer. La pluie s'intensifie et devient gênante, les gouttes d'eau roulent le long de mes cheveux ainsi que sur mon visage. Je tourne sur moi-même plusieurs fois. Je deviens parano. Une boule est nichée au creux de ma gorge.

Mes dents claquent à cause des bourrasques glaciales et de la pluie toujours présente. Mon cœur est toujours aussi alarmé que tout à l'heure, mon estomac me provoque des douleurs infernales et mes larmes roulent toujours le long de mes joues. Mon souffle devient de plus en plus saccadé et ma gorge me brûle. J'ai du mal à respirer. Mon pouls s'affole subitement et c'est à ce moment que je décide de m'asseoir contre un mur, dans l'espoir de calmer ma panique.

Je place mes mains sur mon visage. Je n'arrive pas à enlever cette image de ma tête, cette image d'Elyo étendu sur le sol, baignant dans son propre sang. J'inspire profondément. Il faut que je me ressaisisse pour rentrer au plus vite.

« *Tu ignores ce qu'il a pu faire dans le passé, et ce qu'il continue à faire en ce moment, Léonie !* » Cette phrase de ma meilleure amie, ce matin, me gifle le visage. Je ne l'ai pas prise au sérieux, et je m'en veux pour ça. Tobias a provoqué en moi une peur indescriptible dès notre première rencontre. Je l'ai redouté comme la majorité des habitants de cette ville, mais je ne m'étais pas imaginé qu'il serait capable de commettre un meurtre, devant mes yeux. Je savais qu'il avait déjà commis des crimes, c'est pour ça qu'il est allé en prison, mais quelque chose au fond de moi persistait à ne pas croire toutes ces putains de rumeurs.

« C'est un meurtrier », « il est le diable en personne », « personne ne pourra jamais le stopper », « ce n'est pas quelqu'un de bien », « c'est un dégénéré », « il est incontrôlable et imprévisible ».

J'ai envie de vomir en me rendant compte qu'ils avaient raison. Je pense que personne sur cette Terre ne parviendra à changer un homme comme Tobias Reed, personne.

Je marche en direction de l'appartement, sous une pluie battante. Je baisse la tête et continue d'avancer difficilement, les bras croisés pour essayer de me réchauffer. Les larmes ne cessent de couler sur mon visage ; je claque fortement des dents en lâchant plusieurs injures.

Dans quel pétrin tu t'es mise, Léonie !

Je me remets à courir le plus rapidement possible lorsque j'aperçois mon immeuble. Je grimpe les escaliers en courant. En arrivant devant la porte de l'appartement, je grelotte violemment ce qui ne m'aide pas à rentrer la clé dans la serrure. Mes mains tremblent et je pousse un grognement. Je sanglote de nervosité de longues secondes avant de prendre mon téléphone pour me procurer un peu de luminosité.

— Allez, s'il te plaît ! me sermonné-je en insérant la clé dans la serrure.

Je souffle de soulagement quand la porte s'ouvre enfin. Je ferme brusquement cette dernière après être entrée et je jette mon portable sur le canapé. Je vais m'adosser contre le comptoir de la cuisine. J'inspire puis expire plusieurs fois afin de calmer mon angoisse.

Je serre mes mains entre elles pour essayer de stopper mes tremblements, mais c'est peine perdue. Ma gorge est si serrée qu'une douleur s'empare de tout mon être.

— Léo ? m'appelle une voix derrière moi.

Je sursaute et me retourne immédiatement. Dayan, les paupières mi-closes, vêtu d'un simple jogging gris. Il me fixe un instant. Ses yeux s'écarquillent lorsqu'il croise mon regard anéanti.

Je passe une main sur mon visage en le regardant fixement. Il s'avance soudain d'un pas rapide et vient m'enlacer. Je ne réagis pas instantanément à son geste, mais je finis par m'effondrer dans ses bras en le serrant de toutes mes forces.

— Ça va aller, ma Léo, ça va aller, répète-t-il d'un ton rassurant.

Il me caresse doucement les cheveux de longues minutes tandis que je continue de sangloter contre son épaule nue.

— Il faut que je parte… commencé-je faiblement, je peux pas rester ici.

À ces mots, il se raidit et se redresse d'un regard surpris. Il passe ses pouces sous mes yeux avant de demander :

— Qu'est-ce qu'il s'est passé ?

Je baisse instinctivement la tête en revoyant la scène. Cette vision épouvantable me hantera sans doute toute ma vie. Il faut que je parte quelques jours, que je puisse reprendre mes esprits, loin de toute cette atrocité et cette violence.

— Je… Je ne peux pas, Dayan ! Il faut que je parte… bégayé-je, les larmes ruisselant sur mes joues.

— Léonie, regarde-moi, s'il te plaît.

Il me relève le visage à l'aide de ses doigts et je plonge enfin mes yeux dans les siens.

— Dis-moi ce qui s'est passé, demande-t-il calmement.

Je garde le silence durant de longues secondes. Je continue de le regarder en essayant de me calmer, mais dès que je repense à Tobias, un sentiment d'insécurité s'empare de moi, et me procure un mal insoutenable.

— Il l'a tué, Dayan… Il l'a tué devant moi ! finis-je par dire, le cœur serré.

Ses mains se détachent subitement de mon visage et retombent le long de son corps, statique. J'observe ses yeux devenir inexpressifs, me scrutant, la bouche entrouverte.

— Q-Quoi ? bégaye-t-il d'une petite voix.

— Tu avais raison, tout le monde avait raison, Yan ! commencé-je, les larmes coulant maintenant abondamment le long de mes joues, j'aurais dû prendre ces rumeurs au sérieux mais je ne l'ai pas fait ! C'est un monstre… finis-je en plaçant une main devant ma bouche pour retenir un sanglot.

Il me prend une nouvelle fois dans ses bras en m'embrassant le haut de la tête. J'enroule mes bras autour de sa taille et colle ma joue, trempée, contre son épaule. Je souffle en tremblant avant d'avouer :

— Pendant le combat, j'ai eu des pincements au cœur quand il se prenait des coups violents ! J'ai ressenti une tristesse inimaginable quand il a fini presque à terre et je m'en veux tellement d'avoir éprouvé un tel sentiment pour cet homme qui n'est en vérité qu'un meurtrier !

Je fonds en larmes. Dayan me serre de plus en plus fort contre lui.

— Chut, calme-toi, ma chérie, calme-toi, répète-t-il doucement.

Je prends une grande inspiration et ferme les yeux un instant. Je reste contre Dayan, essayant tant bien que mal de me calmer.

— Viens t'asseoir, finit-il par dire en me prenant la main, se détachant de mon emprise.

Je le suis et m'assois en tailleur sur le canapé, à ses côtés. Il passe ses doigts sur mes joues pour sécher mes larmes qui se sont légèrement dissipées.

— Maintenant, explique-moi calmement ce qu'il s'est passé.

J'inspire profondément avant de commencer :

— Le combat s'est déroulé tranquillement, mais, en l'espace d'une minute, Tobias s'est retrouvé en mauvaise posture, son adversaire le rouait de coups… je me suis évanouie… je me suis réveillée dans une loge et…

— Dans une loge ? me coupe-t-il, les yeux ronds.

— Oui… Je ne sais pas qui m'y a emmenée.

— Personne ne possède de loge à part les boxeurs et les entraîneurs…

Je fronce les sourcils.

— Tu penses que Tobias est descendu du ring pour m'emmener dans la sienne ?

— C'est probable, ou Rodéric…

Je renifle légèrement puis réfléchis un instant :

— Je pense pas… quand je me suis réveillée il y avait du sang sur ma joue et mon t-shirt.

Il passe une main dans ses cheveux en silence puis la pose sur la mienne, pour m'encourager à continuer, ce que je fais :

— Je suis rapidement descendue et je me suis retrouvée dans une ruelle et…

Ma voix reste bloquée dans ma gorge et les larmes refont surface. Je baisse légèrement la tête sous les yeux remplis de tristesse de mon meilleur ami. Il me serre fortement la main.

— J'ai croisé un homme que j'avais vu au premier combat et il a essayé de…

Je ne continue pas, je n'y arrive pas. La mâchoire de Dayan se contracte instantanément sous mes révélations, mais il ne me lâche pas la main pour autant.

— J'ai senti une arme dans sa poche, je l'ai prise et je l'ai menacé pour pouvoir m'enfuir… Tobias est arrivé et m'a conseillé de m'en aller, sauf qu'il a tiré alors que je n'étais qu'à quelques mètres…

Mes larmes roulent une énième fois sur mes joues. Je me sens si stupide et si faible. Je ne pensais pas être capable de pleurer autant, mais sincèrement, cette image d'un homme en abattant un autre devant ses yeux, c'est épouvantable.

Dayan me prend dans ses bras. Je m'effondre une seconde fois, sans pouvoir soulager ma peine.

— Je n'arrive pas à croire que tu aies assisté à ça, dit-il, tendu.

— Je ne pensais pas qu'un homme pouvait être aussi dangereux et terrifiant, je pensais sincèrement que toutes ces rumeurs étaient fausses.

— Malheureusement, certaines ne le sont pas, Léonie, répond mon meilleur ami en me serrant davantage dans ses bras.

Je ferme les yeux en passant une main dans son dos, et pose mon visage sur son épaule. Je respire lentement, son odeur me fait me sentir en sécurité.

Soudain, mon cœur fait un bond lorsque je pense à ma meilleure amie, toujours à l'entrepôt.

— Mon Dieu, crié-je, Isabelle !

— Quoi ? répond Dayan en se redressant.

— Elle est encore là-bas ! Elle doit se faire un sang d'encre !

— Calme-toi, me rassure-t-il, Rodéric m'a envoyé un message, il est avec elle.

Je me détends en entendant ces mots.

— Mon Dieu, merci !

Je pose mes deux pieds sur le sol et enfouis mon visage entre mes mains en respirant difficilement. Dayan passe une main dans mon dos, et me le caresse tendrement, sans dire un mot.

J'ai l'impression de vivre un cauchemar. Je pensais prendre un nouveau départ en venant habiter dans ce coin de Chicago, avec mon meilleur ami. Je pensais que j'allais vivre un rêve, que tout allait être fabuleux mais dès que je *l*'ai rencontré, tous mes rêves se sont envolés.

Je me lève subitement du canapé et pars en trombe dans ma chambre. Je m'empare d'une petite valise placée au-dessus d'une armoire et y jette mes affaires sans prendre la peine de les plier. Je renifle en sentant mes yeux devenir de nouveau humides.

Je ferme la valise difficilement à cause de mes tremblements infernaux et claque la porte derrière moi. Je me heurte brusquement à mon meilleur ami.

— Tu ne peux pas partir, Léo ! s'écrie Dayan, complètement affolé.

Je lève mon visage afin de pouvoir l'observer, et je tombe nez à nez avec un regard rempli de détresse. Je sais ce qu'il doit ressentir, mais il faut que je parte.

— J'ai besoin de partir, Yan, pendant quelques jours… réponds-je d'une petite voix.

Il s'empare de mon visage, au bord de l'explosion.

— On peut régler ça, Léonie, j'irai voir Tobias !

— Ce n'est pas la question, Dayan, je ne peux pas rester ici… Pas après ce que je viens de voir.

Il caresse tendrement mes joues avant de continuer :

— S'il te plaît, Léonie, ne me laisse pas…

— Je ne pars que quelques jours, Dayan. Je te le promets.

Je pose une main sur son poignet et finis par le serrer dans mes bras en inspirant profondément, puis murmure :

— Emmène-moi chez mon père, s'il te plaît.

Il se détache de mon emprise, me prend la main et se dirige vers la porte d'entrée.

* * *

— Je suis désolé, dit soudain Dayan en regardant la route.

— Tu n'as pas à l'être, Yan.

Il hausse le ton, sous la colère.

— Si, rien de tout cela n'aurait dû t'arriver, Léonie !

Je ne réponds pas. Je me mets à observer par la fenêtre le ciel noir occupé par des milliers d'étoiles. La pluie ne s'est toujours pas arrêtée, des torrents s'abattent sur le pare-brise. J'essaie de ne pas songer à ce qu'il va bien pouvoir arriver par la suite.

Que va-t-il se passer quand je vais le revoir ?

Comment va-t-il réagir ?

Comment vais-je réagir ?

Je secoue légèrement la tête pour chasser son visage de mon esprit. Je me redresse en serrant mes mains entre elles. Dayan reste muet et immobile un long moment ; je sais pertinemment que cette situation le trouble bien plus qu'il ne le laisse paraître.

Il s'arrête devant ma maison et plonge enfin son regard dans le mien. Il m'observe plusieurs secondes avec la même tristesse qu'à notre départ de l'appartement. Je n'aime pas le voir dans cet état, surtout si c'est à cause de moi.

— Promets-moi de dire à Isabelle de ne pas venir me rejoindre quand elle sera au courant, je l'appellerai demain, mais je ne veux pas qu'elle vienne, car je sais ce qu'elle me dira… demandé-je, affligée.

— Je te le promets.

Il me prend dans ses bras et je l'étreins de toutes mes forces.

— Je t'aime tellement, Dayan.

— Moi aussi, ma chérie.

Je souffle avant de sortir de la voiture. Je me précipite vers l'arrière pour récupérer ma valise dans le coffre et je me mets à courir jusqu'à la porte d'entrée. J'entends la voiture démarrer à toute vitesse et je prends une grande inspiration avant d'enfoncer ma clé dans la serrure. Il est quatre heures du matin et je sais que mon père est en train de dormir paisiblement, ne se doutant pas une seule seconde de mon arrivée.

Chapitre 20
Tobias

Une semaine et quelques jours plus tard.
Samedi, 10 h 00.

— Où est-elle ? demandé-je agressivement à Dayan.

Il me dévisage, ennuyé par mon ton autoritaire. Je m'avance encore plus près de lui pour l'inciter à me répondre, ce qu'il ne fait pas. Depuis ce qu'il s'est passé au combat, je ne l'ai pas revue et je n'ai aucune idée d'où elle peut être. Elle n'est pas venue à l'université de la semaine, tout comme Dayan.

J'aurais peut-être dû m'abstenir, l'autre fois. J'aurais dû retenir le démon qui sommeille en moi, ou au moins attendre que Léonie soit partie. Mais de toute façon, j'avais prévu de retrouver ce gars. Il me devait une somme d'argent très importante, et son temps était écoulé.

Je ne savais pas qu'elle était aussi sensible !

La déception et la peur sur son visage me hanteront sans doute toute ma vie. J'ai l'habitude de recevoir ce genre de regard, mais le sien était si malheureux qu'il m'a un peu secoué.

Quel con !

Je continue d'observer Dayan qui garde le silence. J'apprécie vraiment Ross. Avec Rodéric, ce sont les seules personnes qui recevraient toute mon attention si quelque chose de dramatique leur arrivait, mais s'il ne me répond pas, je ne pourrai pas retenir la rage qui bouillonne en moi bien longtemps.

— Dayan... insisté-je.

— Tu te rends compte de ce que t'as fait, Tobias ? finit-il par dire en s'éloignant de moi.

Je me retourne, le suis du regard et réponds calmement :

— Elle se trouvait au mauvais endroit au mauvais moment, c'est tout.

— Tu te fous de ma gueule ? demande-t-il dans un rire nerveux.

Je ne réponds pas. Je l'observe d'un air tranquille tandis qu'il essaie de cacher sa fébrilité comme il le peut.

— T'as tué un homme devant ses yeux, Tobias, devant ses yeux ! répète-t-il, fou de rage.

Je ne réponds toujours pas. Personnellement, ça ne m'atteint pas. Je ne vais pas m'inquiéter pour elle alors que cette violence fait partie de mon quotidien.

Tu mens.

En réalité, l'acte que j'ai commis ce soir-là me hantera sans doute un long moment.

Il se rapproche de moi lentement, passe une main dans ses cheveux et ajoute, le regard désespéré :

— Je sais que ce n'est rien pour toi, tout ça, mais putain, Léonie ne fait pas partie de ton monde ! Tu vas la détruire, Tobias, si tu continues à t'approcher d'elle.

Je remarque comme elle compte pour lui, j'ai l'impression qu'il parle de sa sœur et une sensation étrange s'empare de moi.

« Elle ne fait pas partie de ton monde. »

Je ris intérieurement.

Personne ne fait partie de mon monde.

— Dis-moi où elle se trouve ! demandé-je une dernière fois.

Il soupire en serrant la mâchoire, énervé par mon indifférence.

— Pourquoi tu veux aller la voir ? me questionne-t-il.

— Arrête avec tes questions inutiles, Yan !

C'est à ce moment qu'il n'arrive plus à se contenir. Il se met à hurler en s'approchant dangereusement de moi :

— Putain, mais tu te rends compte qu'on parle de Léonie, là ? C'est de ma meilleure amie, de ma sœur, que l'on est en train de parler ! Elle est partie à cause de toi, bordel, elle n'est pas allée à l'université depuis plus d'une semaine à cause de toi, As ! À cause de tes conneries, et de ton comportement complètement déplacé à son égard !

Je comprends immédiatement où elle est partie se réfugier. Depuis le jour où je l'ai rencontrée, je me suis renseigné sur elle. Je sais qu'elle vivait avec son père, et je connais également son adresse. J'essaie tant bien que mal de rester le plus sérieux possible face à sa colère, mais je ne peux m'empêcher d'esquisser un sourire. Il a clairement l'impression que tout est de ma faute alors qu'en réalité, ce n'est pas le cas. Je pense plutôt que ce sont les sentiments confus de Léonie à mon égard qui l'ont fait fuir, et non mon comportement.

C'est ça, essaie de t'en convaincre, Reed !

— C'est pas mon problème ! balancé-je, indifférent.

Il me toise, choqué par mes propos. Il passe une main sur son menton un long moment en silence. Je me retiens de sourire de toutes mes forces. Je sais que si je montre une quelconque joie, il partira au quart de tour et ce n'est pas mon but. *Pas aujourd'hui.*

Je me dirige vers la porte d'entrée, mais avant que j'atteigne la poignée, Dayan me retient en me suppliant d'une petite voix :

— Je t'en prie, n'y va pas.

Je ne prends pas la peine de me retourner et ouvre la porte alors que Ross frappe le mur du poing. Il sait qu'il est impuissant face à cette situation et surtout face à moi. Il ne pourra jamais m'empêcher de faire ce que bon me semble, et il en est pleinement conscient.

* * *

Je me gare devant une petite maison, assez jolie, bordée de fleurs. Sans bouger, j'observe un instant cette maisonnette à travers ma vitre teintée en serrant mon volant entre mes mains. J'ai très vite compris qu'elle s'était réfugiée chez son père.

Je descends de ma berline noire et ajuste mes lunettes de soleil sur mon nez. J'emprunte les quelques marches devant la maison et me dirige vers la porte d'entrée. Je toque contre cette dernière et attends quelques secondes. Alors que je m'apprête à frapper de nouveau, la porte s'ouvre, laissant apparaître un homme d'une quarantaine d'années, tête baissée, lunettes sur le nez, en train de lire un journal. Il lui ressemble étrangement, la forme ovale de son visage ainsi que ses lèvres parfaitement tracées sont identiques, sa couleur de peau est légèrement différente que celle de sa fille, un peu plus bronzée. Je n'aperçois pas ses yeux, mais je ne vais pas tarder à les découvrir

— Que puis-je faire pour vous ? demande le quadragénaire d'une voix calme, toujours absorbé par sa lecture.

— J'aimerais voir votre fille, réponds-je le plus poliment possible.

Ma voix douce n'a pas l'air de l'apaiser comme je le voulais car il se crispe aussitôt en serrant son journal entre ses doigts. Il relève son visage et je suis immédiatement surpris par la couleur de ses iris, identiques à ceux de sa fille. Je remarque la même frayeur dans ses yeux que dans ceux de Léonie face à moi.

Il ne manquait plus que ça.

— Que faites-vous ici, Monsieur Reed ? m'interroge-t-il, tourmenté.

— Je vous ai déjà répondu, continué-je en gardant mon calme.

— Pourquoi voulez-vous voir ma fille ? renchérit-il, tendu.

Détends-toi, Reed, c'est juste un père qui prend soin de sa fille !

Ses yeux me scrutent de façon méfiante. *Il ne peut pas juste me laisser entrer et ne pas broncher ?* De toute manière, s'il le faut, je rentrerai de force. *Rien à branler, père ou non.*

Je passe un doigt sur ma lèvre, prêt à rétorquer mais Léonie surgit derrière son père. Elle me dévisage de ses yeux azur, habillée d'un simple t-shirt qui lui arrive au-dessus des genoux, ses longs cheveux acajou tombant sur sa poitrine. *Bordel.* Je l'observe quelques secondes, ne parvenant pas à décrocher mon regard de cette silhouette.

Je reviens au moment présent lorsqu'elle me lance un regard noir avant de s'adresser à son paternel :

— Laisse-le entrer, papa.

Ce dernier détourne ses yeux de mon visage crispé pour les poser sur sa fille, surpris. En un regard, elle lui fait comprendre que ça ne servirait à rien de m'empêcher de la voir. Le quadragénaire se retourne une seconde fois pour m'observer un long moment puis me laisse enfin entrer.

Je réprime un sourire et fais quelques pas dans la demeure des Foster. La totalité des meubles est de couleur bronze, ce qui donne une certaine lumière à la vaste pièce. J'observe une cheminée à ma droite et, de l'autre côté du salon, un long canapé, pouvant accueillir au moins six personnes avec une télévision dernier cri placée devant. Une cuisine ouverte assez moderne apparaît dans mon champ de vision. Je m'avance près de la cheminée et regarde les quelques photos posées dessus tandis que Léonie et son père chuchotent, ne se doutant pas une seule seconde que je peux entendre leur conversation.

Je m'empare d'un cadre où l'on peut voir Léonie et son père rire aux éclats dans une petite vallée. Je passe mon pouce sur le papier et observe les autres clichés en même temps. Il n'y a aucune photo de sa mère, aucune trace d'elle nulle part.

— Je vais prendre une douche, annonce le père de Léonie d'une voix tendue.

Je continue de scruter les photos tandis que j'entends quelques chuchotements de la part du père :

— S'il y a le moindre problème, tu cries !

Sans déconner ! Il n'abuse pas un peu ?

Alors qu'il s'éloigne, je reste de dos, silencieux. Je ne suis même pas étonné d'entendre la respiration saccadée de Léonie, à quelques mètres de moi. Je reste immobile, et continue d'observer ces quelques photos. J'entends son souffle irrégulier derrière moi. Je sais parfaitement ce qu'elle veut me demander, et je sais également qu'elle n'ose pas prononcer un mot.

— Où est ta mère ? demandé-je enfin en me retournant, lui montrant une photo.

Elle plonge ses yeux au plus profond des miens, et mon putain de cœur s'accélère aussitôt. Je n'ai qu'une envie, lui ôter ce long t-shirt et la plaquer contre la table.

Elle s'empare du cadre en effleurant mes doigts, et ne quitte pas une seule seconde mon visage des yeux. Elle repose délicatement l'image sur la cheminée et se retourne pour me faire face.

— Qu'est-ce que tu fais ici ? demande-t-elle finalement d'une voix peu sereine.

En frôlant son épaule, je m'avance doucement, jusqu'à la grande table où je dépose mes lunettes. Je passe une main dans mes cheveux et m'adosse contre l'une des grandes chaises en croisant les bras contre mon torse.

Elle surveille chacun de mes faits et gestes d'un regard inquiet, comme si j'allais mettre le feu à la baraque. Je retiens pourtant un sourire en décelant l'envie dans ses yeux turquoise. Face au silence pesant, elle croise également les bras contre son corps et perd son calme en soupirant bruyamment.

— Ça fait plus d'une semaine que tu n'es pas venue à l'université, pourquoi ? la questionné-je d'une voix grave.

Elle stoppe aussitôt tout mouvement. Elle s'adosse contre la cheminée et m'observe d'un regard mélancolique, comme si elle repensait à la soirée passée.

Je ressens presque du regret en voyant ses yeux remplis de tristesse.

Tu n'as pas à avoir de regrets, Reed !

— Qu'est-ce que ça peut te faire, Tobias ? crache-t-elle.

Mes sourcils se froncent une fois de plus. Je n'arrive toujours pas à comprendre cette fille. Elle peut être douce et apeurée comme sûre d'elle et effrontée.

Sauf que je suis bien pire que toi, trésor.

— Dis-moi pourquoi, grondé-je.

Elle s'avance vers la cuisine ouverte en fuyant mon regard. Elle s'adosse au comptoir avant de poser enfin son regard sur moi.

— Tu as commis un meurtre Tobias, devant mes yeux… finit-elle par répondre, bouleversée.

Ses yeux deviennent humides. Sa voix est si alarmée que mon cœur se serre violemment. Je n'ai jamais éprouvé un sentiment aussi fort que celui-ci ; je ne comprends pas pour quelle raison je réagis comme ça, ce n'est pas normal. *Pas pour moi.*

— Ça ne serait jamais arrivé si t'étais restée dans cette putain de loge, Léonie ! grogné-je, ce qui la fait sursauter.

Elle inspire profondément pour calmer les flash-back de la soirée qui, je le sais, sont toujours présents dans son esprit. Je reste appuyé contre la chaise et observe chacun de ses gestes.

— Que s'est-il passé pour que je me retrouve dans cette loge ? demande-t-elle, d'une faible voix.

— T'es tombée dans les pommes, alors j'ai dû intervenir.

— Pourquoi t'as fait ça ? me questionne-t-elle, tendue.

Je soupire.

— Arrête avec tes questions et réponds à la mienne ! maugréé-je.

Elle se relève soudain et fait quelques pas dans ma direction avant de brailler :

— Pourquoi je devrais répondre à tes questions et toi non ?

Je m'approche d'elle, les sourcils froncés. Je n'ai jamais rencontré de filles qui me tiennent tête comme ça.

Son regard se fait tout de suite plus doux. Je me plante à quelques centimètres d'elle en la dominant de tout mon être.

— T'es descendu du ring pour me mettre en sécurité ? demande-t-elle avec une petite moue enfantine.

Je retiens un sourire en observant son visage puis reprends rapidement le contrôle.

— J'ai fait ça pour ne pas que tu te fasses piétiner, j'aurais eu la même réaction pour n'importe qui d'autre.

Le petit sourire qui était ancré sur ses lèvres disparaît aussitôt, et laisse place à une expression de dégoût.

— Pourquoi ne pas m'avoir laissée alors ?

— Je t'ai déjà répondu, Léonie, la foule allait te marcher dessus !

Elle s'approche davantage, son visage à quelques centimètres du mien, avant de souffler en haussant les sourcils :

— Et t'aurais emmené n'importe qui d'autre dans ta loge aussi ?

Je soupire, excédé. Elle me pousse dans mes retranchements, sans cesse. Je ne supporte pas d'être en position de faiblesse, il va falloir que ça cesse, *et très vite.*

— Arrête ça, Léonie, soufflé-je d'une voix à peine audible.

— Pourquoi ? commence-t-elle, pleine d'assurance.

C'en est trop ! Beaucoup trop !

Je la plaque contre le mur, lui arrachant un gémissement. Je positionne les mains de part et d'autre de sa tête. Je la domine entièrement, le visage baissé, les sourcils froncés.

— C'est pas parce que j'ai sauvé ton petit cul que tu dois prendre tes aises avec moi, trésor ! m'écrié-je, incapable de contenir ma colère plus longtemps.

Elle me dévisage, complètement effrayée par mon changement d'humeur soudain.

Je sens qu'elle se retient de me sauter à la gorge. J'ai une énième fois envie de rire en observant sa haine mêlée à sa frayeur.

— D'accord… finit-elle par souffler, les joues rouges de colère.

Je l'observe quelques secondes en silence. Le fait de savoir que c'est à son tour d'être en situation d'infériorité me provoque une euphorie immense. Elle est si fragile et si faible que ça me donne envie de la protéger, envers et contre tout.

T'es complètement malade, mon pauvre !

— Pourquoi tu t'es évanouie ? demandé-je en brisant ce silence infernal.

Elle hausse les sourcils en se demandant sans doute pourquoi je lui pose cette question. Elle ne décroche pourtant pas un mot et baisse instinctivement la tête. Je vois ses joues devenir rouges et je comprends tout de suite que la cause de cet évanouissement a un rapport avec moi.

J'esquisse un sourire, croise les bras, et lâche d'une voix moqueuse :

— Ne me dis pas que c'est à cause de moi ?

À ces mots, elle lève promptement la tête et me scrute d'une drôle de façon. Ses joues sont rouges de honte.

J'ai touché dans le mille.

— Pourquoi ? demandé-je plus sérieusement.

— Je ne sais pas.

Je laisse échapper un rire.

— Tu mens très mal, Léonie Foster.

Elle ne répond pas. Elle triture une fois de plus ses doigts et je n'ai qu'une envie, lui attraper ses merveilleuses mains pour la forcer à parler, mais je me ravise.

Je pose une main sur sa joue et relève son visage de mes doigts. Elle frissonne en fermant les yeux, surprise et effrayée de ce que je vais bien pouvoir faire par la suite.

Un sentiment de haine s'empare de moi quand je vois à quel point elle me redoute. Parfois, je trouve ça assez amusant, mais qu'elle ait peur de moi lorsque je pose une main sur elle me serre le cœur.

— Pourquoi l-le meurtre que tu as commis n'est pas passé aux informations ? m'interroge-t-elle d'une voix tremblante.

— J'ai beaucoup de contacts.

Et beaucoup d'argent.

Les yeux humides, elle tente de se reprendre. Elle me fixe toujours en retenant ses larmes, comme elle le peut. Je l'observe, le cœur lourd. Je me rends compte de l'erreur que j'ai commise. Je comprends, pour la première fois de ma vie, que j'ai fait quelque chose d'impardonnable et d'effroyable.

— Et si, moi, je vais voir la police ? lâche-t-elle soudain.

Je hausse un sourcil dans un premier temps puis ne peux m'empêcher de sourire.

— Tu ne le feras pas.

— Tu en es sûr ? me provoque-t-elle en se redressant.

Je m'approche un peu plus d'elle, toujours le même sourire accroché au coin des lèvres.

— Fais-le, mais sache que, s'il n'y a pas de corps, il n'y a pas de mort, dis-je d'un ton grave.

Elle plonge son regard au plus profond du mien. Elle me sonde, comme pour chercher une quelconque faille, sauf que je n'en ai aucune. Elle déglutit en passant une main sur sa joue. Elle sait qu'aller voir les flics ne servirait à rien. Elle ne l'aurait jamais fait de toute façon, j'en suis convaincu.

— Pourquoi tu as fait ça ? articule-t-elle soudain, une larme roulant sur sa joue.

Je l'essuie à l'aide de mon pouce et reste silencieux. Je ne préfère pas aggraver la situation en lui faisant part de mon point de vue, totalement différent du sien.

— Tu as… tué un homme, Tobias. Même avec les meilleures raisons du monde, tu ne peux pas faire ça, personne n'a le droit de faire justice soi-même… de cette manière. Est-ce que tu t'en rends compte au moins ?

— Je le conçois, réponds-je simplement.

— Combien d'autres as-tu tué ? me demande-t-elle soudain.

Sa question me fait serrer les dents. Elle me prend pour un homme dénué d'émotion. Après ce que je viens de commettre devant elle, me considérer comme un meurtrier est légitime, pourtant, mon cœur se serre à cette pensée. Je ne suis pas le monstre qu'elle imagine.

— C'est le deuxième, soufflé-je.

Elle entrouvre légèrement la bouche pour ensuite la refermer. Je peux deviner son trouble au fond de ses yeux, et la douleur au fond de mon cœur se fait plus intense.

— Tu penses que j'aime ça ? Tu penses que je suis à ce point antipathique pour apprécier ôter la vie de quelqu'un ? Tu penses sincèrement que je suis ce genre de monstre, Léonie ?

Mon visage est tout près du sien. Nos corps se touchent presque. Je peux sentir sa respiration s'accélérer.

— Si je n'étais pas intervenu, nous savons très bien ce qu'il t'aurait fait. Je connaissais ce gars depuis plusieurs années maintenant, sa réputation le précédait. C'était un violeur, un voleur, une vermine.

Ses yeux se remplissent de nouveau de larmes.

— Tu n'as pas à avoir peur de moi, Léonie, murmuré-je.

Elle ferme les yeux quelques secondes, buvant mes paroles qu'elle n'entendra, sans doute, plus jamais.

Lorsqu'elle ouvre les yeux, je colle brusquement mes lèvres contre les siennes. Je plaque une main derrière sa nuque tandis que l'autre se pose dans son dos, pour la presser un peu plus contre moi. Un son grave s'échappe de ma gorge alors qu'elle me laisse l'accès à sa langue délicate. Lorsqu'elle pose une de ses mains sur le bas de mon ventre, j'émets un grondement sourd. Je n'ai jamais ressenti un tel sentiment de bien-être en embrassant une nana. On ne m'a jamais embrassé avec une telle douceur et une telle animosité combinées. Mes doigts se faufilent dans sa chevelure brune et je tire légèrement sur celle-ci, ce qui lui arrache un léger gémissement.

Il faut absolument que je m'arrête avant de ne plus pouvoir contrôler mon corps.

D'excitation, je mordille sa lèvre avant de reculer à contrecœur, rompant tout contact avec elle. Je la contemple quelques secondes puis m'approche de son oreille.

— Tu vois que tu n'as pas peur de moi, trésor, murmuré-je.

Je me retourne aussitôt. Je ne préfère pas voir l'émotion qui se peint sur son visage d'ange. Je sors rapidement de la pièce. Le soleil m'éblouit un instant et la fraîcheur matinale m'arrache un frisson. Je monte dans la voiture et démarre à toute vitesse.

Chapitre 21
Tobias

Une semaine plus tôt

— Rodéric, il faut que tu viennes.

Je fais les cent pas d'un mur délabré à un autre, la respiration irrégulière. Mon cœur me comprime la poitrine. Je me rends compte, après plusieurs minutes, de ce que je viens de faire.

La voix de mon frère à l'autre bout du fil me fait serrer la mâchoire, il comprend à ma respiration saccadée, que j'essaie d'étouffer tant bien que mal, que quelque chose de grave s'est produit.

— Où es-tu ?

Je lui indique ma position et il raccroche immédiatement après avoir lancé un juron.

Je continue de marcher pour essayer de calmer les battements infernaux de mon cœur qui cogne contre ma poitrine. Je n'arrive pas à croire que j'ai recommencé, que j'ai cédé à une putain de pulsion meurtrière et… devant *elle*.

Lorsqu'elle a posé son regard rempli de larmes sur moi, une douleur inconnue s'est emparée de tout mon être. Je me suis senti impuissant face à la frayeur qu'elle a éprouvée à mon égard et qu'elle continuera, sans aucun doute, d'éprouver encore longtemps.

— Qu'est-ce qui t'arrive ? T'avais l'air bizarre au téléphone, lance Rodéric, qui s'avance vers moi, dans l'obscurité.

Il ne l'a pas encore vu. Il n'a pas encore remarqué l'expression qui s'affiche sur mon visage ainsi que les éclaboussures de sang sur mon t-shirt.

Je l'observe s'avancer d'un pas tranquille et je me retourne, les mains accrochées à mon cou. Je ne veux pas voir son visage se décomposer en apercevant cette ordure baigner dans son sang. Je sais que je viens de faire une terrible erreur, une erreur qui causerait mon retour en prison ainsi que l'arrêt de tous mes projets pour un long moment. Un *très* long moment.

J'entends ses chaussures crisser contre le sol, comme s'il venait de s'immobiliser. Je serre la mâchoire lorsque je l'entends hurler. Un hurlement de douleur, un hurlement de chagrin, un hurlement de colère.

Je ne regrette en aucun cas l'acte que je viens de commettre, je regrette seulement le fait de ne pas avoir réfléchi aux conséquences. Ce gars méritait une balle dans le crâne, il méritait depuis bien longtemps ma colère, cette rancœur que je retenais tant bien que mal à son égard. Les multiples viols qu'il a commis, l'argent qu'il me devait, les vols, les kilos de drogue que j'attendais depuis bien trop longtemps. Ce mec n'était qu'un stupide gamin qui ne réfléchissait qu'avec sa queue. Je ne suis pas du genre à voler au secours des gens, mais quand je l'ai vu, les mains posées sur Léonie, qui pleurait et hurlait, ça a été un déclic. Je suis devenu incontrôlable.

Je sens une main agripper violemment mon épaule pour me forcer à me retourner. Ma tête dévie brutalement sur le côté lorsque je reçois une droite de la part de mon frère, fou de rage. Je crache sur le sol puis relève mon visage, sans un mot. Les yeux de mon frère se remplissent de larmes, et mon cœur se serre.

— Tu m'avais promis, Tobias ! crie-t-il en me poussant. Tu m'avais promis, putain !

Il continue de frapper mon torse en hurlant. Il me frappe, encore et encore pour évacuer toute la déception et la rage qui l'anime à cet instant. Je le laisse faire. Je sais qu'il en a besoin, je sais qu'il a peur que je l'abandonne comme autrefois, que je retourne derrière les barreaux.

Il s'arrête enfin et pose ses mains sur mon torse, la tête baissée. Il pleure. Un sanglot s'échappe de sa bouche et ma gorge se serre. Je décide de le prendre dans mes bras. Je le serre de toutes mes forces. Je soupire contre son épaule tandis qu'il reste immobile. Je pose une main sur sa nuque en continuant de l'étreindre. Il ne répond à mon étreinte qu'après plusieurs secondes. Je sens ses poings se serrer contre mes omoplates. Il enfouit son visage dans mon cou et souffle de manière saccadée. Je sens ses larmes rouler sur la peau de mon cou et je l'étreins encore plus fort.

— J'en ai marre, Tobias, avoue-t-il en me lâchant.

Je l'observe faire les cent pas. Mon cœur me fait si mal…

Il passe nerveusement les mains dans ses cheveux puis reprend :

— Tu ne peux pas continuer sur ce chemin, c'est impossible… Je ne peux pas te voir évoluer de cette façon, c'est trop dur pour moi, Tobias !

Mon cœur cesse de battre l'espace d'un instant. La déception et la souffrance de mon frère sont trop lourdes à porter. Si j'étais sentimental, mes larmes seraient sans doute en train de rouler sur mes joues, mais ça n'arrive jamais.

— Tu sais tout ce qu'Elyo a fait Rodd, tu savais bien que ça devait arriver… Tôt ou tard.

— Putain, mais c'est pas une raison, Tobias ! hurle-t-il d'un coup en faisant les cent pas d'un mur à l'autre, depuis quand tu fais justice toi-même ?

Je ne sais pas, mon frère, je ne sais pas…

Les yeux rivés sur mon visage pâle, il attend impatiemment une réponse de ma part, qui n'arrive pourtant pas.

Il lâche un juron et se retourne, le visage tourné vers le ciel. Je devrais lui confier que je ne veux pour rien au monde le perdre, que ce serait insurmontable pour moi de ne plus l'avoir à mes côtés… Mais malheureusement, je ne peux pas. Les mots de sortent pas et ma conscience me hurle de me taire.

— Est-ce qu'il y a des témoins ? demande-t-il d'une voix éraillée.

Un électrochoc parcourt mon corps lorsque je repense à Léonie, qui a assisté à toute la scène. Je passe une main sur mon visage, sans répondre.

Face à mon silence, Rodéric se retourne et s'approche de moi rapidement.

— Tu te fous de ma gueule ? dit-il dans un rire nerveux avant de se mordre les doigts.

— Léonie, parviens-je à dire.

Il écarquille les yeux, immobile, les lèvres entrouvertes. Son regard s'obscurcit. Il tapote ses lèvres de son index, un sourire nerveux accroché au coin de la bouche. Il me ferait presque peur. Si je n'étais pas son frère, il m'aurait tué de ses propres mains.

— Tu devrais partir, je m'occupe du corps... annonce-t-il en tremblant.

Je l'observe faire quelques pas et s'accroupir près du cadavre. Il reste devant le corps de longues secondes, silencieux. Je me doute qu'il est en train de pleurer alors je m'approche de lui et pose une main sur son épaule. Mon cœur se serre un peu plus. Sous ses airs de mauvais garçon, Rodéric est une personne extrêmement sensible. Depuis que nous sommes enfants, notre différence de caractère a toujours été une force. Ma forte personnalité et mon sang-froid l'ont aidé à trouver un parfait équilibre avec sa sensibilité.

— Qu'est-ce qu'on va faire avec Léonie ? demande-t-il en reniflant.

— Ça, je m'en occupe, déclaré-je en lui serrant davantage l'épaule.

Léonie

Moment présent

J'appuie mes mains sur le mur à côté de moi, la respiration saccadée. La colère que j'éprouve envers moi-même est tellement grande que je frappe, à l'aide de ma paume, contre le mur blanc de la cuisine. Je n'arrive pas à croire que je viens de répondre à son baiser, alors que quelques heures, quelques minutes auparavant, je le considérais comme un homme monstrueux et insensible.

Imbécile !

Je n'arrive pourtant à rien lorsqu'il est devant moi. Parfois, mon côté impulsif prend le dessus, mais la plupart du temps, je ne peux rien face à lui. Je n'ai jamais agi ainsi, je n'ai jamais laissé quiconque me provoquer et me parler de cette façon, et encore moins poser ses lèvres sur les miennes.

— Tu peux me dire ce que Tobias Reed faisait ici, Léonie ? demande subitement mon père d'un ton grave.

Il se plante devant moi avec un regard furieux. Le problème, c'est que je ne sais pas du tout comment lui raconter tout ce que j'ai vécu depuis mon déménagement.

— Comment tu le connais ? réponds-je en tentant de changer de sujet.

— Ce n'est pas la question, Léonie ! gronde-t-il.

— Comment se fait-il que je n'aie jamais entendu parler de lui avant mon déménagement, papa ? insisté-je.

Il soupire en passant à mes côtés, et ouvre le frigo pour prendre une bouteille de lait.

— Parce que ce n'est pas une bonne personne, dit-il dans un murmure.

— Tu ne réponds pas à ma question, papa, soufflé-je à mon tour sans le quitter des yeux.

— Quelle est ta question, exactement ?

— Pourquoi tout le monde dans cette ville le connaît, sauf moi ?

— Car à chaque fois que son nom était évoqué, tu n'y portais jamais grand intérêt et parce que je ne t'en ai jamais parlé, tout simplement.

Je hausse les sourcils.

— Et pourquoi ?

— Parce que ce n'est pas une bonne personne, répète-t-il doucement, il ne vaut pas la peine qu'on parle de lui !

— Tu aurais pourtant dû, murmuré-je le plus doucement possible en me dirigeant vers le canapé.

— Pourquoi est-il venu ici, Léonie ? insiste-t-il en me rattrapant.

Je m'assois sur le canapé, sans répondre. Je ne sais pas quoi lui dire. Comment lui expliquer que j'ai rencontré cet homme à un combat de boxe ? Comment lui annoncer que nous fréquentons la même université ? Et enfin, comment lui avouer qu'il a tué un homme devant mes yeux et qu'il est venu jusque chez moi pour avoir quelques explications, *inutiles*, sur ma disparition de quelques jours ?

Je ne peux pas lui confier tout ça…

— Léonie ? m'appelle-t-il d'une douce voix en s'installant à mes côtés.

— Oui ?

— Dis-moi ce qu'il se passe, Léo…

Je baisse les yeux. Je sais ce qu'il fera s'il apprend tout ce qu'il se passe dans ma vie en ce moment : il me fera revenir auprès de lui et je ne veux pas. Je ne peux pas faire marche arrière. Je ne peux pas me réfugier auprès de mon père à chaque fois…

— C'est mieux que tu ne saches rien, papa, crois-moi… finis-je par dire d'une voix rassurante.

— Léonie…

— Papa, s'il te plaît…

Il se redresse et m'observe tristement en comprenant que je ne dirai rien de plus. Il s'empare d'une de mes mains, le regard affligé.

— D'accord mais, s'il te plaît, s'il y a le moindre problème, dis-le-moi, ma chérie.

J'acquiesce. J'aimerais tellement lui faire part de mes doutes et de mes inquiétudes, sauf que je ne peux pas. Tout ce qui se rapporte à Tobias Reed n'est pas bon pour mon entourage, et j'en suis pleinement consciente.

Pourtant, cet homme m'intrigue bien plus que je ne veux l'admettre. Il me laisse perplexe à chaque fois que j'ai affaire à lui. Il m'attire et m'effraie à la fois, et cette sensation m'exaspère un peu plus chaque jour.

Cela fait presque quarante minutes que nous roulons pour rejoindre mon appartement. Mon père n'a pas voulu me laisser prendre un bus par peur qu'il m'arrive quoi que ce soit.

Depuis que Reed est passé à la maison, il n'est plus rassuré – plus du tout. Il est tendu, il me lance quelques regards de temps à autre pour ensuite fixer de nouveau la route. Nous nous demandons comment il a réussi à avoir notre adresse…

Je ne pensais pas que Tobias viendrait jusque chez moi, dans ma propre maison, où se trouve mon père, pour me poser tout un tas de questions.

Quel est son but ? Il peut être froid et impénétrable comme doux et, si je peux dire, assez gentil. J'essaie tant bien que mal de le cerner comme je le peux, mais c'est impossible. Il est indiscernable.

Il a tué quelqu'un devant tes yeux, Léonie !

Je déglutis à cette pensée. Je ferme les yeux un instant, la gorge serrée.

— Je sais que tu ne veux pas m'en parler, mais j'aimerais tout de même comprendre pour quelle raison tu es revenue à la maison plus d'une semaine sans sortir de ta chambre, Léonie ! lance subitement mon père d'une voix froide.

Je pose mes yeux sur son visage rempli de tristesse mais préfère ne pas répondre. Je ne veux pas le faire paniquer en lui avouant ce qui s'est passé, *hors de question !*

— Léonie ! Réponds-moi ! gronde-t-il en me faisant sursauter.

— Ce n'est pas contre toi si je ne réponds pas à tes questions, papa ! Je ne préfère rien te raconter, c'est tout ! déclaré-je le plus calmement possible, ce qui ne l'apaise pas pour autant.

— Ce n'est pas grave au moins ? demande-t-il en me lançant un bref regard.

— Non, ne t'inquiète pas, le rassuré-je en posant une main sur la sienne, appuyée sur le levier de vitesse.

Il souffle finalement, apaisé par mes paroles, *pourtant fausses.* Mon cœur se serre en réalisant que je suis en train de lui mentir sur quelque chose de très grave. Je n'ai jamais menti à mon père, ce qui m'a fait recevoir plusieurs moqueries de mes anciennes fréquentations : on disait de moi que j'étais une « fille à papa » qui ne voulait pas le décevoir. C'était pourtant vrai, je n'aimais pas lui cacher quoi que ce soit. Mais, maintenant, tout est différent. Tout a changé.

* * *

— N'oublie jamais que je serai toujours là pour toi, Léonie, me confie mon père d'une petite voix, lorsque nous nous garons enfin.

— Jamais ! réponds-je en embrassant tendrement sa joue.

Il me sourit et je descends de la voiture. J'avance vers l'immeuble en jetant un bref regard à mon père pour enfin passer les portes métalliques. Je n'ai même pas prévenu Dayan de mon retour et je sais qu'il va me poser tout un tas de questions.

Plus d'une semaine est passée, mais j'ai l'impression que tout s'est produit il y a moins de deux jours et cette sensation me serre le cœur.

J'appuie enfin sur le bouton et attends patiemment. Malgré mon retour à la maison, à plus d'une heure d'ici, je me suis tout de même rendue au café où j'ai été embauchée. Mon emploi du temps n'était pas chargé, j'y suis donc allée trois fois. J'ai rencontré Damien, le serveur avec qui je travaille ; par chance, je m'entends très bien avec lui.

Les portes de l'ascenseur s'ouvrent brusquement sur un grand homme d'une trentaine d'années. Je ne peux m'empêcher de le regarder. Ses longs cheveux blonds sont tressés et tombent dans son dos. Les quelques tatouages qui dépassent de son blouson noir, au niveau de son cou, me font vite comprendre qu'il en est sans doute couvert.

Je passe à côté de l'homme en évitant du mieux que je peux d'établir un contact avec lui. Il m'observe d'une drôle de façon, ce qui me fait frissonner de dégoût. J'aimerais lui dire de ne pas me reluquer ainsi, mais je m'abstiens. Je ne sais pas comment il pourrait réagir, et j'ai assez de problèmes comme ça.

Je longe le couloir et toque à la porte de l'appartement. Je sais que Dayan est présent. Je ne patiente que quelques secondes avant qu'il ouvre la porte et un large sourire se forme sur ses lèvres lorsqu'il me voit.

— Oh mon Dieu, ma chérie ! s'écrit-il en me prenant dans ses bras.

Il m'embrasse plusieurs fois les joues, ce qui m'arrache plusieurs rires avant qu'il me laisse entrer dans l'appartement avec ma petite valise.

Je me fais propulser en arrière par ma meilleure amie qui me saute dans les bras en hurlant mon nom :

— Léonie ! Tu m'as tellement manqué !

Je me mets à rire lorsqu'elle m'inspecte le visage de ses petites mains délicates puis se met à me tapoter la joue un peu plus fort.

Je l'ai appelée chaque jour durant mon absence, je lui ai menti en lui disant que mon évanouissement m'avait causé un léger traumatisme et, pour cette raison, j'avais préféré rentrer quelque temps chez moi. Bien évidemment, elle m'a crue. Je sais que ce n'est pas bien de lui mentir comme je le fais, mais je ne veux pas qu'elle soit au courant, c'est pour son bien.

Elle se redresse et m'observe en me caressant les joues du bout des doigts. Je la regarde tendrement mais mon visage se décompose à la vue de Rodéric qui s'avance près de nous avec un large sourire.

Je n'ai rien contre lui ; de ce que j'ai pu voir, il est vraiment sympathique, mais il est sans cesse accompagné de Tobias et mon cœur s'emballe en imaginant le boxeur dans cet appartement après ce qu'il s'est passé ce matin… et dans cette ruelle.

Le grand blond s'approche de moi, me fait une légère bise puis souffle à mon oreille :

— Comment tu vas, Léonie ?

— Ça va, réponds-je dans un léger sourire.

Il me rend mon sourire puis va s'installer sur le canapé, avec Dayan. Je souffle légèrement, soulagée, en me rendant compte que Tobias n'est pas présent. Je n'aurais pas su comment réagir face à lui une seconde fois dans la même journée.

— Il faut que j'aille voir June, je passerai demain ! annonce ma meilleure amie, sur le pas de la porte.

Merde, June !

Je n'ai même pas demandé de ses nouvelles depuis le jour où elle n'était pas venue à l'université. Je sais qu'Isabelle est allée lui rendre visite et je n'ai même pas pris le temps de lui demander si elle se portait bien…

— Elle va bien ? demandé-je, honteuse.

— Oui, très bien… elle a été malade toute la semaine… avoue-t-elle finalement.

— Ah mince, je ne l'ai même pas appelée… déclaré-je, confuse.

— Oh, ne t'en fais pas, elle avait d'autres choses à penser ! me rassure-t-elle.

Je lui souris tandis qu'elle s'approche pour m'embrasser la joue, mais lorsqu'elle s'apprête à franchir la porte, Rodéric la retient :

— Tu ne m'embrasses pas, moi ?

Elle lève les yeux au ciel, amusée, puis s'approche du canapé pour aller embrasser son petit ami. Sans qu'elle s'y attende, il la renverse sur ses genoux et l'embrasse langoureusement.

— Hé, pas devant moi s'il vous plaît ! proteste Dayan avec un léger rire, les yeux rivés sur la télévision.

Isabelle m'a confié qu'elle s'entendait vraiment bien avec Rodéric et qu'elle l'aimait beaucoup. Elle n'est certainement pas amoureuse, mais elle l'apprécie énormément.

Mon amie se relève dans un rire, embrasse la joue de son frère, puis sort rapidement de l'appartement.

Je fais rouler ma valise jusqu'aux escaliers puis vais m'installer aux côtés des deux hommes obnubilés par la télévision. Je m'installe entre eux et Rodéric me lance brusquement :

— Il est venu jusque chez toi, n'est-ce pas ?

Je tourne mon visage vers lui. Je sais parfaitement qu'il connaît la réponse à sa question alors je ne comprends pas pourquoi il me la pose.

— Je pensais que tu étais au courant, réponds-je doucement.

— Je ne le savais pas, je m'en suis juste douté.

Je le regarde fixement pour lui faire comprendre de m'en dire plus tandis que Dayan nous observe, silencieux.

— Je le connais mieux que personne, je sais ce qu'il pense, chaque seconde, et ce qu'il compte faire lorsque quelque chose le rend fébrile, confie-t-il en ne me quittant pas des yeux.

Je l'ai rendu fébrile ? Mon absence l'a rendu fébrile ?

— Pourquoi il est venu ? demandé-je.

Le blond hésite un instant, puis se remet à fixer l'écran avant de lâcher :

— Pour s'excuser, en quelque sorte.

— S'excuser ? dis-je dans un rire nerveux, il a une drôle façon de s'excuser.

— Se déplacer jusque chez toi, c'est sa façon de se faire pardonner, car c'est pas dans ses habitudes de faire une chose pareille ! gronde-t-il, excédé par ma moquerie.

Je me tais. Je ne préfère pas répondre. Il le défend envers et contre tout et je l'admire pour ça. On peut remarquer à quel point Tobias compte pour lui.

— Comment il a su où j'étais ? l'interrogé-je après quelques minutes de silence.

— Il est passé ici avant de te rendre visite, souffle Dayan en serrant la mâchoire.

— Ah oui ? dis-je en même temps que Rodéric.

Il acquiesce d'un hochement de tête.

— Et tu le lui as dit ? le réprimandé-je en haussant les sourcils.

— Non, il l'a deviné au fil de notre conversation et je n'ai rien pu faire pour l'en empêcher.

Rodéric se met à rire en entendant les mots de Dayan, comme s'il était fier de son frère.

— Pourquoi tu ris ?

— Personne ne peut l'empêcher de faire ce que bon lui semble ! lâche-t-il dans un sourire.

* * *

16 h 30

Je ne tiens pas en place. Je fais les cent pas dans l'appartement depuis mon retour. Il faut que je bouge. Il faut que je me vide la tête. C'est une question de survie… Je mets mes affaires de sport dans un sac pour aller à la salle de musculation que j'avais remarquée lors du premier combat de boxe où je m'étais rendue avec Dayan.

Je descends les escaliers, Dayan est toujours devant la télévision à regarder un film d'action. Je m'approche de lui pour le prévenir que je vais à la salle de sport et lui embrasse la joue.

Un peu plus tard, lorsque j'ouvre la grande porte de la salle de sport, la chaleur humaine me frappe de plein fouet. Une vingtaine de personnes est en train de s'entraîner : tapis de course, vélo, boxe… Je ne pensais pas qu'il y aurait autant de monde.

Une voix chaleureuse vient m'accueillir :

— Je peux vous aider ?

Un homme d'une quarantaine d'années à la carrure impressionnante me fait face. Il doit faire plus d'un mètre quatre-vingt-dix, et je dois lever mon visage pour pouvoir le regarder dans les yeux. Il porte un débardeur blanc, laissant apparaître ses larges bras sur lesquels je peux apercevoir ses veines ressortir.

Il se met à rire en voyant mon visage interloqué.

— Oui, je souhaiterais apprendre à boxer.

Il me dévisage, surpris par ma demande. Il a sans doute cru que je venais ici pour courir sur un tapis.

Imbécile ! Moi aussi, je peux boxer !

— Bon, d'accord, commence-t-il, je te laisse te changer et tu viens me retrouver ici dès que tu es prête.

J'acquiesce et lui souris avant de rejoindre les vestiaires. Depuis que je suis petite, j'ai toujours pratiqué un sport. J'étais inscrite à la salle de sport pas très loin de chez mon père, mais il n'y avait pas de coin pour boxer. Ici, je peux ainsi apprendre à me défendre, à être plus forte, et en même temps garder la forme.

Une fois en tenue, je sors des vestiaires et rejoins le coach qui se trouve près du sac de frappe.

— Je vais te montrer quelques mouvements pour commencer, m'annonce-t-il en tapotant sur le sac de frappe.

J'acquiesce puis il me donne une paire de gants à ma taille que j'enfile tout en l'observant donner quelques droites dans l'énorme sac rouge. Je le regarde attentivement tandis qu'il me donne des directives pour m'aider à reproduire la même chose avec assez de force.

— Il faut bien que tu balances tes hanches pour avoir plus de vitesse et plus de force ! me coache-t-il. Si tu as besoin d'aide, tu viens me chercher !

Je lui adresse un sourire pour simple réponse et je commence à frapper dans le sac – qui ne bouge pas d'un millimètre. Je fais pourtant ce que le coach m'a conseillé, mais ça ne marche pas. Je frappe violemment le sac à plusieurs reprises, sans succès.

J'abandonne quelques instants, irritée par mon manque de force, et j'observe la salle. Je remarque plusieurs femmes d'une trentaine d'années parvenir à faire bouger le large sac ne serait-ce qu'un peu. Je ronchonne puis me retourne pour recommencer à frapper sur ce fichu sac. Il faut que je sache frapper avec assez de force pour que l'incident de la semaine passée ne se reproduise pas.

Je ne veux pas que ça se reproduise, plus jamais je ne veux ressentir ça.

Je me raidis en sentant une présence dans mon dos, une présence redoutable. Je ne bouge plus, ne prononce aucun mot. Mon cœur s'emballe en reconnaissant *son* odeur, ce parfum que je ne suis pas prête d'oublier. Je sens *son* souffle contre ma nuque dégagée par mes cheveux attachés en queue-de-cheval. Je me retourne et mes yeux plongent au plus profond de *ses* émeraudes.

Chapitre 22
Léonie

Mes mains deviennent moites et un frisson parcourt ma peau, comme à chaque fois que je me retrouve face à cet homme. Ses yeux dévorent les miens, en silence, *comme à son habitude.* Ma respiration se coupe à plusieurs reprises. Ses cheveux sont légèrement décoiffés, lui donnant un air décontracté et une barbe de quelques jours s'est formée sur sa mâchoire. Son t-shirt noir fait ressortir la couleur verte de ses iris. Ses iris qui se noient en moi, qui m'absorbent tout entière. Son regard est si profond qu'il me fait perdre tous mes moyens.

Je le déteste. Je déteste ce qu'il me fait ressentir.

— Tu n'arriveras à mettre personne à terre de cette façon, se moque-t-il en gardant son air strict et sûr de lui.

Je hausse les sourcils, surprise par sa remarque. Sincèrement, je m'attendais à ce qu'il me sorte une phrase à la con, bien macho, comme à chaque fois qu'il m'adresse la parole. Je ne sais même pas ce qu'il vient faire dans cette salle de sport. Je pensais qu'il boxait seul, avec Rodéric à ses côtés, et non en public.

— Je ne suis pas une professionnelle ! protesté-je le plus calmement possible.

— Hm, marmonne-t-il, tourne-toi.

Je plisse les yeux quelques secondes puis m'exécute, comprenant qu'il va sans doute m'aider. Mon cœur rate un battement lorsque je sens ses mains se poser sur le haut de mes hanches. Il les cramponne fermement. Je sens son souffle chaud dans le creux de mon cou et un frisson parcourt une fois de plus ma peau. Soudain, il exerce une violente pression sur l'une de mes hanches, et me fait pivoter brusquement.

— C'est cette position que tu dois avoir, murmure-t-il à mon oreille avec un sourire en coin que je devine aisément.

— Ensuite ? soufflé-je en tentant de contenir mes émotions, bien trop fortes à ce moment précis.

L'une de ses mains remonte jusqu'à mon épaule tandis que l'autre reste posée fermement sur ma hanche. Ma gorge s'assèche quand il caresse mon bras du bout des doigts, me provoquant des picotements et frissons incontrôlables – qu'il remarque à en croire son souffle à mon oreille. Sa main quitte mon épaule et se pose sur mon gant de boxe, qu'il encercle de ses doigts. Nous frappons ensemble le sac d'un coup puissant.

— Voilà ce qu'il faut que tu fasses, trésor, murmure-t-il à mon oreille.

Mon souffle est irrégulier, mes muscles tremblent à cause de son corps, maintenant accroché au mien. Je sens son bassin sur la courbe de mon dos, sa main toujours abandonnée au creux de ma hanche et qui descend lentement. D'une pression sur mon ventre, il vient me coller contre son corps. Je retiens mon souffle lorsque je sens son érection dans le creux de mon dos. Ma colonne vertébrale toujours collée à son torse, je tourne légèrement mon visage pour l'observer, horriblement gênée. Je suis surprise de remarquer que ses yeux sont devenus doux et diablement intenses. Il me contemple, me reluque ouvertement. Je ne parviens pas à décrocher mes yeux de son regard provocateur et sensuel, *c'est impossible.* Il ne bouge pas d'un centimètre et me dévisage de ses émeraudes, tandis que mes joues sont rouges d'embarras.

— As, ramène-toi ! hurle Rodéric, sa voix résonnant dans toute la salle.

Les yeux de Tobias redeviennent tout à coup obscurs. Il me lâche pourtant tendrement, exerçant sur moi de délicieuses caresses avant que ses doigts soient loin de mon corps, encore bouillant de désir.

— À plus tard, Léonie, murmure-t-il contre la fine peau de mon cou.

Je frissonne de façon incontrôlable et je le sens s'éloigner, me laissant seule, dans mon coin, devant le sac de frappe.

J'enlève mes gants et les jette sur le sol. Je pose mes mains sur le sac, et appuie mon front contre celles-ci. Je n'arrive pas à croire que je ressente autant de choses pour ce… meurtrier. Comment est-ce possible d'éprouver autant de sensations aussi… folles lorsqu'il se trouve près de moi ?

Parce qu'il t'attire, idiote !

C'est pourtant vrai, je n'ai jamais ressenti un tel sentiment et je pense sincèrement que je n'éprouverai jamais de sensations aussi intenses avec un autre homme. C'est sans doute stupide de penser ça, mais j'ai pourtant la nette impression que ce sera le cas.

Je ramasse mes gants et décide d'arrêter la boxe pour aujourd'hui – même si je n'ai pas beaucoup frappé. Je reprendrai mon entraînement une autre fois.

Je m'avance pour rejoindre le vestiaire en évitant du mieux que je peux de regarder en direction du ring, où se trouve Tobias. Je souffle alors que le coach s'approche de moi rapidement en demandant :

— T'as déjà fini ? Ça fait moins d'une heure que t'as commencé !

— Euh oui, je reviendrai plus tard, dis-je, gênée, en me grattant la nuque.

— D'accord, je te laisse aller te changer.

Je lui souris pour simple réponse puis entre dans le vestiaire où se trouvent quelques jeunes femmes. Elles me dévisagent de façon étrange avant de chuchoter. Je ne leur prête pas plus d'attention et m'assois sur le banc pour me changer.

Leur sujet principal de conversation : Tobias Reed.

— J'aimerais bien aller lui parler… mais je n'ose pas, confie l'une à son amie.

— Tu peux toujours essayer ! En tout cas, moi, je n'irai pas, il me fait peur ce type ! avoue son amie en enfilant son pantalon de sport.

— Oui, à moi aussi, mais si c'est simplement pour lui parler ?

J'exerce une pression sur mon déodorant, ce qui me permet de ne plus entendre leur conversation l'espace de quelques petites secondes. Je ne sais pas pour quelle raison mon cœur se met à tambouriner de colère, mais les imaginer entreprendre quoi que ce soit avec Tobias me procure un énervement incontrôlable.

Tu es jalouse, imbécile !

Je me lève d'un coup, sous le regard des deux femmes, et sors des vestiaires d'un pas rapide. Je souffle en rejoignant le petit comptoir près de la porte d'entrée. J'observe une femme d'une trentaine d'années faire du rentre-dedans au coach qui sourit de toutes ses dents en bombant le torse. Je lève les yeux au ciel, vais m'installer sur un banc et attends mon tour pour payer ma séance.

Je pose mon sac entre mes jambes puis replace correctement mes affaires à l'intérieur avant de le refermer. Je relève la tête et mon cœur arrête de battre quelques microsecondes lorsque le regard de Tobias se retrouve ancré au mien. Un sourire se forme sur ses lèvres puis il se tourne pour frapper son adversaire sous le regard de Rodéric, qui n'en perd pas une miette.

La puissance et l'agilité de Tobias sont à leur maximum quand il balance les coups à l'homme d'en face. Les frappes du Devil s'enchaînent et son adversaire, dont la carrure est pourtant imposante, a beaucoup de mal à les éviter. Son visage est en sang, malgré le casque de protection que lui seul porte. J'entends Rodéric hurler à Tobias d'arrêter ce qu'il est en train de faire immédiatement, mais que ce dernier ne l'écoute pas. Il sautille sur place. Ses muscles s'agitent au rythme de ses balancements. D'où je me trouve, j'arrive à percevoir ce spectacle qui rend tout de suite mes mains moites.

Léonie…

Le coach me sort subitement de ma transe :

— Mademoiselle ?

Je saute presque de mon banc et m'empare de mon sac. Je m'avance jusqu'au comptoir et je suis surprise de voir le coach observer Tobias quelques secondes avant de poser ses yeux sur moi avec un léger sourire.

— Tu ne devrais pas te faire de faux espoirs, me chuchote-t-il en faisant un signe de tête vers Tobias.

C'est une blague ? Sale con !

Je le dévisage, les yeux écarquillés, bouche bée.

Pour qui il se prend ?

— Combien je vous dois ? demandé-je sèchement.

— Treize dollars ! répond-il en me regardant étrangement.

Il s'est sans doute rendu compte que sa remarque ne m'a pas beaucoup plu.

Je balance mon argent sur le comptoir, et lui souffle un léger « au revoir ».

Je suis tellement vexée que je bute contre le trottoir, manquant de m'étaler au sol. Je m'appuie sur le mur et bouge doucement mon pied douloureux en balançant plusieurs injures. J'attends ainsi le bus qui ne devrait plus tarder.

« *Tu ne devrais pas te faire de faux espoirs.* »

Cette phrase résonne dans ma tête.

Ouais, je le sais, et alors ? Je n'ai pas besoin qu'un inconnu vienne me le dire.

Le bus s'arrête devant moi et les portes s'ouvrent. Je monte, toujours aussi contrariée, et vais m'installer dans le fond.

* * *

21 h 30

— Il faut y être pour quelle heure ? crié-je à Dayan du haut des escaliers.

— Normalement, vingt-deux heures ! dit-il en haussant le ton pour que je parvienne à l'entendre.

Je descends les escaliers le plus rapidement possible malgré mes talons.

— Oh, mais il faut se dépêcher !

J'avance à travers la pièce à la recherche de Dayan, qui fait son apparition devant moi, beau comme jamais. Je pensais qu'il plaisantait en me disant qu'il voulait « choper », comme il le dit si bien, mais je me rends compte qu'il était vraiment sérieux. Il m'a annoncé après le dîner qu'une soirée était prévue dans un bar populaire de la ville. Isabelle et June seront également de la partie, alors je n'ai pas pu refuser. Je pense que m'aérer l'esprit ne pourra me faire que du bien !

Les cheveux de Dayan sont légèrement décoiffés, et il a laissé un bouton de sa chemise blanche cintrée ouvert ; son jean cigarette noir fait ressortir ses quadriceps.

Il s'approche de moi, glisse son bras sous le mien et m'entraîne vers la porte. Il verrouille l'appartement puis nous nous mettons en route, sous les claquements de mes petits talons pourtant pas bien hauts.

— En tout cas tu es vraiment belle, ma Léo.

— Merci ! dis-je en lui embrassant la joue.

Il sourit et nous entrons dans l'ascenseur. Je regarde quelques secondes ma tenue dans le miroir. Je porte une robe cintrée noire, des talons de la même couleur et j'ai laissé mes cheveux lâchés sur mes épaules nues. Je me suis maquillé légèrement les yeux, et ai appliqué sur mes lèvres un rouge à lèvres bordeaux.

Les portes de l'ascenseur s'ouvrent sur le garage, et nous nous dirigeons vers la berline de Dayan.

Vingt minutes plus tard, nous arrivons à l'entrée du bar et je me fais interpeller par June qui hurle mon nom :

— Léonie !

Elle me saute dans les bras et me serre contre elle. Mon sourire s'élargit avant de l'embrasser tendrement sur les joues.

— Tu n'es plus malade ? demandé-je affectueusement, même si je connais déjà la réponse.

— Non, je me porte très bien ! dit-elle en tournant sur elle-même.

Nous rions tandis que Dayan s'approche d'elle pour lui faire une accolade.

— Ça fait un bout de temps que je ne t'ai pas vue ! déclare-t-il en se redressant.

— Euh, oui c'est vrai ! répond-elle timidement.

June a toujours été intimidée par Dayan, je ne sais pas pour quelle raison d'ailleurs. C'est vrai qu'il est relativement impressionnant, mais il ne ferait pas de mal à une mouche.

Contrairement à d'autres !

— Ah, vous voilà enfin !

Je tourne la tête et vois ma meilleure amie s'avancer pour nous embrasser un par un.

— Vous êtes tellement beaux ! dit-elle, admirative.

On se met à rire face à son ébahissement. Quelques secondes plus tard, June se précipite vers l'entrée du bâtiment au bras d'Isabelle. Dayan me lance un regard pour me faire comprendre que c'est à notre tour de faire notre entrée dans ce bar.

Lorsque nous arrivons à l'intérieur, la musique bat son plein et les lumières donnent un aspect vraiment festif à la soirée, ce qui est vraiment agréable.

Je me dirige vers le long comptoir où sont déjà installées plusieurs personnes et je m'assois sur l'un des hauts tabourets. Je commande une bière, et observe la salle du regard. J'aperçois Isabelle et June en train de danser avec deux hommes, un verre à la main. Je souris en les regardant s'amuser et j'aperçois Rodéric et Dayan installés sur un long canapé, au fond de la salle. Soudain, mon cœur rate plusieurs battements : Tobias est adossé au mur, à quelques mètres des garçons. Son regard est figé sur moi. Il me fixe sans doute depuis déjà quelques minutes…

Je détourne aussitôt le regard. Je bois rapidement mon verre lorsque je sens une présence à côté de moi.

— Tu es seule ? demande une voix que je reconnais immédiatement.

Je souris en découvrant Daniel, tout en élégance, en train de me regarder avec malice.

— Pour le moment ! réponds-je avec un sourire.

— Tu n'es pas avec Reed ? me questionne-t-il en prenant un tabouret.

Je le dévisage, surprise par sa question.

— Pourquoi je serais avec lui ?

Il me regarde d'une drôle de façon. Je remarque que ses pupilles sont extrêmement dilatées et que ses yeux ont viré au rouge, comme s'il avait beaucoup trop bu ou beaucoup trop fumé. Je ne sais pas ce qu'il a fait, mais il n'est pas dans son état normal.

— Hm, je sais pas ! commence-t-il. Il te porte beaucoup d'attention, alors je croyais que…

— Que quoi ?

Il ne répond pas. Il se contente de se retourner face au comptoir, le regard perdu devant lui. Je souffle et bois mon verre d'un trait.

Je pense que je ne vais pas rester très longtemps dans ce bar ; l'ambiance est très bonne mais je ne me sens pas à mon aise au milieu de toutes ces personnes complètement soûles, y compris mes amies qui sont en train de se déhancher sur la piste de danse.

— Tu sais, ce mec est dangereux, Léonie, déclare-t-il en posant enfin ses yeux sur moi.

Quoi, lui aussi ?

Je pose mes doigts sur le bord de mon verre, sans répondre. J'ai déjà entendu ça d'innombrables fois et je commence sincèrement à saturer. Je le sais, tout le monde le sait, et je n'ai pas besoin de l'entendre chaque jour.

Soudain, il m'attrape violemment le poignet, et je fais tomber mon verre contre le comptoir. Je le dévisage, aussi surprise qu'effrayée par son geste agressif.

— Tu me fais mal ! m'exclamé-je en essayant d'arracher mon poignet de son emprise.

— Tu ne dois pas l'approcher, Léonie ! insiste-t-il en serrant davantage ses doigts.

— Je suis assez grande pour prendre ce genre de décision, Daniel ! grogné-je en me dégageant brusquement.

Je me lève hâtivement, lui lance un regard de dégoût et sors du bar. Je vais m'asseoir sur un banc en face du bâtiment et appelle aussitôt un taxi en priant pour qu'il arrive au plus vite. Je ne peux pas rester une seconde de plus ici ; je pensais sincèrement que sortir me ferait le plus grand bien, mais je me suis clairement trompée.

Le comportement de Daniel n'est pas habituel. Il est le genre d'homme calme et sans histoires, je dirais même, pacifiste. Le voir dans cet état me surprend beaucoup.

— Léonie ? m'appelle une voix dans l'obscurité.

Je relève la tête et aperçois Rodéric s'approcher de moi avec un sourire. Il s'installe à mes côtés et demande :

— Tu ne t'amuses pas ?

Si tu savais…

— Non, je vais rentrer.

— Déjà ? dit-il, surpris, mais tu n'es même pas restée une heure !

— Je sais, réponds-je doucement en posant à mon tour les yeux sur lui.

— C'est dommage ! Tu veux que je te ramène ? propose-t-il amicalement.

— C'est gentil, mais j'ai déjà appelé un taxi !

Il hoche la tête avant d'ajouter :

— Donne-moi ton téléphone.

— Pourquoi ? demandé-je, surprise.

— Je vais te donner mon numéro.

Je le dévisage, étonnée.

Il se met à rire à la vue de mon expression.

— C'est pas pour ce que tu crois ! Si t'as un problème, quel qu'il soit, tu m'appelles et je viendrai !

— Merci, c'est gentil, réponds-je en lui tendant mon téléphone.

— Dayan ne rentrera pas à l'appartement, ce soir, ajoute-t-il en continuant de taper sur l'écran.

C'était sûr !

Je hoche la tête et aperçois mon taxi se garer juste devant le bar. Je me lève en attendant que Rodéric ait fini de taper son numéro et reprends mon téléphone. Il m'embrasse tendrement la joue et je monte dans le taxi qui démarre rapidement en direction de l'appartement.

* * *

Je pose mon sac sur le canapé et me traîne jusqu'à ma chambre où je dépose mon téléphone sur la table de chevet. Je soupire en me rendant dans la salle de bains. J'enfile un large t-shirt de Dayan et me brosse les dents. Une fois dans ma chambre, je m'affale dans mon lit.

Cette soirée, pourtant très courte, était une catastrophe !

Je m'enfouis dans ma couverture avant d'éteindre la petite lampe de chevet. La lumière que procure la pleine lune vient caresser mon visage. Je l'observe longuement en réfléchissant aux évènements passés. J'essaie de me dire que je finirai bien par oublier tout ce qui s'est passé ces dernières semaines, y compris les sensations que j'éprouve lorsque Tobias est à proximité…

Ce genre de choses ne disparaît jamais, Léonie !

Je me tourne sur le ventre, le visage dans mon oreiller pour essayer de penser à autre chose qu'à… lui. Mais, pourtant, l'image de ses yeux et de ses lèvres sur mon corps refuse de s'effacer.

C'est pas vrai…

Je sursaute lorsque j'entends frapper à la porte d'entrée. Je sors hâtivement du lit, m'empare de la batte de baseball que j'ai piqué à Dayan – pour ce genre de situation –, et descends rapidement les escaliers. Je note au passage, avec étonnement, qu'il est une heure du matin.

Je sursaute de nouveau en entendant les coups contre la porte qui se font de plus en plus violents.

OK. Là, je panique.

La batte de baseball à la main, je regarde au travers du judas et je lâche un juron en apercevant Tobias qui n'a vraiment pas l'air d'aller bien. J'ouvre alors la porte, et blêmis en le voyant se tenir le bas du ventre, le sang coulant abondamment le long de ses doigts.

Bordel, c'est pas possible.

Chapitre 23
Tobias

Une heure trente plus tôt

— Un Black ! demandé-je au barman qui me scrute quelques secondes avant de daigner me servir.

Je souffle et pose les coudes sur le comptoir, en attendant patiemment mon verre. Je balaye la salle du regard. Ils sont tous, sans exception, ivres.

Le serveur me tend enfin mon verre. Je bois une gorgée et vais rejoindre Rodéric et Isabelle confortablement installés sur le canapé, en train de se rouler des pelles comme des adolescents. Je renonce à m'asseoir à leurs côtés et vais me poser à côté de Dayan qui, lui, est seul.

— Où est ta petite protégée ? demandé-je en buvant une gorgée d'alcool.

— Elle est rentrée, déclare-t-il en observant la foule se déhancher au rythme de la musique.

Je hoche la tête. Ça fait plus d'une heure que je ne l'ai pas aperçue et ne pas savoir où elle est commence à me rendre dingue.

J'ai remarqué que Fox lui portait beaucoup d'attention, que ce soit par son attitude ou par ses regards qui en disent long sur son attirance pour elle. Lorsqu'il s'est emparé violemment de son bras, je me suis retenu de ne pas aller lui casser la gueule. Une seconde de plus, et je faisais fuir toute la salle.

Je sais pertinemment qu'elle pense que je suis attiré par elle, alors si je m'étais levé pour la protéger, ses doutes auraient été fondés et c'est inenvisageable. *Mais, putain, ce que ça a été dur !*

— Je ne peux pas t'empêcher d'aller lui parler ou de faire ce que bon te semble, commence Dayan après un long silence, mais si je peux te dire une chose, c'est qu'elle n'est pas comme toi, As ! Elle n'est pas comme toutes ces filles qui souhaitent que tu les baises pour ensuite les jeter comme de vulgaires moins que rien. Elle est sensible et elle souhaite rencontrer l'amour, le grand amour, dit-il en ne me quittant pas une seule seconde des yeux.

Sincèrement ? Le grand amour ?

Je hausse un sourcil en riant intérieurement. J'avais très bien compris qu'elle n'était pas comme toutes ces nanas – en tout cas pas comme celle qui est en train de me dévisager avec des yeux en cœur.

— Hm ! grommelé-je avant de me lever pour rejoindre cette jolie fille qui me lance plusieurs clins d'œil.

Je sens le regard de Dayan dans mon dos lorsque je m'éloigne. Je m'approche de la brunette et je plaque brutalement mes lèvres contre les siennes. Plusieurs frissons parcourent sa peau, que je ressens sous mes mains, accrochées à ses hanches. Nos langues s'entremêlent avec hargne de longues secondes. Je tapote ensuite ses cuisses pour lui faire comprendre de les enrouler autour de ma taille tout en gardant nos lèvres scellées.

Je sens les regards braqués sur nous alors que je passe une main dans son épaisse chevelure brune. Je m'avance vers le long couloir, et ouvre la première porte que j'aperçois. Je la ferme d'un coup de pied et, la brunette toujours accrochée à mes hanches, finit par reposer ses pieds au sol. Elle passe ses mains sous mon t-shirt et caresse mes abdos. Je lèche son cou en mordant à plusieurs reprises sa peau tandis que j'agrippe l'une de ses fesses, ce qui lui arrache plusieurs gémissements de plaisir. Ses mains expertes déboutonnent ma ceinture d'une rapidité impressionnante.

Quand je la bloque férocement contre le mur, un son aigu se dérobe de sa gorge. Ses yeux noisette me dévorent littéralement. Elle n'attend que ma queue au plus profond d'elle.

Tu vas être servie, ma belle.

J'enlève son t-shirt d'une main, et le jette au sol. Elle remonte le mien, et touche involontairement la cicatrice sur mon bas-ventre. Mon regard s'obscurcit, mais je m'abstiens de virer ses doigts de ma peau abîmée.

J'esquisse un sourire narquois en l'observant me regarder, comme si elle n'avait jamais vu un corps tel que le mien. Elle admire chacun de mes tatouages, les mains toujours accrochées à mon ventre, sous mon regard enfiévré.

Mais mon sourire s'efface lorsqu'elle mord sa lèvre inférieure. L'image de Léonie, sous la douche des vestiaires, trempée, se mordant la lèvre, s'immisce dans mon esprit. Je n'arrive pas à comprendre ce qui est en train de se produire dans ma putain de tête à cet instant.

J'essaie tant bien que mal de me ressaisir en embrassant à pleine bouche cette brune qui ne fait que de couiner à chacune de mes caresses, mais *son* visage reste pourtant dans un coin de ma tête. Ses courbes, sa peau, ses lèvres, son corps me feraient exploser tellement l'envie que j'éprouve pour cette fille est immense, et ce depuis le premier jour.

Je sais pertinemment que le mal me guette, où que j'aille, à chaque instant et à chaque petite faiblesse que je ne parviens pas à dissimuler. Je ne peux pas ressentir ça, je ne peux pas…

La brune sursaute contre mon corps lorsque la porte s'ouvre brutalement. Je soupire en apercevant Rodéric planté devant l'étroit placard où ma conquête et moi nous trouvons.

Il lève les yeux au ciel.

Je porte la brunette, pour lui faire comprendre de ne pas faire attention à lui. Elle sourit en enroulant les jambes autour de mon corps puis vient m'embrasser de nouveau.

— Hm, hm ! toussote mon frère en restant planté dans l'encadrement de la porte.

— Qu'est-ce que tu veux, Rodd ? grondé-je.

— Il faut que je te parle, alors bouge ton cul !

— J'suis occupé, là !

Je l'entends souffler et je presse fortement les cuisses de ma conquête qui se met à me mordre le cou d'impatience.

— Rix est là ! balance-t-il d'un coup en s'adossant contre la porte.

Je me raidis en entendant ce nom. Je lâche subitement la brune, lui arrachant un cri de surprise. Je remets mon t-shirt rapidement, reboutonne ma ceinture et pousse la brune, qui me lance des insultes. Je n'y prête pas attention et j'ouvre la porte en bousculant mon frère pour aller choper cet enculé.

Rodéric me retient par le bras et me fait pivoter brusquement face à lui.

— Je suis venu te prévenir justement pour ne pas que tu y ailles, Tobias ! déclare-t-il en me tenant fermement le bras.

— Arrête tes conneries et laisse-moi passer, Rodd ! m'exclamé-je en me dégageant de son emprise.

Je longe le petit couloir, bouscule plusieurs personnes sur mon passage, et je l'aperçois, adossé au comptoir, un verre à la main. Rodéric me stoppe immédiatement en se plaçant devant moi, les mains sur mes épaules.

— Ça va mal se terminer, Tobias ! On n'est pas censés le voir ce soir, les règles sont les règles alors ne fais pas n'importe quoi !

Mes muscles se détendent peu à peu quand je réalise qu'il a raison et que je m'apprêtais à faire une grosse connerie. Il baisse la tête et souffle de soulagement. Il part se rasseoir sur notre canapé. Je le rejoins mais je garde tout de même un œil sur cet homme aux cheveux tressés. Je m'installe aux côtés de Dayan, qui commence à être complètement ivre. Je l'observe tituber jusqu'à une petite blonde et entamer une danse sensuelle avec elle. Je secoue la tête et m'empare de mon verre que je bois cul sec. Je le repose sur la table basse, et j'aperçois Rodéric s'éloigner, accompagné d'Isabelle. Ils vont à coup sûr se peloter dans un coin, loin de tous les regards.

D'un coup, mes yeux entrent en contact avec Daniel, et une soudaine colère s'empare de moi. La vision de sa main accrochée à *son* poignet m'obsède. D'un bond, je me lève et fonce sur lui. Tout ce que je me suis dit tout à l'heure, toute la rage que je retenais au plus profond de moi, tout s'envole l'espace d'un instant. J'en ai plus rien à foutre. Elle ne le saura pas de toute façon.

J'empoigne son bras, l'entraîne dans le couloir où j'étais un peu plus tôt, et attrape violemment son col.

Il me regarde, les yeux écarquillés, complètement tétanisé.

— Bah alors, t'as perdu ta langue, Fox ? Y a qu'avec les nanas que tu fais le malin ? craché-je.

Je suis hors de moi. Je veux qu'il comprenne, je veux qu'il regrette, et je veux, surtout, qu'il ne touche plus jamais à Léonie.

— Reed, je t'en prie… me supplie-t-il.

Je laisse échapper un rire nerveux en le maintenant contre le mur.

— Écoute, là, j'ai pas le temps, alors je vais faire court, commencé-je. Si je te vois, encore une fois, te comporter de cette façon avec Léonie, c'est une putain de balle que je te mettrais dans le crâne, t'as compris ?

Il déglutit. Il me dévisage, paralysé, puis finit par acquiescer. Je lui lance un dernier regard puis le relâche d'un geste vif. Je repars en direction de la salle principale, puis en apercevant Rix, je ne peux m'empêcher de m'approcher de lui. La colère bout à l'intérieur de moi. Je suis hors de contrôle.

Je lui recommande de me rejoindre dehors et ne l'attends pas pour quitter les lieux.

Je m'avance dans une ruelle déserte, les mains dans les poches, en attendant la venue de cette enflure qui me doit un paquet d'argent.

Je me retourne en entendant ses pas dans mon dos, et le plaque violemment contre le mur délabré de la ruelle, mes doigts encerclant sa gorge.

— Qu'est-ce que tu viens faire là, Rix ? demandé-je agressivement en resserrant ma prise autour de son cou.

— Rien… de spécial ! parvient-il à dire difficilement.

— Où est mon argent ?

— On est censés se voir demain, Reed ! commence-t-il en essayant de se libérer, les règles sont les règles !

— Je m'en bats les couilles des règles ! craché-je.

Il respire avec peine et vire au rouge à cause du manque d'air. Je souris et lui fais clairement comprendre que je ne le lâcherai pas tant que je n'aurai pas ce qu'il me doit.

— Je n'ai… rien… sur moi, commence-t-il avant de se mettre à sourire, mais en revanche…

Je tombe lourdement sur le sol dans un cri de douleur lorsque je sens une lame s'enfoncer dans le bas de mon ventre. Je serre les dents en pressant une main sur mon aine, pour retenir du mieux que je peux le sang qui s'en échappe abondamment.

Rix pose une main sur mon épaule puis retire le couteau, ce qui m'arrache un grondement, et chuchote à mon oreille :

— Les règles sont les règles, Reed.

Il s'éloigne d'un pas prétentieux, fier de m'avoir pris par surprise.

Putain d'enculé !

Un grognement s'échappe de ma gorge de façon incontrôlable. La douleur se propage dans tout mon corps. *Merde !* J'essaie de reprendre une respiration régulière puis me relève difficilement. Je m'appuie contre le mur et lance plusieurs injures, la mâchoire serrée. Je commence à avancer, péniblement. La douleur me paralyse à plusieurs reprises. Je prends une profonde inspiration et fais le tour du bar en empruntant un chemin plus rapide pour atteindre ma destination et ainsi éviter Rodéric.

Je marche de longues minutes. Le sang coule en quantité impressionnante et m'affaiblit à chaque seconde.

Je garde pourtant les yeux grands ouverts et continue d'avancer. Je sais qu'*elle* pourra m'aider, qu'*elle* gardera le silence. Je ne sais pas pour quelle raison, mais j'ai confiance en *elle*, malgré tout ce que je lui ai fait endurer.

Arrivé à l'immeuble, je me cache sous ma capuche et tente de retenir le sang qui s'échappe de mon bas-ventre. Une fois dans l'ascenseur, je m'adosse contre le mur, le souffle court. Des picotements s'échappent de ma blessure, et me font frissonner de douleur.

Me sentir aussi faible et impuissant me rend complètement cinglé.

Les portes s'ouvrent enfin et je me dirige sans attendre vers son appartement.

Je toque une première fois aussi fort que possible, mais je ne perçois aucun mouvement dans la pièce alors je frappe une seconde fois en y mettant plus de force lorsque j'entends finalement un léger bruit. Je soupire profondément avant de taper une dernière fois à la porte, à bout de forces.

Je m'apprête à m'effondrer au sol mais la porte s'ouvre enfin, laissant apparaître Léonie habillée d'un simple t-shirt. Même dans mon état actuel, elle me fait pâlir d'envie.

Je reviens au moment présent lorsqu'elle émet un cri de stupeur en remarquant mon ventre et mes mains couverts de sang.

Léonie

— Mon Dieu, Tobias ! m'écrié-je en m'avançant vers lui.

Il se redresse et plonge ses yeux émeraude au plus profond des miens tandis que je remonte timidement son t-shirt. Mon regard reste ancré au sien pour essayer de percevoir une quelconque douleur, mais il n'en montre aucun signe. Alors je finis par poser mes yeux sur son entaille : putain, on ne l'a pas loupé.

Il pose soudainement une main sur mon épaule. Ses yeux deviennent vitreux. Il semble souffrir le martyre. Mon cœur se serre quand je vois sa mâchoire se contracter et son visage se tordre de douleur.

— Il faut que tu m'aides, parvient-il à dire d'une voix à peine audible.

Je hoche la tête en souriant faiblement pour qu'il comprenne que jamais je ne le laisserais dans une telle posture. Je verrouille la porte tandis qu'il commence à avancer difficilement à travers la pièce. J'étouffe un couinement d'effroi lorsqu'il pose ses mains sur le haut du canapé en grognant de colère et de douleur.

Le découvrir aussi mal en point me serre le cœur. Je n'arrive pas à croire que je puisse éprouver une quelconque tristesse pour lui après tout ce qu'il m'a fait endurer.

Je cours dans sa direction, et place son bras autour de mon cou.

— Appuie-toi sur moi, tu vas t'allonger sur le canapé !

Je suis surprise de constater qu'il ne montre aucun signe de résistance. Il met tout son poids sur mon petit corps qui tient pourtant bon, malgré cette masse de muscles. Je place une main derrière son dos et lui serre fortement la hanche, où je peux sentir ses muscles se contracter de douleur à chaque pas. Je sens son souffle brûlant sur le haut de ma tête. Je lève mon visage pour l'observer et je ne peux m'empêcher de grimacer à la vue de son teint pâle et de la souffrance qu'il essaie tant bien que mal de camoufler.

Je l'aide à se poser sur le canapé et je cours chercher la trousse de soins dans la salle de bains, à l'étage. Je dévale les escaliers et me précipite près de lui. Je m'agenouille devant lui puis ouvre la petite boîte sous son regard. Je prends une grande inspiration pour me concentrer sur mes gestes avant de mettre un produit désinfectant sur un torchon propre. Je pose une main sur la sienne, ce qui me vaut un regard assez ténébreux de sa part. Je lui fais comprendre de me laisser faire et il enlève lentement ses doigts de son ventre, me laissant apercevoir la blessure de plus près. Je lève doucement son t-shirt, mais il se redresse pour enlever rapidement ce dernier dans un râle de douleur.

Je ne peux m'empêcher, malgré les circonstances, d'admirer son torse contracté par toute cette torture.

Ses abdominaux sont magnifiquement dessinés tandis que sa peau brunie brille avec les gouttes de sueur qui perlent le long de son torse.

Je suis immédiatement interpellée par trois petits mots tatoués sur son pectoral gauche. « *Never back down* ». Je me demande ce que ça peut bien signifier et également pour quelle raison je ne l'avais pas remarqué avant.

Je serre la mâchoire pour me ressaisir et viens poser doucement la serviette imbibée de désinfectant sur les contours de la plaie. Il ne me quitte pas une seule seconde des yeux. Je sens son regard sur mon visage qui se met subitement à rougir.

— Que s'est-il passé ? demandé-je enfin, tentant à tout prix d'ignorer cette tension infernale qui se dégage de nos deux corps.

Je continue mes mouvements pour nettoyer la plaie puis relève mon visage, dans l'espoir d'une réponse. Je le regarde attentivement tandis qu'il me reluque. Ses coudes sont pliés derrière lui, et je l'observe attentivement.

— Rien d'important, déclare-t-il finalement, en me scrutant davantage.

Je me redresse en posant mes deux mains sur le canapé, furieuse :

— Putain, mais quand est-ce que tu vas répondre à une de mes questions ? C'est pourtant pas compliqué, bordel !

Il écarquille les yeux en serrant la mâchoire dans un long et pénible silence tandis que je continue de le fixer, nerveuse. Mon cœur bat à tout rompre. Je m'énerve très rarement, mais à ce moment, il me rend complètement hystérique.

Je m'empare finalement de plusieurs strips que je place sur sa plaie. Je viens coller une compresse par-dessus avant d'enrouler sa taille d'un épais bandage. Je ne le regarde plus, je ne préfère pas plonger mes yeux dans les siens par peur de perdre le contrôle et de le gifler.

— Je suis allé voir un homme que je ne devais pas voir ce soir, avoue-t-il soudainement d'une voix éraillée.

Je serre le tissu autour de son ventre.

— Pourquoi t'es allé le voir alors ? demandé-je, sans comprendre.

Je l'entends souffler légèrement. J'ai très vite compris qu'il n'aimait pas répondre aux questions. *Malheureusement pour lui, je suis plutôt tenace.*

— Je ne suis pas du genre à respecter les règles, déclare-t-il en m'observant attentivement.

— Les règles ? le questionné-je en relevant la tête.

Je pose enfin mes yeux dans les siens.

— Lorsqu'une date de rencontre est fixée, pour les trafics, on n'est pas censés se voir avant.

Il plonge une énième fois ses yeux émeraude au plus profond des miens. Je retiens presque ma respiration. Mes pensées divaguent vers l'image et la sensation exquise de ses lèvres contre les miennes et de ses mains tenant solidement mes hanches. Le souvenir de ses doigts parcourant la peau frissonnante de mes bras jusqu'à mon ventre rempli de désir me provoque des fourmillements dans le bas-ventre.

C'est pas le moment, Léo, vraiment pas le moment !

Alors que je sens mes joues devenir rouge écarlate, je baisse aussitôt les yeux. Tobias se redresse, la mâchoire serrée, et me relève délicatement la tête à l'aide de son index. Son visage n'est qu'à quelques centimètres du mien, ses lèvres frôlent les miennes et son souffle chaud vient les effleurer. Je ne peux plus fuir ni même baisser les yeux, je suis littéralement sous son contrôle. Je frissonne lorsque son pouce vient caresser mes lèvres avec une tendresse que je ne soupçonnais pas.

Ses yeux ancrés aux miens, je peux, pour la première fois, observer un déchirement au plus profond de lui, comme si son regard me suppliait de lui venir en aide, de l'épauler, de le sauver contre toute cette rage qui ne fait que s'intensifier, chaque jour.

Un sentiment d'affliction s'empare de tout mon être en percevant autant de détresse dans les yeux de cet homme pourtant fort et impénétrable.

Idiote ! Il a commis un meurtre sous tes yeux !

Je ferme les paupières pour esquiver cette affreuse image pourtant omniprésente dans mon esprit. Je souffle puis pose mes mains sur son torse nu pour l'intimer de se reculer. Il ne faut pas qu'il soit si proche.

— Si t'as besoin de quelque chose, je serai dans la cuisine, dis-je en me relevant pour me diriger vers la cuisine, un peu plus loin.

***

Malgré l'heure tardive, j'ai perdu le sommeil. Je nettoie le sol depuis plus de vingt minutes et essaie d'enlever du mieux que je peux les quelques gouttes de sang sur le canapé.

Tobias est monté jusqu'à ma chambre pour rejoindre la salle de bains. Je lui ai pourtant dit que ce n'était pas une bonne idée, mais il n'en fait qu'à sa tête. Je pense qu'il s'est allongé sur mon lit, peut-être même qu'il s'est endormi. Ça ne serait pas plus mal. La soirée a été riche en émotions et je n'ai pas envie d'affronter son regard une énième fois.

Je me redresse et me dirige vers la cuisine pour prendre le jus d'orange. Je me mets sur la pointe des pieds et essaie d'ouvrir le placard beaucoup trop haut pour moi. J'essaie tant bien que mal de m'emparer d'un fichu verre – rangé tout au fond, évidemment.

— C'est une blague ! ronchonné-je en refermant violemment le placard.

Je soupire et décide de boire directement à la bouteille, mais je sursaute en entendant sa voix rauque dans mon dos :

— Besoin d'aide, peut-être ?

Je reste statique quelques instants en sentant mon stupide cœur cogner contre ma poitrine. Je serre la bouteille de jus entre mes doigts et me retourne enfin. Mon souffle se coupe en le voyant à seulement quelques centimètres de moi. Je lève mon visage vers lui. Un sourire taquin est accroché à ses lèvres. Par chance, il a enfilé un long t-shirt noir qui appartient à Dayan.

— Je n'arrive pas à attraper le verre, finis-je par dire dans un souffle.

Il laisse échapper un léger rire. Je l'entends rarement rire, même jamais, et je ne peux m'empêcher de sourire.

Il colle finalement son corps au mien et redevient sérieux, à mon plus grand regret. Ma peau est prise de frissons incontrôlables à ce contact. Il lève légèrement le bras pour ouvrir le placard tandis que j'observe son visage. Sa mâchoire contractée, sa peau brunie, ses sombres tatouages qui ressortent sur le haut de son torse.

Il pose le verre sur le comptoir et s'éloigne vers le salon sous mon regard perdu. Je me hais de le trouver aussi séduisant que menaçant.

Adossée au comptoir, je bois mon jus d'orange sans quitter Tobias du regard. Il se met à fouiller dans un placard et finit par en sortir un grand verre avec une bouteille de whisky que Dayan gardait précieusement. J'écarquille les yeux. Il veut boire là ? Mais il est dingue !

Je claque le verre sur le comptoir et me précipite vers lui.

— Qu'est-ce que tu fous ? demandé-je.

Il reste silencieux, me lance un regard indifférent et ouvre la bouteille. Il s'apprête à verser le liquide dans le verre, mais je pose subitement ma main sur le coin de la table pour le stopper, ce qui me donne droit à un regard noir.

— Enlève ton bras, trésor, me prévient-il d'un ton calme.

Pourtant, je perçois toute la menace dissimulée dans sa voix bien trop aimable.

— Tu ne peux pas boire d'alcool, Tobias… articulé-je.

Il se redresse instantanément en percevant mon désespoir. Il se met à rire nerveusement.

— Ce n'est pas une blessure qui va m'arrêter.

Il pousse mon bras puis verse le whisky dans son verre. Il le boit cul sec sous mon regard choqué. Il n'est pas raisonnable, pas du tout même. Il a perdu beaucoup de sang, il est blessé, et lui, il veut se bourrer la gueule ?

Il verse de nouveau le liquide dans le verre puis approche sa bouche de mon oreille.

— Tu vas t'en remettre, trésor, murmure-t-il.

Il rit puis se dirige de nouveau vers les placards qu'il se met à ouvrir et fermer, ce qui provoque un vacarme infernal dans tout l'appartement.

Je finis par souffler, en grognant :

— Qu'est-ce que tu cherches ?

— De l'alcool !

J'ouvre grand les yeux en entendant sa réponse. *Il perd la boule ou quoi ?*

— Une bouteille, ça ne sera pas suffisant, finit-il par dire.

Je finis par lui montrer d'un geste de la main un placard grisâtre à côté du réfrigérateur. Il l'ouvre et s'empare d'une bouteille de scotch. Dayan va me tuer…

Je reprends mon verre, et pars m'asseoir sur un petit fauteuil. Je me tourne de façon que mes jambes pendent dans le vide, en position presque allongée.

Tobias s'installe sur le canapé et vide plusieurs verres d'affilée. Je l'observe en secouant ma jambe, anxieuse. Pourquoi veut-il se soûler à ce point ?

Peut-être à cause de la douleur engendrée par sa blessure ? Peut-être à cause de ma présence ? Ou peut-être à cause d'un chagrin, quel qu'il soit…

***

Plus de trente minutes se sont écoulées et Tobias ne fait que de boire, sans dire un mot. Je l'observe attentivement, suis chacun de ses mouvements. Je regarde ses doigts, recouverts de tatouages tous plus beaux les uns que les autres, qui s'enroulent autour de son verre qu'il finit par boire, une fois de plus, cul sec.

J'aimerais lui dire de s'arrêter, que boire ne réglera aucun de ses problèmes, mais je ne le connais pas suffisamment pour lui interdire quoi que ce soit, alors je le scrute tristement, en silence.

— Arrête de me regarder de cette façon ! siffle-t-il en se resservant un verre.

— Pourquoi tu te noies dans l'alcool ? l'interrogé-je subitement.

Il pose ses pieds sur la table basse, m'observe fixement un long moment puis me répond d'une voix calme mais différente de d'habitude :

— Si j'étais dans la peau d'un ado, je dirais sans doute que je suis tombé dans toutes ces conneries pour apaiser mes peines et mes souffrances, blablabla… commence-t-il en secouant son verre de gauche à droite. Sauf que je m'en fous. Je m'en fous complètement parce que je ne ressens rien. Alors je bois et me drogue parfois car j'en ai envie, tout simplement.

D'accord… Il n'est plus dans son état normal !

Je le dévisage, stupéfaite par sa réponse. Il ne m'a jamais parlé aussi longtemps et aussi sincèrement depuis que je l'ai rencontré et ça me surprend tellement que j'en fais presque tomber mon verre.

C'est l'alcool qui le fait parler autant !

— Mais ça ne sert à rien… réponds-je sans le quitter des yeux.

— Oh si, crois-moi.

Je n'ajoute rien et baisse les yeux sur mon verre vide. Je me lève sous son regard séducteur et m'installe à ses côtés pour me servir un verre de scotch. Il me regarde, surpris, vider mon premier verre d'une traite. Je grimace puis m'en ressers un deuxième. Je vais me rasseoir dans mon fauteuil en prenant la bouteille avec moi. Ma jambe se remet à bouger nerveusement tandis que je triture la bouteille de mes doigts. Je relève ensuite mon visage vers lui. Mon bas-ventre se met à palpiter lorsque mes yeux rencontrent son regard bouillant de désir.

J'ai la nette impression que d'une minute à l'autre, il va se lever et me déshabiller, intégralement.

C'est impossible de ressentir une attirance aussi démesurée en si peu de temps. *C'est impossible !*

— Je pense que je ne comprendrai jamais l'effet que tu as sur moi.

Je stoppe tout mouvement avec ma jambe lorsque ses mots me parviennent aux oreilles.

Chapitre 24
Léonie

À ces mots, je déglutis difficilement. Tobias scrute chaque centimètre de mon corps, un sourire taquin accroché aux lèvres. Mon cœur cogne contre ma cage thoracique, me faisant presque mal, alors que mes yeux ne peuvent s'empêcher de fixer ses lèvres qui m'appellent depuis tout à l'heure. Je me mords la langue pour essayer de calmer mon corps, peu habituée à ressentir ce genre de choses.

« Effet », « sur moi ». Ces simples mots retentissent dans mon crâne.

C'est le genre d'homme à ne vouloir que du sexe et rien d'autre. Ce n'est pas pour moi…

C'est l'alcool qui lui fait dire n'importe quoi ! Ne sois pas idiote !

En réfléchissant, c'est vrai qu'il a beaucoup bu depuis tout à l'heure et c'est sans doute ça qui lui fait dire toutes ces choses... improbables. Mais, pourtant, on répète souvent qu'il n'y a pas plus sincère qu'une personne soûle, non ?

Même s'il est sérieux, nous sommes quand même les parfaits opposés, lui et moi :

Il est le feu, je suis la glace.

Il est la tempête, je suis le calme.

Il est la noirceur, je suis la lumière.

Je le suis du regard lorsqu'il se lève et s'approche de moi d'un pas lent. Malgré la quantité d'alcool qu'il a ingurgitée, il ne titube pas, n'a aucun mal à s'avancer vers mon corps maintenant tremblant d'un désir soudain et incontrôlable.

Lorsqu'il arrive près du fauteuil, ses jambes tapent contre mes pieds. Mon cœur rate un battement lorsque ses mains se posent sur chacune de mes cuisses, son visage près du mien, très près du mien. La lueur scintillante de ses iris me fait vite comprendre à quel point le désir est présent dans tout son être. Les pupilles dilatées, il m'observe, m'analyse, me déshabille du regard. Je déglutis amèrement en prenant conscience que l'effet qu'il produit sur mon corps est insoutenable, mais surtout, exquis.

Je sursaute lorsque ses mains glissent involontairement de mes cuisses et se retrouvent accrochées à mes hanches. Ses pouces touchent mon ventre, et mon corps se raidit. Sa bouche n'est qu'à quelques centimètres de la mienne. Je peux sentir son souffle contre la peau charnue de cette dernière. Mes yeux restent ancrés aux siens, ancrés à cette couleur émeraude qui me fascine. Je peux tout de même observer les lueurs rouges autour de ses iris, sans doute à cause de l'alcool, ce qui les fait ressortir, tels des diamants.

— Tu es soûl, soufflé-je contre ses lèvres.

Il incline légèrement la tête, esquisse un sourire en coin puis murmure :

— Tu n'as pas tort.

Il s'approche de nouveau, et fait battre mon cœur à un rythme endiablé alors qu'il souffle contre mes lèvres. Ses mains resserrent leur étreinte sur mes hanches et je ne peux m'empêcher de m'humecter les lèvres. Sa respiration s'accélère subitement. Il baisse les yeux pour les poser sur ma bouche. Mes mains deviennent moites, ma peau me brûle et mon cœur me fait mal tant il tape fort contre ma poitrine.

Malheureusement, j'ai une envie irrésistible de sentir ses lèvres contre les miennes. J'en ai tellement envie que mon ventre me tiraille.

Léonie, reprends-toi… Je t'en supplie. N'oublie pas ce qu'il a fait.

Je n'arrive pas à penser aux évènements passés. À cet instant, ses yeux, son corps, sa présence me font perdre le contrôle de moi-même ; et je ne pourrais sans aucun doute passer au-dessus de cette sensation.

Mais tu ne le connais pas !

Je m'en veux tellement de ressentir autant d'émotions lorsqu'il est à mes côtés.

Mon cœur cogne, encore et encore, lorsque sa bouche frôle mon oreille et que l'une de ses mains se détache de mon corps.

— Je t'ai vue te mettre dans tous tes états lorsqu'une grosse sottise m'a échappé. Tu devrais arrêter de réfléchir autant, Léonie, finit-il en soufflant contre mon cou.

Mon corps frémit.

Il se redresse avec un large sourire après s'être emparé de la bouteille de scotch. Il me lance un regard qui en ferait rougir plus d'une pour enfin aller se rasseoir sur le canapé d'un pas suffisant.

Tout ça pour la bouteille de scotch !

J'essaie tant bien que mal de reprendre une respiration régulière le plus discretement possible. Je ne veux pas qu'il se mette à sourire comme un gros con parce qu'il a compris l'effet qu'il a sur moi.

Je hausse un sourcil en retenant un rire lorsque je le vois secouer la bouteille vers le bas, en se rendant compte qu'il ne reste plus une goutte d'alcool.

Je ris malgré moi.

— Ce que tu fais ne sert à rien, il n'y en a plus !

Il relève instantanément les yeux dans ma direction et me lance un regard qui me fait rire de nouveau. Je remarque ses muscles se relâcher et sa tête se lever dans un sourire. Je ne peux m'arrêter de rire. Je ne sais pas ce qu'il se passe, je n'ai pourtant bu que deux verres alors ça ne peut pas être l'effet de l'alcool. L'effet Tobias peut-être ? Passer du feu à la glace en l'espace d'une seconde.

— Je ne t'avais jamais entendu rire, lâche-t-il d'un coup, ce qui me calme aussitôt.

Lorsqu'il prononce ces mots de cette voix grave, une multitude de frissons se sont mis à danser sur ma peau. J'observe cet homme tatoué de la tête aux pieds qui est en train de m'analyser avec un sourire en coin.

J'aimerais me lever et courir sous la douche pour que l'eau froide me libère de tous ces frissons et de cette ardeur qui devient de plus en plus difficile à refouler, mais son regard insistant me paralyse.

Je me lève précipitamment du fauteuil et me dirige vers le comptoir où je pose mes coudes quelques secondes. Je prends une grande inspiration et m'empare de la dernière bouteille de whisky qu'il a ouverte un peu plus tôt. Je bois plusieurs gorgées à la suite sans lâcher du regard le boxeur toujours installé confortablement sur le canapé. Les mains posées sur sa nuque tatouée, il s'étire le cou. La sensualité et la férocité qui émanent de cet homme me rendent folle, à chacun de ses gestes.

— C'est la dernière bouteille, alors ne la bois pas aussi vite que la première, dis-je en m'asseyant sur le canapé.

Il me répond d'un simple clin d'œil et se redresse pour se servir un verre. Je m'installe confortablement à côté de lui tout en gardant une distance convenable pour ne pas perdre le contrôle de mon cerveau.

— Cette passion pour la boxe date de ton enfance ? demandé-je soudainement.

Surpris, il se redresse, son verre à la main.

— C'est la première fois qu'on me pose cette question, avoue-t-il d'une voix morne.

Une émotion brutale s'empare de moi et mon cœur se serre. Je devine, par son regard appuyé, qu'il n'a pas l'habitude que l'on s'intéresse à lui. Personne ne devrait réagir de cette façon à la suite d'une simple question sur sa vie. Ça me fait si mal au cœur que j'en perds mes mots.

Ses nombreuses conquêtes n'ont, sans aucun doute, jamais dû prendre la peine de s'intéresser à sa personne. Elles s'intéressaient simplement au splendide spécimen qu'elles avaient devant elles et à son air dangereux, qui ferait fuir toute personne saine d'esprit.

Les personnes à l'origine des nombreuses rumeurs sur Tobias n'ont même pas pris le temps de découvrir qui il est vraiment. Elles se sont basées sur ses actes et rien que sur ses actes, mais je suis certaine qu'au plus profond de lui, toute cette rage, cette indifférence et cette violence le rongent et le détruisent, à petit feu.

— J'ai toujours été violent et impulsif, depuis mon plus jeune âge. Lorsque j'ai emménagé dans la famille de Rodéric, j'avais dix ans et je ne connaissais rien à la vie de famille, commence-t-il d'une voix éraillée en serrant davantage ses doigts autour du verre. Ils m'ont élevé et tout appris, mais toutes ces pulsions, ce besoin poignant de frapper, de se déchaîner m'étaient indispensables et c'est à mes treize ans que Rodéric m'a fait frapper pour la première fois de ma vie dans un sac de boxe… et maintenant ça fait partie de mon quotidien, finit-il en avalant d'une traite son verre de whisky.

Une boule s'est formée dans ma gorge, je n'ose plus bouger ni décrocher mes yeux de son visage pâle. Je n'arrive pas à savoir si c'est le fait qu'il m'ait dévoilé une partie de sa vie très sérieusement qui me met dans cet état ou le fait de comprendre que son enfance ait été rude et douloureuse. En l'entendant se confier d'une voix aussi douce et poignante, j'aimerais, du plus profond de mon cœur, le serrer dans mes bras pour l'aider à surmonter ce passé, omniprésent.

Je me triture les doigts et me positionne en tailleur tandis que son regard divague entre mes mains et mes yeux. Il pose son verre sur la table basse et s'empare de la bouteille avant de se réinstaller confortablement et de boire plusieurs gorgées.

— D'autres questions ? demande-t-il en me tendant la bouteille.

— C'est à toi de me poser une question, rétorqué-je en attrapant l'alcool tout en veillant à éviter tout contact avec lui.

Un large sourire se forme sur ses lèvres. J'aimerais lui poser tellement de questions, j'aimerais comprendre pour quelles raisons cette rage et cette noirceur se sont emparées de lui, j'aimerais qu'il me dévoile ce qu'il n'a jamais révélé à quiconque, mais je pense que cela doit se faire dans les deux sens.

— Pourquoi tu n'as aucune photo de ta mère ? demande-t-il d'une voix douce.

Je grimace légèrement à l'entente de sa question qui était inévitable.

— Elle nous a quittés à ma naissance. Je n'ai que quelques photos d'elle plus jeune, mais je sais que si je la croise dans la rue, je ne la reconnaîtrais pas, déballé-je en buvant une grande gorgée d'alcool.

Je me surprends à lui confier autant d'informations. J'aurais pu m'arrêter à ma première phrase, mais mon cœur me suppliait de continuer. Je ne parle jamais de ma mère, je n'y arrive tout simplement pas, mais avec lui, ça paraît plus facile.

Je sens son regard sur mon visage devenu chaud et rougi par l'alcool alors que je scrute la bouteille en verre, entre mes mains.

Je souffle un grand coup avant de poser une seconde question :

— Qu'est-il arrivé à tes parents ?

C'est en posant enfin mes yeux sur lui que je me rends compte que ma question a été beaucoup trop brusque et peut-être trop intime. Il me lance un regard si menaçant que je voudrais vraiment aller me cacher. Je m'en veux réellement d'avoir abordé ce sujet qui est, à la vue de son visage décomposé, particulièrement sensible. Mes dents grincent à cause du stress et de la culpabilité. J'aimerais ouvrir la bouche pour lui exprimer mon regret, mais aucun son ne daigne sortir de cette dernière. Je reste paralysée face à ses yeux qui me font nettement comprendre que je vais regretter mes paroles par je ne sais quelle manœuvre.

Depuis qu'il a commencé à boire, j'ai l'impression d'avoir quelqu'un d'autre en face de moi : un homme souriant et bavard, l'opposé du Tobias Reed que j'ai rencontré à ce combat de boxe.

Mais après tout, c'est vrai que je ne connais pas grand-chose du *vrai* Tobias. Je n'ai eu qu'un simple aperçu de lui ; j'ai agi comme toutes ces personnes qui sont restées fixées sur ses faits et gestes, qui écoutent les rumeurs et qui ne sont pas allées plus loin, et ça, mon cœur a du mal à le supporter.

Mes yeux s'ouvrent en grand et ma bouche forme un petit « o » lorsqu'il se met à rire aux éclats. Un léger sourire se forme sur mes lèvres en le voyant rigoler ainsi alors que j'étais en train de culpabiliser au point de vouloir quitter la pièce. Je ne sais pas pourquoi il a changé d'expression en si peu de temps, mais mon corps se détend rapidement et mon sourire s'élargit de plus en plus en contemplant ses petites fossettes que je n'avais jamais remarquées auparavant. Pour la première fois, je sens son corps détendu. Sa mâchoire n'est plus contractée, ses épaules sont relâchées et son rire est merveilleux.

Pourquoi ne rit-il pas plus souvent ?

— Tu aurais dû voir ta tête ! se moque-t-il.

J'avale plusieurs gorgées d'alcool puis il m'attrape la bouteille des mains pour en faire de même.

— Pourquoi tu m'as laissée croire que j'avais posé une question taboue ? demandé-je finalement.

Il sourit et laisse apparaître ses dents d'une blancheur extrême. Mon cœur tambourine contre ma cage thoracique lorsque son regard d'une intensité que j'ai rarement vu se pose sur mon visage. Ma peau se met à chauffer alors que mes mains deviennent moites. Je ne sais plus où me mettre, je ne sais plus quoi faire, je ne peux plus bouger ou décrocher mon regard du sien. Il me paralyse, me fragilise et me bouleverse comme aucun autre homme ne l'a jamais fait.

— Car j'aime te déstabiliser, Léonie, murmure-t-il.

Une bouffée de chaleur envahit mon corps face à ces mots et à cette voix sensuelle qui me fait fondre. Je m'humecte les lèvres, ne sachant quoi faire d'autre, et ne quitte pas une seule seconde ses yeux qui attendent une réaction de ma part. Sauf que je ne fais rien, je laisse les minutes défiler. J'aimerais qu'il se lève et qu'il s'approche de moi pour enfin poser ses lèvres sur les miennes d'une passion pure et sincère. J'aimerais qu'il me porte, enroule mes jambes autour de sa taille fine, qu'il s'empare de mes hanches de ses grandes mains fermes pour enfin m'emmener dans ma chambre. J'aimerais voir bouger chacun de ses muscles au-dessus de mon corps, poser mes mains sur ses larges épaules tandis qu'il parsème mon corps de baisers, pour me faire frémir de désir.

Je ne me suis jamais égarée dans mes pensées pour concevoir ce genre d'idées. Pour la première fois de ma vie, je ressens un désir insurmontable et indéfinissable pour un homme.

Pas n'importe lequel…

La voix de Tobias vient mettre fin à mes songes :

— Je ne parle jamais d'eux, car ils ne méritent pas que je les évoque.

Se doutant que je ne me suis toujours pas remise de sa dernière phrase, il arbore un sourire en coin. Et c'est bien le cas, je l'écoute, car j'aime l'entendre parler, j'aime entendre sa voix rauque et sensuelle, mais mes émotions et mes bouffées de chaleur ne se sont toujours pas calmées.

Il me tend la bouteille d'alcool que je prends rapidement puis j'avale plusieurs gorgées pour ensuite grimacer, ce qui le fait rire.

— Je vais devoir te porter pour t'emmener au lit si tu continues de boire autant ! s'esclaffe-t-il de plus belle.

Je relève les yeux dans sa direction. Je ne sais pas comment je dois le prendre, à cause de son regard rempli de malice qui m'observe, encore et encore. S'il continue de jouer à ce petit jeu, je vais être obligée de lui demander d'arrêter…

— Je n'en arriverai pas là, ce serait plutôt à toi de faire attention, dis-je en lui lançant un regard vif.

— Hm, émet-il doucement. Et si j'ai bien compris, c'est à moi de poser une question.

Je ne réponds pas et il pose brusquement sa main sur la mienne pour entourer la bouteille de verre. J'essaie du mieux que je peux de réguler ma respiration. Je rougis de honte lorsqu'il s'aperçoit que je frissonne comme une idiote à son contact. Je lâche le whisky et replace ma main sur mon genou alors qu'il continue de sourire, fier de me mettre dans un tel état.

— Je connais Dayan depuis plus de quatre ans maintenant, commence-t-il sérieusement, il m'a souvent parlé de sa meilleure amie, sa « petite sœur » comme il disait, mais je n'ai jamais compris où vous vous étiez rencontrés ?

— Je connais Dayan depuis toute petite, ses parents étaient très proches de mon père. J'habitais dans une petite ville à côté de Chicago et mon père a voulu emménager ici pour son travail. Dayan est venu y habiter très tôt, pour ses études, mais notre relation n'a jamais cessé.

— Ça a toujours été de l'amitié entre vous ? demande-t-il.

J'observe sa mâchoire faire plusieurs sauts et ses yeux me scruter profondément. On pourrait croire qu'il redoute ma réponse, mais je chasse rapidement cette idée en répondant :

— Non, on est sortis ensemble presque une année.

Son corps se raidit, ses pupilles se dilatent et ses doigts se serrent autour de la bouteille. J'ai presque l'impression qu'elle va exploser s'il continue sa pression. J'essaie de rester sérieuse aussi longtemps que mon corps me l'autorise, mais sous l'effet de l'alcool, j'explose de rire. Je suis au bord des larmes. Je pose mes yeux sur son visage qui est resté contracté ainsi que tout le reste de son corps. Je crois qu'il n'a pas compris que je le mène en bateau. Visiblement, il ne le prend pas aussi bien que moi il y a quelques minutes.

— C'est une blague ! Dayan et moi sommes comme des frères et sœurs, jamais je ne pourrais être avec lui !

On pourrait croire que tu ressens une petite pointe de jalousie… dis-je en riant.

J'observe un léger sourire se former sur le coin de sa lèvre et il me lance un regard en coin. Je me mords légèrement les doigts en continuant de sourire. Je lui lance un regard amusé et son rire rauque parvient à mes oreilles, soulageant mon pauvre petit cœur qui vient d'avoir une peur bleue. J'ai cru qu'il allait se lever malgré sa blessure et partir.

— Tu aimerais que je ressente un quelconque pincement au cœur en sachant que tu as été avec Dayan à un moment de ta vie, ou non, sauf que je n'ai jamais éprouvé de la jalousie pour personne et je pense que ça n'arrivera jamais, Léonie, me confie-t-il en portant la bouteille jusqu'à sa bouche.

J'observe sa gorge bouger au rythme de la boisson qui se déverse le long de son œsophage, mouvant sa pomme d'Adam. Les joues bouillonnantes et les lèvres entrouvertes, je déglutis difficilement. Je ne saurais dire si ma réaction est due à cette déconcertante confidence ou au fait que chaque banal mouvement que fait cet homme me met dans un état second.

— Tout le monde ressent de la jalousie au moins une fois dans sa vie, tu ne seras pas l'exception, Tobias. Un jour, sans que tu t'y attendes, tu ressentiras cette jalousie. Tu auras l'impression que ton cœur explose. Tes muscles et ton esprit te feront mal. Ce ne sera pas la même sensation que lorsque tu te prends un coup de poing sur le visage, ce sera bien pire ! Ce sera inévitable, Tobias. Et lorsque tu ressentiras ça, ça voudra dire que tu tiendras à la personne, bien plus que tu ne le penseras, en amitié, comme en amour, déclaré-je, en ne le quittant pas une seule seconde des yeux.

Son regard se porte sur la baie vitrée où une légère lumière provenant des lampadaires nous permet d'apercevoir les autres maisons du quartier.

— L'amour… murmure-t-il en continuant de regarder l'extérieur. L'amour n'existe pas, on pense ressentir de l'amour dès que notre cœur s'emballe pour une autre personne, dès que nous voulons la revoir, dès que nous avons l'envie démesurée de l'embrasser, dès que nous voulons la sentir près de nous pour la protéger coûte que coûte, sauf que tout ceci n'est qu'une illusion éphémère. Ce sentiment que tout le monde appelle « l'amour » n'est qu'un mensonge, une putain d'illusion qui disparaît avec le temps ! déballe-t-il sous mon regard choqué.

Il n'a pas décroché ses yeux de l'horizon une seule seconde, il s'est contenté d'étaler ce qu'il gardait au plus profond de lui, sans doute, depuis trop longtemps. Mes pensées de tout à l'heure se renforcent subitement en observant sa cage thoracique se soulever et se rabaisser fortement, mais régulièrement, comme si ce qu'il venait de balancer l'avait libéré.

— Tout le monde finit par partir, un jour ou l'autre… souffle-t-il.

Mon cœur se serre suite à ses mots pleins de sens.

— Je ne peux pas te contredire là-dessus, car je suis d'accord sur la majorité de ta conception de l'amour, mais contrairement à toi, je pense que le vrai et éternel amour existe, mais que très peu de personnes ont la chance de le rencontrer un jour dans leur vie.

Ses yeux se sont retrouvés ancrés aux miens durant mes aveux. Je ne saurais décrire ce regard rempli de mélancolie, mais d'admiration, qu'il me lance à ce moment présent.

Contrairement à lui, je garderai toujours l'espoir qu'un jour, je ressente ce qu'est le vrai amour : l'amour inconditionnel et éternel envers quelqu'un, cette personne qui serait capable de nous faire changer, qui serait capable de nous épauler dans les moments les plus douloureux, une personne qui serait capable de rester à nos côtés même si la situation ne le permet pas, pour ne former plus qu'un.

— Explique-moi ce que tu ressens pour Rodéric ! demandé-je soudainement alors que ses yeux s'arrondissent.

— C'est mon frère, ça n'a rien à voir ! rétorque-t-il, étonné par ma demande.

— S'il te plaît, insisté-je dans un souffle.

Il soupire avant de boire une énième fois à la bouteille sans prononcer un mot durant une longue minute, pour enfin me répondre :

— Il n'est pas mon frère de sang, mais depuis le premier jour, je l'ai considéré comme tel. Il m'a aidé à prendre conscience de beaucoup de choses, il m'a épaulé dans les moments où je perdais pied. C'était un garçon calme et mature, aimé de sa famille alors que j'étais un garçon impulsif et brisé. Il m'a relevé, aidé et soutenu comme personne d'autre auparavant. Cette famille a fait des choses pour moi que je ne pensais pas possibles…

Il s'arrête un instant pour boire avant de continuer :

— Rodéric est plus vieux que moi, je l'ai considéré comme un grand frère jusqu'à ce que je devienne adulte et que mon quotidien ait pris le dessus. Dorénavant, je le considère comme mon petit frère, un petit frère à protéger, coûte que coûte, même si ma vie était en jeu.

Les larmes me montent aux yeux. Je me détourne pour ne pas qu'il s'en aperçoive, même si je crains que ce ne soit trop tard. Son regard n'est plus le même que d'habitude. Il n'est plus rempli de malice, de haine envers le monde entier ou bien de mélancolie, son regard reflète une émotion que je n'avais encore jamais perçue sur son visage. Son regard est empli d'excuses, comme s'il regrettait d'avoir parlé autant de sa vie au point de me faire presque verser une larme. C'est une facette de lui que je n'avais pas encore vue. Pourtant, je ne suis pas étonnée. J'avais réussi à cerner, au plus profond de lui, une souffrance et un besoin de parler. Quand on analyse longuement toute cette cruauté et ce regard habité par la haine et la souffrance, on trouve un homme bon caché sous toute cette rage qui l'habite.

Lorsque je l'entends parler de Rodéric de cette façon, je ne peux m'empêcher de l'envier d'avoir une personne qui parle de lui ainsi, une personne qui serait prête à tout pour lui et qui lui restera fidèle, jusqu'à ce que la mort les sépare.

Tous ceux qui pensent connaître Tobias, qui pensent l'avoir cerné, se trompent complètement. Cet homme est peut-être quelqu'un d'impulsif, ce qui entraîne beaucoup de réactions irréfléchies, quelqu'un qui semble sûr de lui, quelqu'un qui semble n'avoir aucun cœur ; sauf que cet homme, ce boxeur enivré de colère et de soif de sang, a été un enfant malheureux, un enfant en manque d'affection et qui a enfin trouvé ce réconfort auprès de sa famille adoptive. Je pense que Rodéric l'a longuement aidé à remonter la pente, mais toute sa souffrance enfouie au plus profond de lui reste, et restera, présente jusqu'à la fin de sa vie. C'est un homme brisé, par un passé qui m'est inconnu, qui a utilisé cette colère et cette haine envers le monde entier en boxant, se droguant et en semant la peur dans cette ville, pour se protéger. *Mais se protéger de quoi ?*

— Ce que tu viens de dire, ça résume tout simplement l'amour que tu lui portes, Tobias. Voilà ce qu'est l'amour. Ce n'est pas forcément envers une femme, cela peut être pour un ami ou pour un frère… dis-je doucement.

Il se lève brusquement, la bouteille à la main, et se dirige vers le balcon. Je l'observe tituber jusqu'à la baie vitrée avant de l'ouvrir et de s'engouffrer dans la pénombre. Je tente de me lever, mais me ravise en sentant ma tête tourner violemment. Je me laisse tomber sur le canapé en faisant claquer mon dos contre le dossier et croise les bras contre ma poitrine dans un souffle. Je ne sais pas pourquoi j'ai voulu lui faire prendre conscience du sentiment qu'était l'amour ; son avis sur le sujet ne devrait pas m'importer, mais mon cœur voulait à tout prix qu'il comprenne que l'amour existe, qu'il le veuille ou non.

Chapitre 25
Léonie

Après tout ce qu'il vient de m'avouer sur sa vie passée et sa vie actuelle, j'ai l'impression de le connaître un peu plus, j'ai l'impression de l'avoir cerné alors que je ne pensais pas cela possible. Pourtant, mon cœur se serre en ayant le ressenti d'avoir abusé de son taux élevé d'alcoolémie et ce sentiment me met dans une posture des plus désagréables.

Je me lève, laisse le temps à mon crâne de ne plus tourner et rejoins le balcon. Je m'arrête dans l'encadrement de la porte, et pose une main contre la baie vitrée. Je le contemple quelques secondes. Il est accoudé à la rambarde en pierre, en train d'observer l'horizon, une cigarette à la main. J'admire les muscles de son dos bouger lorsqu'il s'étire le bras. Malgré l'obscurité, je peux apercevoir sa tête se balancer de droite à gauche, alors qu'il fait craquer légèrement son cou. Je souffle en fermant les yeux un instant pour réfréner mon envie soudaine de me ruer vers lui afin que nos lèvres puissent se toucher, une fois de plus.

— Je suis désolée d'avoir insisté, je n'aurais pas dû… dis-je en m'avançant à ses côtés.

Il porte la cigarette à sa bouche et en inspire la fumée pour ensuite la relâcher en soufflant calmement. Trop calmement.

— C'est rien, répond-il d'une voix blasée.

Je ne peux m'empêcher de le fixer. J'ai la nette impression que le Tobias froid et distant est en train de refaire surface. J'aperçois la bouteille d'alcool posée sur la rambarde en pierre et je souris en faisant un pas vers elle. Je frôle légèrement son corps et me penche pour m'emparer du whisky, mais Tobias me devance en émettant un son, le son de sa langue qui tape contre son palais.

— Tu as déjà trop bu, trésor ! gronde-t-il, la bouteille en l'air.

Je penche la tête sur le côté en esquissant un léger sourire.

— Et qu'est-ce qui te fait croire que j'ai trop bu, Tobias ?

Mon corps n'est qu'à quelques centimètres du sien, si près que son visage est obligé de se baisser pour pouvoir poser ses yeux sur les miens. Sa main vient se poser dans le creux de mon dos, pour me rapprocher dangereusement de lui. Un frisson me parcourt. Je ne peux m'empêcher d'agripper son t-shirt pour éviter une chute à cause de mes jambes flageolantes.

Ses lèvres frôlent les miennes, son souffle chaud caresse les miennes, ses doigts s'enfoncent dans la peau de mon dos, ce qui m'arrache un soupir. Je remarque un sourire taquin se former immédiatement sur ses lèvres et, en l'espace de quelques secondes, je me retrouve plaquée contre le mur. Mon cœur tambourine, mes mains restent accrochées à son t-shirt. Aucun des muscles de mon corps tremblant ne me répond.

Tobias pose délicatement la bouteille sur la rambarde et se repositionne devant moi, le regard bouillonnant d'un désir que je ne pourrais décrire. Je ne sais pas si c'est l'effet de l'alcool, mais j'ai l'impression de pouvoir discerner chacune de ses émotions, sans exception.

Je ne peux m'empêcher de me mordre la lèvre inférieure lorsque sa main se trouvant dans mon dos se pose sur mon ventre. Il exerce une légère pression de façon que je sois collée entièrement contre le mur. Ses lèvres viennent frôler mon cou et ma respiration s'accélère dans un rythme effréné. Son souffle chaud caresse ma peau tandis que sa main se déplace sur ma hanche en exerçant plusieurs pressions avec ses doigts.

Il me rend dingue.

Un souffle m'échappe quand ses lèvres entrent en contact avec mon cou. Ma tête se penche légèrement sur le côté. Son odeur me chatouille les narines, m'enivre tout entière. Il mordille ma peau de longues secondes et je serre mes lèvres l'une contre l'autre pour éviter qu'un bruit suspect ne s'échappe de ma bouche. Cette sensation est si exquise que je ferais n'importe quoi pour qu'il continue.

J'émets un son de frustration lorsqu'il stoppe ses délicieuses caresses en se redressant, un sourire mordant et un regard malicieux scotché sur le visage. Il lâche ma hanche et pose sa paume sur le mur.

Je suis maintenant emprisonnée entre ses bras.

En l'espace de quelques secondes s'est formé un champ magnétique, une bulle où tout a cessé d'exister. Ses iris sont plongés au plus profond des miens, son souffle titille mes lèvres qui finissent par s'entrouvrir légèrement, n'attendant plus que son contact.

Léonie, ressaisis-toi !

Je resserre mes doigts sur son t-shirt, ce qui le fait sourire.

— Il n'est pas difficile de comprendre à quel point tu es soûle à la façon de te comporter, Léonie, commence-t-il en soufflant contre mes lèvres. Depuis que tu t'es levée, tu cherches désespérément à t'accrocher à quelque chose pour ne pas flancher. Tu as du mal à t'exprimer et tu me regardes comme si tu allais me sauter dessus, mais tu essaies de te retenir… mais l'effet de l'alcool sur ton corps te fait défaut, finit-il en approchant une fois de plus ses lèvres des miennes.

Une sensation de honte s'empare aussitôt de moi, et me provoque un frisson désagréable. Il a raison, je suis ivre et je serais prête à faire tout ce que mon cœur désire – c'est-à-dire l'embrasser, le sentir près de moi, sentir sa bouche sur chaque parcelle de ma peau, sentir ses mains fermes sur mon corps bouillonnant de désir. Je ne pense plus à tout ce qui s'est passé. Je ne pense plus à ce que j'ai vu, à ce que j'ai enduré à cause de ce boxeur. À ce moment, je n'ai qu'une envie : qu'il me possède.

Je sais pertinemment que c'est l'effet de l'alcool qui me ferait céder à la tentation, qui me ferait perdre tout contrôle et qui me ferait faire des choses irréfléchies…

— Que signifie ton tatouage ? demandé-je, pour changer de sujet.

Je veux éviter que mon embarras prenne le dessus.

Les mains toujours posées de part et d'autre de mes épaules, il penche légèrement la tête sur le côté, un sourcil relevé, puis se met à rire de bon cœur.

— Qu'est-ce que j'ai dit de drôle ? lâché-je en esquissant une petite moue.

Il se remet à rire plus fortement. Je ne peux m'empêcher de le rejoindre dans ses éclats à cause de son rire si communicatif. Je me rends compte à quel point mon jugement sur cet homme était faux et surtout, infondé. Pourtant, avec tout ce que j'ai pu voir de ses réactions et de sa vie extérieure, je ne pouvais que le redouter et avoir un jugement négatif sur lui… Mais il s'avère que Tobias n'est pas cet homme sans âme, que tout le monde se prête à croire.

Il arrête subitement de rire et serre la mâchoire. Mon visage se décompose lorsqu'il baisse la tête en émettant un son rauque.

— Qu'est-ce qui ne va pas ? paniqué-je.

Il s'accroupit, les mains sur son bas-ventre et je comprends immédiatement qu'en riant de cette façon, sa plaie a dû lui provoquer une abominable douleur.

— Il ne faut pas que tu contractes ton ventre ! dis-je en m'accroupissant devant lui.

Il plonge son regard dans le mien et continue d'appuyer sur sa douleur. Je pose mes mains sur ses épaules. Ses muscles sont contractés, je peux nettement le ressentir sous mes doigts. Il baisse la tête et je serre les dents sous la souffrance qui émane de son corps. Je lui presse doucement les épaules pour lui faire comprendre que je resterai auprès de lui jusqu'à ce qu'il se sente mieux.

— Je n'ai pas pu me retenir de rire, parvient-il à chuchoter.

Je lève les yeux au ciel.

— Tu ne devrais pas te retenir, parce que jouer au mec sérieux toute la journée ça doit être vraiment chiant, et c'est pas agréable ! ricané-je.

Mais je m'arrête lorsqu'il relève son visage et plonge son regard noir dans le mien.

Oups. Je n'aurais peut-être pas dû lui faire partager le fond de ma pensée.

Je laisse échapper un hoquet de surprise quand il se relève brusquement, m'invitant à faire de même, avant de me plaquer contre le mur. Les yeux ronds, j'observe chaque partie de son visage, la bouche entrouverte.

Les sourcils froncés et la mâchoire serrée, il me dévisage d'un regard mauvais, comme s'il allait me tirer une balle dans le crâne, ici et maintenant.

Sa main droite compresse sa blessure tandis que l'autre est posée au creux de mon épaule. Il appuie fermement pour ne pas que je puisse faire un pas vers lui.

Je déglutis en sentant son corps se mettre à trembler. Je me rends compte que la situation est des plus sérieuses et qu'il est en plein combat avec son cœur et son esprit. Son regard est toujours plongé au plus profond de moi, les battements de mon cœur s'accélèrent tandis que sa main posée sur ma peau tremble. Ma respiration devient irrégulière et plusieurs frissons s'emparent de mon corps maintenant empli d'une soudaine angoisse. La peur que j'éprouve envers cet homme ne disparaîtra sans doute jamais.

Il caresse ma joue de son pouce avec une douceur surprenante. Mon cœur cogne, encore et encore.

— Putain, mais qu'est-ce qui me retient ? marmonne-t-il en caressant ma bouche de son pouce.

— Qui te retient de faire quoi ?

Il prend une grande inspiration et ferme les yeux, le corps tremblant. Son pouce est toujours en contact avec ma lèvre inférieure, la caressant tendrement alors que ma respiration s'affole.

Le silence pesant et étouffant qui s'était installé est entrecoupé par les murmures de Tobias. J'exerce un mouvement en avant dans l'espoir d'entendre les quelques mots qu'il n'arrête pas de répéter, les yeux fermés, mais il me plaque de nouveau contre le mur de sa main toujours posée sur mon épaule.

Un sentiment d'affliction s'empare de moi en l'observant se battre avec son for intérieur. Il ne parvient pas à se détendre et ça me déchire le cœur de ne rien pouvoir faire pour l'aider…

Je prends le risque de poser une main sur sa nuque. Je caresse sa mâchoire de mon pouce le plus lentement et délicatement possible. Ses murmures s'arrêtent aussitôt, et laissent place à un souffle apaisé. Je continue de toucher sa peau brûlante en prenant une grande inspiration pour me ressaisir. Il fait de même et glisse son pouce sur la bordure de mes lèvres. Il pose sa main sur le mur et ouvre enfin les yeux. Il les abandonne dans les miens.

Je ne comprends pas ce qu'il vient de se passer. La seule chose que je vois, ce sont ses yeux emplis de douleur qui me serrent le cœur. Cet homme est tiraillé, sans cesse, entre son cœur et sa raison.

Il a tellement souffert dans le passé qu'il ne sait pas faire la différence entre le bien et le mal.

Ou peut-être qu'il sait la faire, mais qu'il penche toujours pour le côté obscur…

Depuis que je l'ai rencontré, j'ai pu observer que dès qu'une personne lui fait remarquer quelque chose qui ne lui plaît pas, il agit de façon excessive, sans réfléchir aux conséquences. J'aimerais vraiment savoir ce qu'il s'est passé dans sa tête, à ce moment précis. Contre quoi luttait-il ?

— Putain… gronde-t-il fortement.

Je retire vivement la main de sa peau tandis qu'il regarde en direction du bandage. Je remarque rapidement que sa plaie s'est rouverte et que son bandage et son t-shirt sont couverts de sang.

— Il faut que tu ailles à l'hôpital, Tobias ! dis-je en commençant à paniquer.

— Non ! crache-t-il. De la glace suffira.

— Quoi ? Mais tu as besoin de points et…

— Je n'irai pas à l'hôpital, Léonie ! me coupe-t-il d'une voix rauque. Rodd me fera des points, ça finira par cicatriser.

La colère s'empare de moi. C'est ça en fait, « Monsieur le gros dur » est bien trop fier pour se rendre à l'hôpital pour se faire soigner comme toute personne normale. Je me retiens de ne pas lui mettre mon poing dans la figure pour lui faire comprendre le fond de ma pensée. Je me contente de le pousser du peu de force qu'il me reste pour rejoindre le salon, mais la contrariété que je ressens est si grande que je me retourne aussitôt. Je me plante devant lui pour déverser ma colère :

— Tu n'es qu'un gros macho avec un ego si démesuré que tu serais prêt à te laisser mourir plutôt que de te faire soigner ! lancé-je en le poussant légèrement de la main. Qu'est-ce que ça peut faire que, pour une fois dans ta vie, tu te sentes faible et que tu aies besoin d'aide, hein ? Tout le monde est faible, Tobias ! Même les hommes bourrés de muscles qui se convainquent qu'ils sont forts et sans émotion, comme toi, sont faibles, Tobias ! Alors arrête de faire n'importe quoi et réfléchis un peu ! craché-je en me retournant rapidement, ne préférant pas voir l'expression de son visage.

— Tu as raison, répond-il simplement.

Je m'arrête dans l'encadrement de la baie vitrée en entendant ces paroles. Je me détends et ma colère s'estompe peu à peu. Je souffle puis baisse légèrement le visage en fermant les yeux. Je pensais qu'il m'aurait laissée et qu'il se serait mis à frapper chacun des murs pour laisser échapper sa colère.

Je frissonne en sentant son corps encore bouillonnant de désir, ou de colère, se coller contre mon dos. Ma tête se redresse machinalement pendant que ses doigts effleurent mon cou. Il attrape mes cheveux et les repousse sur l'autre côté. Sa main descend lentement le long de mon bras puis vient se poser sur mon ventre. Ses lèvres se posent sur mon cou et ses doigts s'enfoncent dans la chair de mon ventre. Un soupir m'échappe. Il mordille et lèche ma peau d'une façon si sensuelle que mon corps se met à frémir d'un désir soudain. Je lâche un hoquet de surprise lorsqu'il m'attire contre son torse. Son souffle trouble ma peau au point que ma respiration en est presque coupée. Son corps séduit le mien dans de légers mouvements qui me font rougir et rendent mon corps brûlant.

Il faut qu'il s'arrête, et vite, car je vais flancher. Je vais finir par succomber au désir qui m'anime et qui me rend dingue. J'aimerais ne rien ressentir, j'aimerais avoir le contrôle de la situation, mais je ne l'ai pas. Je suis à sa merci et je ne peux rien faire pour m'échapper.

— Tu as raison, mais la faiblesse n'est pas faite pour moi, souffle-t-il contre mon oreille.

— Elle n'est faite pour personne, Tobias, chuchoté-je difficilement en essayant de reprendre mes esprits.

Il me lâche brusquement puis rejoint le salon en me laissant pantelante, une main posée sur la vitre, les yeux fermés. Je souffle plusieurs fois profondément pour me ressaisir. Je l'observe ouvrir le congélateur et s'emparer d'une poche de glace qu'il positionne immédiatement sous son t-shirt, qu'il finit par retirer.

Oh non…

Ses muscles se tendent à chacun de ses pas, ses épaules et ses trapèzes ondulent à chacun de ses gestes. Je ne fais même plus attention au sang qui s'échappe de sa blessure.

Son regard se porte sur moi, qui ai la bouche presque grande ouverte alors je me redresse aussitôt en croisant les bras contre ma poitrine, rouge de honte. Je discerne un sourire se dessiner sur ses lèvres.

Je soupire en entrant dans la pièce après avoir refermé la baie vitrée, toujours sous son regard intense. Il s'assoit sur le canapé, simplement vêtu de son pantalon. Je passe à ses côtés en me dirigeant vers la grosse enceinte de Dayan, mais avant de démarrer la musique, je tente de lui faire remettre un t-shirt en balançant :

— Les vêtements de Dayan sont à l'étage.

Son rire éclate dans l'appartement et sa réponse ne se fait pas attendre :

— Je suis très bien dans cette tenue !

— Tu appelles ça une tenue ? dis-je en connectant mon téléphone sur l'appareil.

— Pourquoi tu veux que je me rhabille, Léonie ? demande-t-il, des sous-entendus dans la voix.

J'ignore sa réponse et lance la musique. *Devil Eyes,* d'Hippie Sabotage retentit maintenant dans l'appartement. Je ferme les yeux quelques secondes et balance lentement mon corps au rythme de la musique, pour savourer la douce mélodie de cette chanson. Ce morceau est plein de sens. Ce morceau est fait pour lui. Ce morceau est fait pour Tobias Reed.

— Ne cédez jamais.

Sa voix profonde me fait ouvrir directement les yeux et je m'avance près de lui.

— Quoi ?

— Mon tatouage signifie : « Ne cédez jamais », avoue-t-il en plongeant son regard dans le mien.

Je m'assois rapidement près de lui, le regard empli d'interrogations.

— Pourquoi tu t'es mis à rire quand je t'ai posé cette question tout à l'heure ?

— Parce que tu m'as posé cette question comme si j'allais deviner à quel tatouage tu faisais allusion alors que mon corps en est recouvert, dit-il dans un rire, mais je me doutais que tu parlais de celui-là.

Il me montre son tatouage du doigt.

— Pourquoi tu as choisi cette phrase ? demandé-je en me positionnant en tailleur.

Il me regarde comme s'il ne voulait rien me révéler. Pourtant, c'est lui qui a recommencé à parler de son tatouage.

— Il ne faut jamais céder à nos pulsions, il ne faut jamais céder, dans n'importe quelle situation. Il faut tenir le coup afin de rester fort, et solide. Il ne faut pas céder aux pulsions qui nous feraient renoncer à nos objectifs. Il faut se contrôler pour que notre côté obscur ne puisse jamais prendre le dessus.

Je l'observe attentivement pendant qu'il me confie le fond de sa pensée. Je reste immobile plusieurs secondes, mais mon envie de répondre est trop forte :

— C'est de toi que tu parles, n'est-ce pas ?

En voyant sa mâchoire se contracter, je devine qu'il ne s'attendait pas à cette réponse de ma part. Il reste plusieurs secondes, qui me paraissent interminables, à me dévisager, sans un mot. Je n'ai pourtant rien dit de contrariant, *enfin je crois.*

— Entre autres, oui. C'est en me répétant ces quelques mots que je parviens à me canaliser, révèle-t-il d'une voix éraillée.

Je comprends immédiatement la raison pour laquelle il a réussi à se ressaisir aussi rapidement lorsque nous étions sur le balcon. Les mots qu'il murmurait sans cesse, c'était ça.

Je préfère ne pas répondre, car je n'ai pas envie de le mettre dans une posture inconfortable alors je lui lance un petit sourire avant de me relever et de danser sur la chanson qui continue de passer en boucle depuis plusieurs minutes.

Je me déhanche au rythme de la musique sous le regard intense de Tobias qui me reluque, étonné par ma folie soudaine. Je continue, le sourire aux lèvres, devant lui qui se met à rire en m'observant bouger de la façon la moins sexy du monde. Je me mets à rire de bon cœur puis m'arrête un instant avant de me remettre à bouger plus lentement, plus sensuellement. Je le vois s'humecter les lèvres et serrer les dents en comprenant mon petit jeu qui s'avère être très dangereux. Je passe les mains dans mes cheveux, le plus doucement possible, les yeux rivés sur lui, pour les attacher en chignon. Je l'observe sourire en levant les yeux au ciel tandis que je continue de danser, les yeux fermés, pour savourer les douces paroles de la chanson qui me parviennent aux oreilles.

Je frissonne lorsque, quelques secondes plus tard, je sens ses mains se faufiler le long de mes hanches, venant se poser dans le creux de mon dos. J'ouvre les yeux et me fige. J'entre en contact avec son regard empli de désir. Je pose mes mains sur ses bras pour me retenir de tomber à la renverse à cause de ses yeux bouillonnants de luxure. Je gémis de surprise quand il m'attire contre son corps fiévreux. Je relève la tête pour planter mes yeux dans les siens… Ses lèvres se rapprochent dangereusement des miennes et mon cœur recommence à devenir fou. Ma respiration s'accélère, je déglutis plusieurs fois tellement l'attente qu'il me fait endurer est insupportable.

Je hurle et lâche plusieurs jurons intérieurement lorsqu'il dévie sa bouche jusqu'à mon oreille en chuchotant :

— Dis-moi, combien as-tu eu de relations ?

Je ne m'attendais pas du tout à ça. Je me mords la lèvre en devenant rouge pivoine, sans répondre. Je sais pertinemment que sa question est en rapport avec mes potentielles relations sexuelles, sauf que je n'en ai jamais eu et je ne me vois pas aborder ce sujet avec lui, surtout dans mon état.

— Ne me dis pas que tu n'en as jamais eu ? s'étonne-t-il.

— Arrête ça ! grogné-je en sentant mes joues chauffer.

— Je ne m'attendais quand même pas à ça ! répond-il dans un rire en enfonçant légèrement ses doigts dans mon dos.

— Et tu t'attendais à quoi au juste ? demandé-je, en sentant la colère monter.

Un sourire rempli de malice apparaît sur ses lèvres, ce qui fait redescendre ma colère et ma gêne. Il se penche une seconde fois pour murmurer :

— Si je n'étais pas dans cet état, je te ferais découvrir ce monde où tu n'as jamais mis les pieds, trésor.

Son ton bestial et sa confidence devraient avoir un effet dévastateur sur mon corps et sur mon petit cœur bien trop faible, mais, à la place, une boule de mécontentement se forme dans ma gorge.

À combien de filles a-t-il balancé cette phrase pour les avoir à sa merci ? Combien de filles sont tombées dans le panneau ?

Un rire nerveux s'empare de moi. Il hausse un sourcil, incrédule.

— Pour ensuite faire partie de toutes les filles que tu t'es tapées ? Te permettre d'en avoir une de plus au compteur ? Non merci ! craché-je, sans le quitter des yeux.

Je suis surprise de voir un regard ennuyé, même frustré, sur son visage, comme s'il était déçu voire même étonné que je puisse penser ça de lui.

Ses mains resserrent leur étreinte sur mon corps tandis qu'il me murmure de nouveau à l'oreille :

— Tu n'y es pas du tout, Léonie… Ce n'est pas la vérité.

J'ai l'impression qu'il cherche à me rassurer même si je sais pertinemment que c'est faux, malgré le fait que mon cœur me supplie d'y croire. Comment fait-il pour me faire passer d'une émotion à une autre aussi rapidement et facilement que ça ?

Merde quoi !

— Et quelle est cette vérité ? demandé-je, peu sûre de moi.

— Tu le sauras bien assez tôt, me susurre-t-il en chatouillant mon oreille de ses lèvres.

J'entrouvre la bouche pour essayer de réguler ma respiration qui s'est une fois de plus accélérée. Je sens ses lèvres humides et chaudes embrasser le haut de mon cou, et descendre lentement jusqu'à mon épaule. Il se redresse délicatement, un sourire en coin accroché aux lèvres, puis vient embrasser l'autre côté de mon cou. Je ferme les yeux sous ses délicieuses caresses et me mords la lèvre, encore. Mon bas-ventre me joue des tours, il se met à bourdonner et toutes les parties de mon corps se liquéfient instantanément. Il plaque une main sur le bas de mon dos pour me presser davantage contre son corps, jusqu'à ce que je sente son érection se frotter contre mon ventre.

D'un coup, il me soulève et j'enroule mes jambes autour de sa taille, ce qui lui arrache un râle contre mon oreille. Je pose mes mains sur ses épaules et le regarde intensément alors qu'il passe sa langue sur ses lèvres. Mon souffle est irrégulier, mon cœur tambourine tellement fort contre ma poitrine que c'en est presque douloureux. Je halète lorsque ses mains agrippent mes fesses et je le cramponne un peu plus.

L'attente qu'il me fait endurer est si grande que je plaque brutalement mes lèvres aux siennes, ce qui le fait sourire, victorieux. Il répond aussitôt à mon baiser en me titillant la langue dans une danse fiévreuse. Ses doigts embrasent et tourmentent ma peau si bestialement que je ne peux m'empêcher de me dandiner, ce qui le fait rire contre mes lèvres.

Il fait quelques pas et me plaque contre le mur d'une extrême douceur, comme si je n'étais qu'une petite chose fragile. Je souris contre ses lèvres en passant les doigts dans ses cheveux ébouriffés, puis viens embrasser sa mâchoire. Je suce et lèche chaque parcelle de celle-ci en descendant lentement vers son cou. Mais il finit par gronder en me redressant le visage à l'aide de son pouce. Je sais qu'il a envie de moi, c'est certain, et cette étincelle que je perçois dans ses yeux me déstabilise.

Mon souffle se coupe lorsqu'il m'embrasse à nouveau. Sa main se cramponne à ma hanche, je resserre mon étreinte autour de sa taille et je sens une seconde fois son érection entre mes jambes. Mais je me raidis et me redresse aussitôt quand il laisse échapper un cri de douleur. Mes yeux s'écarquillent, et le feu qui embrasait mon corps s'évapore instantanément quand je comprends que je viens d'appuyer sur sa blessure.

— Oh non, je… je suis désolée… bafouillé-je, honteuse.

Je m'apprête à me laisser glisser au sol, mais il s'empare de mes cuisses en les serrant davantage contre sa taille. Il se met soudain à rire.

Je hausse les sourcils.

— Ne t'excuse pas pour si peu, Léonie, dit-il dans un sourire, en enfonçant ses doigts dans mes cuisses, ce qui me fait frémir aussitôt.

Je ne peux retenir un rire nerveux. Cet homme me surprend de plus en plus et me rend complètement folle. Ses réponses sont toujours remplies de malice, je ne m'y ferai jamais…

— Je vais aller me coucher, annoncé-je d'un coup.

Mes mains sont maintenant posées sur le haut de son torse pour maintenir une certaine distance. Je veux éviter de l'embrasser une seconde fois et de ne plus m'arrêter, ce serait une erreur que je ne pourrais pas me pardonner.

— Tu en es sûre ? demande-t-il en inclinant la tête sur le côté.

Sa question est un appel au sexe, je le sais, j'en suis sûre. Je ne m'y connais pas beaucoup sur le sujet, mais à cet instant, j'en suis persuadée. Je prends une grande inspiration, essaie de me ressaisir, mais mon taux d'alcoolémie est trop élevé pour que je puisse faire quoi que ce soit de réfléchi. Je me mords l'intérieur de la joue jusqu'à ce que je sente un goût métallique. Ses lèvres m'appellent, son corps tout entier m'appelle, mais il faut pourtant que je me ressaisisse, et vite…

Je ne peux pas craquer, pas dans cet état, pas maintenant…

— Sûre et certaine ! parviens-je à articuler le plus sereinement possible.

Il sourit en remarquant mon corps trembler, mais ne relève pas. Je me laisse glisser le long de ses hanches. Mes pieds retrouvent le sol, mais mes jambes manquent de se dérober alors je me colle au mur sous le rire moqueur de Tobias qui finit par poser ses mains sur mes épaules. Les miennes se posent à plat contre le mur.

Je sais ce qu'il fait. Il attend patiemment que je cède à la tentation. Il me regarde intensément, me dévore des yeux et se colle à mon corps frémissant jusqu'à tant que je cède à mes pulsions dévastatrices. *Sauf que ça n'arrivera pas, oh non.*

Je pose le bout de mes doigts sur ses pectoraux et approche mon visage encore plus près du sien. Je souffle contre ses lèvres humides avant d'humecter les miennes, et son regard change immédiatement. Il n'est plus rempli de malice et de défi, mais d'une émotion que je ne saurais définir. C'est comme s'il ne savait plus où donner de la tête, comme s'il ne s'attendait pas à cette réaction de ma part.

— Bonne nuit, Tobias, chuchoté-je contre ses lèvres.

Je me recule et me dégage de son emprise, mais je me retrouve de nouveau contre le mur. Je le dévisage, surprise, mais avant que je puisse dire quoi que ce soit, il dépose un chaste baiser sur ma bouche pour ensuite murmurer :

— Bonne nuit, trésor.

Il fait plusieurs pas en arrière, un sourire en coin, et part s'installer sur le canapé, en me laissant pantelante contre le mur, les yeux grands ouverts.

Mon Dieu, je vais tomber dans les pommes…

Je décide de monter dans ma chambre après un long moment de réflexion. J'enfile un pull de Dayan et m'enfouis sous ma couette. Je me place sur le côté, prise de nausées. Je prends de grandes inspirations pour essayer de calmer mon envie de courir aux toilettes pour vomir toutes mes tripes.

Ma tête qui tourne m'empêche de dormir, c'est une sensation vraiment désagréable et c'est pour cela que j'essaie de ne jamais dépasser mes limites. Je me demande si Tobias a réussi à s'endormir sur le canapé, je n'entends aucun bruit de l'étage alors je ne sais pas ce qu'il peut bien faire. Je ne sais même pas quelle heure affiche mon téléphone, mais je n'ai pas la force de tendre le bras.

Soudain, j'entends le grincement de la porte et mon cœur s'accélère. Je reste enfouie sous la couette, sans bouger d'un centimètre. Des pas se font entendre, ils vont jusqu'à la salle de bains avant de revenir près du lit. J'entends des vêtements tomber au sol et je sens la couverture, à côté de moi, bouger. Je sais pertinemment que Tobias vient de s'installer à mes côtés, je l'ai su dès que la porte s'est ouverte. Mon cœur tambourine douloureusement contre ma poitrine lorsque je sens son corps se coller à mon dos et sa bouche se frotter à mon oreille.

— Je n'ai jamais parlé de mon passé auparavant… Mais j'avais besoin que tu connaisses quelques détails. Je ne voulais pas te faire pleurer… C'est la dernière chose que j'aurais voulue…

Il se stoppe quelques secondes en avalant sa salive puis continue :

— Je sais que tu n'en parleras pas… Et vu mon état, je suis bien content que tu n'entendes pas ce que je suis en train de dire.

Il croit que je dors !

J'ai l'irrésistible envie de lui dire que je ne dors pas, que je n'y arrive pas, mais je me retiens sans bouger d'un pouce. Je sens son corps s'éloigner du mien, et laisser un courant d'air froid contre ma peau. Il avait besoin que je sache, *mais pourquoi ?* Ce qui m'a le plus troublée, c'est ce « quelques détails ». Je pensais tout savoir, je pensais qu'il m'avait tout dit, mais je me suis bien trompée. Mon cœur se serre à l'idée de tout ce qu'il n'a pas mentionné…

Chapitre 26
Léonie

Un bruit rauque ponctué de spasmes me fait ouvrir les yeux. Je cligne plusieurs fois des paupières en passant les paumes de mes mains sur mes yeux encore endormis. Je tapote légèrement sur le matelas à mes côtés, mais Tobias n'y est pas. Je me redresse brusquement et je me fige en l'apercevant, assis au bord du lit, habillé, la tête entre ses mains, le souffle court.

Je peux facilement entendre sa respiration irrégulière entrecoupée par de violents spasmes. Je ne peux m'empêcher de m'approcher de lui lentement.

— Tobias ? l'appelé-je d'une petite voix.

J'approche ma main de son épaule, mais je sursaute lorsqu'il se lève brusquement du lit en suffoquant. Il pose les mains sur le mur, la tête baissée, et prend de grandes inspirations. Je sais que quelque chose ne va pas, que cette situation risque de dégénérer plus rapidement que je pourrais le penser. On m'a souvent prévenue au sujet de Tobias, au sujet de son impulsivité, du fait qu'il soit lunatique, mais pas sur la scène qui se déroule en ce moment.

Je déglutis, le cœur lourd. Je ne sais pas quoi faire. Je ne sais pas comment il pourrait réagir si je m'approche de lui pour essayer de lui parler, de le calmer. Ça me fait peur, *il* me fait peur.

Les lueurs de la lune qui traversent la fenêtre me permettent de l'apercevoir, d'observer à quel point cet homme est en train de souffrir sans que je puisse faire quoi que ce soit. Mon cœur se serre un peu plus chaque seconde.

Je me lève précipitamment et m'approche de lui après avoir pris une grande inspiration. Je ne suis qu'à quelques centimètres de lui, je le regarde attentivement et je grimace en remarquant son front en sueur et sa respiration douloureuse. Mon souffle se coupe lorsque je vois ses muscles trembler à quelques millimètres de mon corps. Le voir aussi mal en point me déchire le cœur. La tristesse que je ressens en le voyant dans cet état me fait perdre pied. Une boule se forme dans ma gorge, car je ne sais pas quoi faire, je ne sais pas comment réagir. J'aimerais le prendre dans mes bras, le serrer de toutes mes forces pour qu'il comprenne que je suis auprès de lui. J'aimerais pouvoir le soulager, lui faire oublier tous ses démons.

— Tobias, parle-moi… le supplié-je d'une voix douce.

— Va-t'en. Je t'en prie, va-t'en !

Je déglutis en entendant la détresse dans sa voix.

Je ne bouge plus, mes yeux sont ancrés à son visage affligé, à ses yeux torturés. Je ne l'ai jamais vu dans un état comme celui-ci et je ne pensais pas cela possible un jour. Je ne sais pas ce qu'il s'est passé, mais une chose est sûre : il a besoin de mon aide.

— Putain ! hurle-t-il en faisant voler ce qu'il se trouve sur le bureau.

Je sursaute et recule d'un pas. Il veut que je parte, que je le laisse seul. Mais ça servirait à quoi ? La solitude ne mène à rien…

Je me rue sur mon téléphone et appelle le plus rapidement possible Rodéric. Je sais qu'il saura faire ce qu'il y a de mieux pour Tobias, contrairement à moi…

Il décroche enfin :

— Oui ?

— Rodéric, il faut que tu viennes à l'appartement ! Je ne sais pas ce qui arrive à Tobias… dis-je, les larmes aux yeux en observant Tobias mettre la chambre sens dessus dessous.

— Quoi ? hurle-t-il. Mais qu'est-ce qu'il fait chez toi, en pleine nuit, putain ?

— S'il te plaît... dépêche-toi.

— J'arrive dans cinq minutes, surtout ne le touche pas, Léonie, me prévient-il d'une voix qui se veut rassurante mais qui ne me console pourtant pas du tout.

Il raccroche aussitôt et je hoquette lorsque Tobias frappe contre le mur azur de ma chambre. Je me redresse et fais plusieurs pas dans sa direction, le regard mortifié. Je ne suis qu'à quelques centimètres de son corps flageolant, je ne le touche pas, je me contente de le regarder fixement tandis que ses yeux sont perdus dans le vide. Il tapote son front contre le mur plusieurs fois, les mains au-dessus de sa tête. Je ne sais pas quoi faire, il me suffirait d'attendre patiemment Rodéric, mais cela m'est impossible.

— Tobias, dis-moi comment t'aider... S'il te plaît, le supplié-je d'une faible voix.

— Ne me laissez pas, je vous en supplie, ne me laissez pas ici... souffle-t-il de douleur.

Mes larmes dévalent subitement mes joues, sans que je puisse les retenir. Je comprends immédiatement qu'il n'est pas réellement éveillé, qu'il est en plein rêve... en plein cauchemar. Il me pousse violemment contre le mur, ce qui m'arrache un cri de douleur, et il s'approche de la table de chevet. Il s'empare de son arme, qu'il tient fermement dans sa main, et mes larmes s'intensifient. Sous l'effet de l'alcool, je ne l'avais même pas remarquée.

Le visage meurtri et le corps tremblant, il s'approche de moi et m'attrape l'épaule de la main pour me maintenir contre le mur. Les larmes inondent mes joues, les battements de mon cœur ne parviennent pas à se réguler, mon corps se met à trembler d'une terreur épouvantable. Je pose une main sur son torse pour établir un contact qui pourrait le faire revenir à la raison, mais il ne réagit pas. Ses yeux sont vitreux, comme s'il ne regardait qu'un simple objet, alors que son regard est ancré au mien. Je discerne pourtant une peine et un chagrin si insurmontables que mes larmes s'accentuent.

— Ne me laissez pas, ne me laissez pas ici… murmure-t-il, une larme roulant sur sa joue.

Je renifle, ma gorge me fait mal et mes yeux me piquent. L'entendre supplier avec une voix si douloureuse me provoque un déchirement si intense, si poignant ; et cette larme, cette larme qu'il a sans doute retenue si longtemps…

Je pose brusquement une main sur sa joue. J'essuie cette goutte salée qui me fait si mal au cœur… Je ne réfléchis pas aux conséquences, je me contente de caresser sa joue en l'observant attentivement.

— Je ne te laisserai pas, chuchoté-je, le souffle ébranlé.

Ses paupières se ferment lentement tandis que mon pouce continue ses caresses sur sa joue. La main qui tient fermement l'arme entre ses doigts ne cesse de trembler et une angoisse s'empare de mon corps. *S'il tirait ? S'il tirait dans son rêve ?* Mes dents se mettent à claquer violemment les unes contre les autres, mes jambes deviennent flageolantes ; je n'ai plus aucun contrôle sur mon corps.

Mes yeux reviennent se poser sur son visage fiévreux, plusieurs gouttelettes roulent sur son front. Sa respiration ne se calme pas, ses tremblements ne s'estompent pas. Il garde les paupières fermées et sa tête se laisse tomber contre ma main. Je souffle doucement puis viens caresser son autre joue de mes doigts. Il inspire à mon contact et je ne peux m'empêcher d'être soulagée. J'ai l'impression que ma proximité, que mes doigts sur sa peau, l'apaisent, ne serait-ce qu'un peu, et mon cœur se calme à cette simple idée. Je laisse tomber mon front contre son torse sans rompre le contact que j'ai établi entre nous.

J'inspire son odeur.

Je ne sais pas ce qui va se passer, je ne sais pas pour quelle raison il s'est retrouvé dans un tel état d'affolement et de détresse ; et je me demande, la boule au ventre, ce qui peut bien lui causer un tourment aussi dévastateur…

— Tobias ! émet une voix paniquée dans l'encadrement de la porte.

Je relève brusquement mon visage et aperçois avec soulagement Rodéric qui s'approche de nous d'un pas vif. Mon cœur se calme instantanément, mes muscles se relâchent seconde après seconde. Rodd pose une main sur l'épaule de son frère et lui chuchote quelques mots à l'oreille. Les yeux du boxeur sont accrochés aux miens, vides de toute émotion. J'inspire et expire lentement sans détacher une seule seconde mon regard du sien. Je lui caresse la joue de mon pouce tandis que je laisse tomber mon autre bras le long de mon corps.

Rodéric me fait comprendre que mes gestes sont excellents et qu'il faut que je fasse de même avec l'autre main, afin de rompre tout contact avec Tobias. Je déglutis, la gorge douloureuse. Aucun son ne s'échappe de la pièce, aucun bruit de pas, de souffle, ou de pleurs. Le silence, et rien que le silence. J'ai bien évidemment compris que ce silence apaise Tobias.

Je laisse glisser mes doigts le long de sa joue humide et chemine jusqu'à son épaule pour caresser le bout de ses doigts. Je me colle doucement contre le mur, sous le regard rassuré de Rodéric, qui semble être à bout de souffle. Il inspire profondément, ferme les yeux un instant puis vient poser une main sur l'épaule de son frère, toujours planté devant moi, son regard sombre envahi de chagrin accroché au mien.

— Tobias, regarde-moi, articule Rodéric en le tournant vers lui.

Je suis étonnée de voir Tobias coopérer en se plaçant devant son frère qui s'empare de son arme, le souffle court. Les mains accrochées de part et d'autre de son cou, le boxeur s'accroupit brusquement, le corps tremblant. Je grimace en apercevant ses ongles s'enfoncer dans sa peau, qui laisse apparaître quelques gouttes de sang. Je me laisse glisser contre le mur en pleurant silencieusement.

Rodéric s'accroupit à son tour et prend le visage de son frère dans ses mains pour le forcer à le regarder. Je serre les dents tellement la douleur dans ma gorge est immense, mes pleurs silencieux s'accentuent quand je remarque les yeux de Rodéric se remplir de larmes. Il tapote l'une des joues du boxeur en l'appelant d'une voix grave, mais Tobias reste de marbre tandis que le sang coule le long de son cou.

— Pourquoi vous faites ça ? demande Tobias d'une voix ébranlée.

J'essuie mes larmes, qui ne s'estompent pas, du revers de la main et renifle. Rodéric me lance un regard compatissant, mais me fait comprendre de ne pas bouger. Je me demande sincèrement comment un homme peut être submergé d'autant de souffrance. J'ai connu des gens avec de nombreuses blessures, mais le tourment qu'éprouve Tobias est pire, bien pire…

— Léonie, la lumière ! chuchote Rodéric, me faisant sursauter.

Je me lève difficilement, mais précipitamment, puis me dirige vers l'interrupteur. Je cligne plusieurs fois des paupières lorsque la pièce s'illumine. Rodéric me fait signe de me rasseoir où j'étais, ce que je fais sans réfléchir. Les mains de Tobias se posent sur le sol, le visage baissé, la respiration saccadée. Son frère pose son front sur le haut de son crâne, les mains au sol. En observant cette scène se dérouler devant mes yeux, mes larmes ruissellent de nouveau le long de mes joues. L'amour inconditionnel que ressent Rodéric pour son frère est si poignant que je ne peux retenir un sanglot.

— Je suis là, mon frère, je suis là… murmure-t-il en tapotant le dos de Tobias, répète les mots…

Tobias laisse tomber ses genoux sur le sol, les mains toujours à plat, en inspirant profondément puis chuchote plusieurs fois quelques mots.

— Ne cédez jamais, commence-t-il. Ne cédez jamais…

— C'est ça, continue.

Tobias répète ces mots d'une faible voix de nombreuses fois. Rodéric continue de lui caresser le dos en inspirant profondément. Je ravale mes sanglots en collant ma tête contre le mur. Je ne pourrais décrire ce que je ressens à cet instant. De la peur ? De la tristesse ? De la frustration ?

Que s'est-il passé ? Que s'est-il passé dans son sommeil pour qu'il soit dans un tel état ?

Cet état de somnambulisme, d'inconscience, n'a pas pu se déclencher sans raison. Il y a une raison, une souffrance interne qui doit provoquer ce genre de situation. Je ne suis pas une professionnelle, loin de là, mais je suis assez intelligente pour le comprendre.

— Léonie… Léonie ! m'appelle une seconde fois une voix alarmée, en me secouant.

Je sursaute en relevant la tête, et je vois Rodéric à bout de souffle. Il m'aide à me redresser avec un léger sourire. Je peux lire de l'affliction dans son regard, il a beau me lancer plusieurs sourires, il n'arrivera jamais à dissimuler autant de mélancolie.

— Où est-il ? demandé-je.

— Dans la voiture.

Mon regard se plante dans le sien et les larmes refont irruption, sans aucun contrôle. L'expression de son visage est triste mais détachée. Je baisse la tête et renifle plusieurs fois en regardant le sol. Il reste planté devant moi sans prononcer un mot.

Un souffle s'échappe de ma bouche lorsqu'il me serre contre lui. Je passe mes mains sous ses épaules, colle ma joue contre son torse puis m'effondre dans ses bras. Il caresse mes cheveux en me berçant lentement. J'empoigne son pull et le serre très fort tandis que je sanglote contre lui.

— C'est dur de le voir comme ça et tu n'avais pas à assister à ça, je suis désolé, me chuchote-t-il à l'oreille en continuant ses caresses.

J'émets un petit hoquet en reniflant. Je n'ai pas eu l'occasion de discuter avec Rodéric avec tous ces évènements et je le regrette car c'est un homme possédant un grand cœur, une personne qui renvoie une gentillesse étonnante.

— Je viendrai te voir, ou t'appellerai pour que tu me parles de cette soirée, affirme-t-il en déposant un baiser sur mon front.

Il se détache de moi et me regarde un instant. Il essuie mes joues de ses pouces dans un sourire. Un sourire sincère.

— Allez, sèche-moi ces larmes. Tu devrais appeler Dayan, propose-t-il, tu ne devrais pas rester seule.

J'acquiesce en lui rendant son sourire. Je lui serre la main quelques secondes pour lui faire comprendre à quel point je suis reconnaissante. Je suis émue qu'il soit resté pour me consoler. Il aurait simplement pu ramener Tobias et me laisser dans ma chambre, mais ça n'a pas été le cas.

— Merci beaucoup, le remercié-je simplement en lui lâchant enfin la main.

Il m'offre un hochement de tête pour simple réponse puis quitte la pièce. Dès que la porte se referme, j'inspire et expire profondément et me précipite sur mon téléphone. La présence de Dayan auprès de moi est indispensable. J'ai besoin de lui.

* * *

De longues minutes se sont écoulées, d'interminables minutes à être installée sur le lit à fixer un point imaginaire de la chambre. Je ne saurais décrire l'état dans lequel je me trouve à cet instant. Je n'ai jamais ressenti une telle frayeur et une telle souffrance de toute ma vie. Comment peut-on passer d'un moment aussi agréable à un moment aussi désastreux ? J'ai appris tellement de choses sur Tobias durant cette soirée. J'ai appris à le connaître et même à l'apprécier. J'ai pu me faire ma propre idée à son sujet et passer outre ces effroyables rumeurs. C'est un homme violent et impulsif, c'est certain, mais il est loyal avec les personnes qu'il aime. Mais un cœur abîmé se cache au plus profond de lui. Il cache en lui une profonde souffrance qui ne doit pas lui rendre la vie facile tous les jours…

Lorsque j'entends la porte claquer violemment, je me lève du lit et me précipite vers les escaliers que je dévale en trombe avant de me blottir dans les bras de mon meilleur ami. Il m'étreint fortement et souffle contre mes cheveux. Mes larmes refont surface et je finis par m'effondrer dans ses bras. Il me caresse tendrement les cheveux tandis que j'explose pour de bon.

Il m'aide à m'allonger sur le canapé, ma tête sur son ventre. Il n'a prononcé aucun mot depuis son arrivée et je pense que c'est une bonne chose. Je n'arriverai pas à dire quoi que ce soit tant mes larmes sont abondantes.

Tout ceci, c'est bien trop pour moi. Je ne suis pas assez forte pour encaisser tout ça, je ne suis pas assez forte pour comprendre cet homme. Je pensais être capable de l'aider, de le faire parler et de le soutenir, mais je me rends compte que ceci n'est que le commencement.

Chapitre 27
Tobias

14 ans plus tôt

L'obscurité de la pièce me terrifie. Mes yeux bordés de larmes fouillent les ténèbres à la recherche de la moindre lueur. Une lueur qui permettrait à cette souffrance, cette angoisse permanente, de se dissiper. Dans le coin confiné de cette affreuse pièce, mes bras enlacent mes jambes, recroquevillées contre mon corps amaigri. Mes sanglots se font de plus en plus forts. Je sais qu'il ne va pas tarder, je sais que mes larmes le feront venir. Je devrais essayer de me retenir, de rester dans ce coin, dans cette noirceur qui me hante, à attendre qu'il vienne me chercher pour me récompenser de m'être bien tenu. Mais je n'y parviens pas… je n'y parviendrai jamais.

— Laissez-moi sortir ! Ne me laissez pas dans le noir ! supplié-je sous mes sanglots.

Je berce mon corps fatigué de droite à gauche en pleurant à chaudes larmes puis je finis par enfouir ma tête dans mes genoux en reniflant. Je ne sais pas quoi faire, je n'ose pas bouger. Ils m'ont rendu paranoïaque, phobique de l'obscurité. Mes membres sont paralysés lorsque je me trouve dans un endroit sans la moindre trace de lumière.

Des tremblements m'assaillent. Mes dents s'entrechoquent les unes sur les autres. Mon corps ne répond plus.

— Je vous en supplie ! hurlé-je de nouveau.

C'est lui qui m'a une fois de plus enfermé ici et je ne sais même pas pourquoi. Qu'ai-je fait de si monstrueux pour mériter d'être enfermé dans cette cave ? Pour quelle raison les services sociaux ont laissé des personnes aussi malsaines s'occuper de moi ?

Un cri de rage s'échappe de ma gorge et résonne dans la pièce. Du peu de force qu'il me reste, mes poings s'abattent sur le sol froid d'une violence dont je ne soupçonnais pas l'existence. Je n'en peux plus. Je suis fatigué, j'ai faim, j'ai soif, j'ai froid. Je ne vois rien, pas même le sang qui coule sur mes mains et qui glisse sur mes poignets. Je le sens seulement rouler sur ma peau, tel un serpent venu pour en finir.

Je sursaute et me recroqueville encore un peu plus lorsque la porte s'ouvre brutalement, claquant violemment contre le mur. Je retiens mon souffle en entendant ses pas lourds s'approcher de moi. Je savais qu'il allait venir si je criais, je le savais, mais je n'ai pas pu m'en empêcher, je n'en peux plus. Je ne peux pas rester dans cette pièce une minute de plus, c'est impossible…

— Combien de fois t'ai-je dit de ne pas hurler, Tobias ? m'interroge-t-il d'une voix calme, beaucoup trop calme.

J'enfonce mes doigts profondément dans la chair de mes bras pour étouffer un sanglot. Je cligne plusieurs fois des yeux lorsqu'il appuie sur l'interrupteur, éclairant la pièce d'une lumière presque merveilleuse. Je ferme les paupières quelques secondes et inspire profondément, rassuré.

— J-Je peux sortir… papa ? demandé-je difficilement.

Ce mot me ferait vomir tellement il sonne faux. Tout est basé autour d'un mensonge. Comme si nous étions une vraie famille… Ça me broie l'estomac.

Il m'oblige à l'appeler ainsi sous peine de me retrouver dans la cave.

— Hors de question ! proteste-t-il en s'approchant dangereusement de moi.

— Pourquoi je suis encore ici ? m'époumoné-je, ne pouvant contenir ma rage.

Je lâche un cri de douleur lorsqu'il me projette de l'autre côté de la pièce. Mes larmes roulent de plus belle le long de mes joues et je sanglote contre le sol.

— Es-tu faible, Tobias ? s'égosille-t-il, en me relevant la tête en tirant mes cheveux.

Je le regarde droit dans les yeux, dans ses yeux noirs où règnent la cruauté et les ténèbres. Je ne réponds pas, je n'émets plus aucun son. Je dévisage cet homme qui veut à tout prix que je l'appelle « papa », qui veut que je sois sage et obéissant, que je fasse simplement ce qu'il me dit de faire et rien d'autre, sauf que je ne le ferai jamais. Ce qu'il ne sait pas, c'est que mon ancienne famille d'accueil m'a renvoyé en foyer à cause de mon comportement, mon tempérament et ma détermination à fuir toute sorte de règles. Et je ne céderai jamais.

— Es-tu faible, Tobias ? hurle-t-il de nouveau en me jetant au sol.

À cet instant, oui, je suis faible et fragile. Je n'ai plus aucune force. Je n'ai aucune raison de me battre pour une liberté qui ne m'appartiendra jamais. Je suis seul, depuis toujours.

— Oui ! crié-je, en rampant vers le mur que je frappe de toutes mes forces.

Il me rejoint en quelques enjambées. Il s'empare de mes poignets et me relève violemment. Mes jambes manquent de flancher, mais il me tient fermement afin que je ne lâche pas.

— Tant que tu penseras que tu es faible, tu resteras ici ! Grâce à moi, tu deviendras fort ! affirme-t-il en me relâchant sèchement.

Je m'écroule dans un gémissement de douleur et de désespoir.

Je n'essaie pas de le rattraper lorsqu'il s'approche de l'interrupteur pour éteindre la lumière ni lorsqu'il referme le boîtier à clé, m'empêchant ainsi de rallumer la lumière. Ma lumière, celle qui me permet de tenir bon…

Je reste étendu au sol, la joue contre le parquet, pour essayer de reprendre une respiration régulière. J'inspire et expire le plus lentement possible. Mes larmes et mes sanglots se calment peu à peu. Mes poings sont si serrés que mes ongles s'impriment dans ma peau abîmée. Il faut que je parvienne à dormir un peu, il faut que je reste fort et obstiné. Je parviendrai à mon but, j'y arriverai. Je réussirai à m'en sortir. Je ne céderai jamais.

***

Au moment présent

Je sursaute lorsque je sens un liquide froid couler de ma tête jusque dans mon dos. Toutes les parties de mon corps tremblent de façon incontrôlable. J'ai froid, terriblement froid. Je regarde autour de moi, affolé. Je me débats et fais bouger le siège de la voiture où je suis installé. Une boule se forme dans ma gorge et je commence à suffoquer. Deux mains familières s'emparent de mon visage et je découvre mon frère.

— Je suis là, je suis là… Calme-toi, ça va aller, murmure-t-il.

— La lumière ! dis-je en sortant précipitamment de la voiture.

Je m'accroupis sur le trottoir en haletant douloureusement. Mon poing s'abat sur le sol plusieurs fois et je ne peux retenir un hurlement. J'ai si mal, si mal au cœur… Être dans cette putain de situation me rend complètement fou.

— Tiens, souffle Rodéric en me tendant trois comprimés.

Je les prends et les avale rapidement. Je m'assois sur le bord du trottoir et observe la lumière du jour, qui commence à se lever. Je passe une main dans mes cheveux et respire profondément, dans l'espoir de me calmer. Je garde mon regard rivé sur les lueurs orangées qui apparaissent dans l'obscurité. Rodéric s'assoit à mes côtés et me tend une cigarette que je m'empresse d'allumer.

— Tu les prends bien tous les jours ? demande-t-il en me fixant, le regard affligé.

Je ne détourne pas le regard et inhale la fumée avant de l'expirer lentement. J'entends sa mâchoire grincer et je peux facilement deviner qu'il va bientôt exploser.

— Je ne peux pas dire que c'est bien fait pour toi, car ce serait horrible de ma part en sachant ce qu'il se passe dans ta tête dans ces moments-là, mais tu ne peux t'en prendre qu'à toi-même, Tobias. Ces médicaments peuvent t'aider, et tu le sais, dit-il, la voix tremblante.

Directement, mon regard se plante dans le sien et je ne peux m'empêcher de ressentir de la peine. Je sais à quel point me voir ainsi le rend malheureux.

— Je pensais que c'était passé… commence-t-il d'une faible voix. Ça fait plusieurs années maintenant que tu n'as plus fait ce genre de crise, Tobias… Alors qu'est-ce qu'il s'est passé pour que ça recommence ?

— Je ne sais pas.

— Tobias…

Je ne peux pas lui répondre car je n'ai pas la réponse. Et puis comment lui avouer que j'ai bu comme un ivrogne et que je me suis confié à Léonie comme un idiot ?

Putain, Léonie !

— Où est-elle ? demandé-je en me levant promptement.

— Je lui ai conseillé d'appeler Dayan. Elle n'est pas seule, ne t'en fais pas, me rassure-t-il en souriant.

Je vois très bien que son sourire est faux ; il s'est passé quelque chose, c'est certain.

Bordel, je ne me souviens de rien après m'être couché auprès d'elle. Merde, que lui ai-je fait ?

— Qu'est-ce qu'il s'est passé ?

Il baisse la tête et se plante devant moi. Ce simple geste me fait rapidement comprendre que quelque chose ne va pas. À chaque fin de crise, quand Rodéric me dit ce que j'ai fait, en général, je ne ressens rien, strictement rien. Mais là, c'est différent… Une angoisse vient comprimer mon estomac.

— Rodd, qu'est-ce que j'ai fait ?

— Rien, rien du tout, ne t'en fait pas ! Enfin, je ne sais pas. Je n'ai pas eu le temps de lui demander parce qu'il fallait que je m'occupe de toi…

Mes poings se serrent et ma mâchoire devient douloureuse tant elle est serrée. La simple idée que je puisse lui avoir fait du mal me rend hors de contrôle. Je sais pertinemment que dans ces moments-là, seul mon frère est capable de me calmer. Et si une autre personne que lui se trouve sur mon chemin…

Je hausse les sourcils pour qu'il continue. Il souffle et passe une main dans ses cheveux. Je ne supporte pas lorsqu'il me fait attendre comme ça.

— Rodd, dépêche-toi de tout me dire parce que je te jure que…

— C'est juste que si je te dis ce que j'ai vu, tu vas me rire au nez parce que je sais que tu ne crois pas en ce genre de choses... avoue-t-il en m'observant du coin de l'œil.

— Je t'écoute.

— Ce que je vais te dire est vraiment sérieux, et si tu te mets à rire... je te jure que je me barre ! dit-il fermement.

Je croise les bras et le fixe se rasseoir sur le trottoir, en attendant qu'il daigne me répondre.

— Quand je suis arrivé dans la chambre, je ne m'attendais pas à voir ça. Quand Léonie m'a appelé et que j'ai entendu sa voix alarmée, j'ai vite compris ce qui se passait. J'ai cru qu'en arrivant je la découvrirais étalée, gisant dans son propre sang... Sauf que ça n'a pas été le cas.

Je déglutis à cette simple idée. J'attrape le paquet de cigarettes posé sur le trottoir, puis en allume une, les mains tremblantes.

— La première chose que j'ai vue a été Léonie, plaquée contre le mur, ta main posée sur son épaule. Tu tenais fermement ton arme dans ton autre main, pointée vers le sol.

Mon visage se décompose. Il s'interrompt quelques secondes mais, d'un regard, je l'encourage à continuer.

— Je me suis rapproché rapidement dans le but de t'éloigner d'elle, mais j'ai vite compris qu'elle n'était pas en danger. Elle avait ses mains posées sur tes joues et son front appuyé contre ton torse, et tu semblais… apaisé. Ta respiration était comme à chaque fois hors de contrôle, mais sa proximité t'a aidé à te calmer jusqu'à ce que j'arrive. Elle t'a aidé sans le savoir et je ne pensais pas ça possible un jour, Tobias…

La bouche entrouverte, je fixe mon frère et ne réagis pas. Je ne m'attendais pas à ça, pas le moins du monde. Comment est-ce possible ? Jamais personne, à part Rodéric, n'a réussi à échapper à la violence qui s'empare de moi pendant mes crises… Personne.

— Je n'en suis pas certain, mais j'ai ma petite idée sur ce que ça signifie. Tu devrais y réfléchir car j'en suis moi-même surpris, même secoué.

Je ne réponds pas, je sais très bien ce qu'il pense et c'est ridicule. D'accord, elle m'a apaisé un instant, et alors ? Ça ne veut rien dire…

* * *

Une heure plus tard

Mes poings me font mal, ma blessure me tiraille à force de frapper dans le sac. Pourtant, je continue de m'acharner en serrant les dents. La douleur me permet de sentir à quel point je suis vivant, me prouve que je suis bien dans le monde réel, et non pas dans un de mes putains de cauchemars qui me font si mal.

Gauche. Droite. Gauche. Droite.

Je ne pourrais jamais oublier ce qu'il s'est passé il y a plus de quinze ans. Jamais je n'oublierai cette souffrance.

Gauche. Droite. Gauche. Droite.

Jamais je n'oublierai mes hurlements de détresse, ces hurlements qui résonnaient sans cesse dans cette pièce confinée.

Gauche. Droite. Gauche. Droite.

Je sais pertinemment que mon passé me rongera à jamais. Je sais que cette noirceur sera à tout jamais ancrée au plus profond de mon âme. Aujourd'hui, j'apprends simplement à apprivoiser mes démons.

— C'est quoi, ça ? s'écrie Rodd.

Je me redresse et m'écarte du sac tandis qu'il s'approche en tentant de lever mon t-shirt. Je me recule et pose une main sur ma blessure qui s'est remise à saigner.

— Rien d'inquiétant.

— Rien d'inquiétant ? Rien d'inquiétant ? répète-t-il en hurlant. Tu te fous de ma gueule ? Fais voir !

Cette fois, je n'ai pas le temps de l'esquiver. Moi qui pensais qu'il ne s'en rendrait pas compte…

— Mon Dieu, mais c'est quoi ce bordel ? Qui t'a fait ça ? Pourquoi je ne suis pas au courant ? me questionne-t-il, rouge de colère.

— Laisse tomber, s'il te plaît…

— Je te jure que si tu ne me dis pas tout de suite qui t'a fait ça, je…

Il ne finit pas sa phrase. Il se précipite vers une poubelle dans laquelle il vomit violemment.

Merde…

Je me retourne de façon à le laisser tranquille quelques minutes. J'appuie sur ma blessure en grinçant des dents. J'ai l'habitude de me prendre des coups, de violents coups, mais celui-ci est vraiment douloureux.

Après quelques minutes, lorsque la brûlure s'estompe enfin, je me retourne et aperçois mon frère, les larmes aux yeux, en train de me fixer. Mon cœur se serre. C'est beaucoup trop d'émotions pour lui ce soir… Il s'avance précipitamment puis vient me serrer dans ses bras. Si je ne réagis pas les premières secondes, je finis par l'étreindre à mon tour. Il sanglote contre mon épaule et je ne peux m'empêcher de le serrer encore plus fort. Je n'ai jamais supporté de le voir pleurer.

— Je suis désolé, mon frère… Je suis tellement désolé de ne pas être là au bon moment, de ne pas être là quand tu en as le plus besoin… Je sais que tu penses que tu peux t'en sortir et que tu peux tout surmonter sans l'aide de personne car tu y es parvenu étant petit, mais maintenant je suis là et je ne permettrais pas que tu sois seul dans ces moments-là…

Il renifle et je sens ses bras me lâcher. Je l'empêche de reculer et l'étreins encore quelques secondes. Je veux qu'il comprenne par mon geste que je ne lui en veux pas. Tout ceci est de ma faute, rien que de ma faute.

La solitude fait partie de mon quotidien depuis mon enfance. Lorsqu'il est entré dans ma vie, j'avais dix ans et c'était déjà trop tard. Il a tout fait pour me protéger, m'aider à me reconstruire, m'aider à faire confiance à autrui, m'aider à ne plus être seul, mais cela s'avère être difficile, très difficile.

Je finis par m'écarter de lui et tapote sa joue dans un sourire. Il essuie ses larmes et je préfère le laisser seul, alors je me dirige dans les vestiaires pour prendre une douche.

* * *

6 h 30

— Il faudrait que tu m'aides pour le bandage… dis-je en sortant des vestiaires.

Rodéric s'approche de moi en fronçant les sourcils. Sans un mot, il s'empare du tissu que je lui tends et commence à l'enrouler autour de mon ventre. À ma gauche, je repère un pneu auquel sont accrochés une épaisse ficelle ainsi que des gros poids. Je préfère ne rien dire car je n'ai pas envie de le déconcentrer ou de l'énerver maintenant.

— Voilà ! déclare-t-il en me donnant un coup sur la plaie, ce qui m'arrache un grondement de douleur.

Je serre les dents et me mords la langue pour m'éviter de dire ou de faire quelque chose que je pourrais regretter. J'enfile mon t-shirt et m'approche de mon frère, en train de couvrir d'une bâche bleue le matériel d'entraînement.

— Vas-y, je t'écoute ! lancé-je en croisant les bras.

— Pourquoi tu m'écouterais ? Tu ne le fais jamais.

— Ne dis pas n'importe quoi ! dis-je dans un rire nerveux.

— Moi, je dis n'importe quoi ? Alors pourquoi tu ne m'as pas écouté quand je t'ai dit de ne pas aller voir Rix ?

Je reste statique quelques secondes, la bouche entrouverte. Comment a-t-il su ? Ma mâchoire tressaute plusieurs fois et mes poings se serrent, comme à chaque fois que je ne sais pas comment réagir.

— Ouais, j'ai deviné ! Il ne m'a pas fallu longtemps pour comprendre, tu sais ? Quand je ne t'ai plus vu dans le bar, je suis sorti pour voir si t'étais dehors. J'ai vu du sang au sol alors j'ai paniqué et je suis allé chercher Dayan. Sauf que lui aussi était introuvable alors, comme un con, j'ai pensé que vous étiez repartis ensemble. Mais maintenant, j'ai tout compris.

Je baisse la tête, ne sachant quoi dire. Sur le moment, c'est vrai que je n'ai pas vraiment réfléchi. Je suis parti chez Léonie parce que je n'avais pas envie qu'il se rende compte que, oui, je ne l'ai pas écouté et que j'en ai fait qu'à ma tête en allant trouver Rix. Je ne voulais pas qu'il se retrouve une fois encore mêlé à mes histoires, il souffre déjà bien assez comme ça.

— Pourquoi tu ne m'as pas écouté, putain ? Et pourquoi être allé chez Léonie ?

Ce sont des questions sans réponse, je n'ai tout simplement pas réfléchi.

— Tu vois, au moins, tu paies les conséquences de tes erreurs. Tu sais, ce qui me met le plus en colère, et surtout ce qui me rend triste, ce n'est pas le fait que tu ne m'aies pas écouté, mais plutôt que tu sois allé demander de l'aide à Léonie et non à moi.

Il passe à côté de moi rapidement et je lui emboîte le pas.

— Ne me dis pas que t'es jaloux ?

Il fait volte-face et me lance un regard haineux. Il est rarement furieux mais lorsque c'est le cas, il vaut mieux se cacher.

— Arrête de jouer au con, Tobias ! Je te dis ça parce que tu t'obstines à te dire qu'il n'y a rien avec elle, que tu ne ressens rien, mais à la première merde, tu te rues chez elle !

— Ça veut dire quoi, ça ? grogné-je en fronçant les sourcils.

— À toi de me le dire.

Je sens mon pouls s'accélérer et une chaleur s'empare de mon corps. Je me retourne rapidement, en frottant ma nuque. Ce que je sens sous mes doigts m'interpelle. Du sang ? *C'est quoi ce bordel ?*

— Tu t'es fait ça tout à l'heure, pendant ta crise… dit-il comme s'il lisait dans mes pensées.

Je l'observe par-dessus mon épaule et ne prononce aucun mot. Je ne me souviens de rien et ça commence vraiment à m'angoisser. Ces évènements vont me revenir en mémoire, comme à chaque fois, mais ne pas savoir ce qu'il s'est passé dans les moindres détails me rend malade.

Les mains dans les poches, je me dirige vers la sortie. Il faut que je dorme. Je ne tiendrai pas une minute de plus.

— Tu vas où ? s'écrit Rodéric dans mon dos.

— Je rentre.

Je l'entends soupirer.

— Attends-moi deux minutes, j'arrive. On va rentrer à la villa, m'annonce-t-il.

* * *

— Maintenant que tu ne peux pas t'échapper, je veux que tu me dises ce qu'il se passe, Tobias ! ordonne mon frère en passant une vitesse, le regard sur la route.

Je m'accoude à la portière et pose la tête contre ma paume de main. Un silence s'installe durant plusieurs minutes. J'observe ses mains serrer le volant et sa mâchoire se contracter.

Il finit par craquer :

— Pourquoi tu ne veux pas me parler, putain ? Pourquoi tu gardes tout pour toi subitement, hein ? Qu'est-ce qu'il se passe ?

Je soupire.

— Je voulais t'empêcher de te retrouver dans la même situation que tout à l'heure, quand t'as vu ma blessure.

— Que tu me le dises au moment précis ou maintenant ne change rien, Tobias ! J'aurais réagi de la même manière ! rétorque-t-il, furieux.

Mon regard se perd sur la route qui défile à travers la fenêtre. J'observe les habitations qui passent à une vitesse folle, je perçois les lueurs orangées des lampadaires. Je soupire encore une fois. Je n'accorde pas un regard à mon frère qui, je sais, attend impatiemment une réponse.

— Je ne voulais pas te voir comme ça, Rodéric, c'est tout ! Je ne voulais pas te voir souffrir davantage par ma faute, ça a assez duré… avoué-je avec difficulté.

Le reconnaître est difficile pour moi. Je n'ai pas pour habitude de dévoiler mes sentiments, c'est quelque chose qui ne fait pas partie de mon fonctionnement.

Pourtant, à ce moment, c'est plus fort que moi. Je veux qu'il sache que le voir souffrir m'est insupportable, surtout quand je suis le responsable…

— Je l'aurais su quand même, proteste-t-il.

— Non.

— Tu penses sincèrement qu'elle aurait gardé ce secret ?

— Oui.

Je tourne la tête dans sa direction lorsque je sens son regard incrédule posé sur moi. Il me dévisage quelques secondes puis se reconcentre sur la route.

— Tu as confiance en elle, à ce que je vois.

— Ne me parle pas de confiance maintenant.

— Comment t'appelles ça alors ? demande-t-il en me lançant un bref regard.

— Je sais simplement qu'elle n'en aurait pas parlé.

— Pour moi, c'est de la confiance, Tobias… souffle-t-il en passant une main dans ses cheveux.

La confiance… Je n'ai jamais eu confiance en personne mis à part Rodéric, et encore, seulement après de nombreuses années. Je ne peux pas parler de confiance en si peu de temps.

— Je ne pensais pas que c'était aussi sérieux avec elle… dit-il en fixant la route.

— Ça suffit pour aujourd'hui, Rodd ! grondé-je en grinçant des dents.

— Au départ, je pensais qu'elle finirait dans ton lit, comme toutes les autres, mais en fait, c'est autre chose… T'as tout fait pour t'approcher d'elle, tu es descendu du ring pour elle, tu es allé jusque chez elle en étant blessé, en lui faisant confiance… Je sais très bien que tu l'as embrassée, bien sûr que tu l'as fait ! Je connaissais le Tobias solitaire, féroce, renfermé… mais pas ce Tobias-là. Ce Tobias attentionné, tendre et gentil. Et je suis heureux de le découvrir.

Les yeux ronds, je dévisage mon frère. Je suis sur le cul. Je ne m'attendais pas à ce qu'il me déballe tout ça et je suis si surpris que, pour la première fois, les mots me manquent. Je n'avais pas vu les choses sous cet angle. Finalement, après quelques minutes de réflexion, je me rends compte qu'il a peut-être raison.

***

15 heures

J'ouvre difficilement les yeux. Je m'allonge sur le dos, les bras au-dessus de la tête, le regard rivé au plafond. Avec tout ce que j'ai bêtement dévoilé à Léonie, il va falloir que je prenne mes distances. Puis avec les évènements de la veille, la tâche ne s'avérera pas difficile car je ne pense pas qu'elle prendra le risque de m'approcher après ce qu'elle a vu.

Rodd a préféré rentrer à la maison, dans cette grande villa que nous possédons depuis plus de cinq ans, un peu isolé du centre-ville. En général, nous préférons rester au cœur de la ville, dans notre appartement. Je ne sais pas pourquoi il a voulu venir ici, mais je ne tarderai pas à le découvrir.

Je me lève du lit puis me dirige vers la salle de bains. Je regarde rapidement ma montre qui affiche quinze heures. Après que Rodéric m'a confié le fond de sa pensée, je n'ai plus décroché un mot. Tout ça, c'est ridicule. Je n'ai jamais éprouvé un quelconque sentiment d'affection pour une femme en vingt-trois ans, alors ça n'arrivera pas maintenant !

L'eau brûlante se déverse sur mon corps et dévore ma peau. La tête baissée et les mains sur la vitre de la douche, je ne sais pas combien de temps je laisse l'eau chaude me libérer de toutes mes souffrances.

* * *

Assis sur un tabouret et accoudé au bar, je bois un café sous le regard attentif de mon frère. Je n'y prête pas attention, trop occupé à observer la maison. Cette villa est magnifique, un peu grande pour seulement deux personnes, mais je ne vais pas m'en plaindre. Au rez-de-chaussée, une grande pièce de vie domine avec un écran plat accroché au mur, et un canapé pouvant accueillir au moins dix personnes. Plus loin se trouvent une cuisine ouverte, puis un bar, où nous passons le plus clair de notre temps assis sur un tabouret. La maison est principalement faite de baies vitrées, ce qui nous permet de profiter de l'extérieur et notamment de l'immense jardin avec piscine creusée. Au fond de la pièce, un long couloir permet de rejoindre toutes les chambres avec salles de bains privatives. À l'étage se trouve une seule et unique chambre ainsi qu'une salle de musculation, une salle de jeux, un espace jacuzzi. En bref, une villa.

Mon attention se porte aussitôt sur le jardin.

Je fronce les sourcils puis claque violemment ma tasse contre le bar en apercevant la voiture de Dayan se garer dans la cour.

Putain, c'est une blague ?

Je dévisage Rodéric, affalé dans le canapé, en train de regarder la télé.

— Pourquoi tu l'as fait venir, putain ? Tu crois que c'est pas assez la merde comme ça ? crié-je en me levant.

Il ne répond pas et ne daigne même pas me lancer un regard. Il va me faire craquer… Je serre le poing autour de ma tasse. Je sais qu'il fait ça pour se venger, malgré toutes mes explications.

La porte s'ouvre et laisse apparaître Dayan, le visage contrarié. Il me lance un regard haineux mais également attristé tandis qu'il fait une accolade à Rodéric. Je finis mon café d'une traite et vais poser ma tasse dans l'évier.

— Tu devrais aller la voir, Tobias… suggère Dayan dans mon dos.

Je me retourne et l'aperçois adossé au comptoir, les yeux rivés sur moi.

— Pour quoi faire ? réponds-je dans un rire nerveux.

— Au moins pour lui expliquer ce qu'il s'est passé…

Une colère noire monte en moi, faisant bouillir mon sang si rapidement que je pourrais devenir fou d'un instant à l'autre.

— Ah ouais ? Et pour lui dire quoi exactement ? dis-je en haussant le ton. Pour qu'elle comprenne ce qu'il s'est passé, il faudrait que je déballe tout, Dayan, et c'est hors de question !

Qu'il passe à côté d'un détail comme celui-là me met hors de moi. Je me moque bien des rumeurs, de ce que l'on peut dire sur moi, mais que Rodéric ou Dayan puisse oublier ce détail me rend dingue.

— Je sais bien, Tobias… Mais tu ne peux pas t'imaginer dans quel état tu l'as laissée… dit-il avec une pointe de colère dans la voix.

— C'est pas mon problème ! craché-je en me dirigeant vers la porte d'entrée.

— Bien sûr que si c'est ton problème, Tobias ! Tu étais avec elle, bordel ! me réprimande-t-il en me suivant.

J'enfile mes chaussures en l'ignorant royalement. D'une certaine façon, c'est vrai, ce n'est pas mon problème. Et même si ça l'était, je ne pourrais rien y changer.

— Pourquoi t'étais avec elle d'ailleurs ? demande-t-il soudain.

Je stoppe tout mouvement, en équilibre sur un pied. Je relève brusquement la tête vers Dayan qui attend une réponse de ma part, les bras croisés. Mes yeux dévient vers Rodéric qui semble tout aussi surpris que moi. Je décroche un sourire en coin à mon frère pour lui faire comprendre que j'avais bel et bien raison : elle n'en a pas parlé, même à celui qu'elle considère comme son frère.

— Quoi ? Pourquoi vous vous regardez comme ça ? nous questionne-t-il en laissant tomber ses bras le long du corps.

— Pour rien, réponds-je en nouant mes lacets.

Je l'entends soupirer. Du coin de l'œil, je le vois s'asseoir sur le tabouret que j'occupais quelques minutes plus tôt. Je me redresse sous le regard de mon frère toujours fixé sur moi. Je n'y fais pas attention et ouvre la porte, mais la voix de Dayan me retient une seconde fois :

— Avant de partir, dis-moi seulement ce que tu faisais à l'appartement !

Je passe une main dans mes cheveux en réfléchissant à une explication plausible mais mon frère intervient :

— Il s'est fait poignarder.

— Rodd ! grondé-je.

— Bah quoi ? Il a le droit d'être au courant, non ? dit-il d'un ton sarcastique, un large sourire sur les lèvres.

Ma peau se met à brûler. Moi qui voulais oublier rapidement les évènements d'hier…

— Attends, quoi ? s'exclame Dayan en s'avançant vers moi.

— Il s'est fait poignarder ! répète Rodéric. Par Rix en plus ! renchérit-il avant de se replonger dans son émission.

— Arrête ça tout de suite, Rodd, dis-je, menaçant, en serrant la poignée. Je veux bien encaisser tes remarques pour que tu te sentes mieux, mais il ne faut pas exagérer !

Il ne me regarde pas un seul instant. Il arbore un air sérieux. Je reporte mon attention sur Dayan qui est bouche bée. Il m'observe avec attention, sans doute à la recherche de la blessure. Sur son visage, la colère a laissé place à la tristesse. J'ai horreur qu'on ait pitié de moi.

— T'es allé à l'hôpital, au moins ? panique-t-il.

— Non.

— Mais t'es con ou quoi ?

Un rire amer se fait entendre de la part de Rodéric qui reste scotché à la télé tandis que Dayan me dévisage, affolé.

— Pourquoi ne pas m'avoir appelé ? Ou ton frère, bordel ? Et pourquoi être allé voir Léonie ? Elle n'avait pas besoin de ça, putain !

— J'ai déjà eu cette conversation avec Rodd, le sujet est clos ! grondé-je en claquant la porte derrière moi.

* * *

Mes muscles se contractent à chaque foulée. Le vent frais qui me fouette le visage me fait un bien fou. J'essaie de penser à autre chose, j'essaie vraiment, mais je n'y parviens pas. Pour une fois, je n'ai aucun contrôle sur la situation, et c'est une sensation si désagréable. Depuis mon plus jeune âge, je contrôle, j'agis de façon réfléchie, et j'obtiens toujours ce que je veux. Je ne laisse jamais rien au hasard.

Pour la première fois de ma vie, je n'ai pas réfléchi aux conséquences de mes actes. Pourtant, je ne regrette pas de m'être rendu chez elle. C'est un sentiment assez étrange : un mélange de frustration avec une pointe de satisfaction. J'ai appris tellement de choses sur Léonie que j'en serais presque heureux sauf que je ne veux pas ressentir ça. À vrai dire, je ne veux absolument rien ressentir pour cette fille. Je ne *peux* pas…

Et c'est pour cette raison qu'elle n'entendra plus le son de ma voix.

Chapitre 28
Léonie

Vendredi matin

— Bonjour, vous avez fait votre choix ? demandé-je à un jeune couple.

— Oui, on va prendre deux milk-shakes à la banane, s'il vous plaît, répond gentiment l'homme.

— D'accord, je vous ramène ça.

Je leur souris puis rejoins le bar.

Une semaine s'est écoulée depuis le départ de Tobias. Je ne l'ai pas revu depuis l'incident, pas plus que Rodéric. Même à l'université, ils n'ont donné aucun signe de vie. J'ai eu beau demander à Dayan, je n'ai obtenu aucune réponse. Même si je ne connais pas vraiment Tobias, je ne peux m'empêcher de m'inquiéter pour lui. Ce soir-là, il ne m'a pas clairement parlé de son passé avant sa rencontre avec Rodéric, mais j'ai bien compris à ses mots, à la souffrance dans sa voix – qu'il essayait pourtant de cacher – qu'il n'est pas devenu cet homme froid et distant sans aucune raison. Et je compte bien découvrir ce qui se cache derrière cette solide carapace.

— Léo, ça va ? me demande Damien, une main sur mon épaule, me sortant de mes pensées.

Je sursaute puis réponds dans un souffle :

— Oui, ça va, excuse-moi.

— Oh mais ce n'est rien ! dit-il en riant. Tu ne bougeais plus et le milk-shake allait déborder.

— Ah d'accord. Merci !

Je lui souris puis vais servir les clients.

Depuis l'autre soir, j'ai la tête ailleurs. À l'université, j'ai du mal à me concentrer. Isabelle, qui a été vaguement mise au courant par son frère, essaie de me changer les idées, en vain. Même au boulot, je divague complètement. Il est constamment dans mon esprit. À chaque fois que je ferme les yeux avant de m'endormir, son visage m'apparaît… Ses émeraudes me toisent tandis que ses lèvres m'appellent. Sans cesse…

Plus que Tobias, ce sont les souvenirs qui me hantent. La peur et la détresse que j'ai ressenties, son visage meurtri et ses yeux qui me suppliaient de lui venir en aide… Le sang qui roulait sur son ventre avant de heurter le sol…

Une étrange sensation me parcourt le corps, celle d'avoir tendu la main au diable. Désormais, je me sens comme prisonnière. La descente aux enfers semble immédiate. Je le rejoins, jour après jour, dans les flammes de l'enfer.

— Voilà pour vous ! dis-je en me forçant à sourire, en apportant aux clients leurs deux verres – bien trop remplis.

Ils me remercient et je rejoins Damien qui est installé sur un tabouret, derrière le bar. Comme c'est presque la fin de mon service et qu'il ne reste que ce jeune couple, je décide de m'asseoir à ses côtés.

— On n'a pas eu beaucoup de monde cette semaine, remarqué-je.

— C'est vrai. Il faut espérer que les gens décident de sortir ce week-end…

— Mais oui, ça va le faire ! dis-je, enthousiaste, en lui donnant un coup d'épaule qui me fait presque tomber de mon siège.

Il se met à rire tandis que je me rattrape in extremis. J'éclate de rire à mon tour. Je m'entends très bien avec

Damien, depuis le premier jour. C'est une personne vraiment gentille. Il est également très sensible, un rien peut le mettre dans tous ses états. Il s'occupe de diverses tâches dans le café. Étant le fils d'Elizabeth, la propriétaire du café, il est mon collègue en plus d'être mon patron.

— Sinon, tu vas sortir ce week-end ? l'interrogé-je.

— Si je ne finis pas trop tard demain soir, oui je pense. Et toi ?

— Non, je vais plutôt rattraper mon gros retard dans mes cours, soufflé-je.

— Oh… d'accord ! commence-t-il. Tu n'as pas une amie pour te tenir compagnie, ou un copain peut-être ?

Je ne sais pas pourquoi mais sa question me provoque une vague de frissons le long de la colonne vertébrale alors que cela ne devrait pas être le cas. *Son* visage ne devrait pas apparaître dans ma tête… Non, non…

Je n'ai pas de copain, je n'ai aucun sentiment pour aucun garçon.

Tu es sûre ?

Il m'a embrassée, *je* l'ai embrassé, mais il faut que j'efface ce moment de ma mémoire. Il y a deux jours, lorsque je suis allée m'entraîner à la salle de musculation, il était présent. Il ne m'a pas adressé un regard, il a simplement fait comme si je n'étais pas là. Je ne peux pas dire que je m'attendais à grand-chose de sa part, mais peut-être un regard, et même un sourire ? Non, en réalité, je rêvais qu'il m'emmène dans un coin où il aurait pu me parler… voire même que nous reprenions là où on s'était arrêté, avant que tout ne dégénère… Mais non… Ça n'a pas été le cas et je m'en suis voulu de ressentir de la déception – et je m'en veux encore.

— Non, je n'ai pas de copain, réponds-je enfin. Et toi ? Une copine ?

Il se met subitement à rire et je me sens gênée. *Qu'est-ce que j'ai dit ?*

— Un copain, plutôt !

— Oh, euh, mince… excuse-moi, bafouillé-je en me grattant la nuque.

— Je sais, ce n'est pas facile à deviner ! Sinon, non, je n'ai pas de copain.

Je hoche la tête en souriant pour simple réponse. Il se met alors à me parler de sa vie à Chicago. Il est né dans cette ville et ne l'a jamais quittée. Je suis fascinée de la façon qu'il a de parler de sa ville ainsi que de sa vie en général. On sent qu'il aime vivre ici et son enthousiasme est captivant. Il me ferait presque oublier mes problèmes…

Damien se lèvé pour aller débarrasser la dernière table tandis que je rêvasse, le menton posé dans ma paume, en attendant la fin de mon service, qui ne devrait plus trop tarder. Je commence les cours à treize heures aujourd'hui mais avant, je dois rejoindre Isabelle pour le déjeuner.

Soudain, j'aperçois une silhouette au coin de la ruelle qui se trouve à quelques mètres du café. Je plisse les yeux pour essayer de discerner quelque chose et j'ai la nette impression que cette personne est en train de me regarder. Damien pose un chiffon et un produit désinfectant devant moi, ce qui détourne mon attention.

— Tiens, il te reste deux tables.

— Déjà fait ! annoncé-je dans un sourire en rangeant les objets.

— Ah oui, c'est vrai ! La fatigue me rattrape.

Je ris et le suis du regard tandis qu'il disparaît dans le vestiaire du personnel, puis je finis de ranger quelques verres. En relevant la tête, je sursaute en remarquant que l'homme de la ruelle se trouve maintenant à quelques mètres du café en train de me regarder fixement, les mains dans les poches.

Mon Dieu, non…

Mon cœur rate plusieurs battements. Des sueurs froides s'emparent de mon corps, mes mains deviennent moites. L'angoisse me monte, j'ai du mal à respirer. Depuis ce qu'il s'est passé au combat de boxe… dans cette ruelle… je panique en un rien de temps. Il ne bouge pas, sa capuche sombre dissimule son visage mais il est évident que c'est moi qu'il regarde.

— Damien…

Il ne me répond pas et je commence vraiment à paniquer. S'il attendait que je sois seule ? S'il attendait que je sorte du café pour me kidnapper ?

OK, je ne me sens pas bien…

— Damien ! appelé-je plus fort, affolée.

Il arrive en trombe dans la salle, en faisant claquer la porte derrière lui.

— Qu'est-ce qui se passe ?

Soulagée par sa présence, je pose mes mains sur le comptoir en inspirant profondément. J'en ai marre d'être aussi fragile…

— Léonie, qu'est-ce qui ne va pas ? chuchote-t-il en me caressant tendrement le dos.

Je pivote légèrement vers lui et remarque qu'il a la bouche entrouverte, à bout de souffle. Une mèche blonde tombe sur son visage, couvrant son œil marron. Quelques gouttelettes perlent sur son front et ses pupilles sont dilatées. J'ai dû le faire courir.

— Regarde discrètement, mais il y a un homme qui nous observe… murmuré-je, sans le quitter des yeux.

Il relève la tête lentement et fronce les sourcils.

— Il n'y a personne, Léonie.

— Quoi ?

Je me redresse et me tourne brusquement. L'homme est bel et bien parti. *C'est une blague ?* La panique me gagne un peu plus…

— Je te jure qu'il y avait un homme, Damien. Il était en train de me fixer…

Il soupire et me scrute comme si j'étais une folle dingue qui hallucine complètement. Je n'ai pourtant pas rêvé… Cet homme était bien là…

— Tu devrais prendre quelques jours de congé, Léo. J'ai remarqué que tu n'allais pas très bien depuis quelques jours…

— Je vais très bien !

Je n'ai pas envie de prendre ne serait-ce que cinq minutes de congés, j'ai besoin de ce travail. Pour l'argent bien sûr, mais également pour mon bien-être, pour pouvoir me vider la tête, penser à autre chose.

— Je ne propose jamais ce genre de choses, si je le fais c'est que parce que je vois très bien que tu as besoin d'une pause, dit-il en me serrant amicalement le bras.

Je souffle en baissant la tête, les larmes me montent aux yeux. Il a raison, j'ai besoin d'un break. Depuis que je suis dans cette université, dans ce coin de la ville, j'ai l'impression de vivre un cauchemar… Je passe sans cesse d'un extrême à l'autre, de la joie aux larmes… Et c'est intenable.

C'est de sa faute, Léonie… C'est Tobias…

Je relève fièrement la tête, ravale mes larmes, et acquiesce.

— Je te laisse cette semaine pour te reposer et revenir en pleine forme lundi ! dit-il en me faisant une accolade.

— Merci beaucoup, Damien.

Il me sourit et je me dirige vers les vestiaires pour prendre mon sac avant d'aller rejoindre Isabelle à l'université.

* * *

— Tu m'as manqué, ma chérie, marmonne ma meilleure amie dans mon cou en me serrant dans ses bras.

— Tu sais qu'on s'est vues hier ? dis-je, taquine, en resserrant mon étreinte.

— Et alors ? répond-elle avec une petite moue. Ce n'est pas pour cette raison que tu ne me manques pas !

Je rigole en lui donnant un coup de coude et nous nous dirigeons vers la cafétéria. Nous nous installons sur une table de deux et Isabelle commence à engloutir son sandwich. Je souris en observant sa féminité s'envoler un peu plus à chaque bouchée.

— Quoi ? émet-elle en postillonnant.

— Rien, tu me fais rire.

Elle me sourit et je finis par attaquer ma petite salade. Je regarde un peu partout autour de moi. En un rien de temps, la salle s'est presque remplie et c'est plutôt rare.

— Je ne t'ai même pas demandé si tu allais bien, aujourd'hui ? demande Isabelle en s'essuyant la bouche.

Je grogne intérieurement lorsqu'elle insiste sur le dernier mot. Elle s'inquiète beaucoup trop pour moi.

— Ça va, ça va. Et toi ?

Si elle semble surprise par ma question, elle sait très bien de quoi je parle.

— Oh, bah écoute, euh… oui ! bafouille-t-elle en passant une main dans ses cheveux.

Je la connais si bien que même avant de poser la question, je connaissais déjà la réponse. Ça ne va pas, c'est certain. Rodéric est venu la voir il y a quelques jours pour rompre avec elle sans lui donner la moindre explication… Certes, ils étaient ensemble depuis peu de temps, mais Isabelle s'était attachée à lui.

— Tu sais, je ne suis peut-être pas la bonne personne pour parler de ce sujet, mais il le regrettera. Oh que oui, il le regrettera, affirmé-je.

— Si, tu es la bonne personne, Léo.

Je pose ma main sur la sienne en la serrant chaleureusement avant de lui confier :

— C'est trop récent pour que tu puisses en parler, mais dès que tu seras prête, je serai là.

Elle presse ma main à son tour puis se penche légèrement pour m'embrasser la joue. Oh, ma Isa… Après m'avoir lancé un regard plein de reconnaissance, elle reprend :

— Et au fait, Daniel ?

— Je te l'ai déjà dit ! dis-je en riant. Il est venu s'excuser, on a un peu discuté et puis tout va bien quoi !

— J'oublie vite moi, tu sais bien.

Je secoue la tête dans un rire. Isa, elle, ne rigole pas. Elle reste immobile sur sa chaise, les yeux ronds, elle a le regard fixé derrière moi. Je me fige à mon tour en devinant aussitôt qui se trouve derrière moi.

— Putain, c'est pas le moment ! grogne Isabelle dans sa barbe.

— Ne me dis pas que ce sont eux, Isa… Ne me le dis pas… chuchoté-je en n'osant plus bouger.

— D'accord, je ne dirai rien…

Mon Dieu, c'est lui…

Un tas d'émotions me submergent, une tonne de sensations me parcourent l'échine. Le savoir à quelques mètres de moi me paralyse.

Mes poils se hérissent et je suis prise de frissons lorsque j'entends sa voix. Mon cœur rate un battement quand Rodéric et Tobias dépassent notre table. Ce dernier se déplace avec l'assurance et l'élégance d'une panthère. À mon plus grand désespoir, son sweat qui lui colle à la peau révèle sa musculature. L'effet qu'il provoque en moi ne disparaîtra sans doute jamais…

— Ouf… souffle Isabelle en s'attachant les cheveux.

Je lui lance un regard mécontent et elle comprend immédiatement qu'ils viennent de s'installer à une table de la nôtre.

— Tu peux le voir ?

Je ne réponds pas et picore ma salade, alors que mon cœur s'affole. Je n'ose pas lever les yeux car je sais que je croiserai son regard et je n'en ai pas envie.

— Bon, et Damien alors ? Il va bien ? demande Isa pour changer de sujet.

Je me mets à sourire instantanément en repensant à la bourde que j'ai faite tout à l'heure.

— Je fais souvent des gaffes, tu vois ? Mais là…

— Qu'est-ce que t'as dit ? me demande-t-elle dans un rire en se dandinant sur sa chaise.

— Je lui ai demandé s'il avait une copine, mais il s'avère qu'il aime les hommes. Je me suis sentie tellement bête sur le moment !

— Roh, mais c'est pas possible ! s'esclaffe-t-elle.

— Si, la honte…

Elle secoue la tête en me souriant puis change de sujet :

— Et sinon, le boulot ? Tu t'en sors ?

Je me remets à picorer dans mon assiette sans répondre. Je repense immédiatement à la scène de ce matin et je n'ai soudainement plus faim.

— Quoi ? Il t'a virée à cause de ta bourde ? me taquine-t-elle.

— Il m'a conseillé de prendre une semaine de congé, avoué-je en relevant la tête.

Son corps se fige et elle arrête brusquement de mâcher.

— Je suis d'accord avec lui, ça te fera du bien, articule-t-elle après de longues secondes de silence. Mais il t'a sorti ça d'un coup ?

Je déglutis.

— Non.

— Qu'est-ce qu'il s'est passé ? m'interroge-t-elle, inquiète.

J'hésite un instant mais je finis par me lancer. J'ai besoin de lui exprimer mon angoisse.

— Il y avait un homme qui me fixait et tu sais très bien que je ne plaisante jamais avec ce genre de choses… Il avait une capuche alors je n'ai pas vu son visage. Lorsque je me suis retrouvée seule dans le café, il s'est rapproché alors j'ai appelé Damien qui était dans les vestiaires. Il m'a sans doute prise pour une folle parce que le mec n'était plus là quand il est arrivé…

— Oh putain ! Mais il faut aller voir la police, Léo ! s'écrie Isabelle, ce qui nous donne droit à plusieurs regards curieux.

— Parle moins fort, chuchoté-je. Je ne l'ai pas revu pour le moment donc ça n'en vaut pas la peine…

Elle me fixe quelques instants, affolée. Je redoutais cette réaction de sa part car, quand il s'agit de son frère ou de moi, elle est extrêmement sérieuse et panique en un rien de temps.

Je sens *son* regard sur mon corps tendu. Mes muscles s'enflamment et mon cœur s'emballe une fois de plus lorsque mes yeux se retrouvent ancrés aux siens. J'essaie de garder mon calme pour qu'il ne s'aperçoive pas de ma fragilité. Isabelle continue de parler de cet homme à capuche en me recommandant plusieurs fois d'aller au commissariat, mais je n'écoute plus. J'observe Tobias froncer les sourcils et dire quelque chose à Rodéric. À chaque fois qu'Isa évoque cet homme, le boxeur s'agite et j'ai comme l'impression qu'il va exploser d'une minute à l'autre.

— Isa, je crois qu'il nous entend, l'avertis-je en ne *le* quittant pas des yeux.

— Qui ? braille-t-elle.

Je ne réponds pas, me contentant de lui faire les gros yeux.

— Ah, et alors ?

Je ne sais pas vraiment pourquoi je lui ai dit ça, mais le simple fait qu'il puisse entendre quoi que ce soit me rend perplexe. Et puis, j'ai la sensation que notre conversation sur ce mystérieux homme à capuche l'irrite beaucoup et une partie de moi n'a pas envie qu'il fasse une scène ou qu'il s'acharne sur le premier venu sous la colère.

— Rien, je…

Je m'interromps lorsque Tobias se lève brusquement en faisant valser sa chaise. Rodéric se redresse, pose les mains sur la table, puis se met à crier :

— Tobias !

Tous les regards sont fixés sur les frères. Mon attention se reporte sur Tobias qui continue sa route jusqu'à la sortie sans se retourner une seule fois. La porte claque derrière lui tandis que Rodéric frappe la table de son poing avant de se rasseoir.

— Arrêtez de me regarder comme ça, les bambins, grogne-t-il tandis que les autres étudiants détournent instantanément les yeux.

Je sursaute en recevant un coup de pied sur le tibia. Je tombe nez à nez avec le regard interrogateur de ma meilleure amie.

— C'est pour ça que tu m'as dit ça ?

— Sincèrement, je ne sais pas. J'avais l'impression qu'il entendait, mais je ne pense pas qu'il soit parti à cause de ça…

Elle fait une petite moue, comme si elle était en pleine réflexion.

— Tu devrais aller le voir, déclare-t-elle soudain.

— Quoi ? réponds-je en écarquillant les yeux.

— Du peu que mon frère a pu me dire, je pense que tu as bien droit à une explication, tu ne crois pas ?

Je soupire doucement. Ce n'est pas à moi d'aller vers lui pour lui demander quoi que ce soit. Au plus profond de mon être, je voudrais avoir toutes les réponses à mes questions, j'aimerais qu'il me dise ce qu'il se passe et ce qui le ronge au fond de lui, mais je n'irai pas le voir… Ma fierté me l'interdit. Lui et Rodéric ont disparu durant une semaine. Aucun n'est venu me dire ce qu'il s'était passé, ils m'ont laissée seule, plongée dans le néant… Alors je n'irai pas le voir ni lui parler, c'est hors de question.

— Non.

— Léonie… Ce n'est pas comme s'il ne s'était rien passé ce soir-là…

Je hausse un sourcil en commençant à comprendre que Dayan ne lui a pas simplement donné une simple explication, non, il lui a tout raconté jusqu'au moindre détail. Je pense que je devrais garder ces choses-là pour moi dorénavant…

— Allez, raconte-moi… Je préfère l'entendre de ta bouche que de celle de mon frère ! ricane-t-elle.

Je prends une grande inspiration avant d'avouer :

— On s'est embrassés, c'est vrai, mais…

— Mais quoi ?

— Mais… j'en sais rien… Avant de s'embrasser, c'était si… intense, si… je ne sais pas vraiment, cette tension entre nous… Et puis, il m'a confié tellement de choses sur son passé. J'ai découvert une facette de lui qui expliquerait certains de ses comportements…

Elle me dévisage, les yeux en soucoupe, la bouche presque grande ouverte. Je lui ai dit ce que j'avais sur le cœur si facilement et si rapidement que j'en reste moi-même sans mot.

— C'est pour cette raison qu'il faut que tu le rattrapes pour le connaître un peu plus ! Toutes les questions que tu te poses sur lui, ou sur cette fin de soirée catastrophique… Lui seul pourra te répondre et pour ça il faut te lancer, Léonie.

— Il ne me répondra pas, Isa… Il ne répond jamais à mes questions. L'autre soir, s'il m'a raconté autant de choses sur lui c'est parce qu'il avait bu.

— Je suis sûre que, étant donné que les choses ont un peu dégénéré, il répondra, prédit-elle.

J'en doute.

— Mais pourquoi tu veux à tout prix que j'aille lui demander des explications ou même simplement lui parler ? Tu avais peur pour moi, le simple fait qu'il puisse poser les yeux sur moi t'effrayait, alors pourquoi changer d'avis d'un coup ? demandé-je, un sourcil levé.

Elle soupire légèrement en posant son menton entre ses deux mains, un air enjôleur sur le visage.

— Tu ne l'as pas connu il y a trois ans... Il était cruel, sans pitié, avec n'importe qui. Il l'est toujours, malheureusement... Mais depuis qu'il t'a rencontrée et avec ce que m'a confié Rodéric, je peux te garantir qu'il n'est pas comme à son habitude.

J'émets un rire moqueur. Ah bon ? Je me demande vraiment comment est le vrai Tobias Reed car je ne pensais pas que l'on pouvait être pire que ça.

— Ne rigole pas, Léonie ! Je ne plaisante pas !

— Excuse-moi, mais j'ai vraiment du mal à assimiler tout ça et surtout à le croire... soufflé-je.

Elle se laisse aller contre le dossier de la chaise et croise les bras.

— Écoute, je sais très bien que tu ne crois pas en ce genre de choses...

— Ça c'est sûr ! dis-je en ricanant.

Elle fronce les sourcils, furieuse. Je ne dis plus un mot et la regarde en lui faisant comprendre qu'elle a toute mon attention.

— Le mec dangereux qui change et qui devient tout mignon en rencontrant une fille, c'est juste un mythe, une histoire complètement surréaliste pour toi, je sais ! Je ne dis pas que c'est le cas avec Tobias mais… tu devrais aller en parler avec son frère, je pense que tu changeras d'avis, Léo.

Je l'écoute avec grande attention, mais j'ai tout de même du mal à rester sérieuse. Je trouve ça si absurde…

Je crois en l'amour, le grand amour même. L'amour passionnel et éternel. Je crois au destin, je pense que l'on ne rencontre pas une personne par hasard. Mais les histoires surréalistes de ce genre, où l'homme change pour la fille, c'est ridicule.

* * *

Deux heures plus tard

— Il faut que je rende mon dossier à monsieur Garcia, m'avertit Isabelle en m'embrassant la joue.

— D'accord, on se rejoint après alors !

Je m'installe sur un banc et observe les étudiants entrer et sortir de l'université. Certains se tiennent la main, rient, s'embrassent, certains sont seuls, d'autres semblent tristes. Je prends une grande bouffée d'air frais. Cette fraîcheur me fait un bien fou.

Toute la semaine, j'ai essayé de refouler les pensées qui me torturaient. Je ne veux pas, je ne me permets pas de songer un instant à cette soirée – ce qui s'avère être vraiment difficile.

Dès que je ferme les paupières, je revois ses yeux m'épier, je sens ses lèvres sur les miennes, parfois même son odeur et son corps brûlant de désir. Mais à chaque fois, ce rêve se transforme en cauchemar et je me réveille en sursaut en repensant au sang qui coulait sur son ventre, à sa peine et à sa détresse.

Toutes ces rumeurs décrivent un homme froid, violent, sans pitié, arrogant et d'une beauté hors du commun… Ce qui, d'un côté, est la vérité. Malgré tout, j'en sais suffisamment pour prouver que cet homme n'est pas habité que par l'obscurité. La lumière est enfouie profondément mais elle est bien là, et je serai présente lorsqu'elle refera surface.

— Léonie ?

Je sursaute et aperçois Rodéric, debout devant moi en train de m'observer en souriant.

— Oui ?

— Je peux m'asseoir ?

— Oui, bien sûr ! dis-je amicalement.

Il s'installe à mes côtés et reste silencieux de longues secondes. Je suis un peu surprise qu'il apparaisse maintenant. Il m'avait dit qu'il passerait me voir mais il ne s'est jamais manifesté. Il a préféré rester dans l'ombre avec son frère. J'avoue être assez déçue.

— Je voulais savoir comment tu allais ? demande-t-il finalement, le regard perdu devant lui.

— Je vais bien, mens-je en fixant le sol.

Ses yeux se posent sur moi tandis que je l'évite.

— Tu peux me parler, tu sais ?

J'émets, malgré moi, un rire dubitatif.

— Je ne pense pas.

— Pourquoi ça ? dit-il, surpris.

— Car maintenant, je vais bien, assuré-je en mentant de nouveau. Si tu étais venu plus tôt comme tu me l'avais dit, peut-être que je t'aurais parlé… c'est même sûr, lancé-je sous la colère.

Il croise les bras. Il s'installe confortablement sur le banc, le regard fixé sur moi.

— Ce n'était pas aussi simple, Léonie… et je suis désolé. Mais ne me dis pas qu'après ce qu'il s'est passé tu vas bien, parce que je ne pourrais pas le croire.

Ma mâchoire se serre tant les larmes sont proches. Je me rends compte que cela m'a affectée beaucoup plus que je ne le pensais.

— C'est moi qui m'excuse, j'étais contrariée que tu ne sois pas venu me voir mais, après tout, on ne se connaît pas vraiment, donc je comprends…

— Ne dis pas ça, tu peux avoir confiance en moi, me parler ou m'appeler en toutes circonstances.

— C'est gentil.

— Alors, tu as sans doute des questions ? demande-t-il.

Oh que oui, des questions, j'en ai beaucoup ! Des interrogations qui me font mal au cœur car je sais très bien que je n'aurai pas les réponses…

— Je t'avoue que les jours qui ont suivi, je mourrais d'envie de t'appeler pour en savoir plus, mais je me suis rendu compte que si je veux des réponses, ça doit venir de lui et de personne d'autre…

Je suis surprise de constater qu'il sourit en me regardant bizarrement.

— Qu'est-ce que j'ai dit ? dis-je en haussant les sourcils.

— Je t'admire, Léonie Foster, me confie-t-il en passant une main dans sa chevelure blonde.

Cette fois-ci, je suis larguée pour de bon.

— Tu ne peux pas imaginer combien de personnes ont osé venir me poser des questions, souvent indiscrètes, sur mon frère. Personne n'a réfléchi ni agi comme toi.

— Ça peut aussi se comprendre, tu sais ? Il est impressionnant et il terrifie la majorité des gens de cette ville alors je suppose qu'ils préféraient passer par toi que par lui directement…

— Et ce n'est pas ton cas ? demande-t-il soudain.

Pour aucune raison apparente, sa question me fait frissonner. Il attend patiemment ma réponse tandis que j'évite son regard avec soin.

— Depuis cette soirée, non, réponds-je simplement.

— Qu'est-ce qui t'a fait changer d'avis ?

— On a énormément parlé, et je me suis rendu compte qu'il n'est pas ce qu'il prétend être. J'ai compris que sa lumière était entourée de noirceur, mais qu'elle était bien présente…

Je m'arrête et pose mes yeux sur Rodéric, qui m'écoute attentivement.

Tobias possède une part d'ombre, il est dévasté, c'est évidemment, mais il y a autre chose en lui. Quelque chose de bon. C'est l'obscurité qui a pris le dessus sur la lumière.

Rodéric me dévisage, les yeux brillants. J'ai l'impression que mes mots l'ont touché alors que ce n'était en aucun cas voulu.

— Je pensais qu'aucune personne n'arriverait à le comprendre, ou du moins comprendre ce qu'il se passe en lui… avoue-t-il, au bord des larmes.

Je pose une main sur la sienne, un sourire au coin des lèvres. Je ne savais pas qu'il était aussi sensible et ça me donne envie de le prendre dans mes bras, mais je me retiens.

— Tu sais, ça n'a pas été facile pour lui… reprend-il. Tout le monde possède un passé plus ou moins agréable, mais Tobias a connu tellement de choses inimaginables…

Il s'arrête quelques secondes en inspirant profondément. Je serre davantage sa main pour l'aider à continuer. Le passé de son frère l'atteint tellement que j'ai vraiment envie d'être là pour lui.

— Mes parents n'arrivaient pas à avoir un autre enfant, ils étaient si malheureux qu'ils avaient décidé d'adopter. Lorsque Tobias est arrivé, c'était un garçon renfrogné, animé par la haine et l'angoisse. Mes parents et moi sommes parvenus à l'aider, mais ça n'a pas été suffisant. Sa détresse est toujours présente…

Une boule s'est formée au creux de ma gorge. Tobias me l'avait déjà raconté mais pas comme ça, et ça m'afflige terriblement…

Alors que je pensais qu'il avait terminé, il se tourne vers moi :

— Ce n'est pas à moi de te révéler ce qu'il s'est passé dans la chambre donc je ne dirai rien. Sache seulement que j'ai assisté à quelque chose que je ne pensais pas possible, Léonie.

Je hoche la tête pour lui faire comprendre de continuer, ce qu'il fait :

— Tu l'as apaisé sans le savoir, tu l'as aidé à surmonter cette crise. Même si c'était idiot de ta part de rester aussi proche de lui, je te remercie.

Je déglutis en entendant le mot « crise ». Je me doutais bien que ce n'était pas la première fois que ça arrivait, mais entendre Rodéric le dire à voix haute me fait froid dans le dos, si bien que de légers picotements me parcourent la colonne vertébrale.

Soudain, il pose son autre main au-dessus de la mienne d'un geste chaleureux et tendre. Il soupire, l'air absent alors que ses derniers mots résonnent dans ma tête. Je l'ai vraiment aidé ? Ça me semblait évident, même indiscutable, de lui venir en aide. Je ne pourrai jamais expliquer ce qu'il s'est passé ce soir-là… Même s'il a commis une chose impardonnable devant moi, même si c'est un homme violent, le « diable » comme on le nomme si bien, jamais je n'aurais pu l'abandonner dans un moment aussi critique. Une part de moi me l'a interdit.

J'ai rencontré Tobias Reed. Je l'ai rencontré, corps et âme, et ai découvert une facette de lui que personne à l'origine de ces rumeurs ne connaît vraiment.

Chapitre 29
Tobias

— Je… je vous en prie, Reed…

Je le regarde fixement. Son visage devient écarlate sous la pression de mes doigts autour de son cou. Je ricane avant de le lâcher. Je me retourne pour essayer de calmer mes nerfs, mis à rude épreuve depuis quelque temps.

— Dès qu'elle m'a aperçu, j'ai paniqué… Je suis désolé… dit-il dans un souffle.

Il se fout de ma gueule ?

Fou de rage, je me rue sur lui, l'attrape par le col, et le plaque de nouveau au mur.

— Tu es censé être le meilleur, putain ! hurlé-je presque en resserrant ma prise sur son pull.

— Je sais ! J'ai eu une seconde d'inattention et lorsque j'ai vu qu'elle avait remarqué que je l'observais, j'ai paniqué !

Je secoue la tête, un sourire cruel aux lèvres. Je me mords la joue et sens aussitôt le goût métallique du sang me chatouiller la langue. J'essaie tant bien que mal de me contrôler mais c'est bien évidemment impossible et mon poing atterrit sur la mâchoire du jeune idiot qui se tient devant moi.

Il s'écroule au sol.

— J'ai, comme toujours, écouté mon putain de frère qui m'a dit que tu étais doué, discret, sauf que je me suis fait avoir, encore une fois ! grogné-je en faisant les cent pas devant ce gars incompétent.

— Et je le suis, Monsieur Reed ! Je… je n'ai juste jamais eu l'habitude de travailler pour des hommes comme vous… déclare-t-il en n'osant plus me regarder en face.

Je me mets à rire en m'adossant contre le mur délabré de la ruelle, les bras croisés.

Il me fait pitié.

Je m'avance vers lui et m'accroupis à son niveau. Il se met à trembler comme une feuille tout en me fixant, un air abattu sur le visage. Je reprends mon air sérieux, histoire qu'il panique un peu plus, puis chuchote :

— Ceux qui travaillent pour moi n'ont pas le temps d'avoir peur de moi ! Alors maintenant tu dégages, petit.

Je lui tapote l'épaule avant de me relever lentement. Je fais plusieurs pas en direction de ma moto mais sa voix me retient :

— Je vous en prie, laissez-moi une deuxième chance… me supplie-t-il d'une voix tremblante.

Je me retourne en riant de plus belle. Désormais debout, il essaie de rester de marbre lorsque je me plante de nouveau devant lui. Mais son regard horrifié le trahit, ce qui me fait sourire une énième fois.

— Je ne donne jamais de deuxième chance, gamin !

— Je ne suis pas un gamin ! ose-t-il répondre.

Je fronce les sourcils, étonné par un tel changement de comportement. Il touche plusieurs fois de suite sa mâchoire, rougie par mon coup, sans me quitter des yeux. Je ne pensais pas que ce gars pouvait avoir autant de cran. Son allure de surfeur et ses traits fins laissent plutôt penser, au contraire, qu'il est le genre à se faire marcher dessus à la première occasion. C'est d'ailleurs pour ça que j'ai hésité avant de l'engager, mais mon frère a insisté. J'ai renvoyé Zack il y a plusieurs semaines, je ne supportais plus son air détaché. Depuis le début, le courant ne passait pas avec lui, je savais qu'il ne resterait pas longtemps avec moi. Donc, il fallait que je lui trouve un remplaçant, mais cette fois, un gars qui me conviendrait parfaitement.

Il n'est garde du corps que depuis deux ans, mais a priori, du point de vue de Rodéric il fait maintenant partie des meilleurs : son tempérament et sa carrure me le confirment un peu plus, mais est-ce suffisant ? Il a quand même réussi à se faire repérer en moins de deux secondes…

J'incline la tête, un sourire accroché aux lèvres. Amusé, je décide de continuer pour voir jusqu'où il est prêt à aller :

— Ah bon ?

— Oui !

— Dis-moi, quel âge as-tu ?

— Vingt ans.

— Et tu n'es pas un gamin, hein !? raillé-je sarcastiquement.

— Vous n'êtes pas beaucoup plus vieux que moi, Reed ! s'exclame-t-il.

Il cachait bien son jeu, ce petit con ! Il ne tremble plus, son regard reflète toute la colère qu'il ressent à mon égard et je suis surpris de constater que ça me plaît assez. J'aime lorsque mes hommes ne me craignent pas.

Mais je m'arrange pour qu'ils se souviennent tout de même qui se trouve devant eux.

— Change de ton, petit, rappelle-toi qui est le patron ici, craché-je en le dévisageant. Et lorsque tu t'adresses à moi, c'est *Monsieur* Reed et pas autrement, est-ce clair ?

Il serre les poings et je ris intérieurement. J'aime lorsqu'ils sont en situation de faiblesse, j'aime lorsqu'ils savent qu'ils ne peuvent rien contre moi. C'est l'extase.

— Tu l'as, ta deuxième chance, mais sache que c'est la dernière, dis-je calmement en me retournant.

J'enfile ma veste en cuir et mon casque noir puis enfourche ma moto. Je fais gronder le moteur et démarre en trombe. Zigzagant entre les voitures, je prends la direction de la maison et non du campus. Je sais que je joue au con en n'y allant quasiment plus, mais ça m'importe peu. Si ça pose un problème, ils viendront me le dire eux-mêmes. Pour le moment, je me contente d'y passer en coup de vent en espérant que ce soit suffisant pour qu'ils me laissent en paix.

Les habitations défilent à toute vitesse, le vent frais vient s'immiscer sous mes vêtements et un sentiment de liberté m'envahit. Ça aussi, c'est l'extase.

* * *

J'ouvre la porte après quelques secondes d'hésitation. Oui, de l'hésitation. Ça ne m'arrive pas souvent mais, à cet instant, je sais que mon frère est à l'intérieur et qu'il attend patiemment mon retour.

Depuis une semaine, à chaque fois que je franchis le seuil de la porte, j'ai droit à un sermon sur le fait d'être lâche et inhumain de laisser Léonie dans une telle posture. Sauf que je suis bien pire que ça. Malgré toutes ces années, il n'a toujours pas compris que les autres ne m'intéressent pas. Depuis que ma vie a sombré dans les ténèbres, les sentiments, l'attachement que je pouvais ressentir se sont envolés. Dorénavant, c'est terminé. Personne ne me changera. C'est bien trop tard.

— Où étais-tu ? me demande Rodéric dans mon dos, ce qui me fait sursauter.

Je l'ignore et me prépare une tasse de café que je porte à mes lèvres. J'avale une gorgée du liquide brûlant qui me réchauffe et m'apaise instantanément. Depuis l'enfer que j'ai vécu en famille d'accueil étant petit, et pour une raison que j'ignore, la chaleur apaise mes souffrances. Rodéric m'a souvent répété que me brûler la peau sous l'eau de la douche m'aidera seulement à me faire encore plus de mal, mais je ne suis pas d'accord. Le bien-être que ça me procure est incomparable.

— Tobias ! gronde-t-il en posant une main ferme sur mon épaule, me faisant pivoter de façon que je me retrouve face à lui.

— Quoi ? réponds-je sèchement.

Il soupire et laisse tomber son bras le long du corps.

— Ne prends pas ce ton-là avec moi ! Tu sais très bien que ça ne marche pas !

Je lève les yeux au ciel en passant à côté de lui pour m'asseoir sur le canapé. Un silence s'installe et je savoure ces quelques minutes – je sais que ça ne durera pas.

— J'ai parlé avec Léonie, finit-il par m'avouer, adossé au bar.

Je lui lance un bref regard, bois plusieurs gorgées de café, sans pour autant répondre. Il commence sérieusement à me gonfler avec cette histoire. C'est bon, je pense avoir compris.

« Ce n'est pas bien, Tobias ! Tu n'es pas un gentil garçon, blablabla… »

Ça va deux minutes !

Ça fait une semaine maintenant, elle devrait avoir déjà oublié ce qu'il s'est passé.

Mais bien sûr…

Je grimace à cette simple idée et une colère soudaine s'empare de moi. Elle a assisté à ça… Elle a vraiment assisté à ça… Bordel, quel idiot j'ai été de boire autant alors que je n'étais pas avec mon frère. Ma respiration s'accélère et je serre le poing autour de la tasse. On dirait un enfant qui a besoin de la surveillance de son paternel, *putain !* Malheureusement, c'est le cas. Si mon frère n'est pas là, je fais n'importe quoi… Sans lui, je perds tout contrôle.

— Je sais ce que tu penses, Tobias, dit soudain Rodéric.

— Ah ouais ? Et à quoi je pense ? réponds-je, impassible.

— Que t'en as marre d'entendre son nom à chaque fois que tu franchis cette porte, sauf que je ne te lâcherai pas tant que tu n'iras pas la voir !

— Eh bien, je pense que tu ne me lâcheras pas de sitôt, Rodd, dis-je d'un ton sarcastique.

Je l'entends soupirer et taper du pied contre le bar. Je lui jette un coup d'œil discret : il a les bras croisés et le visage crispé. Il est irrité, c'est certain.

— Arrête de jouer au con putain, As ! crie-t-il d'un coup. Tu veux savoir ce que j'ai entendu tout à l'heure ?

Ma curiosité est piquée au vif. Je tourne aussitôt la tête vers lui, l'air interrogateur.

— Hm ?

— On m'a dit que tu n'étais pas ce que tu prétendais être. Cette personne m'a également confié qu'elle savait que le bon côté, la lumière, était toujours présent au fond de toi. Cette personne croit en toi, Tobias !

Foutaises !

— Et tu veux savoir qui est cette personne ? m'interroge-t-il en haussant les sourcils, crispé.

Je fais un léger hochement de tête pour qu'il me donne la réponse que je connais déjà.

— Léonie, comme tu t'en doutais.

Aussitôt, ma mâchoire se contracte et ma prise autour de ma tasse se resserre. Je savais qu'il parlait d'elle, évidemment, pourtant je sens la colère bouillonner dans mes veines.

Comment a-t-elle pu dire autant de conneries ? À mon frère, en plus ? Elle est encore plus idiote que je ne le pensais.

— Je sais pas ce que vous vous êtes dit ce soir-là, mais elle a tout compris. Elle a su lire en toi en une simple soirée, Tobias ! Toutes les personnes de cette ville pensent que tu es le diable incarné, personne n'a réussi à pénétrer aussi loin dans ton esprit. Je sais qu'il y a quelque chose entre vous, de son côté c'est certain, mais du tien également, As… Alors…

— Stop ! Je ne veux pas en entendre plus, craché-je en faisant claquer la tasse sur ta table basse.

Je le fusille du regard et ma mâchoire devient douloureuse. Cette fois, c'en est trop. Même si c'est mon frère, il y a certaines limites à ne pas franchir. Et il le sait.

Je me lève brusquement et me dirige vers le couloir sans lui adresser un regard. Sans que je m'y attende, il m'attrape par le poignet, et me fait pivoter brutalement. Mes poings se serrent et ma cage thoracique est prête à exploser tant les battements de mon cœur sont virulents. Personne n'ose m'empêcher de partir, encore moins par un geste aussi brusque. Si ce n'était pas mon frère, mon poing se serait abattu sur son visage.

— Est-ce que tu as peur ? me demande-t-il soudain.

— De quoi aurais-je peur ? raillé-je en tentant de libérer mon bras.

— De ce qu'il se passe avec elle.

— Tu devrais savoir que je n'ai peur de rien, Rodd.

Sur ces mots, je m'engouffre dans le couloir et me précipite dans ma chambre.

***

La porte claque derrière moi et je me mets à courir, la capuche sombre de mon sweat relevée. Mes muscles se tendent à chaque foulée, se contractent sous l'effort. La musique qui résonne fortement dans mes oreilles m'aide à ne pas m'égarer dans mes pensées, à ne pas réfléchir. Mes jambes me portent simplement ou bon leur semble tandis que je regarde droit devant moi, impassible.

Je n'ai pas envie de penser aux révélations de Rodéric, je n'ai pas le temps pour ce genre de choses. Mes combats de boxe sont ma priorité. Je dois les remporter, jusqu'au dernier. Je dois montrer au monde que je suis le plus fort, le plus redoutable de tous. J'y parviendrai et personne ne se mettra en travers de mon chemin. Quoi qu'il arrive, je ne cesserai de me répéter ces simples mots : ne jamais céder.

Je finis par m'arrêter, essoufflé. Je regarde autour de moi et je m'aperçois que de l'autre côté de la rue se trouve le *Red*, le café le plus fréquenté de Chicago. *Je ne pensais pas être allé aussi loin…* Je m'adosse contre un mur, les mains dans les poches et observe les citadins passer devant moi. Beaucoup ont le sourire aux lèvres, plusieurs groupes d'adolescents et de jeunes adultes tracent leur chemin en riant à gorge déployée. Je remarque même des petits couples de vieux assis sur les bancs, se tenant la main, l'air bienveillant. Comment peuvent-ils s'aimer encore après autant de temps ? Car je présume qu'ils doivent se connaître depuis bien longtemps.

Je fronce les sourcils lorsque quelqu'un me bouscule. Putain, mais c'est une blague ?

— Oh, excuse-moi, mec ! dit le jeune homme.

Dès que ses yeux se posent sur moi, il devient pâle et son sourire disparaît aussitôt. Je lui fais comprendre de dégager au plus vite avant que ma colère ne se réveille – chose dont je n'ai clairement pas envie.

Il baisse la tête puis rejoint son groupe qui l'appelle depuis plusieurs secondes. Je l'entends vaguement dire quelque chose à mon sujet à l'un de ses potes, mais je n'y prête pas attention.

Je balaye de nouveau la rue du regard d'un air absent. Soudain, mon visage se décompose. Léonie est installée à une table de la terrasse du *Red*.

Sans m'en rendre compte, je fais quelques pas pour me rapprocher d'elle. Les personnes autour de moi font de leur mieux pour m'éviter car je suis maintenant en plein milieu du trottoir, les mains toujours dans les poches, en train de fixer cette fille.

Je la vois rire aux éclats aux côtés d'Isabelle et d'une blonde que je ne connais pas. Elle est si belle, si innocente, si parfaite et… si différente de moi. D'où je me trouve, j'arrive à percevoir le bleu azur de ses yeux, ses traits délicats et ses lèvres pulpeuses qui n'attendent que les miennes…

Putain, Reed !

Je secoue la tête et me recule contre le mur après avoir remis correctement ma capuche de façon à cacher un maximum mon visage. Je ne fais pas ça par peur qu'elle me reconnaisse, mais plutôt parce que je ne suis pas d'humeur à ce que l'on me regarde comme si j'étais un monstre tombé du ciel.

Je n'arrive pas à la quitter des yeux. Je n'ai plus aucun contrôle sur mes gestes ni sur mes pensées. Depuis une semaine, j'ai tout fait pour l'éviter, pour ne pas voir son visage meurtri. Dayan est venu me voir à plusieurs reprises pour me dire à quel point j'étais mauvais et surtout lâche de ne pas lui avoir donné d'explications. Mais ça ne m'atteint pas, loin de là. Rien de ce qu'il me dit ne pourra me convaincre d'aller parler à Léonie, tout simplement parce que pour qu'elle comprenne, il faudrait que je lui confie des choses sur moi, sur mon passé, et c'est inconcevable. Je pourrais lui mentir, mais je refuse ; si j'ai des défauts, je ne suis en aucun cas un menteur. Alors, il me reste une chose à faire : attendre que les choses se tassent en restant loin d'elle.

Quand je reviens à la réalité, Léonie n'a pas bougé. Par contre, son expression enjouée a laissé place à de la tristesse. Les yeux dans le vide, elle semble perdue dans ses pensées tandis que ses deux amies discutent comme si de rien n'était.

Je l'observe longuement. Ses cheveux bruns sont attachés en queue-de-cheval haute et je reconnais très clairement le pull large de Dayan. Plus je la regarde, plus l'air s'alourdit. Le sang bout dans mes veines, j'ai l'impression que chacune de mes cellules est en train de s'enflammer. Mon envie démesurée de l'embrasser et de la posséder me rend complètement dingue. Je crois que jamais je ne comprendrais la raison pour laquelle mon corps réagit ainsi pour elle.

« Je ne te laisserai pas », a-t-elle chuchoté ce soir-là.

Sa voix à la fois affolée et sereine, ses paroles si sincères, me reviennent en tête à chaque instant. Je veux la posséder, savoir qu'elle est folle de moi, l'avoir tout entière. J'en ai *besoin*.

Ressaisis-toi !

Je serre les poings au point que mes phalanges deviennent blanches. Je m'étire le cou de gauche à droite en fermant les yeux. J'inspire profondément, et laisse le calme s'emparer de moi.

C'est seulement après plusieurs minutes que je décide de reprendre la route. Je cours, encore et encore, jusqu'à l'entrepôt. Il faut que je boxe, tout de suite et maintenant. Je dois évacuer ces émotions qui me rendent complètement malade.

* * *

Mon poing s'écrase sur le sac. J'enchaîne des coups tous plus violents les uns que les autres. Mes genoux, mes bras, mes pieds s'abattent sans relâche. Des gouttes de sueur perlent sur mon front, mon t-shirt me colle à la peau. Je frappe si fort que du sang s'écoule le long de mes phalanges. Je serre les dents pour ne pas penser à la douleur engendrée par mes coups. Je continue encore et encore à frapper sur le sac, à bout de souffle. Tout est une question de mental. La douleur est abstraite mais difficile à faire disparaître entièrement. Il faut du temps, beaucoup de temps. Mais du temps, j'en ai eu, et la douleur ne m'effraie plus et ne m'affecte plus. Tout ceci est fini aujourd'hui. Je ne saurais dire pour quelle raison je suis dans cet état. Je ne comprends pas ce qu'il se passe. Je ne comprends pas pourquoi j'ai cette boule dans l'estomac qui m'étouffe depuis plusieurs jours. Je me sens oppressé. Je n'ai jamais ressenti un tel sentiment de toute ma vie et il faut que ça cesse.

— Qu'est-ce que tu fais ? s'écrie une voix familière.

Je n'y prête pas attention. Je me contente de frapper, encore et encore. Ma mâchoire se serre tant la torture que je m'inflige est immense.

— Tobias ! Arrête ! crie Dayan en me poussant loin du sac.

— Lâche-moi, Dayan ! le préviens-je d'un ton menaçant.

Il me lâche aussitôt.

— Putain mais ça ne va pas ou quoi ? Regarde l'état de tes mains, Tobias !

— Je n'ai pas besoin de toi, Yan ! grondé-je.

Il me dévisage de longues secondes, la bouche entrouverte. Pourquoi est-il aussi inquiet pour moi ?

Les traits crispés, il finit par croiser les bras.

— Pourquoi tu te fais du mal ?

— C'est quoi cette question stupide ? dis-je innocemment.

— Me prends pas pour un con, j'ai bien vu que t'avais mal ! Alors pourquoi avoir continué ?

Mes dents grincent. Je suis au bord de l'explosion, je ne tiendrai plus très longtemps. Il faut que je m'éloigne de lui. Je l'entends soupirer alors je prends la direction des vestiaires. Il court et vient se placer devant la porte, de façon à me barrer le passage.

Ils ont tous décidé de me faire chier, c'est pas possible !

— Qu'est-ce qu'il se passe, As ? me demande-t-il d'un air peiné.

— Arrête de t'inquiéter pour moi, Dayan. Je vais finir par croire que Rodéric déteint sur toi !

— Et alors ? C'est pas une bonne chose ? proteste-t-il, maintenant en colère.

Non, ce n'est pas une bonne chose. Surtout pour eux… Je finis par blesser, par briser ceux qui s'approchent d'un peu trop près, que je le veuille ou non.

— Enfile tes gants, on va s'entraîner, annoncé-je fermement.

À sa tête, je devine qu'il ne s'attendait sans doute pas à ce que j'esquive le sujet de cette façon.

— Tobias…

— Non ! Ce sujet est clos ! grogné-je en me dirigeant vers le banc où se trouvent mes gants.

— Arrête de repousser les personnes qui s'inquiètent pour toi, Tobias… lâche-t-il d'une douce voix en me suivant.

Je serre mes gants entre mes doigts en contractant la mâchoire. Cette conversation commence vraiment à me taper sur les nerfs. Je me retourne brusquement, ce qui le fait reculer d'un pas.

— Ce n'est pas ça... soufflé-je.

— Alors pourquoi tu réagis comme ça ? Pourquoi tu n'acceptes pas qu'on s'inquiète pour toi ?

— Parce que vous allez finir par souffrir, Dayan ! C'est déjà le cas pour mon frère... Tout ce que je touche se brise, tu comprends ça ? balancé-je nerveusement.

Cette boule que je ressentais dans le creux de mon estomac, cette boule qui me faisait si mal il y a quelques minutes, est maintenant plus forte. J'ai mal, j'ai terriblement mal... Une autre personne serait déjà en train de fondre en larmes mais moi, je ne pleure plus depuis longtemps. J'encaisse, je supporte cette souffrance en attendant qu'elle s'estompe. Mais elle est présente à chaque instant, elle se cache par moments et finit par revenir à la charge, ce qui me fait exploser, complètement.

Mais j'ai appris à vivre avec, on s'habitue. On s'habitue à cette torture.

— Il faut pourtant te laisser aller, As... Sinon tu souffriras également. Tout le monde a des craintes, des peurs, mais il faut lâcher prise...

— C'est impossible, et tu le sais, dis-je d'une voix tremblante.

Ma voix se brise, et je me retourne pour enfiler mes gants. J'inspire profondément en fermant les yeux quelques secondes pour reprendre mes esprits. Parler de ce genre de choses m'est souvent impossible, mais je me rends compte que, contrairement à ce que je pensais, ça m'a légèrement apaisé. Même si ce ne sera que de courte durée…

* * *

J'assène un coup à Dayan qui parvient à l'esquiver en se baissant, puis il lance un uppercut qui me fait reculer de plusieurs pas. Mon cœur bat à tout rompre, mes muscles me lancent tant ils sont tendus. Je suis si déconcentré que je n'arrive même plus à boxer correctement.

— Et bah, mon vieux ? Tu débloques ou quoi ? demande Dayan, les yeux en soucoupe.

Je m'approche de lui lentement puis passe brusquement mon pied derrière sa jambe. Il tombe au sol dans un bruit sourd.

Je m'accroupis près de lui, un sourire en coin.

— Jamais.

Je me redresse puis lui tends une main pour l'aider à se relever qu'il s'empresse de prendre. Je lui tapote l'épaule dans un rire.

Nous reprenons tranquillement notre combat amical. Dayan commence à me parler de la pluie et du beau temps, mais je le coupe rapidement :

— Comment elle va ? demandé-je sans réfléchir.

Il s'immobilise en laissant retomber ses bras le long du corps, les sourcils levés.

— Tu prends de ses nouvelles, maintenant ? dit-il d'un ton sarcastique.

Devant mon air renfrogné, il reprend :

— Quoi ? C'est pas vrai ? À chaque fois que je parle d'elle, tu coupes court à la conversation, et maintenant tu veux savoir comment elle va ?

Je sens mon pouls s'accélérer une fois de plus. Je ne peux rien répondre à ça car il a raison, malheureusement. Mais j'ai trop de fierté pour le reconnaître.

— Tu ne peux pas te contenter de me répondre ? répliqué-je froidement.

Il soupire en s'approchant de quelques pas :

— Elle ne va pas bien, Tobias… Pas bien du tout, même ! Elle n'a plus le moral, elle a le visage terne et des cernes à faire peur. Comment as-tu pu la laisser dans une telle situation pendant une semaine, As ? Pourquoi être allé la rejoindre pour qu'elle te vienne en aide pour ensuite l'abandonner comme ça ? gronde-t-il.

Je sens mes poils se hérisser. Je n'avais pas réfléchi à ça, je l'avoue… Il est clair que je l'ai abandonnée alors qu'elle avait besoin d'explications et de… soutien.

— Si je ne te connaissais pas aussi bien, je…

— Quoi ? Tu m'aurais frappé ? Bah vas-y, je t'en prie, Dayan ! m'exclamé-je en ouvrant les bras tout en reculant de quelques pas.

Son visage affiche une mine dégoûtée, déçue même. Il me regarde d'un air effaré, sans dire un mot pendant plusieurs secondes qui me paraissent interminables. Alors que je m'attends à recevoir un coup, Dayan finit par enlever ses gants, et les jette brutalement au sol, puis explose :

— Tu ne peux pas savoir comme tu peux être con… J'essaie de te faire ouvrir les yeux, de te faire comprendre certaines choses, mais visiblement c'est peine perdue… Peu de personnes croient en toi, même aucune en fait, à part ton frère et moi. Je crois en toi, Tobias, parce que je te connais, mais laisse-nous t'aider et surtout, essaie de lâcher prise…

Mon corps ne bouge plus, mes muscles m'ont lâché. Je commence sérieusement à en avoir marre de réagir de cette façon à chaque fois qu'on aborde le sujet. Ce n'est pas moi ça, non, ce n'est pas moi. Je ne suis pas le genre d'homme à éprouver des sentiments de ce genre. Je ne suis pas le genre d'homme qui s'excuse, qui fait des efforts pour une personne. Ce n'est pas moi, et ça ne le sera jamais.

— Et qu'est-ce que tu voudrais que je fasse, Dayan ?

— Toi seul à cette réponse, As. Mais je vois très bien que Léonie, malgré ta réticence, a une certaine influence… sur toi. Il y a quelque chose, je le sais. Tu devrais aller lui parler. Même si tu ne veux pas entrer dans les détails, elle comprendra… Elle comprend beaucoup de choses.

Je prends une grande inspiration puis souffle bruyamment. Dayan se met à sourire un peu en comprenant que ses mots ont eu l'impact qu'il espérait. Mais je sais très bien que derrière ce sourire se cache une légère inquiétude. Il sait, il a parfaitement conscience de ce qu'il se cache au fond de moi et il sait que ça peut s'avérer dangereux pour elle… Mais il a confiance en moi, c'est pour cette raison qu'il fait tout ça.

Quelques heures plus tard, assis sur le banc, les coudes sur les cuisses et les yeux rivés sur le sol, je réfléchis encore et encore. Je rumine et ressasse depuis plus de trente minutes. Il est maintenant plus de vingt heures, j'ai passé l'après-midi ici. Dayan est parti rejoindre Rodéric à la maison. D'ailleurs, ce dernier doit sûrement attendre impatiemment mon retour pour, sans aucun doute, m'en mettre plein la gueule de ne pas l'avoir appelé pour lui dire où je me trouvais.

J'ai l'impression de parler de mon père, c'est ridicule.

Je tapote mon pouce sur l'écran du téléphone en soufflant de nombreuses fois.

Oui, non… Oui, non…

J'arrête subitement de réfléchir et envoie le message.

Chapitre 30
Léonie

Isabelle et moi rions aux éclats en nous dandinant sur le lit. Je finis par me calmer et j'essuie mes yeux pleins de larmes. Dès que nos regards se croisent, nous explosons de rire à nouveau. Dorénavant, chaque week-end, elle viendra dormir à l'appartement, alors nous profitons de chaque seconde. On ne sort pas ce soir car on est assez fatiguées de notre semaine. Et puis Dayan est absent, alors c'est l'occasion de passer une petite soirée entre filles en nous goinfrant et en regardant des romances qui nous font pleurer comme des madeleines à chaque fois.

— Au fait, Daniel est venu me voir tout à l'heure pour savoir si on était partante pour aller au *Red* demain soir ?

— Évidemment !

— On va pouvoir se déhancher un peu ! déclare Isabelle dans un rire.

Je hausse les sourcils et me lève brusquement du lit.

— On n'a pas besoin d'être dans un bar pour pouvoir danser, Mademoiselle !

Elle me suit du regard, le sourire jusqu'aux oreilles. Je lance ma playlist et commence à me trémousser au rythme de la musique. Isabelle me rejoint en moins de deux secondes et saute sur place, les cheveux se balançant de haut en bas. Nous dansons et chantons les bras en l'air pendant plusieurs minutes. Je n'avais pas ressenti cette extase, ce sentiment de liberté depuis longtemps. Je me sens bien, vraiment bien depuis plusieurs jours. Je prends ma meilleure amie dans mes bras et continue de danser, le sourire aux lèvres. Je pense que je n'aurais pas tenu très longtemps si elle n'avait pas été là pour me remonter le moral. J'aurais pété les plombs sinon…

Je finis par relâcher mon étreinte lorsque j'entends mon téléphone sonner. Dansant sur place, un sourire toujours scotché sur les lèvres, je m'empare de mon portable.

Habille-toi, je viens te chercher.

Mon cœur rate un battement et la seconde d'après, il se met à tambouriner. Je sais que c'est *lui*, je ne sais pour pourquoi, mais c'est lui, j'en suis persuadée.

Qui est-ce ?

Je me retourne en inspirant profondément. Isabelle est toujours en train de danser, les yeux fermés, ne se doutant pas un instant de ce qu'il se passe.

Après quelques minutes qui me semblent interminables, il finit par répondre :

Tu sais très bien qui je suis, trésor.

Oh mon Dieu.

Oh mon Dieu.

Oh mon Dieu.

Deux émotions s'emparent de moi : l'angoisse et l'euphorie.

Mon cœur va exploser.

Je relis plusieurs fois ses messages.

Il va venir me chercher ?

Non, non, je ne veux pas. Je ne suis psychologiquement pas prête à le revoir.

— Qu'est-ce qu'il y a ? s'inquiète ma meilleure amie en s'approchant de moi.

Je lui tends mon portable pour simple réponse et elle commence à lire en silence. Un sourire carnassier étire ses lèvres et ses yeux se mettent à me fixer d'un air que je connais trop bien.

— Promets-moi que tu ne le laisseras pas entrer ! la supplié-je.

— Tu veux rire ? Je vais même l'emmener jusqu'à ta chambre ! déclare-t-elle en souriant.

— Mais ça va pas ou quoi ?

— C'est l'heure des explications, Léonie ! Et puis... peut-être d'autre chose aussi, dit-elle, le regard lourd de sous-entendus.

— Arrête, tu veux !

— Allez, habille-toi, m'ordonne-t-elle en me donnant une tape sur les fesses.

Je ris nerveusement en répondant :

— Hors de question ! Je resterai toute la soirée dans mon lit, bien au chaud.

Je me précipite sur ce dernier et m'enfouis sous la couverture. Je pianote sur mon téléphone mais Isabelle vient me le prendre avant de faire voler la couette de l'autre côté du lit.

— Isa, je ne rigole pas ! Je n'irai pas !

— Moi non plus je ne ris pas, Léo ! prévient-elle, les mains sur les hanches.

Nous nous regardons droit dans les yeux de longues secondes, attendant que l'autre cède, et sursautons toutes les deux lorsque des coups sur la porte d'entrée se font entendre.

— Oh mon Dieu… chuchoté-je en me cachant de nouveau sous les draps.

Isabelle hésite un instant avant de sortir de la chambre. Je la retiens d'une voix suppliante :

— Dis-lui que je ne suis pas là, s'il te plaît ! En plus je suis en culotte et en débardeur !

Elle glousse mais reprend rapidement son sérieux et me lance un regard attendrissant :

— Écoute, si tu ne veux vraiment pas le voir, j'essaierai de le retenir, mais je pense sincèrement que tu devrais lui parler…

Je ne dis rien et me retourne dans mon lit. J'ai vraiment peur. Pas de lui en soi, mais plutôt de le voir après ce qu'il s'est passé. Après le baiser, cette fin de soirée… Ça m'angoisse. Et puis, pourquoi venir après une semaine de silence ?

Je sursaute lorsqu'on toque à la porte de la chambre. *Oh putain !* Mon cœur s'affole, mes mains sont moites.

Je ferme les yeux quand j'entends la porte s'ouvrir. Je l'entends se rapprocher. J'essaie de ne pas bouger pour essayer de le persuader que je dors, mais je comprends que c'est peine perdue quand son rire résonne dans la pièce. Ce rire franc qui restera gravé dans ma mémoire jusqu'à la fin de ma vie.

— Il est un peu tôt pour dormir, tu ne crois pas ? raille-t-il.

Je devine qu'il sourit au ton de sa voix.

Je ne réponds pas et reste immobile. Je suis paralysée, mes muscles ne m'obéissent plus. Bizarrement, sa voix m'affole autant qu'elle m'apaise. Je ne saurais expliquer pourquoi.

Ma respiration se coupe lorsque le lit s'affaisse. Je sens son odeur… Son odeur si exquise, si masculine, si sauvage… J'ouvre les yeux et tombe nez à nez avec son avant-bras tatoué. Je m'allonge sur le dos et je suis parcourue de frissons lorsque ses yeux émeraude rencontrent les miens. Son souffle chatouille mes lèvres qui sont maintenant entrouvertes. Seuls les draps qui me recouvrent empêchent ma peau d'être en contact avec la sienne et je me félicite de m'être réfugiée dans mon lit. Si je devais le sentir encore plus près de moi, je pense que je serais incapable de résister à la tentation de l'embrasser. De sentir ses lèvres chaudes sur les miennes. De sentir ses mains caresser mon corps à m'en faire perdre la tête.

— Tu n'arriveras jamais à me fuir, Léonie, murmure-t-il, trop proche de mes lèvres.

Il faut qu'il s'éloigne, car je ne pourrais pas le repousser.

— Je sais.

Il semble surpris par ma franchise. Mais c'est pourtant la vérité, le fuir m'est impossible.

Je ne peux m'empêcher de laisser mes yeux courir sur son corps. Il est vêtu d'un simple t-shirt noir moulant, d'un jean couleur kaki et… mon souffle se coupe quelques microsecondes lorsque j'aperçois son boxer Calvin Klein qui dépasse de ce dernier.

Putain, Léonie !

Je secoue la tête et ferme les yeux. C'est le seul moyen pour ne pas déraper complètement. Je l'entends rire une seconde fois.

— Qu'est-ce qui t'arrive, trésor ?

Connard !

Je peine à avaler ma salive, mes mains sont toujours moites. Sa voix va me faire perdre le contrôle… Son corps athlétique m'empêche de faire le moindre mouvement et je ne supporte pas de me retrouver dans une telle situation de faiblesse. Il faut que je me ressaisisse.

— Qu'est-ce que tu fais là ? demandé-je sèchement.

— Tu n'as pas reçu mon message ? dit-il en inclinant la tête, l'air taquin.

Je prends une grande inspiration et le pousse pour qu'il s'éloigne de moi. Il n'oppose aucune résistance et sourit de toutes ses dents en allant s'adosser contre le mur à côté de la porte. Il me fixe, tel un prédateur attendant patiemment le moment opportun pour sauter sur sa proie.

— Je ne viens pas avec toi ! annoncé-je en m'asseyant, les draps entre les mains.

— Tu n'as pas vraiment le choix.

— Bien sûr que si j'ai le choix, Tobias ! Tu te prends pour qui ? réponds-je en sentant la colère monter.

Dans son cou, je vois une veine palpiter, ce qui n'est pas un bon signe. Malgré tout, je ne me démonte pas et le défie du regard. Ses yeux s'assombrissent aussitôt. Il souffle plusieurs secondes puis s'approche de moi d'un pas assuré.

— Je vais reformuler ma demande car je n'ai pas envie qu'on se dispute ce soir, d'accord ? Viens avec moi, s'il te plaît.

Comment résister à ça ? Comment résister à ce ton si suppliant ? À cette voix… ? Comment *lui* résister ?

Mon Dieu…

— Pourquoi avoir attendu autant de temps, Tobias ? demandé-je doucement, la voix emplie de tristesse.

— On en parlera une fois dehors, répond-il fermement.

J'inspire en fermant les yeux. J'avoue que lorsqu'il emploie ce ton si dominateur, si agressif, il me fait peur… Je baisse les yeux et reste silencieuse. Mes mains se mettent à trembler alors je laisse mon dos retomber contre le mur derrière moi, en veillant à ne pas lâcher la couverture. Une partie de moi voudrait qu'il parte et qu'il ne revienne jamais, mais l'autre… a envie qu'il reste ici pour toujours.

Il vient s'installer à mes côtés. Sa respiration est irrégulière, ce qui me surprend. Un frisson s'empare de moi lorsque son index se pose sous mon menton, ce qui m'oblige à lever le visage vers lui. Il plonge son regard dans le mien et l'éclat de ses iris est de nouveau présent, ce qui me rassure instantanément.

— Je veux que tu saches que *jamais* je ne te ferai de mal, Léonie.

Je ne peux retenir un soupir, ce qui le fait sourire. Son pouce caresse ma joue tendrement tandis que mes yeux restent ancrés aux siens. Il est si séduisant… Mais il est si déroutant que mon cerveau et mon cœur deviennent complètement fous. Il est étonnant, vraiment étonnant.

— Je te rejoins en bas, murmuré-je.

Je vais le suivre car je veux des explications, je veux comprendre. J'ai *besoin* de *le* comprendre.

Tobias se lève et se dirige vers la porte, avant de faire volte-face.

— Pourquoi tu ne sors pas du lit ? demande-t-il, curieux.

Mes joues s'empourprent et je m'assois en tailleur en tenant fermement la couette contre ma poitrine.

— Tu es nue ? insiste-t-il, un sourire séducteur sur les lèvres.

— Ah, t'aimerais bien, hein ?

— Alors pourquoi te caches-tu ? renchérit-il en s'approchant de moi.

Je sens mon corps frémir. Mes joues deviennent rouge écarlate.

— Je te rejoins en bas, Tobias ! Ne m'oblige pas à changer d'avis ! grondé-je.

J'ai l'impression que mes mots ne sont qu'un simple souffle. Mon ton que je pensais menaçant ne l'impressionne pas du tout puisqu'il s'avance encore un peu plus en me dévorant du regard. *Oh, non...* Lorsqu'il arrive au bord du lit, il se stoppe un instant en ne détachant pas une seule seconde ses yeux des miens. Ma tête relevée à l'extrême, je suis dans une position particulièrement douloureuse mais à cet instant, rien ne pourrait me faire détourner le regard.

D'un coup, ses mains se posent fermement sur mes cuisses, toujours recouvertes du drap. Son visage s'approche lentement du mien. Il ne sourit pas mais ses traits sont étonnamment doux. Son souffle caresse ma bouche, ses lèvres frôlent les miennes. Sa langue vient chatouiller la peau de mon cou, particulièrement sensible. Un frisson intense parcourt mon corps. Ma tête se balance sur le côté, laissant ainsi ma peau sous son emprise. Un souffle proche du gémissement m'échappe. Je le désire tellement que j'en ai presque mal.

Ses baisers cheminent jusqu'à mon oreille et soudain, il se stoppe puis chuchote :

— Je sais que tu ne changeras pas d'avis.

Il semble si sûr de lui que ma fierté m'interdit de le laisser jouer avec moi une seconde de plus.

— Ne sois pas si sûr de toi, Tobias. Tu pourrais être surpris, dis-je d'un ton cassant en me relevant.

Je m'avance près de mon armoire tout en jetant un rapide coup d'œil par-dessus mon épaule. Il affiche un large sourire qui laisse apparaître ses dents blanches.

Pourquoi il sourit comme ça, cet idiot ?

Les mains dans les poches de son pantalon, il continue de me reluquer de haut en bas d'un regard presque érotique.

Merde, je suis à moitié nue !

J'ouvre précipitamment l'armoire de façon à me cacher derrière la porte en bois. Avec tout ça, j'avais complètement oublié ce petit détail…

J'essaie de réguler ma respiration pour calmer les battements de mon cœur, en vain. Dès qu'il est là, tout près de moi, je n'arrive plus à me contrôler, ni mon corps ni mon esprit. À chaque fois, c'est la même chose.

Je n'ai pas le temps d'enfiler quoi que ce soit qu'il apparaît à mes côtés. Je sursaute quand sa main se pose sur la porte de l'armoire. Mes nerfs sont à vif. Il ouvre la porte entièrement et je me plante devant lui, le regard furieux.

— Si tu veux que je vienne avec toi, laisse-moi m'habiller ! lancé-je en perdant mon calme.

— Pourquoi tu te caches de moi ? me demande-t-il, comme s'il ne m'avait pas entendue.

Ma colère s'envole aussitôt.

— C'est quoi cette question ? Je veux pas rester dans cette tenue devant toi, c'est tout !

— Tu sais très bien que je ne parle pas de ça, Léonie.

Ah… Je vois.

— Je n'ai pas à répondre à ça, soufflé-je en cherchant des vêtements.

Je l'entends souffler. Doucement, Tobias me fait pivoter. Je recule mais mes fesses percutent l'autre porte. Piégée entre l'armoire et lui, je croise les bras pour éviter que nos corps ne se touchent – question de sécurité.

Une fois de plus, il m'attrape le menton pour me faire lever le visage vers lui.

— Tu n'as pas à cacher ce que ton corps et ton esprit réclament, Léonie.

OK, je ne sais plus où me mettre. Je n'ai jamais été aussi gênée de toute ma vie. *Le salaud !* L'envie de le gifler me démange, mais je me retiens ; après tout, il n'a pas tort.

Je n'ai même pas les mots pour lui répondre et ma voix me ferait perdre toute crédibilité. Je me contente de planter mon regard dans le sien, au vert exaltant de ses iris. Je suis au moins sûre d'une chose : je l'attire autant qu'il m'attire. Mon souffle se fait plus court lorsqu'il caresse ma bouche de son pouce. Sa mâchoire se contracte en fixant son contact sur ma lèvre.

Après de longues secondes, il met fin à ces délicieuses caresses et s'éloigne de moi d'un pas rapide.

— Je te laisse te préparer, dit-il sans se retourner.

Le revoilà. Il est redevenu le Tobias que j'ai rencontré la première fois, froid et distant. Je prends une grande inspiration pour reprendre mes esprits. Le stress m'envahit. Entre cette phrase qui m'a complètement désorientée, ses gestes qui trahissent une envie certaine et son indifférence, je ne sais plus où donner de la tête.

J'ignore ce que me réserve cette soirée…

* * *

Je sors de la chambre après avoir enfilé un slim noir, un t-shirt rouge et ma veste en cuir. J'attrape une paire de baskets noires puis descends lentement les escaliers mais je me fige en entendant Isabelle et Tobias discuter. Je comprends rapidement qu'ils parlent de moi :

— Promets-moi que tu veilleras sur elle…

— Je ne la quitterai pas des yeux, Isabelle.

— D'accord… Mais fait attention à elle, insiste-t-elle.

J'entends Tobias soupirer.

— T'es bien comme ton frère, tu le sais ça ? dit-il dans un rire sarcastique.

— Je m'inquiète simplement pour elle, c'est tout ! s'énerve brusquement ma meilleure amie.

— Ça, je l'ai bien compris ! Et si je te dis que je ne la quitterai pas des yeux, c'est que je le ferai !

C'est à ce moment que je décide de faire mon entrée pour éviter un quelconque dérapage. Ouais, Isabelle serait prête à tout quand il s'agit de moi, même avec un Tobias devant elle.

— Je suis prête ! annoncé-je, le sourire aux lèvres.

Deux paires d'yeux se tournent aussitôt vers moi. Isabelle entrouvre la bouche tandis que Tobias croise les bras, un sourire en coin.

— T'es magnifique ! s'écrie-t-elle.

Je lui souris et la remercie mais mon regard se plante dans le sien. Dans ses yeux pétillants et enflammés. Son éternel sourire est ancré sur ses lèvres, c'est comme s'il n'avait plus aucun contrôle.

Eh ouais, moi aussi je lui fais de l'effet !

— Je t'attends dehors, dit-il simplement.

J'acquiesce et l'observe se diriger vers la porte d'entrée. Il est si beau que c'en est presque surnaturel… Un sentiment d'excitation mélangé à de l'appréhension s'empare de moi lorsqu'il referme derrière lui. Il est venu jusqu'ici pour me demander de venir avec lui, il m'a presque suppliée de l'accompagner… Le sourire qui s'est étiré sur mes lèvres à cette pensée s'évanouit aussitôt quand je réalise que je n'ai aucune idée de ce qu'on va faire. Où allons-nous ? Avec qui ? Que va-t-il se passer ?

— Léo, tu es sûre que ça va ? demande Isabelle en posant une main sur mon épaule, me sortant de mes pensées.

— Oui, ça va. Je suis juste un peu anxieuse.

— C'est normal, ça va bien se passer, j'en suis persuadée !

Je lui souris et embrasse sa joue.

— Je suis désolée de te laisser seule… dis-je en esquissant une petite moue.

— Hé ! Tu n'as pas à l'être, c'est moi qui t'ai poussée à sortir !

Je me dirige à mon tour vers la porte. Je me retourne une dernière fois vers Isabelle qui me lance un « fais attention à toi » tout en faisant de grands gestes pour me donner du courage. C'est avec le sourire aux lèvres que je referme derrière moi.

Une fois au rez-de-chaussée, j'ouvre les portes de l'immeuble et aperçois Tobias adossé contre sa moto. Je m'avance d'un pas serein alors qu'en réalité, je suis morte de trouille. Lorsque je ne suis plus qu'à quelques mètres de lui, il se redresse et m'adresse un sourire radieux et, surtout, satisfait. Je détourne les yeux de son visage pour les poser sur la moto, l'une des plus belles que j'ai pu voir de toute ma vie. Ses roues sont gigantesques, les jantes sont rouges presque fluorescentes. Du bout des doigts, j'effleure la carrosserie noire puis je m'attarde sur un symbole tribal teinté de rouge.

— Elle te plaît ? demande-t-il soudain.

— Elle est magnifique.

— Je sais.

— Toujours aussi arrogant, à ce que je vois.

Il croise les bras, un sourire sur les lèvres. Son regard se fait plus intense, plus malicieux, lorsqu'il s'approche de mon oreille en me susurrant :

— Et je me ferai un plaisir de te montrer mes autres qualités, trésor.

Je m'empourpre instantanément. Mon cœur rate un battement et je déglutis difficilement. Il sait y faire, oh oui il sait y faire ! Il sait parfaitement comment me déstabiliser, quoi dire et quoi faire pour que je perde mes moyens. Mais je refuse qu'il gagne à ce jeu-là.

Je plonge mes yeux au plus profond des siens. Je me penche à mon tour à son oreille et prends soin de coller tout mon corps au sien.

— Et j'ai bien l'intention de les découvrir, murmuré-je.

Je sens sa peau s'électriser sous mon souffle et je souris, fière de mon coup. Je ne pense pas qu'il s'attendait à ce que je réponde à sa provocation. *Eh ouais !* J'ai envie de lui montrer que, moi aussi, je peux le troubler.

Toujours collée à lui, je le regarde intensément tandis qu'il ne bouge pas d'un centimètre. Il observe chacun de mes gestes, les mains dans les poches. Je sens son corps tressaillir sous mon souffle qui caresse son cou. Mes lèvres frôlent sa peau, nos respirations se font plus haletantes, et la chaleur qui émane de son corps me rend dingue.

Sa main se pose sur le bas de mon dos, sous ma veste, et je frissonne. D'un mouvement vif, il emprisonne mon corps avec le sien. Mes bras se plaquent contre son torse tandis que mes lèvres effleurent toujours son cou. Je sens sa respiration contre mon oreille et un grognement à peine audible se dérobe de sa gorge lorsque ma bouche se pose enfin contre sa peau. Je parsème son cou de baisers, cheminant jusqu'à son épaule. Son odeur, un parfum musqué incroyablement apaisant, m'enivre. Je ferme les yeux pour mieux savourer ce contact. Je me rends alors compte qu'il m'est impossible de lutter contre les sentiments que je ressens pour lui.

Je continue mes baisers et je sens son corps se raidir. Sa main tenant fermement ma hanche se fait plus pressante, plus désireuse. Nos respirations se font de plus en plus haletantes. Cette tension… Ses doigts remontent sous mon t-shirt, et viennent caresser mon dos. Il exerce une pression et me rapproche un peu plus de lui en me soulevant presque du sol. Je ne me laisse pas impressionner et mordille son cou à plusieurs reprises avant de murmurer :

— Il est peut-être temps d'y aller.

Avant qu'il ne dise quoi que ce soit, je me détache rapidement de son emprise et m'écarte de quelques pas, le sourire aux lèvres.

Un silence s'installe durant de longues secondes. De très longues secondes pendant lesquelles nous ne nous lâchons pas des yeux. Il finit par souffler et son visage est de nouveau dépourvu d'émotions.

Le revoilà… Encore…

Il enfourche sa moto d'un air renfrogné et je ne peux m'empêcher d'admirer le spectacle. Les reflets de la lune accentuent ses traits ténébreux et ses cheveux noirs, sa mâchoire carrée lui donnent davantage l'aspect d'un mauvais garçon – sans oublier ses tatouages. Sa prestance me fascinera toujours. Il plonge enfin son regard dans le mien, et ses émeraudes se mettent à briller.

— Tu montes ? dit-il subitement, me sortant de ma contemplation.

— Euh, oui.

Je m'approche lentement et, toujours impassible, il me tend un casque de la même couleur que la moto : noir avec une aile rouge de chaque côté. Il est magnifique…

Je le saisis pour l'enfiler mais je me rends compte que Tobias n'en possède pas.

— Tu n'en as qu'un ? demandé-je.

— Oui, donc mets-le.

— Dayan a le sien à l'appartement, si tu veux.

— Je n'en ai pas besoin. Allez, monte ! s'impatiente-t-il.

— Non, je préfère que tu le mettes ! insisté-je en lui tendant le casque.

— Ne m'oblige pas à te le mettre de force, Léonie.

Je fais de mon mieux pour ne pas flancher devant son air menaçant mais je finis par céder. Je m'équipe en soupirant puis monte enfin derrière lui.

— Très bien, ne mets pas de casque, mais alors promets-moi de faire attention, je ne veux pas que tu…

Je retiens de justesse la fin de ma phrase. Ma fierté m'interdit de faiblir devant lui, *surtout* devant lui.

— Tu ne veux pas que je… ? poursuit-il d'un air taquin.

— Je ne veux simplement pas que tu meures, je ne veux pas avoir ça sur la conscience, c'est tout ! lancé-je.

— Hm, bien rattrapé.

Il allume brusquement le moteur, et le fait gronder. Je ne peux retenir un sourire en sentant mon sang bouillir dans mes veines. Il n'a même pas démarré que je ressens déjà l'adrénaline monter.

— Tu devrais t'accrocher, trésor.

En entendant le moteur gronder de plus belle, je fais ce qu'il me dit et passe mes bras autour de sa taille. Dès qu'il sent mes mains se serrer contre son corps, il démarre à toute vitesse, ce qui m'arrache un hoquet de surprise. Je faisais la maligne mais maintenant, avec toute cette vitesse, mon corps s'est crispé contre son dos. Les voitures défilent à une allure folle. Je m'accroche à lui aussi fort que je le peux. Nous nous arrêtons à un feu rouge et il en profite pour me jeter un coup d'œil.

Je distingue clairement une lueur moqueuse dans son regard. Je souris en resserrant davantage mon étreinte. Nous repartons et je me détends petit à petit en admirant le paysage défiler, m'efforçant de ne penser à rien d'autre.

* * *

Après une vingtaine de minutes, nous arrivons enfin à destination : Fullerton Beach. Je m'empresse d'enlever le casque et je m'approche de la plage. Je pose mes mains sur le muret qui me sépare du sable et contemple la vue qui s'offre à moi. Il fait nuit maintenant, mais la lumière des réverbères me permet d'admirer la mer agitée. Le son des vagues qui s'échouent sur le sable est si reposant que je ferme les yeux pour savourer ce moment.

Depuis mon plus jeune âge, j'ai toujours aimé me rendre sur la plage tard dans la nuit. J'aime cette sensation de tranquillité, cette sensation d'évasion qui me permet de mettre les problèmes et les moments difficiles de la vie de côté.

— Tu viens ?

J'acquiesce et le suis sur le sable. Tandis que nous marchons tranquillement, j'observe discrètement Tobias qui a l'air tendu : il a les mains dans les poches, le regard perdu sur l'horizon, et sa mâchoire tressaute à plusieurs reprises.

— Pourquoi m'avoir emmenée ici ? finis-je par demander.

— Il faut qu'on parle.

Mon cœur s'accélère à ces mots. Va-t-il enfin m'expliquer ce qu'il s'est passé, ce soir-là ?

De longues minutes s'écoulent, durant lesquelles aucun de nous ne parle. Je n'ose pas ouvrir la bouche car j'ai peur de ses réponses. J'ai la nette impression qu'il n'est pas prêt non plus à dévoiler quoi que ce soit.

— Tu sais, tu n'es pas obligé de te confier à moi si tu n'en as pas envie. J'aimerais simplement savoir pourquoi tu as eu cette… cette crise… dis-je doucement.

— L'obscurité, répond-il, distant.

Il s'assoit sur le sable et place les bras sur ses genoux. Je m'installe à ses côtés en regardant l'horizon, tout comme lui.

— J'ai sans cesse besoin de lumière. L'obscurité est l'un de mes plus gros points faibles.

Je l'écoute avec attention, mais je me rends rapidement compte qu'il n'a pas l'intention de m'en dire plus…

— Je veux que tu comprennes que si je ne t'en dis pas davantage c'est parce que je ne suis pas prêt à en parler, ce n'est pas contre toi, me confie-t-il en me regardant enfin.

Ses yeux me scrutent d'un air morose et mon cœur se serre. Je parviens à ressentir toute cette peine, cette souffrance qui l'habite et ça me fend le cœur.

— Pourquoi tu ne m'as pas dit qu'il te fallait de la lumière quand on s'est couchés ? demandé-je en fronçant les sourcils.

— J'avais bu…

Je replonge mon regard sur le lac.

— Comment l'obscurité peut-elle provoquer quelque chose d'aussi brutal ?

Il souffle face à ma ténacité. Du coin de l'œil, je vois sa mâchoire se crisper et ses doigts jouer entre eux.

— Les souvenirs refont surface et me plongent dans un état second.

Je déglutis. Ce qu'il me dévoile peu à peu me déchire le cœur. Ça doit être si douloureux… *Comment peut-il être encore debout ?* Au fond de moi, j'aimerais savoir ce qu'il a vécu pour devenir l'homme qu'il est aujourd'hui, mais d'un autre côté, je ne suis pas certaine d'être capable d'entendre la vérité.

— Tu sais que si tu as besoin de te confier, je serai là pour toi, soufflé-je.

D'un geste timide, je pose ma main sur son avant-bras et je sens son corps se raidir, comme à chaque fois que j'essaie de faire un pas vers lui.

— Je n'ai jamais eu besoin de personne, dit-il en fuyant mon regard.

Je ferme les yeux avant de chuchoter :

— Je suis vraiment désolée.

— Tu n'as pas à l'être.

Face à son ton cassant, je retire ma main et entoure mon corps de mes bras. Je soupire en mordant ma lèvre, irritée. Il y a tellement de choses que j'aimerais lui dire, lui demander, mais il est si imprévisible que je ne sais jamais sur quel pied danser. Tobias est une énigme à lui seul et je pense que je n'arriverai jamais à le comprendre…

— Pourquoi tu fais cette tête ? demande-t-il dans un rire.

— Quelle tête ?

— Cette tête ! répète-t-il en désignant mon visage du menton.

— Je réfléchis.

— Dis-moi.

Je prends mon courage à deux mains et je me lance après plusieurs secondes de silence :

— Tu sais, à la fin de la soirée… on s'est…

— Ah, c'est ça qui te préoccupe ? me coupe-t-il. On était soûls…

— Ce soir-là, oui, mais les autres fois ?

Sa bouche s'ouvre pour ensuite se refermer. Visiblement, il ne sait pas quoi dire. Il semble réfléchir quelques instants puis finit par se pencher à mon oreille :

— Sache que ça ne voulait rien dire, Léonie.

C'est comme si je venais de me prendre une gifle. Une gifle si violente que j'en perds mes mots. Ma gorge se serre et mon corps se met à trembler de colère. Ma main me démange mais j'essaie tant bien que mal de me contrôler.

— Alors pourquoi tu m'as envoyé ce message ? Pourquoi me confier autant de choses sur toi ? m'écrié-je en me levant.

Il se lève à son tour, d'un geste lent, comme si la situation ne lui faisait ni chaud ni froid.

— Tu étais déjà au courant de beaucoup de choses, Léonie, et c'est mon frère qui a insisté pour que je vienne vers toi, dit-il d'un ton neutre.

Je me retiens, je retiens de toutes mes forces mes larmes de couler, mais la colère et la peine que je ressens est si grande que je ne tiendrai plus très longtemps.

Quel connard !

Je perds le contrôle. Ma main s'abat sur sa joue avec une telle violence que sa tête dévie sur le côté. Sans un mot ni un regard pour lui, je tourne les talons. Je m'empresse de faire disparaître du revers de la main les quelques larmes qui roulent sur mes joues. Je refuse de pleurer pour une ordure pareille.

Je pensais réellement que sa démarche était sincère, qu'il était prêt à… Je ne sais même pas à quoi je m'attendais. Maintenant, peu importe, j'ai ma réponse. Il souhaitait simplement me mettre plus bas que terre, me mettre la honte de ma vie. Pourtant, je pensais que nos baisers signifiaient quelque chose. Je le pensais vraiment.

— Léonie, attends ! crie Tobias au loin.

Je ne réponds pas et accélère le pas pour rejoindre la route. Je fais de mon mieux pour essuyer les larmes qui n'arrêtent pas de couler. Putain ! Je le déteste et je déteste cette putain de ville de merde !

— Léonie ! crie-t-il de nouveau en m'empoignant le bras.

Il me fait pivoter brusquement et m'immobilise en me tenant les épaules. Je le repousse du mieux que je peux, mais il ne me lâche pas.

— Lâche-moi, Tobias ! hurlé-je en me débattant.

— Ne t'en va pas, me supplie-t-il.

Je me mets à rire nerveusement.

— Tu veux que je reste ? C'est ton frère qui te l'a conseillé, ça aussi ? craché-je.

Il souffle en passant une main dans ses cheveux ébène puis répond calmement :

— Je n'aurais jamais dû dire ça.

Je plonge enfin mes yeux dans les siens. Je perçois une pointe d'inquiétude dans son regard et même du regret. Les yeux, eux, ne mentent jamais.

Du revers de la main, j'essuie une énième fois mes joues.

— Pourquoi tu te comportes comme ça avec moi, Tobias ? Pourquoi tu cherches à me faire mal ?

Cette fois-ci, il se passe les deux mains dans les cheveux et fait plusieurs pas en arrière. Il me dévisage tristement pour la première fois depuis que je l'ai rencontré, puis fond sur moi pour s'emparer de mon visage de ses mains.

— S'il te plaît, ne t'en va pas, souffle-t-il.

— Réponds-moi, Tobias…

Il me lâche puis recule de quelques pas.

— Je ne cherche pas à te faire mal, Léonie.

Je baisse la tête en prenant une grande inspiration.

— Ramène-moi à l'appartement.

Son visage se décompose instantanément.

— Non… souffle-t-il, telle une supplique.

Je l'observe de longues secondes. Je réfléchis. Partir ou rester ? *Partir ou rester ?*

Mon cœur tendre me supplie de ne pas abandonner. Mais je lui ai laissé sa chance, beaucoup trop de fois… La colère que je ressens est si intense que mes sentiments contradictoires me tourmentent.

Je m'écarte de lui et vais m'asseoir sur le muret, face à l'océan.

— Je ne partirai pas parce que je t'ai dit que je t'accompagnerais, mais j'ai besoin d'avoir des réponses à mes questions, Tobias.

Le regard perdu dans le vague, la gorge serrée, je ne cherche même plus à essuyer mes larmes. Ça ne servirait à rien : elles semblent intarissables. À cause de *lui*…

J'attends comme ça plusieurs minutes. Comme il ne dit rien, je finis par me retourner. Ses yeux plongent directement dans les miens et je comprends tout de suite qu'il ne compte pas ajouter quoi que ce soit.

— J'ai besoin d'être seule quelques minutes, soufflé-je en lui tournant une nouvelle fois le dos.

Au bout de quelques instants, je l'entends s'éloigner. J'inspire et expire profondément plusieurs fois, les yeux fermés, et savoure l'air frais. C'est si reposant, si apaisant que j'en oublierais presque ma tristesse et ma colère. Presque.

Un jour, il me parlera.

Je saurai enfin pour quelle raison il se protège, pour quelle raison il est l'homme qu'il est aujourd'hui.

Un jour, je le saurai.

Mais pour le moment, ma colère envers lui est bien trop grande.

Chapitre 31
Léonie

Est-ce que je décide de rentrer malgré ma promesse ? Ou bien, est-ce que je reste en espérant que la suite de la soirée se passe au mieux ? Mon esprit me hurle de partir en courant, de ne plus jamais lui adresser la parole, mais mon cœur, lui, me supplie de lui donner une autre chance.

Je choisis la deuxième option. Comme je suis fleur bleue, et sans doute un peu naïve, je me dis que, peut-être, il va essayer de se rattraper…

Je souffle puis secoue la tête, essayant de faire taire toutes mes pensées. J'avance vers la moto d'un pas tranquille. J'essaie de paraître sereine malgré les émotions qui mènent une guerre en moi. Tobias me dévisage, les mains dans les poches, avec un regard si douloureux que j'en perds mes mots. Je m'empare du casque qu'il me tend mais, avant que j'aie le temps de l'enfiler, il pose une main sur ma joue. Surprise par ce geste, je le dévisage en haussant les sourcils, l'air interrogateur. Il passe ses pouces sous mes yeux pour essuyer les traces de mascara. Ses émeraudes ne me quittent pas. Il paraît si accablé de tristesse que ça me donnerait presque envie de pleurer, encore. Mais je repense aux mots qu'il m'a balancés en pleine figure et la colère reprend le dessus.

« *Sache que ça ne voulait rien dire.* »

Je déglutis difficilement et me dégage de son emprise, le regard empli de haine.

— Où tu m'emmènes cette fois ? dis-je d'un ton cassant.

— Tu verras, répond-il, impassible.

— Je ne monterai pas sur cette moto sans savoir où on va, Tobias !

— Écoute, je ne compte pas t'emmener n'importe où, Léonie. Fais-moi confiance.

Lui faire confiance… Lui faire confiance ? Après ce que j'ai entendu il y a quelques minutes, je n'ai vraiment pas envie de lui faire confiance.

En voyant que je ne réagis pas, il ajoute :

— Accompagne-moi encore une fois, et ensuite je t'emmène où tu veux.

Je le fixe un instant avant d'enfiler le casque. Il esquisse un léger sourire tandis que je m'installe sur la moto. Je croise les bras sur ma poitrine pour lui faire comprendre de se dépêcher un peu.

* * *

Il arrête la moto dans une ruelle délabrée, éclairée d'un unique réverbère. J'enlève mon casque et recoiffe mes cheveux alors qu'il gare l'engin. L'endroit est désert. Mais qu'est-ce qu'on fout là ? Je commence légèrement à avoir peur. La dernière fois que je me suis retrouvée dans un endroit pareil, ça ne s'est pas bien terminé… Un haut-le-cœur s'empare de moi lorsque les souvenirs me reviennent. Tobias s'approche de moi. Il ne se doute pas un seul instant de l'état dans lequel je suis.

— Je peux savoir ce qu'on vient faire ici ?

— Viens ! dit-il subitement en me tendant sa main.

Je regarde fixement sa main. C'est un geste anodin mais venant de Tobias, ça me surprend beaucoup. Je pensais qu'il passerait devant moi, ou derrière, pour me surveiller mais de là à me prendre la main !

Je plante mes yeux dans les siens et j'aperçois un Tobias tendu. On pourrait même penser qu'il est stressé ; sa mâchoire tressaute plusieurs fois, sa respiration est saccadée. L'angoisse monte en moi et une boule se forme dans mon estomac. J'attrape finalement sa main.

Où nous a-t-il emmenés… ?

Quand nous arrivons au bout de la ruelle, Tobias entrelace ses doigts aux miens. J'observe nos mains plusieurs secondes en continuant de marcher. L'angoisse que je ressentais quelques instants plus tôt n'a pas disparu, au contraire, je suis au bord de l'explosion. Lorsque j'aperçois une foule de personnes, en rond, en train de hurler, de sauter dans tous les sens, je me raidis en lâchant sa main.

— Dis-moi que tu ne m'as pas emmenée ici, Tobias… dis-je au bord de l'hystérie.

— Viens avec moi, Léonie. Je n'en ai pas pour longtemps.

— Il en est hors de question ! le préviens-je d'une voix glaçante.

Je me recule de quelques pas tout en continuant de le dévisager, furieuse. Mon cœur tape affreusement fort contre ma poitrine. Je n'arrive pas à croire qu'il m'a emmenée voir des combats de rue. Bien sûr, j'imagine qu'il va y participer…

— Léonie, écoute-moi ! dit-il plus fermement en posant les mains sur mes épaules. Je vais te placer devant pour que je puisse avoir un œil sur toi, je gagne un combat et ensuite on y va, d'accord ?

— Mais pourquoi ? demandé-je, dégoûtée.

— Car ce gamin a besoin d'une bonne leçon.

— Mais pourquoi ? répété-je encore plus fort.

— Parce que le monde de la boxe parle un peu trop de lui.

Je lâche un soupir en riant nerveusement puis fais demi-tour. Il se fout de moi, il se fout vraiment de moi…

— Je ne te laisserai pas partir, seule, la nuit, dans les rues de Chicago, Léonie ! grogne-t-il dans mon dos.

— Ah ouais ? Et tu vas faire quoi pour me retenir, hein ? craché-je en me retournant pour lui faire face.

— S'il faut que je te porte, je le ferai. S'il faut que je te traîne, je le ferai. Et s'il faut que je t'endorme, je le ferai ! s'exclame-t-il en s'approchant de moi d'un pas menaçant.

Mais il est malade ?

Il se plante devant moi, le visage à quelques centimètres du mien. Il replace une mèche de cheveux derrière mon oreille. Je frissonne malgré moi mais je me recule rapidement.

— Je sais comment se passent les combats de rue et je n'ai pas envie de voir ça, Tobias…

— Je te promets que ça ne sera pas long.

Je baisse la tête et lâche un profond soupir. De toute manière, même sous la plus grande des colères, je ne partirai jamais seule d'ici, je ne suis pas suicidaire…

Résignée, je me mords la joue puis reviens sur mes pas. Mon épaule frôle la sienne, sous son sourire satisfait.

Je n'aurais jamais dû venir.

En arrivant à la hauteur de la foule, tous les regards sont braqués sur nous, surtout sur nos mains qui sont de nouveau entrelacées. J'essaie de ne pas y prêter attention en regardant tantôt le sol, tantôt le dos de Tobias qui marche devant moi. Ce qui m'impressionne le plus, c'est que tout le monde s'écarte instinctivement sur son passage. Le redoutent-ils à ce point ? Ont-ils si peur de lui ? Ou bien l'admirent-ils, l'apprécient-ils tellement qu'ils le considèrent comme un dieu ?

Ce dernier s'arrête si vite que je le heurte de plein fouet. Il me lance un regard par-dessus son épaule puis m'attire à ses côtés. Mon souffle se coupe lorsque je reconnais l'homme qui me fait face. C'est le mec de l'ascenseur, le mec à la tresse… Ses yeux noirs me toisent. Il a le même regard que ce jour-là, un regard répugnant. Tobias resserre sa prise autour de ma main, ce qui ne fait qu'accentuer mon inquiétude. Son regard est si noir que j'en ai la chair de poule.

— Qu'est-ce que tu fais là, Rix ? grogne-t-il.

— Hm, je ne m'attendais pas à te voir ici, mon cher ami. Et accompagné en plus ! dit le fameux Rix d'une voix railleuse.

Les deux hommes font à peu près la même taille et sont tout aussi imposants l'un que l'autre.

— Tu devrais partir.

— Oh, mais pourquoi ? demande Rix d'un ton sarcastique.

Je sens que la patience de Tobias est mise à rude épreuve et je n'ai vraiment pas envie que son côté sauvage prenne le dessus.

— On devrait y aller, dis-je calmement à l'attention de Tobias.

— Qui est-ce ? Tu lui tiens la main en plus ? Comme c'est mignon…

— Tu devrais faire attention, Rix. Je ne ferai rien ici, mais quand je te retrouverai, tu me supplieras à genoux de ne pas te tirer une balle dans ton putain de crâne, crache Tobias en me serrant davantage la main, ce qui m'arrache une grimace.

— J'aime quand tu me menaces, Reed ! Au fait, comment va ta petite blessure ? Elle a bien cicatrisé ? Tu n'as pas eu trop mal au moins ?

Quoi ? Putain, ne me dites pas que c'est cette enflure qui lui a fait ça ?

Tobias se met à sourire en s'humectant les lèvres. *Mon Dieu…* Je sens qu'il va craquer, oh oui, il va craquer.

Il faut que je fasse quelque chose, n'importe quoi. Ma respiration s'accélère tandis que mon regard reste ancré à celui de Rix. Prise d'un élan de courage, je lâche brusquement la main de Tobias et fais un pas vers Rix qui hausse les sourcils, sans doute surpris par mon assurance.

— Ça vous sert à quoi de le provoquer comme vous le faites, hein ? Vous voulez vous faire taper dessus, vous faire tuer ? Vous êtes complètement débile ou quoi ?

Plusieurs regards se sont tournés vers moi, mais je m'en fous royalement. Je commence à en avoir marre de toute cette violence et de cette provocation permanente. Ils ne se rendent pas compte que la mort leur tend les bras lorsqu'ils se comportent de cette façon ?

— T'as du cran toi ! ricane Rix.

Je sens le souffle de Tobias contre ma nuque et un sentiment de sécurité m'enveloppe tout entière. Je laisse échapper un hoquet de surprise lorsque Tobias me tire violemment le bras, me faisant presque tomber au sol. Il m'entraîne hors de la foule, le visage fermé, pour en faire le tour. Il se fraye de nouveau un chemin puis s'arrête devant le cercle. Je comprends qu'il n'a pas l'intention de partir, seulement de m'éloigner de Rix.

— Tu ne me refais plus un truc pareil, Léonie !

— Mais sinon…

— J'en ai rien à foutre, putain ! hurle-t-il, attirant encore plus les regards sur nous.

Je le dévisage d'un regard désabusé. C'est grâce à moi si la situation n'a pas dégénéré et c'est comme ça qu'il me remercie ?

— Tu restes ici ! grogne-t-il.

Je l'observe s'éloigner, et je ne peux m'empêcher de reluquer ses épaules musclées rouler sous son t-shirt à chaque pas. Même de dos, Tobias est un dieu. Ou plutôt, devrais-je dire, un diable incroyablement sexy. Je secoue la tête et regarde autour de moi, évitant ainsi à mon esprit de dérailler complètement. Je ne peux pas fantasmer sur lui, encore moins maintenant. Pas après ce qu'il vient de se produire sur la plage.

Après plusieurs minutes d'attente, un homme fait son apparition au milieu du cercle, un micro à la main.

— Alors ce soir, mes amis, nous avons parmi nous un invité qui va vous faire saliver ! Mais tout d'abord, je veux un tonnerre d'applaudissements pour Lyyyyyderic !

Tobias ne m'avait pas menti, toutes ces personnes ont l'air d'adorer ce boxeur. Ils sont déchaînés, ils hurlent et sautent dans tous les sens. Je me fais bousculer plusieurs fois, mais j'arrive tout de même à garder ma place devant. Un homme torse nu surgit à droite du commentateur, les bras en l'air. Il tire la langue et fait un tour complet. Il est assez grand et a plusieurs tatouages, quelques mèches rebelles tombent sur son visage, lui donnant un air assez sexy. Je comprends mieux le comportement de Tobias : il se sentait en danger face à ce nouveau visage qui en fait sans doute craquer plus d'une… Et je suis persuadée qu'en plus de son physique, il boxe très bien.

— Je ne pense pas avoir besoin de demander des applaudissements pour… The Deviiiiiiiil !

Oh mon Dieu !

Les hurlements redoublent d'intensité. Je me cramponne à un homme à côté de moi lorsque je perds l'équilibre. Il me sourit et, confuse, je le lâche rapidement. La foule perd le contrôle à l'arrivée de Tobias au milieu du cercle. Plusieurs personnes n'ont déjà plus de t-shirt, elles les secouent en l'air en criant son nom. Je me mets à sourire en me rendant compte que, contrairement à toutes ces personnes, j'ai la chance de pouvoir le toucher, de pouvoir lui parler et même… de pouvoir l'embrasser. Je me mords la lèvre à cette simple idée. Je les observe tous, un par un, et je remarque comme ils sont heureux de le voir. Finalement, ils l'admirent peut-être plus qu'ils ne le craignent.

Il fait un tour d'honneur comme l'a fait son adversaire un peu plus tôt. En arrivant devant moi, il m'adresse un sourire accompagné d'un clin d'œil et je me liquéfie entièrement.

Bordel, ce qu'il peut être séduisant…

J'ai le droit à plusieurs regards haineux de certains et plusieurs regards envieux d'autres. Fière, je jubile.

Tobias sautille sur place et secoue les bras vers le sol tout en bougeant sa tête de gauche à droite. L'homme appelé Lyderic, quant à lui, passe une main dans ses cheveux rebelles et observe Reed d'un œil inquiet. Il ne devait pas s'attendre à devoir affronter le boxeur invaincu de la ville, à un combat de rue.

À un combat comme celui-ci, tous les coups sont permis. Les boxeurs ne portent ni gants ni aucune protection et ça m'inquiète bien plus que ça ne le devrait.

Une sonnerie se fait entendre. Lyderic ne perd pas de temps et assène un coup de poing à Tobias qui l'esquive aisément. Il lui balance un coup de genou dans les côtes. Lyderic lâche un cri de douleur et la foule semble compatir à sa souffrance. Tobias n'attend pas une seconde de plus et enchaîne les coups, sans retenue. Son adversaire tombe au sol sous les protestations de la foule qui ne veut en aucun cas que le combat se termine aussi rapidement. Mon cœur rate un battement et ma main se place instinctivement devant ma bouche quand Lyderic lance un coup de pied dans le mollet de Tobias, assez violent pour que ce dernier recule de plusieurs pas, laissant le temps à Lyderic de se relever. L'arcade de Lyderic est ouverte et il crache du sang dès qu'il en a l'occasion alors que mon boxeur ne s'en sort pas si mal. *Pour le moment.*

— Il est si fort, il est si beau, il est si sexy… énumère d'un ton sarcastique une voix que je reconnais aussitôt.

Si mon regard ne quitte pas une seule seconde le corps de Tobias, ma respiration se fait plus saccadée quand je sens la présence de Rix à quelques centimètres de moi.

— Qu'est-ce que tu veux ? grondé-je.

Immédiatement, il empoigne mon bras et approche son visage du mien.

— Ce n'est pas parce que tu es avec Reed qu'il faut te croire tout permis, pétasse !

Son haleine qui empeste l'alcool me fait grimacer. Il est répugnant. J'essaie tant bien que mal de récupérer mon bras qu'il finit par lâcher. Malgré tout, il reste juste derrière moi.

Mon pouls est incontrôlable, mon cœur tambourine dans ma poitrine.

J'essaie de croiser le regard de Tobias qui est en train de boire une gorgée d'eau, en vain. *Je n'ai même pas entendu la cloche sonner…*

— Comme tu sembles l'avoir compris, on va pouvoir discuter, chuchote Rix à mon oreille.

Un frisson parcourt mon corps tandis que je prie pour que Tobias tourne enfin les yeux vers moi. Il est si concentré à battre ce Lyderic qu'il en a oublié ma présence. Je me rends compte que je suis impuissante mais surtout seule face à cette situation. Mon pouls s'emballe à nouveau. Je déglutis difficilement lorsque Rix pose une main sur ma joue, caressant mon cou de ses doigts. J'ai envie de hurler.

La cloche tinte et les hurlements reprennent. Personne ne semble s'apercevoir de ma détresse.

— Comment se fait-il que notre cher Tobias Reed soit charmé par toi ? Que caches-tu ? me questionne-t-il d'une voix piquante.

Je tourne promptement mon corps vers lui et le dévisage, écœurée.

— C'est vrai quoi ! Tu n'as rien de spécial. Je l'ai vu avec de plus belles femmes que toi, ma jolie, raille-t-il.

Je lui lance un regard si haineux qu'il se met à rire. Mes poings se serrent violemment tandis que mon corps est pris de tremblements incontrôlables.

Pour qui il se prend ce connard ?

J'ai un haut-le-cœur quand son corps se colle contre mon dos. Je sens son souffle contre ma nuque. Mes larmes sont prêtes à dévaler mes joues, mais je me retiens de toutes mes forces. La boule qui s'était nichée au creux de ma gorge me fait terriblement mal.

Tobias est en train de mettre K.-O. son adversaire sans faire attention, ne serait-ce qu'une seule seconde, à ce qui est en train de se passer de mon côté.

— Regarde, il ne te lance même pas un regard. Son seul but est de mettre à terre ses adversaires, murmure-t-il à mon oreille. Si tu croyais que tu étais spéciale, tu as été bien naïve, ma chérie.

Mes yeux se remplissent de larmes. Je suis bien trop faible pour réprimer cette tristesse et ce dégoût qui m'assaillent.

— Arrête… soufflé-je.

— Pourquoi arrêter maintenant ? Je dis ça pour toi, tu sais ?

Je prends une grande inspiration et essuie mes larmes du revers de la main.

— Cet homme est né pour combattre, pour tuer quiconque se mettra en travers de son chemin. Ce n'est pas un sentimental, continue-t-il en posant une main sur mon épaule. Il n'éprouve rien pour toi, tu te trompes si tu crois que tu parviendras à le changer. Il est le diable, que tu le veuilles ou non.

Ma gorge me fait mal, terriblement mal. Cet homme est vicieux et démoniaque. Pourtant, ce qu'il dit n'est pas totalement faux… C'est ça qui est le plus douloureux.

— Oh, tu pleures ? ricane-t-il en se penchant au-dessus de mon épaule. Tu es bien plus faible que ce que je pensais.

Là, c'en est trop !

Je me retourne brusquement et le gifle si violemment que son visage dévie sur le côté. La rage que j'éprouve à ce moment est si grande que je serais prête à faire n'importe quoi.

Je suis maintenant dos au combat. Mes larmes roulent le long de mes joues. Je fais un pas en arrière lorsque Rix reprend ses esprits, le visage sombre et menaçant. Il a l'air fou de rage. D'un coup, il m'empoigne le bras et plaque sa main sur ma bouche pour m'empêcher de crier. Il me tire à travers la foule alors que je supplie plusieurs personnes du regard, mais aucune ne daigne me venir en aide.

Il nous éloigne du rassemblement puis enlève sa main de ma bouche pour venir s'emparer de mon visage de ses doigts. J'essaie tant bien que mal de le repousser mais à chaque geste, il resserre sa prise.

— Tu viens de commettre une grave erreur, ma petite, m'avertit-il d'un ton agressif.

J'attrape son poignet de mes mains. Je me débats comme je le peux, mais il ne me lâche pas. Il me fait si mal que je ne sens presque plus mes joues. Je plante mes yeux dans les siens, devenus noirs. Je ne perçois aucune émotion, aucune pitié.

Mon corps tremble. Mes larmes ne cessent pas. J'ai si peur…

Je ne peux dire un mot tellement la souffrance qu'il m'inflige est grande. Je pleure, je n'arrête pas de pleurer et je vois très bien que ça le rend heureux, fier même.

Il me jette au sol si violemment que mon visage heurte le béton. Doucement, je tapote ma bouche et me rends compte que je saigne. Je relève mon visage vers Rix qui m'observe avec un sourire en coin. À cet instant, j'ai envie de lui cracher à la figure, de le frapper de toutes mes forces, mais je ne fais rien : la peur me paralyse et, même si ce n'était pas le cas, je suis bien consciente de ne pas faire le poids contre lui.

Je n'ai même plus la force de me relever lorsque je le vois s'approcher de moi d'un pas menaçant. Je sais pertinemment ce qu'il compte faire, mais je n'arrive plus à rien.

Ma fierté me hurle de me lever, de ne pas me laisser frapper comme une moins que rien. Je rassemble tout mon courage, prends une grande inspiration et me relève. Il se plante devant moi avec un regard si hostile qu'un frisson me parcourt l'échine. Je soutiens son regard, incapable de retenir mes larmes. Je sais que jouer avec le feu en lui tenant tête de cette façon peut s'avérer dangereux, mais je ne veux en aucun cas lui donner le plaisir de me frapper sans aucune résistance de ma part.

— Tu es pathétique, se moque-t-il en me caressant la joue.

Je mords si fort l'intérieur de ma joue que je sens le sang couler dans ma bouche. Un sanglot s'échappe de ma bouche et j'enlève violemment sa main de mon visage. L'envie de le frapper me démange à nouveau.

— Va te faire foutre ! craché-je.

Il m'empoigne brusquement par les cheveux et m'arrache un cri de douleur. Je vais mourir… Il va me tabasser… Mon cœur me fait si mal, ma gorge me tiraille… Je ferme les yeux et attends le coup venir mais, au lieu de ça, je me fais propulser en arrière.

Des hurlements se font entendre alors j'ouvre les paupières. Tobias est en train de frapper Rix avec une telle violence qu'un cri s'échappe de ma gorge. Je me précipite vers eux lorsque je distingue du sang jaillir du visage de Rix. Tobias est si déchaîné que je ne peux m'empêcher de hurler son nom dans l'espoir qu'il lâche l'homme presque inconscient sous son corps.

Alertées par mes cris, plusieurs personnes ont accouru pour former un cercle autour des deux hommes. Tobias enchaîne des coups tous plus hargneux les uns que les autres. J'ai du mal à le reconnaître. À cet instant, il ressemble à un monstre, une bête que personne ne pourrait stopper…

— Tobias, je t'en prie, arrête ! hurlé-je.

Il relève enfin la tête, sans lâcher le col de Rix, et plonge son regard dans le mien. Je recule d'un pas, choquée. Il a le même regard que le soir où il a tiré cette balle. Ses yeux sont emplis d'une animosité, une inhumanité indescriptible.

Je me retourne puis presse le pas. Il faut que je parte.

Je passe une main dans mes cheveux en sanglotant comme une pauvre fille perdue, ce que je suis. Je suis totalement perdue, je ne sais plus quoi faire.

Comme une idiote, je lui ai laissé une chance alors qu'au fond de moi, je savais pertinemment que ça ne servirait à rien. Cet homme est un cas désespéré. J'ai pourtant essayé de faire mon possible pour l'aider, l'épauler, le faire parler, mais ça n'a servi à rien. Il ne souhaite pas être aidé, être sauvé, il refuse de se confier par peur que l'on se serve de ses faiblesses contre lui, je le sais. Sauf que ce qu'il ne comprend pas, c'est que je ne suis pas ici pour lui faire du tort…

Je renifle et essuie mes larmes qui ne font que couler, en marchant dans les rues sombres de Chicago. Je sursaute et lâche un cri de stupeur lorsqu'une main s'empare de mon poignet. Son regard se pose sur mon visage abattu de chagrin, et je sens son corps se raidir. Il tente de caresser du bout de son pouce ma bouche écorchée, mais je le repousse du revers de la main.

— Lâche-moi ! Je ne veux plus que tu me touches ! m'époumoné-je.

— Léonie…

— Non, ne dis rien ! protesté-je en levant une main devant moi. Maintenant, je vais rentrer chez moi… et je ne veux plus jamais te voir, Tobias.

J'ai l'impression que mes larmes sont intarissables, mais je ne cherche plus à les essuyer. Je suis si bouleversée que je n'en ai plus rien à faire de paraître faible devant lui.

— Ça ne devait pas se passer comme ça… dit-il calmement.

— Et tu voulais que ça se passe comment, hein ? m'écrié-je.

Il tente de s'approcher de moi, mais je recule aussitôt en croisant les bras dans un geste défensif.

— Ne me touche pas.

Il se stoppe immédiatement. Ses yeux dégagent tant de tristesse et de regrets que mon cœur se serre. J'ai si mal, cette situation me fait si mal au cœur que je ne pense plus qu'à une chose : fuir.

— Toute cette violence en permanence, tout ce sang, toute cette méchanceté, ça ne fait pas partie de moi, ce n'est pas pour moi, Tobias… articulé-je. J'ai vraiment essayé de te comprendre, de t'écouter, mais tu ne me dis rien. Tu ne me parles pas et ça me fait mal au cœur. Avec ce que j'ai vu et entendu, j'ai maintenant compris que tout ce qui t'importe, c'est toi et toi seul. Alors, je préfère partir.

Je renifle de plus belle. Il me dévisage, comme s'il était surpris et attristé par mes paroles.

— Qu'as-tu vu et entendu ? demande-t-il en mettant les mains dans ses poches.

— Ce n'est pas la question, Tobias !

— Dis-moi, Léonie ! s'écrit-il en perdant patience.

Je passe ma langue sur ma lèvre blessée puis prends une grande inspiration, le cœur lourd.

— Tu n'es pas une personne qui s'attache aux autres ni une personne qui tombe amoureuse. Tu aimes te battre, tu aimes le sang et la violence, rien d'autre. Comment je peux avoir confiance en toi alors que tu me mets en danger, à chaque instant ?

Je sens que mes mots ont un impact immédiat sur lui. Sa bouche s'ouvre pour se refermer. Il respire bruyamment et garde le silence. Mes larmes roulent abondamment sur mes joues, je suis si en colère et également si triste… Je ne pensais pas ressentir ça un jour.

J'aimerais tellement qu'il me dise ce qu'il ressent, qu'il m'avoue qu'il ne veut pas que je parte, qu'il me dise qu'il est désolé… ou que, tout simplement, il n'en a rien à faire de moi…

— Tu as tort, Léonie… souffle-t-il enfin en s'approchant de moi.

— Alors explique-moi, Tobias ! Parle-moi, putain ! hurlé-je en le poussant.

— Je ne peux pas… murmure-t-il, ses yeux ancrés aux miens.

— Mais pourquoi ?

Son regard dégage toujours cette émotion douloureuse qui me serre le cœur.

— Je fais tout pour que tu sois en sécurité, Léonie, dit-il en posant une main sur ma joue, pour essuyer mes larmes.

Je le repousse sèchement.

— Ce n'est pas l'impression que tu me donnes, Tobias.

Son torse se gonfle violemment plusieurs fois alors qu'il me scrute profondément, comme si toute cette situation le rendait fébrile, comme s'il n'avait plus aucun contrôle.

— Je me suis fait frapper par cet homme, cet homme qui te hait plus que tout. Il s'en est pris à moi parce que j'étais avec toi, Tobias ! dis-je d'un ton accusateur en encerclant mon corps de mes bras.

J'essuie ma bouche nerveusement puis ajoute :

— Comment peux-tu dire que tu me veux en sécurité en m'emmenant dans un endroit comme celui-là ?

Je le déteste du plus profond de mon âme. Mais j'éprouve également une profonde tristesse qui me consume à petit feu. Les sentiments que je ressens pour lui sont si contradictoires que j'ai l'impression d'étouffer.

— Tu ne m'as pas jeté un regard, Tobias… articulé-je entre deux sanglots. Tu m'as laissée seule alors que tu savais que Rix était présent au combat…

Je plante de nouveau mon regard dans le sien et ma gorge se serre un peu plus. Tobias me dévisage, sans un mot. Il est rongé par le remords, je le vois, je le sais. Je veux qu'il me parle. J'ai besoin qu'il réponde à mes questions.

Il s'approche de moi d'un pas lent. Il ne répond pas, n'émet aucun bruit, mais son regard répond à sa place.

Plusieurs minutes s'écoulent, plusieurs minutes interminables à se sonder, en silence. Il n'est qu'à quelques centimètres de mon corps, je peux sentir son souffle contre mon visage.

Je prends une grande inspiration puis me retourne pour partir, loin d'ici. Mes sanglots se sont calmés, mais la douleur est toujours présente. Je ne pensais pas que ça se finirait de cette façon. J'aurais dû m'en douter après tout, avec toutes les rumeurs qui circulent. Qu'est-ce que j'ai pu être idiote. Idiote et bornée. Maintenant, je ne peux m'en prendre qu'à moi-même.

Il me rattrape une seconde fois en posant une main sur mon épaule.

— Laisse-moi partir ! grondé-je.

— Il en est hors de question !

Je me mords la lèvre. Les battements de mon cœur s'accélèrent. La colère que j'éprouve pour lui est indescriptible ; elle m'étouffe.

— Tu ne peux pas imaginer comme j'ai envie de te frapper, Tobias.

Il esquisse un léger sourire qui me fait hausser un sourcil. Soudain, il m'attrape pour me jeter sur son épaule d'une vitesse et d'une force incroyable. Je tape violemment contre son dos en lui hurlant de me lâcher mais il me maintient fermement.

— Tu veux me frapper, tu as dit ? Eh bien, on y va !

* * *

Tobias ouvre les portes de l'entrepôt, allume les lumières puis me dépose à côté du ring. Je le dévisage, les sourcils froncés tandis qu'il se plante devant moi, les bras croisés.

— Monte ! m'ordonne-t-il.

— Non !

Il ferme ses paupières quelques secondes, bascule sa tête en arrière, puis vient replonger ses yeux dans les miens.

— Tu as la possibilité de faire ce que tu souhaites, alors saisis ta chance ! lâche-t-il.

Sous son regard ténébreux, j'essuie mes dernières larmes et monte sur le ring. Je me place au centre et je l'observe s'emparer d'une paire de gants. Il me rejoint d'un pas assuré.

Malgré mon état, je ne peux m'empêcher d'éprouver du désir pour lui. Son corps, son visage, son regard sombre, qui renferme des émotions si douces et si mystérieuses, ses lèvres qui me supplient de venir les embrasser, me font un tel effet qu'un frisson me parcourt le corps. Je ferme les paupières un instant.

Comment puis-je éprouver autant de désir que de haine pour lui ? Comment est-ce possible ?

Je sursaute lorsqu'il tapote mon épaule avec les gants. Je les observe un instant avant de m'attarder sur ses mains. Elles sont si grandes et si abîmées par le combat de ce soir. J'aperçois du sang séché sur ses phalanges, alors je ne peux m'empêcher de les caresser de mon pouce. Il semble surpris mais ne bouge pas ses doigts pour autant. J'entends sa respiration se calmer, comme s'il se détendait sous mes caresses, et je ne peux m'empêcher de sourire.

Je lui en veux terriblement, mais je n'arrive pourtant pas à m'éloigner de lui. J'ai l'impression qu'il n'a jamais été habitué à recevoir de l'affection. Je pense que, mis à part son frère, personne n'a jamais pris soin de lui.

Ne lui cherche pas d'excuses, Léonie !

Je prends une grande inspiration et finis par le lâcher en baissant les yeux. Dans un pesant silence, il m'aide à enfiler les gants. Ouais, j'ai dit que je voulais le frapper mais je ne le pensais pas vraiment. Malgré tout, je le laisse m'équiper.

Quand il a terminé, il s'écarte de quelques pas et me fixe, comme s'il attendait une réaction de ma part. Ne sachant quoi faire, je laisse tomber mes bras le long de mon corps en restant immobile. Je me contente de le dévisager, le cœur battant à un rythme effréné.

— Frappe-moi, lance-t-il.

Je fronce les sourcils. Je secoue la tête puis réponds :

— J'ai pas envie de faire ça.

— Ce n'est pas ce que tu as dit, Léonie !

Il s'approche de moi, impassible. Le Tobias renfermé est de retour, on dirait un mur. Un sentiment désagréable s'empare de moi, comme à chaque fois.

— J'ai vraiment pas envie de faire ça ni d'être ici, Tobias, soufflé-je.

— Évacuer tes émotions te ferait le plus grand bien, trésor, murmure-t-il près de mon oreille.

Je me retourne immédiatement et ferme les yeux, les mains tremblantes.

— Frappe-moi, Léonie ! insiste Tobias dans mon dos.

Je me mords la lèvre puis, dans un geste vif et brutal, je me retourne en laissant mon poing s'abattre sur son torse. Il recule légèrement. Ses yeux plongent dans les miens. Il semble satisfait.

Malgré ma réticence, me défouler me fait un bien fou, c'est comme une bouffée d'air frais. Mon autre poing vient lui aussi cogner son torse. Un sourire carnassier s'étend sur ses lèvres tandis qu'il se replace au milieu du ring. Je m'approche de lui, le pouls battant dans un rythme endiablé.

— Continue ! ordonne-t-il. Évacue tout ça, dis-moi ce que tu ressens !

Mon sang bout dans mes veines et mes dents grincent. Mon regard est ancré au sien, à ses yeux émeraude qui laissent transparaître un sentiment de peine et de doute. J'essaie de rester forte, rien que quelques minutes.

— Pourquoi m'avoir emmenée à ce combat ? Pourquoi me placer de façon que tu puisses garder un œil sur moi… pour au final ne pas intervenir ? le questionné-je avant de le frapper à nouveau, sur l'épaule.

J'ai beau le marteler de coups, il ne cille pas. Visiblement, il n'a pas l'intention de me répondre, ce qui accroît ma colère. Soudain, je lui assène un puissant coup dans le ventre. Il étouffe un grondement et se cambre légèrement avant de se repositionner, face à moi.

— Tu n'es qu'un con, Tobias ! J'espère que tu t'en rends compte ! craché-je. Tu es venu jusque chez moi pour que je te suive et… naïve que je suis, j'ai accepté. Maintenant, voilà ce que je gagne ! dis-je en le frappant encore, et encore.

Il m'observe avec tellement d'affliction que je laisse échapper un sanglot. Il sait que j'ai raison et j'aimerais qu'il me le dise. Son silence me déchire le cœur.

— Pourquoi tu as fait ça ? crié-je en frappant violemment son torse.

Mes larmes sont désormais incontrôlables. Elles roulent le long de mes joues jusqu'à mes lèvres tremblantes. Je retiens péniblement plusieurs sanglots qui me provoquent une abominable douleur au creux de la gorge. S'il a le regard fuyant, moi je ne le quitte pas des yeux. Je veux qu'il voie à quel point il me fait souffrir, à quel point ses agissements me font mal. Tout son corps semble se crisper. La sueur perle sur son front et sa respiration se fait plus grave.

J'enlève brusquement mes gants à l'aide de mes dents, et les balance au sol. Je perds patience. Il ne compte pas dire quoi que ce soit, il préfère se renfermer sur lui-même malgré tous mes efforts et mon incroyable patience. Alors je baisse les bras. Pour la première fois de ma vie, je laisse tomber.

Mes mains viennent accrocher mes hanches, les larmes ruisselant sur mes joues. Je baisse la tête, la gorge serrée. Ma respiration devient hors de contrôle. Une crise d'angoisse vient s'emparer de mon corps. Je me recule lorsqu'il tente de caresser ma joue de ses doigts. Toute cette angoisse, cette frayeur et cette tristesse ne sont pas faites pour moi, elles me consument à petit feu.

Je m'accroupis, le visage entre les mains. Toutes les émotions que j'ai essayé de refouler reviennent à la surface. Je ne suis pas quelqu'un de fort, je ne suis pas comme toutes ces personnes qui se disent invincibles.

J'ai du mal à respirer. Mes mains se posent sur le sol et je souffle plusieurs fois. Je suis sur le point d'exploser quand soudain, deux bras fermes viennent m'enlacer. Mon front se pose contre le torse de Tobias. Je me laisse tomber sur les genoux et passe mes mains autour de sa taille. J'empoigne son t-shirt de toutes mes forces. J'ai besoin de le sentir près de moi. Malgré tout, ce contact est tout ce dont j'avais besoin. D'un geste doux, son menton se pose sur le haut de ma tête, et un agréable frisson vient courir sur ma peau. Ses doigts commencent une délicieuse danse sur mes cheveux tandis que je profite des effluves de son parfum qui viennent chatouiller mon nez. Mes yeux se ferment instinctivement et mes doigts se resserrent un peu plus sur son t-shirt. Je sens mon pouls devenir plus calme, ma respiration de nouveau contrôlable et je domine enfin mes pleurs. Une sensation de plénitude s'empare de moi, une sensation si délicieuse que je me blottis davantage dans ses bras. Il m'étreint avec encore plus de tendresse. Les battements réguliers de son cœur émettent une douce mélodie contre mon oreille, et pour rien au monde je ne renoncerais à ça.

De longues minutes s'écoulent. Être dans ses bras, malgré son silence et son indifférence, m'apaise bien plus que je ne pourrais l'admettre. Je suis consciente que mes sentiments pour lui s'intensifient jour après jour. J'ai essayé de les ignorer, de les enfermer au plus profond de moi mais c'est impossible. Tobias est toujours présent. Il est toujours là, au sens propre comme au figuré. Il ne me laisse pas le temps de l'oublier… Mais est-ce que j'en ai vraiment envie après tout ?

D'un geste lent, je me redresse et plonge mon regard dans le sien. Il en émane toujours la même émotion : la tristesse.

— Je ne te comprends pas, Tobias… dis-je d'une faible voix.

— Je sais… répond-il dans un souffle.

— Pourquoi être venu vers moi pour ensuite m'ignorer ?

Il s'empare doucement de mon visage de ses deux mains.

— Je ne t'ignore pas, Léonie…

— Alors pourquoi tu ignores mes questions ?

— Car je n'ai pas les réponses… souffle-t-il en caressant ma joue de son pouce.

Je suis découragée. Je ne sais plus quoi faire ni quoi dire pour qu'il me parle… Je pense avoir tout essayé, j'en suis même certaine. C'est peine perdue. Pourquoi je persiste ? Pourquoi je me bats pour avoir ces réponses qu'il n'a pas envie de me donner ?

La colère s'empare de nouveau de mon corps. Une fois rentrée, une fois que je l'aurai quitté, je ne veux plus le revoir. Mon cœur se serre si douloureusement à cette simple idée qu'une larme roule sur ma joue. Je ne voulais pas que ça se termine ainsi, j'aurais voulu qu'il se dévoile à moi, qu'il se confie… Malheureusement, nous ne sommes pas dans un roman à l'eau de rose. Nous sommes dans la réalité et ma réalité, c'est celle-ci. Tobias n'est pas un homme pour moi. Peut-être qu'un jour une femme parviendra à gagner sa confiance et qu'il se dévoilera enfin… Mais je ne suis pas cette femme.

Tobias essuie les larmes qui roulent sur mes joues avant de me confier :

— Je suis venu vers toi car tu es intrigante et… apaisante.

Mon regard plonge au plus profond du sien. Je le scrute avec étonnement de longues secondes. Mon cœur explose. Il a enfin révélé quelque chose… Il m'a enfin ouvert une porte.

— Sans le savoir, tu m'aides, Léonie… ajoute-t-il dans un souffle.

Ses mots me donnent des frissons. Mes doigts encerclent ses poignets. Mon cœur est déchaîné. Ses mots me procurent un bien-être si inattendu, si nouveau, que je reste muette quelques instants. Il m'observe, m'analyse en attendant certainement une réponse de ma part.

— Laisse-moi t'aider encore plus en t'écoutant, Tobias… murmuré-je en serrant davantage ses poignets.

Il ferme les paupières un instant en prenant une profonde inspiration. Lorsqu'il les rouvre enfin, son regard n'est plus le même. Pour je ne sais quelle raison, la tristesse a laissé place à la colère.

— Que veux-tu que je te dise, Léonie ? Je ne suis pas quelqu'un de gentil, je ne le serai jamais ! grogne-t-il en essayant de s'éloigner de moi.

Cette fois, je ne le laisserai pas m'échapper. Je le retiens fermement par les poignets et l'oblige à rester près de moi. Contre toute attente, il ne lutte pas.

— Tu souffres, Tobias. Je l'ai vu dans tes yeux, chuchoté-je en caressant la paume de ses mains.

— Ça ne servirait à rien que je te parle de cette souffrance, elle est là depuis bien trop longtemps pour disparaître.

Ses mots ont l'effet d'un coup de poignard. C'est comme si une lame me perforait le cœur. Je perçois tellement de douleur et de haine dans sa voix... Son regard fixe mes doigts sur ses mains. Il semble imperturbable, sa respiration est calme, mais je sais qu'au plus profond de lui, il a mal. Terriblement mal.

— Dire ce que tu ressens, parler de ce qui te ronge depuis si longtemps pourrait te soulager bien plus que tu ne le crois... soufflé-je.

— Avec ce que j'ai subi, je pense que discuter ne m'apporterait pas grand-chose.

— Mais de quoi as-tu si peur pour garder autant de choses pour toi, Tobias... ? demandé-je, affligée.

Pour la première fois, son visage s'abaisse. Il semble si vulnérable que ma gorge se serre de nouveau. Je ne peux m'empêcher de poser mon index sous son menton pour l'inciter à relever son visage. Ses émeraudes me transpercent.

— On ne m'a jamais appris à faire confiance aux autres. J'ai été élevé dans la peur, la souffrance et l'angoisse une longue partie de mon enfance. En grandissant, un nouveau sentiment s'est emparé de moi : la haine, une colère qui m'oppresse.

Il s'arrête un instant, comme pour chercher le courage de continuer.

— Quand j'ai été adopté par la famille de Rodéric, c'était déjà trop tard pour moi… Rodd est une exception, il s'est accroché, il ne m'a pas laissé tomber. Sans lui, je ne serais pas ici…

Dans un élan de tendresse, je l'enlace. J'enfouis mon visage au creux de son cou. Il ne réagit pas les premières secondes, mais finit par m'étreindre à son tour. Il me soulève légèrement pour me poser à califourchon sur ses jambes. Je sais comme c'est difficile pour lui de parler. Oh oui, je le sais ! Alors le fait qu'il me confie enfin quelque chose en étant pleinement lui-même, me rend heureuse.

— Il n'est jamais trop tard pour apprendre, lui murmuré-je à l'oreille.

Chapitre 32
Léonie

Aussitôt, Tobias se jette sur moi.

Ses lèvres s'emparent des miennes avec avidité. J'enroule mes bras autour de son cou, j'emprisonne son corps de mes jambes, voulant à tout prix le sentir au plus près de moi. Au moment où sa langue entame une danse endiablée avec la mienne, il soumet ma peau à de délectables picotements. Cette sensation est si exquise… Il me bascule sur le dos et continue de m'embrasser avec une fougue qui me fait perdre pied. C'est comme s'il était heureux, voire reconnaissant face à mes paroles. C'est pourtant la vérité, il n'est jamais trop tard pour apprendre à faire confiance.

Il passe ses doigts dans mes cheveux tandis qu'il presse fermement ma cuisse de son autre main. Une main accrochée à son cou, je caresse son torse. Je peux sentir ses muscles se contracter à mon contact, ses abdominaux tressauter au rythme de sa respiration haletante. Les paupières fermées, je me délecte du goût de sa langue qui s'enroule autour de la mienne, je me régale de son corps bouillonnant de désir s'agiter au-dessus de moi.

Lorsque ses lèvres se détachent des miennes, je gémis, plaintive.

Il esquisse un sourire.

— Ne sois pas si gourmande, trésor… me murmure-t-il à l'oreille.

Cette voix… Elle est un appel au sexe.

Dans un geste spontané, je l'embrasse avec passion. Il sourit contre ma bouche, les mains posées de part et d'autre de ma tête. Je suis affamée. Affamée de lui, de son regard sauvage, de ses lèvres qui me dévorent, de ses mains qui me possèdent et de son corps qui me contrôle, tout entière.

Je frémis lorsqu'il parsème mon cou de langoureux baisers et je resserre mon étreinte autour de son cou en haletant. Il me rend folle. Folle de lui.

Tout à coup, il se redresse en m'offrant un regard enjôleur. Ses yeux scintillent. Du bout des doigts, il caresse ma joue.

— Qu'est-ce que tu me fais, Léonie Foster ?

Mon souffle se coupe. Mon pouls devient incontrôlable. J'ai soudainement chaud, très chaud. La bouche entrouverte, je le dévisage. Est-ce que Tobias Reed, l'homme dit indomptable, vient réellement de prononcer ces mots ? J'encaisse les battements de mon cœur qui tape à vive allure contre ma poitrine. Ce n'est pourtant pas grand-chose, mais venant de lui, c'est extraordinaire.

Devinant sans doute l'état dans lequel il m'a mise, il dépose un chaste baiser sur mes lèvres avant de se lever.

— J'ai quelque chose à te proposer, dit-il.

Je me positionne en tailleur, tout ouïe, curieuse mais méfiante. J'avoue avoir du mal à le reconnaître. Il semble si calme, si affectueux, si… gentil. Je ne connaissais pas cette facette de lui et elle me plaît.

J'attrape la main qu'il me tend et il m'aide à me relever.

Je passe une main dans mes cheveux et souffle bruyamment. J'essaie de reprendre mes esprits du mieux que je peux mais, avec Tobias devant moi, sublime et dominateur, la tâche s'avère difficile – surtout après ce qu'il vient de dire. Au lieu de se calmer, mon pouls s'emballe un peu plus à chaque seconde.

Plantée devant lui avec un air interrogateur, je lui laisse deviner mon impatience.

— Tu souhaites des réponses et moi je veux quelque chose de bien particulier, alors on va faire ça à ma manière.

Il veut quelque chose de bien particulier ? Faire à sa manière ? *Mon Dieu…*

— Ce qui veut dire ? demandé-je, hésitante.

— Si tu parviens à me faire tomber, tu pourras me demander tout ce que tu désires. En revanche, dans le cas contraire, j'aurai ce que je souhaite.

Je lâche un rire nerveux. Il se fout de moi ?

— Tobias, jamais personne ne t'a mis à terre, alors ça ne sera pas moi qui y parviendrai…

Il s'avance vers moi, le regard charmeur. Je croise les bras en restant stoïque. J'essaie tant bien que mal de cacher le désir qui me submerge.

— Je ne compte pas faire une épreuve de force avec toi, Léonie.

— Si tu me promets de ne pas utiliser tes super-pouvoirs de boxeur, je suis d'accord ! dis-je, le regard plein de défi.

Un large sourire étire ses lèvres, un sourire qui me donnerait envie de lui sauter au cou, mais je me retiens en prenant une grande inspiration. Il s'approche davantage de moi, si bien que je peux sentir son souffle contre mon visage. Son regard magnétique est ancré au mien.

Comment fait-il pour me faire autant d'effet sans même me toucher ?

Il se recule brusquement pour se placer au milieu du ring sous mon regard amusé. À ce que je vois, sa proposition n'est pas une blague. Il veut vraiment que j'essaie de le mettre à terre, ce qui est bien évidemment perdu d'avance.

Je me place devant lui, les bras toujours croisés, avant de souffler :

— Tu sais très bien que je n'ai aucune chance, Tobias…

Un large sourire étire ses lèvres.

— Je t'ai observée à tes entraînements. Tu es rapide et forte, tu ne devrais pas te sous-estimer.

Ma bouche s'entrouvre tandis que mon cœur est subitement enveloppé d'une étrange douceur. Je me rends compte avec lassitude que chacune de ses phrases me met dans tous mes états. Et je déteste ça, me sentir aussi impuissante, aussi… faible.

— Alors ? s'impatiente-t-il, moqueur.

Les bras écartés, il attend patiemment que je passe à l'action. Je secoue la tête en riant et m'approche rapidement de lui en me mettant en position de combat.

C'est vraiment ridicule !

Je m'apprête à lui balancer un coup de pied mais avant que je puisse faire quoi que ce soit, il m'envoie un clin d'œil et enlève son t-shirt.

Bordel, ce qu'il est beau…

La fine pellicule de sueur sur ses muscles les rend encore plus saillants, plus brillants. L'effet que Tobias provoque sur mon corps est insoutenable. Je sais pertinemment qu'il l'a fait exprès – il faudrait être aveugle pour ne pas voir à quel point je le désire – et à ce moment, je le déteste de me faire ça.

Je prends une grande inspiration et étire mon cou de gauche à droite. Sans prévenir, je lui assène un coup de pied dans le tibia. Je reste stupéfaite lorsque je me rends compte que mon geste n'a servi à rien : il n'a pas bougé d'un poil. Ses pieds restent cloués au sol, c'est comme s'il n'avait rien senti. Je le dévisage, les yeux grands comme des soucoupes, tandis que son rire résonne dans l'entrepôt.

— Comment c'est possible ? demandé-je, encore choquée. Tu n'as même pas bougé !

— L'entraînement peut-être, raille-t-il.

— Tu m'avais promis ! ronchonné-je.

— Pourtant je n'ai pas fait grand-chose ! se moque-t-il.

Je lui lance un regard noir en croisant les bras contre ma poitrine. Malgré tout, je ne tiens pas longtemps devant son rire communicatif. Je n'arrive toujours pas à croire que je suis actuellement en pleine forme, en train de sourire et de m'amuser avec lui alors qu'un peu plus tôt, j'étais en larmes.

— Allez, recommence ! m'ordonne-t-il d'un mouvement de tête accompagné d'un sourire ravageur.

Je balance plusieurs coups qu'il esquive bien trop facilement à mon goût. J'essaie de le prendre par surprise, je tente plusieurs stratégies, en vain ; j'ai affaire à un professionnel, à Tobias Reed. Je râle et m'arrête pour reprendre mon souffle tandis qu'il tourne autour de moi d'un pas lent. Il me donne l'impression d'être face à un fauve attendant patiemment de sauter sur sa proie.

— Pourquoi tu t'arrêtes, Léonie ? demande-t-il de sa voix rocailleuse.

Le son de sa voix prononçant mon nom me fait frissonner. Quand il m'appelle de cette façon, aussi sensuellement, je ne réponds plus de rien. Je déglutis difficilement. J'essaie d'éviter son regard, mais lorsqu'il s'arrête devant moi, ses émeraudes viennent plonger au plus profond des miens. Il me dévore des yeux.

Soudain, une idée me vient en tête. Je m'approche de lui d'un pas assuré. Je le regarde intensément et me plante devant lui, très près de lui. Je peux sentir son souffle effleurer mon visage. Je pose tendrement ma main sur son torse et les battements de son cœur s'emballent. Je ne le quitte pas des yeux un seul instant. Durant une petite seconde, je lis de l'incompréhension dans son regard, mais lorsque celui-ci dévie sur mes lèvres, je sais que c'est le moment de passer à l'action alors je rapproche un peu plus mon visage du sien.

Avant que je ne puisse faire un geste, il passe un pied derrière ma jambe et me fait tomber au sol tout en m'accompagnant de ses bras pour éviter que je ne me fasse mal. Je me retrouve donc une fois de plus à terre sous son regard moqueur.

— T'as vraiment cru que j'étais idiot ? ricane-t-il en restant au-dessus de moi.

— Hm, non !

— On continue ? demande-t-il en souriant de toutes ses dents.

— Non ! J'abandonne, j'y arriverai jamais, soufflé-je en secouant les mains.

— Ne jamais céder, Léonie ! gronde-t-il en effleurant mes lèvres.

Je grimace face à sa réponse. Je repense aussitôt à tout ce qu'il a pu me dire sur son passé et ça me contrarie bien plus que ça ne le devrait.

Je plante mon regard dans le sien et soupire.

— Si, là, je cède.

Il m'offre un clin d'œil avant de murmurer :

— Ça m'arrange, trésor.

Il paraît si heureux d'un seul coup. Je me demande sincèrement ce qu'il a en tête pour être aussi ravi et satisfait d'avoir gagné.

Il s'empare de ma main pour m'aider à me relever. Il m'observe un instant en gardant précieusement ma main contre la sienne et il devient brusquement sérieux, presque attristé. Je comprends pourquoi quand il caresse du bout des doigts la petite plaie sur ma lèvre. Je peux apercevoir sa mâchoire se contracter et ses yeux s'assombrir.

— Que s'est-il passé avec Rix ? demande-t-il d'un ton distant.

Je me retiens de déballer tout ce que j'ai sur le cœur, mais je n'ai pas envie d'une énième dispute.

— J'ai pas envie d'en parler, murmuré-je en baissant la tête.

De son index, il relève mon visage en m'incitant à le regarder.

— Léonie… souffle-t-il.

— Je n'ai pas envie de te répondre, Tobias. Car si je le fais, on ne se quitterait pas en bons termes ! dis-je en me retournant.

— Dis-moi ! insiste-t-il dans mon dos.

Je serre les dents et finis par faire volte-face.

— Je pense que si t'avais posé les yeux sur moi, au moins une fois, rien de tout ça ne se serait passé !

Mon cœur se serre une fois de plus lorsque le Tobias indifférent refait son apparition. Je le dévisage longuement dans l'attente d'une réaction de sa part. Il se contente simplement de me regarder, le visage avide d'émotion.

— Je vais te ramener.

Puis, sans un mot, il descend du ring.

Putain, je vais exploser !

Je le déteste.

Que cherche-t-il, bordel ? Qu'attend-il de moi ? Il a voulu que je lui dise, alors je lui ai dit ! Pourquoi réagit-il toujours de la même façon ? Pourquoi ne jamais affronter le problème ? Pourquoi fuir, sans cesse ?

Je descends à mon tour puis me dirige vers l'extérieur.

* * *

Le tonnerre fait rage dans le ciel, la pluie s'abat sur le pare-brise de la voiture. Tobias n'a pas voulu me ramener à moto quand il s'est aperçu qu'une tempête s'apprêtait à nous tomber dessus. L'atmosphère est tendue, le silence règne dans l'habitacle. Le coude sur le rebord de la fenêtre et le menton dans ma paume, j'observe les rues sombres de Chicago. Je suis tellement remontée contre lui que je préfère me concentrer sur le paysage. Ma colère est si intense que les battements de mon cœur s'affolent une fois de plus.

Je tape nerveusement du pied. Je ne tiendrai pas longtemps, il faut que ça sorte.

— J'ai une question à te poser et j'aimerais que tu y répondes sincèrement ! lâché-je en posant enfin mes yeux sur lui.

Je remarque que ses muscles sont crispés, comme s'il était tendu. Il serre tellement fort le volant que ses phalanges deviennent blanches, ce qui m'arrache une grimace.

Il me lance un bref regard sceptique, mais je ne me démonte pas :

— Pourquoi m'avoir placée devant pour ensuite complètement oublier ma présence ?

Il soupire devant ma ténacité avant de répondre :

— Je ne pensais pas que Rix serait aussi con pour venir s'en prendre à toi alors que tu n'étais qu'à quelques mètres de moi. J'ai fait une erreur et ça ne se reproduira plus, Léonie.

Ça c'est sûr ! Je ne me ferai pas avoir deux fois !

Malgré tout, ses mots me font du bien. J'aurais aimé qu'il me le dise plus tôt ; même si ce n'est pas grand-chose, il aurait pu me le dire en temps voulu. Il a fallu que j'insiste encore et encore pour obtenir cette simple information…

S'il continue de se comporter de cette façon, s'il continue de souffler le chaud et le froid, je ne tiendrai pas, je n'y arriverai pas. Je ne suis pas assez forte pour supporter ça.

Une fois garé devant mon immeuble, Tobias arrête le moteur, dans un silence pesant. Le regard de Tobias est perdu vers l'horizon. J'attends plusieurs minutes, mais voyant qu'il ne réagit pas, j'ouvre brusquement la portière. Je me retrouve trempée en moins de deux. Je lâche une injure et je suis soudain surprise d'entendre sa portière claquer. Quelques secondes après, il surgit devant moi. Il m'observe longuement, le visage dur et inexpressif. Nous sommes bientôt trempés jusqu'aux os.

Lassée, je tente de le contourner pour entrer dans le hall de l'immeuble, mais il me retient par le bras.

— Léonie…

Mes dents claquent, la pluie ruisselle sur mon visage. Je suis frigorifiée. Pourtant, j'attends qu'il poursuive.

— Je conçois que mon quotidien soit difficile à encaisser pour toi, que mon comportement, ma façon de penser, mon caractère soient durs à accepter… Mais il faut que tu comprennes que je n'ai connu que ça, et rien d'autre… Changer m'est presque impossible, Léonie…

Ses mots me serrent le cœur. Le fait qu'il n'ait jamais connu l'amour et la tendresse me fait de la peine. Mais ce qui me fait le plus mal, c'est ce qu'il est en train d'insinuer.

— Qu'est-ce que tu cherches à me dire ? demandé-je.

Il passe ses doigts dans sa chevelure ébène maintenant trempée, avec une expression qui me déchire le cœur une fois de plus.

— Je ne sais pas, je ne sais plus... souffle-t-il.

Je fais un pas vers lui.

— Je ne cherche pas à te changer, Tobias... Loin de là. Tu es comme tu es, et je ne me permettrais jamais de vouloir une chose pareille. La boxe fait partie de ta vie, elle fait partie de toi. Ton caractère, ta vision des choses font partie de toi ainsi que ton passé et je l'accepte.

Je m'empare de son visage et viens tendrement caresser ses joues humides.

— Je veux juste t'aider et être là pour toi. Je sais que c'est ce que tu souhaites aussi, parce que sinon tu ne serais jamais venu à moi.

Il me regarde si intensément que je peine à avaler ma salive. Je tiens toujours son visage entre mes doigts. Je n'ai aucune idée de la façon dont il va réagir. Peut-être qu'il ne va rien répondre ou peut-être qu'il va me prendre de haut, je m'en fous. Au moins, je lui aurai dit ce que j'ai sur le cœur et jamais je ne le regretterai.

Après de longues secondes d'attente, je baisse les yeux, déçue. Je laisse glisser mes mains le long de son cou. Je ferme les yeux un instant en essayant de respirer régulièrement lorsque je sens deux mains se poser sur mes joues. Je rouvre les paupières et distingue un léger sourire étirer sa bouche :

— Je suis désolé pour ce soir, souffle-t-il.

Je reste immobile un instant, le regard fixé sur son visage attristé. Je ne m'y attendais pas. Ce sont les paroles que je souhaitais le plus entendre ce soir, et j'en reste clouée sur place.

Un délicieux sourire se forme sur ses lèvres : un sourire franc. Mon cœur s'emballe à nouveau.

Il pose tendrement ses lèvres sur mon front avant de murmurer :

— Tu devrais rentrer, tu vas tomber malade.

J'observe chaque centimètre de son visage, comme si je souhaitais qu'il soit ancré en moi, pour toujours.

Il fait un pas sur le côté, pour me laisser passer. Alors que je m'apprête à ouvrir les portes de l'immeuble, j'entends :

— On se reverra bientôt, trésor.

Je souris légèrement, mais ne me retourne pas. J'entre dans le hall et lorsque les portes de l'ascenseur se referment, un sourire est toujours accroché sur mes lèvres.

J'ouvre la porte de l'appartement tout doucement et avance à pas de souris vu l'heure tardive, je suis certaine que Dayan dort profondément.

Je sursaute en lâchant un cri de surprise lorsque je le vois, avachi sur le canapé, une bière à la main, en train de regarder un match de rugby. Il se met à rire en m'apercevant, la main devant la bouche, comme si j'avais vu un fantôme.

— Merde, mais qu'est-ce que tu fais encore debout ? Tu m'as flanqué la trouille ! rouspété-je.

— Je n'arrivais pas à dormir, me confie-t-il.

Je hausse un sourcil, étonnée. Il n'est pas sujet aux troubles du sommeil en général, il est plutôt du genre à s'étaler sur un lit et à ronfler dans la seconde.

— Tu vas bien au moins ?

Il tourne sa tête dans ma direction.

— Bah oui ! Tu viens ? dit-il en me tendant une main.

— Non, je pense que je vais aller me coucher, j'suis crevée…

— D'accord, viens me faire un bisou !

Je souris puis m'avance près de lui. J'embrasse tendrement sa joue et il fait de même. Il me regarde un instant, me sourit puis reporte son attention sur la télévision.

— Bonne nuit, ma Léo.

— Bonne nuit.

Je monte à grands pas, enfile des vêtements secs puis m'enfouis dans mes couvertures. J'essaie de ne pas repenser à cette soirée, que je ne saurais pas vraiment qualifier tant elle a été déroutante, mais je n'y parviens pas. J'ai l'impression de ne pas avancer, ou du moins d'avancer, mais à pas de souris. Parviendra-t-il à me faire confiance ? Parviendra-t-il à lâcher prise ? Parviendra-t-il à se confier à moi ?

Chapitre 33
Tobias

Lundi

Les rayons du soleil viennent caresser mon visage avec douceur. Je frotte mes yeux puis m'empare de mon téléphone posé sur la table de chevet. Putain, je suis encore en retard ! J'enfouis ma tête dans l'oreiller un instant. Je me lève enfin pour me traîner jusqu'à la salle de bains. Lorsque je passe devant le miroir, je remarque tout de suite l'entaille sur mon ventre, comme si elle souhaitait à tout prix me rappeler la connerie que j'ai faite deux semaines plus tôt. Elle cicatrise lentement, et engendre de vives douleurs la plupart du temps.

Je grogne avant d'entrer dans la douche dans l'espoir que l'eau chaude m'aidera à me vider l'esprit – enfin. Depuis plusieurs semaines, j'essaie d'échapper aux flashs qui me reviennent sans cesse en tête, j'essaie d'effacer *son* visage, mais ça s'avère plus difficile que je ne l'aurais pensé.

Elle a pleuré. Elle a versé des litres de larmes à cause de mes paroles, à cause de mes actes et de ma témérité. Comment ai-je pu être aussi con ? Comment ai-je pu lui dire de telles horreurs ? Comment ai-je pu agir ainsi ?

Je ne me comprends pas moi-même. J'aimerais lui parler, j'aimerais me confier à elle, mais quelque chose m'en empêche. Je ressens le besoin d'être auprès d'elle, mais dès qu'elle s'approche trop près, trop près de mon cœur, quelque chose en moi veut à tout prix la repousser, sauf que mon cœur, lui, ne le veut pas. Alors je regrette mes actes aussitôt et je la rattrape, sauf que je recommence, encore et encore… C'est contradictoire, c'est déchirant, c'est invivable…

Je pose brutalement mon front contre la vitre de la douche, les mains à plat et les paupières closes. Je me rattraperai. Ouais, je ferai tout pour qu'elle soit mienne. Qu'elle m'appartienne, corps et âme. C'est un besoin inexplicable. Une envie irrépressible de la posséder, de la protéger, de l'avoir auprès de moi.

* * *

Ça fait maintenant plus de trente minutes que je cours sur le terrain d'athlétisme dont l'université a la chance de bénéficier. La brise matinale et les quelques rayons de soleil me mettent particulièrement de bonne humeur. Rodéric m'a pourtant tiré de force hors de l'appartement pour que je vienne m'entraîner un peu. « Tu te ramollis », m'a-t-il dit. Ses mots m'ont piqué au vif et ont eu un effet immédiat : je cours sans ne plus pouvoir m'arrêter.

Il n'a pas forcément tort. J'ai la tête ailleurs. Mon corps est bien présent, mais pas mon esprit. Son visage ruisselant de larmes me hante, comme si un couteau me remuait les entrailles. Mon côté obscur me hurle de n'avoir aucun regret, de rester fidèle à moi-même, mais l'autre côté, celui enfouit au plus profond de mon être, m'ordonne d'aller me faire pardonner, me dit que je suis coupable et quelqu'un d'horriblement antipathique.

Je secoue la tête en souriant légèrement. Mais je *suis* quelqu'un d'antipathique.

J'entends Rodéric derrière moi, essoufflé. Et après c'est moi qui me ramollis ! J'esquisse un second sourire. Je continue mon entraînement tranquillement tout en observant les quelques personnes présentes sur le terrain. Certains courent, d'autres s'étirent, et la majorité d'entre eux me lancent des regards furtifs, comme s'ils pensaient être discrets. Je ris intérieurement lorsqu'un groupe d'étudiants en train de courir se décale de plusieurs mètres en passant à côté de moi. Qu'ils sont pathétiques !

Mon sourire en coin s'envole lorsque je l'aperçois, au loin, entrer sur le terrain avec les étudiants de sa classe.

Plus elle s'approche et plus je distingue son ensemble incroyablement sexy. Vêtue d'un simple short noir et d'un t-shirt moulant, les cheveux relevés en queue-de-cheval avec un bandeau rouge noué derrière la tête, elle est magnifique. Je ne peux retenir mon pouls qui se déchaîne. Elle marche vers le terrain de rugby, un ballon entre les mains. Mon sang bout dans mes veines en voyant Daniel lui coller aux basques. Il passe son bras derrière le dos de Léonie et s'agrippe à sa hanche tandis qu'elle ne bronche pas une seconde. Je sens mes muscles se contracter, ma respiration devenir incontrôlable devant ce spectacle à gerber. Elle rit aux côtés d'Isabelle et de l'autre blonde en passant une main dans les cheveux de Fox.

Je me stoppe brusquement et mon frère me rentre dedans.

— Putain, Tobias ! grogne-t-il.

Les bras le long du corps, je n'arrive pas à détacher mon regard de Léonie. M'a-t-elle remarqué ? Se rend-elle compte que ce putain de merdeux est accro à elle ? Est-elle naïve au point de ne pas le voir ?

J'essaie de me ressaisir, j'essaie vraiment de penser à autre chose. Mais comment est-ce possible ?

— Tobias ? m'interpelle Rodéric, perplexe.

— J'en ai marre ! râlé-je en quittant la piste.

— Mais il nous reste plusieurs tours !

— On passe à la suite ! ordonné-je en m'éloignant de la piste – et d'elle – me permettant ainsi de me canaliser.

Dos au terrain, je commence à faire des pompes sous les yeux de mon frère qui, je le sais, se demande pourquoi je suis soudainement devenu grincheux.

Il s'accroupit devant moi, son éternel air protecteur sur le visage. J'essaie de calmer mon sang qui fuse dans mes veines en même temps que toutes mes pensées en surchauffent, et continue de faire des pompes, le regard dans le vide.

— Il t'arrive quoi encore ? demande-t-il, taquin.

Je me stoppe en relevant la tête, et lui lance un regard noir.

— C'est bon, ne fais pas cette tête ! dit-il dans un rire. Pourquoi t'es aussi contrarié d'un coup ?

Je secoue légèrement la tête en reprenant mes mouvements. Je les enchaîne à une allure folle. Mes muscles sont douloureux, ma blessure me torture et mes pensées sont insupportables, mais je continue : il faut que j'évacue ma rage, coûte que coûte.

— Ne me dis pas que c'est sa présence qui te met dans un tel état ? m'interroge-t-il sérieusement.

Je me relève enfin, sans un mot. Je prends une bouffée d'air et commence quelques étirements tout en ignorant mon frère.

— Tobias ! grogne-t-il, mécontent, en me faisant pivoter.

— Bien sûr que non, Rodd ! Ne dis pas n'importe quoi.

— Pourquoi t'es si irrité alors ? insiste-t-il.

Je soupire, soûlé par sa ténacité. Je tente de m'échapper, mais il maintient sa prise. Je fronce les sourcils en plantant mon regard dans ses yeux bleu océan. Il sait mieux que quiconque que me retenir de cette manière n'est pas une bonne idée. Pourtant, il ne me lâche pas.

— J'en avais marre de courir, c'est tout, soufflé-je.

— Tu ne te lasses jamais de courir ! indique-t-il, surpris, en me lâchant enfin.

Je soupire une seconde fois et me retourne. Je m'avance d'un pas décidé vers la réserve où est entreposé le matériel d'entraînement, mais Rodéric m'interpelle de nouveau :

— Je ne comprends pas pourquoi tu ne me parles plus, Tobias… Tu te confiais à moi avant, tu me parlais de tes sentiments, tes peurs, tes doutes, ton chagrin… Maintenant, je dois presque t'arracher les mots de la bouche. Et encore, même comme ça, en général tu ne dis rien du tout. Tu fuis, tu ne fais que ça depuis que tu l'as rencontrée !

Mes poils se hérissent. Je me retourne aussitôt mais je n'ai même pas le temps de répondre qu'il continue :

— Je sais très bien que ton changement d'humeur est dû à sa venue, dès que je l'ai aperçue, je t'ai vu te crisper et te déconcentrer. Tu n'as pas besoin de parler, ton regard me dévoile tout. Je te connais par cœur, et même si j'avais déjà ma réponse, j'aurais aimé que tu m'en parles par toi-même, comme autrefois.

Je déglutis, les yeux humides. Je me mords la lèvre inférieure afin de ravaler mes larmes. Il est hors de question que quelqu'un puisse me voir dans un tel état de faiblesse. Mon frère est également au bord des larmes, mais d'un degré bien plus élevé que le mien. Parfois, j'oublie à quel point il est sensible et prend tout à cœur. Il souffre et c'est à cause de moi. Sa réaction est excessive mais pour lui, c'est comme si j'avais commis une chose impardonnable. Que je puisse le mettre de côté le rend malheureux, même si la plupart du temps, c'est involontaire de ma part – et ça arrive très rarement.

— Je n'aime pas parler d'elle, de ce que je peux ressentir… C'est bien trop difficile à admettre. C'est pas que je ne souhaite pas te parler, et tu le sais très bien. T'es mon frère et jamais je ne te mettrai à l'écart de quoi que ce soit, dis-je en posant une main sur son épaule.

Il acquiesce, un léger sourire sur les lèvres. Je pose mon front contre le sien quelques secondes et me détends aussitôt.

À chaque fois qu'il est dans un tel état, mon côté sentimental prend le dessus. J'ai besoin qu'il sache que je tiens à lui d'une façon qu'il ne s'imagine même pas.

J'ai besoin qu'il sache que je ne partirai jamais, que je serai auprès de lui pour toujours, peu importe ce qu'il pourra se passer. Je ne supporte pas de le voir malheureux, alors j'essaie toujours par tous les moyens de le rassurer.

— Bon, c'est pas tout mais on a un entraînement à finir ! lance-t-il, de nouveau sérieux, en entrant dans la réserve.

Je laisse échapper un rire en secouant la tête. Il n'est pas croyable ! Je ne m'étais pas rendu compte comme ça peut être perturbant d'être face à quelqu'un dont l'humeur change aussi rapidement. Je l'observe ouvrir les portes de la petite cabane et y rester un petit moment.

Il ressort avec une corde à sauter qu'il me tend. Je m'en empare en silence et m'avance près de la piste pour commencer l'exercice.

D'où je suis, j'ai une vue parfaite sur tout le terrain. Je dois bien l'avouer, je guette. Je surveille le moindre geste de Daniel sur Léonie qui pourrait me déplaire. Pour le moment, il est assis sur la pelouse et observe Léonie jouer à une partie de volley. Mon regard se pose immédiatement sur son corps, ce corps sublime qui me fait perdre toute contenance. Ses courbes sont d'une beauté à couper le souffle, et je dirais même troublantes. Elle a l'air concentrée, je vois d'ici qu'elle se donne à fond. Si ça ne tenait qu'à moi, j'irais la chercher pour lui faire goûter à une autre activité… Je frémis au souvenir du contact de sa peau sur la mienne.

Je ferme les yeux, la mâchoire contractée, pour essayer tant bien que mal de songer à autre chose. Je prends de grandes inspirations en accélérant la cadence. Ma blessure me provoque de vives douleurs, mais je ne renonce pas et continue.

Lorsque j'ouvre enfin les yeux, mon regard tombe directement sur Fox, positionné derrière Léonie, les deux mains sur ses hanches avec un sourire béat sur les lèvres. Mes poings se serrent autour de la corde.

Il n'aurait jamais dû faire cette erreur.

Une colère noire s'empare de moi, mon cœur est sur le point d'exploser dans ma poitrine.

— Tobias… Je crois que tu fais légèrement peur aux gens ! signale doucement Rodéric.

Je détourne une demi-seconde mes yeux de cet épouvantable spectacle et remarque qu'en effet, tout le monde me dévisage, comme si j'étais un animal de foire. Ma respiration s'accélère, et ma colère ne fait que s'accroître.

Mon sang bout dans mes veines et des frissons désagréables parcourent mon échine lorsque Fox passe ses mains sur le ventre de Léonie, pour rapprocher ses fesses de son corps.

Il se met à chuchoter à son oreille.

Ils sont les seuls à ne pas avoir remarqué ma présence et la colère qui m'anime, comme s'ils étaient dans une bulle. *Leur* bulle. Je grimace à cette simple idée.

Son rire me parvient aux oreilles.

OK, c'en est trop.

Je balance la corde par terre et fonce sur eux. Malgré les plaintes de mon frère qui hurle dans mon dos, je ne m'arrête pas. Hors de question ! Plusieurs étudiants me dévisagent quand je passe près d'eux, mais mon regard reste posé sur elle, sur son sourire radieux qui n'a pas lieu d'être. Ce mec n'a pas le droit de prendre une place si importante à ses yeux. Je ne laisserai jamais passer une chose pareille.

Quand j'arrive à sa hauteur, elle sursaute en se détachant de Daniel. Je peux lire l'incompréhension sur son visage, mais aussi de la frayeur. Sans que personne n'ait le temps d'intervenir, je la prends brusquement sur mon épaule. Elle lâche un râle plaintif tout en me donnant un coup sur mon dos mais je m'éloigne du terrain.

— Je peux savoir ce que vous faites, Monsieur Reed ? demande le prof.

Il manquait plus que ça.

— Je vous la ramène très vite !

J'entends plusieurs chuchotements qui, en temps normal, m'auraient fait sourire, mais là, tout de suite, je n'ai aucunement envie de rire.

À mon plus grand soulagement, elle se laisse transporter sans trop protester. J'ouvre plusieurs portes avant d'arriver dans les vestiaires que je prends le temps de fermer à clé derrière moi. Je la dépose enfin au sol sous son regard devenu sombre et furieux. Visiblement, c'était le calme avant la tempête.

— Je peux savoir ce qui te prend ? gronde-t-elle en me poussant d'une main.

— Tu ne vois pas qu'il est fou amoureux de toi ? dis-je en haussant le ton.

— Pardon ?

— L'autre tête à claques !

— Quoi ? Daniel ? Ne dis pas n'importe quoi !

Je plonge mes yeux dans les siens. Je n'ai qu'une envie : la basculer sur le banc à quelques mètres de nous et l'embrasser. Malgré tout, ma colère est si grande que chacun de mes désirs est refoulé au plus profond de moi.

— Attends, t'es jaloux ? demande-t-elle en haussant un sourcil.

Ça semble vraiment la surprendre. Elle me scrute longuement, de façon presque gênante. Elle croise les bras contre sa poitrine lorsque je m'approche d'elle, la dominant de toute ma hauteur.

— En aucun cas, trésor.

— Tu mens si mal ! se moque-t-elle.

Ce n'est pas de la jalousie. Je n'aime simplement pas que l'on touche à ce qui m'appartient.

— À quoi tu joues ?

— Je ne joue pas, Tobias.

Je m'avance de plusieurs pas, ce qui l'oblige à reculer. Elle prend une grande inspiration sous mon regard fiévreux.

— Pourquoi tu le laisses te toucher de cette façon ? la questionné-je en continuant d'avancer.

— Pourquoi tu me poses ces questions alors que tu affirmes ne pas être jaloux ? souffle-t-elle.

— Réponds-moi ! grondé-je, agacé.

— Mais c'est qu'un ami, bon sang ! siffle-t-elle, irritée.

— Tu es aveugle et idiote à ce point ? dis-je d'un ton sarcastique.

Elle me lance un regard si haineux que c'est comme si elle venait de me gifler. Son dos tape contre le mur et je m'empresse de poser mes mains de chaque côté de sa tête. De cette façon, elle ne pourra pas s'enfuir.

— Va te faire foutre, Tobias ! crache-t-elle.

Je me mets à sourire sous ses yeux qui me lancent des éclairs. Elle semble si énervée ! Pourtant, elle ne cherche pas à m'échapper.

— Comment oses-tu m'emmener ici pour me parler de ces conneries ? On tourne en rond, Tobias, j'espère que tu t'en rends compte ! déclare-t-elle en posant son index sur mon torse. On tourne en rond depuis le début, et ça devient lassant et douloureux pour moi… Dis-moi ce que tu veux, Tobias… J'ai besoin de le savoir.

Mon corps se crispe aussitôt. Ma bouche s'entrouvre, ma mâchoire tressaute à plusieurs reprises, j'ai du mal à avaler ma salive. Je ne m'attendais pas à un tel retournement de situation.

— Tu sais parfaitement ce que je veux, Léonie.

Mes doigts caressent tendrement sa joue. Je sens sa peau frissonner à mon contact. Ses yeux restent plongés au plus profond des miens. Pourtant, je ne peux m'empêcher de fixer ses lèvres pulpeuses qui m'appellent. Me retenir de l'embrasser relève du supplice.

Quand mon regard remonte vers le sien, je me retrouve face à deux iris turquoise desquels émane une émotion si bouleversante que ma gorge s'assèche.

— Non, je ne le sais pas parce que tu ne me parles pas, Tobias. Tu me laisses dans l'ignorance, et ça m'oblige à me poser des tas de questions ! Tout ce que je sais sur toi repose sur des suppositions.

Je passe ma langue sur mes lèvres et souffle légèrement. Je repose lentement ma paume sur le mur, à côté de son visage. J'aimerais tant lui dire ce que je désire au plus profond de moi, lui confier mon envie la plus chère. C'est elle, c'est *être* avec elle. Mais je n'y arrive pas. Je n'y parviendrai jamais.

— Je veux simplement qu'on ne touche pas à ce qui m'appartient ! révélé-je.

Elle me dévisage, interloquée.

— Moi, je t'appartiens ? répond-elle dans un rire nerveux. Je suis pas un objet que tu peux t'approprier à ta guise !

Un sourire narquois étire mes lèvres. J'approche mon visage si près du sien que je peux sentir son souffle caresser ma peau. Elle essaie d'étouffer un gémissement lorsque mes lèvres se posent au creux de son cou que je parsème de baisers. Mes doigts agrippent ses cheveux tandis que je continue mon chemin jusqu'à son épaule. Elle plaque une main sur ma nuque en esquissant de légers soupirs. Je caresse sa peau de ma langue et remonte jusqu'à son cou.

D'un coup, je me redresse et interromps ma douce torture. Son regard plonge instantanément dans le mien, me suppliant de continuer. Je sais qu'elle a envie de plus, de beaucoup plus, mais ça, je lui donnerai plus tard. Je souris et approche mes lèvres des siennes. Je tire légèrement sur ses cheveux pour venir embrasser sa gorge. Je reviens rapidement vers sa bouche que je prends un malin plaisir à frôler.

— Tu m'appartiens, Léonie. Tu peux essayer de t'en dissuader tant que tu veux, à chaque fois tu te rendras compte que tu es à moi, et rien qu'à moi, soufflé-je contre ses lèvres.

J'ai l'impression que mes paroles la font vibrer. Pourtant, elle laisse glisser sa main jusqu'à mon ventre afin d'établir une légère distance entre nous.

— Ça ne me dit toujours pas ce que tu cherches, Tobias.

— Au contraire, je pense avoir été assez clair, lui chuchoté-je à l'oreille.

— Alors, dis-le-moi franchement ! me supplie-t-elle en tirant sur mon t-shirt.

Hors de question !

— Je passe te chercher demain soir, à vingt heures ! Je me souviens avoir gagné un petit combat, dis-je, joueur, en me reculant de plusieurs pas, le sourire aux lèvres.

Je sens bien qu'elle est frustrée. Devant sa mine décomposée, je me mets à ricaner.

— Tu es démoniaque, Tobias Reed.

— Je sais, trésor, raillé-je en lui lançant un clin d'œil.

Sur ces mots, je prends la porte en la laissant derrière moi. Je me retrouve dehors, un sourire ancré aux lèvres, et frotte mes deux mains l'une contre l'autre, satisfait. J'aperçois mon frère, les mains sur les hanches ; je peux deviner ses sourcils froncés et sa mâchoire qui tressaute. Alors que je marche vers lui l'air désinvolte, tous les regards se braquent sur moi, comme si je venais d'égorger quelqu'un. Je lâche un rire moqueur quand Daniel se met à courir en direction des vestiaires. Qu'il est pathétique !

— Qu'est-ce que tu foutais ? gronde Rodéric.

— Je réglais un truc.

— As…

— Quoi ? demandé-je innocemment.

— C'était vraiment nécessaire tout ce cinéma ? soupire-t-il.

— Je pense, ouais.

Il lâche un rire et secoue la tête, une main posée sur son front.

— Tu la revois quand ? demande-t-il en me gratifiant d'un sourire complice.

— Demain soir.

Il lève les yeux au ciel puis finit par me tendre la corde à sauter pour que je continue mon entraînement que j'ai quelque peu tourmenté.

Chapitre 34
Léonie

18 h 30

— Merci de m'avoir raccompagnée, remercié-je Daniel chaleureusement.

— C'est avec plaisir. N'hésite surtout pas à m'appeler en cas de problème.

Je le regarde tendrement puis lui embrasse la joue. Il est si gentil, si attentionné et si mignon que je me demande parfois pourquoi je ne tombe pas amoureuse d'un garçon comme lui…

Je ne m'attarde pas et me retourne après lui avoir adressé un petit signe de la main.

Plantée devant la porte de l'appartement, j'hésite à l'ouvrir un long moment. J'aimerais parler à Dayan, j'aimerais lui confier mes peurs, mes doutes, mes sentiments pour Tobias… Mais je ne sais pas si c'est une bonne idée. J'ai beau le connaître par cœur, je ne sais vraiment pas comment il réagirait… Et puis, comment aborder le sujet ? Je ne me vois pas arriver d'un coup et lui déballer tout ça…

Merde, Léonie, on parle de Dayan, pas du voisin ! Il est comme ton frère !

Je prends mon courage à deux mains, inspire à fond et ouvre la porte. Dayan est, encore et toujours, sur le canapé, une bière à la main.

Je ne peux m'empêcher de pouffer :

— Et tu fais quoi d'autre de tes journées ?

Il laisse échapper un rire.

— C'est ça, rigole !

Je souris et m'empare d'une pomme avant d'aller m'installer à ses côtés. Je pose ma tête contre son épaule et tire un peu sur son plaid pour lui faire comprendre de m'en donner un peu.

— Hé, hé, va chercher le tien !

— Oh, s'il te plaît… dis-je dans une moue.

Il baisse les yeux pour les planter dans les miens de longues secondes avant de céder dans un rire.

— Tu m'énerves ! ronchonne-t-il.

Je lâche un petit cri victorieux et me colle davantage à mon meilleur ami qui rit de plus belle.

— Ça a été ta journée ? demande-t-il alors que je m'apprête à croquer dans ma pomme.

Je m'arrête net et déglutis difficilement.

— Impeccable, et toi ? dis-je en essayant de rester naturelle.

Je me dégonfle. Ce n'est pas le bon moment.

— Oui, je n'ai eu cours que ce matin donc j'ai pu aller boxer avec Rodéric et Tobias.

Je frissonne à l'évocation de son nom.

— Quand est-ce qu'il va reprendre les combats ?

— Rodéric veut à tout prix qu'il guérisse complètement avant de reprendre, me confie-t-il distraitement en changeant de chaîne.

Ça ne l'a pourtant pas empêché de boxer en pleine rue…

Je ne réponds pas et passe mon bras sous le sien en m'y agrippant. J'aime le sentir près de moi, j'aime le savoir à mes côtés. Je sais qu'il sera toujours là pour moi. Nous avons toujours été fusionnels, et ce depuis notre plus jeune âge. Nous passions d'une dispute à un « je t'aime », d'une bagarre à une étreinte et d'une pichenette à un bisou. Encore aujourd'hui, rien de tout ça n'a changé.

— Quand est-ce que tu vas daigner m'en parler ? demande-t-il soudain en me lançant un regard en biais.

Mon cœur rate un battement tandis que je fais comme si je ne l'avais pas entendu. Je sais pertinemment à quoi il fait allusion.

— Léo…

OK, bon, visiblement je n'ai plus vraiment le choix.

Je me redresse dans un soupir et me place en tailleur. Il baisse le son de la télévision et se tourne vers moi. Il attend patiemment que je me décide à lui répondre.

— Je n'ai jamais ressenti ça… chuchoté-je.

Je m'arrête quelques instants pour chercher mes mots. Je ne sais pas pourquoi, mais parler de mes sentiments m'effraie beaucoup plus que je ne me l'étais imaginé.

— À chaque fois que je le vois, ou que j'entends son nom, je suis dans un état pas possible… Lorsqu'il est proche de moi, je n'ai plus aucun contrôle. Ça me fait peur, mais en même temps, c'est une sensation si délicieuse… lui confié-je, le regard perdu dans le vide.

— Tu es amoureuse de lui, répond-il en balayant une mèche de cheveux derrière mon oreille.

Je ferme les yeux un instant.

— Je suis éperdument amoureuse de lui…

Dayan caresse ma joue dans un tendre sourire.

— Mais j'ai peur… Je connais maintenant sa force, son caractère… et ce dont il est capable. Ça me fait si peur, Dayan…

— Je comprends, mais cette frayeur est éphémère. C'est parce que tu ne le connais pas encore parfaitement. Je suis déjà certain qu'au fond, il ne t'effraie plus autant qu'au départ. Lorsqu'il t'aura avoué ce qu'il ressent pour toi, parce que lui aussi est épris de toi, même un aveugle pourrait le voir, cette peur ne sera qu'un lointain souvenir.

Ses paroles sont comme une bouffée d'air frais, un remontant si efficace que je ne peux m'empêcher de sourire, au point de m'en faire mal à la mâchoire. Il pose tendrement sa main sur mon genou. Malgré tout, je ne peux m'empêcher de me poser encore beaucoup de questions qui me nouent l'estomac.

— Si tout ça est vrai, pourquoi il me met sans cesse en danger ? Pourquoi il ne répond à aucune de mes questions ? Pourquoi il fuit, constamment ?

Dayan laisse échapper un petit rire devant tant de questions.

— Tobias est un homme solitaire qui n'a jamais connu l'amour et qui n'y porte pas grand intérêt. Il souhaitait en aucun cas te mettre en danger, crois-moi.

Il ne comprend pas ce qu'il se passe ici, déclare-t-il en posant une main sur son cœur, alors il agit à l'instinct et commet des erreurs.

Je bois ses paroles. Tout ce qu'il me confie m'apaise tellement que le poids qui pesait sur mon cœur s'évapore et mes yeux deviennent humides.

— Oh, non, je ne veux pas que tu pleures.

Je ris en ravalant mes larmes. Il m'enlace et j'enfouis mon visage au creux de son cou. J'inspire son odeur qui me guérit de toute peine.

— C'est si dur tu sais… J'aimerais que ce soit plus facile, comme pour tous ces couples normaux…

— Chaque couple a son lot de complications et de secrets, tu sais.

Je ne réponds pas et l'étreins un peu plus fort.

— Toutes les choses simples sont trop faciles à oublier, c'est pas drôle si c'est trop facile, indique-t-il en m'embrassant le haut de la tête.

Je souris. Il a raison, je ne voyais pas les choses de cette manière. J'aime parler avec Dayan car il trouve toujours les bons mots pour m'aider à avancer et pour me rassurer.

***

Le lendemain, Mardi, 13 h 30

Perdue dans mes pensées, j'écoute distraitement Daniel qui parle sans s'arrêter depuis une bonne dizaine de minutes maintenant. Nous sommes installés sur une table de la terrasse du *Red*. Il m'a proposé de venir boire un café avant que je reprenne le boulot, dans une petite heure.

Mon regard est perdu dans le noir intense du café, mes doigts triturent la tasse devant moi. Une boule de stress s'est formée au creux de mon ventre dès mon réveil. Tobias passe me chercher ce soir et, conformément aux termes de notre pari, il pourra me demander tout ce qu'il souhaite. Je suis si impatiente mais en même temps si angoissée que je n'arrive pas à me concentrer sur ce que me dit mon ami. Je croyais sincèrement que ça m'apaiserait un peu de discuter avec lui, loin de l'université. Visiblement, je me suis trompée.

— Tu penses à lui, pas vrai ? demande Daniel, interrompant le fil de mes pensées.

Je hausse un sourcil, en faisant comme si je ne savais pas à qui il fait allusion.

— Si t'as envie de vider ton sac, sache que je ne suis pas du genre à tout rapporter, dit-il doucement en posant les coudes sur la table.

— Je n'ai pas envie d'en parler, Daniel…

Une moue mécontente se dessine sur son visage. Après quelques secondes, voyant que je n'ajouterai rien, il prend une gorgée de café. Il a l'air de lâcher l'affaire...

Soudain, alors que je pensais que la conversation était close, il lance :

— Je t'apprécie beaucoup, Léo, tu es une très belle personne. Et une personne comme toi ne devrait pas fréquenter quelqu'un comme Tobias Reed.

— Qu'est-ce que t'insinues ?

— Qu'il est dangereux, mauvais et qu'il n'a aucun cœur ! s'emporte-t-il.

Je perds aussitôt mon calme. Mon sang ne fait qu'un tour.

— Qu'est-ce que t'en sais, hein ?

— C'est un meurtrier, Léonie, soupire-t-il. Ce genre de personnes ne change jamais, et encore moins pour une femme.

— Arrête tout de suite ! le préviens-je, le regard noir.

Un sourire narquois se forme sur ses lèvres.

— C'est pourtant la vérité, et tu le sais très bien.

C'en est trop ! Je me lève vivement et claque violemment les mains sur la table.

— C'est à cause de petits cons dans ton genre que ces ignobles rumeurs existent ! hurlé-je presque.

Je sens mes joues chauffer et mon cœur marteler contre ma poitrine tant la colère qui m'anime est immense. Je lui lance un regard empli de haine et tourne les talons.

Pour qui il se prend ? Il ne le connaît pas, ne lui a jamais adressé un mot. Comment peut-il le juger de la sorte ?

Je marche longuement, jusqu'à m'en faire mal aux pieds. Lorsque j'arrive devant le *Corner Coffee*, j'aperçois Damien en train de passer un coup de chiffon sur les tables. Il me reste encore vingt minutes avant mon service alors je vais m'asseoir sur un banc afin de calmer la rage qui envahit chaque partie de mon corps. J'essaie tant bien que mal de faire taire les pensées qui tournent en boucle dans ma tête, en vain. Avec tout ce que j'ai vu et entendu, je sais que Tobias n'est pas cet homme qu'il prétend être. En réalité, il est un homme brisé où se cache au fond de lui beaucoup de tendresse. Alors, lorsque j'entends ce genre de choses, c'est plus fort que moi, je craque.

Tu es si faible… Si amoureuse de lui…

Je passe une main sur mon visage en inspirant profondément avant de me lever et d'entrer dans le café. Damien me salue d'un signe de la main qu'il accompagne d'un large sourire que je lui rends aussitôt. Puis, je pars me changer dans les vestiaires.

La journée risque d'être très longue…

* * *

19 h 00

Je ne tiens pas en place. Mon cœur s'emballe à chaque fois que je regarde l'heure – c'est-à-dire toutes les deux minutes. Je fais les cent pas devant le miroir en me rongeant les ongles, le stress et l'excitation envahissent chaque parcelle de mon corps. J'examine longuement mes sous-vêtements, choisis par Isabelle qui ne m'a pas demandé mon avis. « Tu dois être parfaite, dans tous les sens du terme », m'a-t-elle dit. J'en ris encore intérieurement, mais j'avoue que cette lingerie est vraiment magnifique et même… sexy. L'ensemble est d'un rouge flamboyant, doublé de dentelle noire.

Heureusement qu'elle est venue m'aider. Mais, bon, elle en fait beaucoup trop. Il ne se passera rien ce soir. Enfin… je crois.

— T'en penses quoi ? demande-t-elle en plaçant une robe devant moi.

Je la détaille longuement à travers le miroir, en admiration face au tissu. Elle est si somptueuse…

— Allez, enfile-la ! dit-elle dans un rire.

Je m'exécute sans attendre et me considère de longues secondes. C'est une robe noire près du corps, avec une ceinture dorée au-dessus des hanches. Elle remonte jusqu'au cou, formant presque un collier en dentelle. Je me retourne promptement avant d'enlacer Isabelle qui se met à rire une seconde fois.

— Tu n'aurais pas dû, elle a dû te coûter une fortune !

— C'est pour la bonne cause ! me confie-t-elle en m'embrassant la joue.

— Merci beaucoup, ma Isa…

— Tu as intérêt d'en profiter ! me prévient-elle, un sourire coquin sur les lèvres.

Je lève les yeux au ciel et me dirige dans la salle de bains pour finir de me préparer.

* * *

On frappe à la porte et mon cœur rate un battement. Je tourne la tête vers Isabelle, les yeux en soucoupe. Elle se met à rire puis, en comprenant que je n'ai pas l'intention de bouger, elle se décide à aller ouvrir. Sûre d'elle, elle appuie sur la poignée d'un coup sec.

— Mademoiselle Ross, toujours présente là où l'on s'y attend le moins, ricane Tobias.

Le son de sa voix me fait trembler de désir.

— Je… je t'en prie, bafouille ma meilleure amie en l'invitant à entrer.

Je ne l'ai jamais vue aussi décontenancée. C'est comme si Dieu en personne se tenait devant elle.

Il entre enfin.

Oh. Mon. Dieu.

Il est beau, extrêmement beau.

Il porte un pantalon cigarette noir, assorti d'une chemise dont il a laissé quelques boutons ouverts, ce qui laisse entrevoir son torse tatoué. Ses cheveux ébène sont légèrement décoiffés, ce qui contraste avec sa tenue particulièrement classe. Je ne peux m'empêcher de le manger des yeux… Je ne l'ai jamais vu aussi séduisant qu'à ce moment.

— Bonsoir, trésor, souffle-t-il avec un sourire en coin.

— Bonsoir, réponds-je dans un murmure.

Je n'arrive toujours pas à croire que cet homme, que Tobias Reed, soit là pour moi, ce soir…

— Tu es somptueuse, me complimente-t-il, tout près de moi.

Un frisson glisse le long de ma colonne vertébrale tandis que j'en ai le souffle coupé.

Je vais m'évanouir.

— Waouh, c'est intense vous deux ! ricane Isabelle près du comptoir.

Je lève les yeux au ciel tandis que Tobias lui envoie un regard amusé.

* * *

Je sors de la voiture, et regarde attentivement autour de moi. Les murs sont délabrés et il règne un silence de mort. J'esquisse une grimace malgré moi, ce qui fait sourire Tobias.

Il s'empare de ma main, sans dire un mot, puis m'entraîne dans l'immeuble. Nous prenons l'ascenseur jusqu'au dernier étage. Il m'attire au bout du couloir, puis m'intime de monter quelques marches. J'arrive devant une porte que je m'empresse d'ouvrir. Mon visage s'illumine aussitôt. Ma bouche s'entrouvre et je demeure silencieuse de longues secondes.

Je devine Tobias, dans mon dos, en train d'attendre une réaction de ma part, mais mon cerveau est déconnecté.

Le toit de l'immeuble sur lequel nous nous trouvons est illuminé par des dizaines de bougies. Une table recouverte d'une nappe blanche a été dressée avec soin et j'aperçois un large panier, contenant sans doute de quoi dîner. Un bouquet de roses rouges orne le milieu de table.

Je me tourne brusquement vers Tobias, les yeux pétillants et humides. Je suis sincèrement émue par cette attention. Je ne m'attendais pas à quelque chose d'aussi romantique… Ça ne lui ressemble vraiment pas.

Il s'approche de moi d'un sourire ravageur.

— Ça te plaît ?

— Si tu savais… réponds-je en me mordant la lèvre.

Je le scrute un long moment, presque amoureusement. Je passe de ses cheveux soyeux à ses yeux émeraude, cheminant jusqu'à son petit nez avant d'arriver à ses lèvres… ses lèvres si roses, si douces, si désirables.

Comme s'il lisait dans mes pensées, il écrase sa bouche contre la mienne. Il agrippe mes hanches et son baiser devient brûlant. Il cherche ma langue, la caresse, la titille. Je passe une main derrière sa nuque pour coller mon corps plus près du sien, toujours plus près du sien…

Il me rend folle, complètement folle… Une caresse, une parole, même un soupir de sa part me fait perdre la tête… Je n'ai pas envie de renoncer à lui, à tout ce que je ressens. J'ai envie d'avancer sans me poser de questions, sans me faire du mal à chaque interrogation. Je vais avancer et ne jamais reculer.

Je me détache de lui avec difficulté, puis passe ma langue sur mes lèvres. J'ai l'impression que son odeur et son goût sont ancrés dans ma peau.

Quand il m'invite à m'asseoir, je suis toujours sous le choc. Mais un agréable choc.

Je m'installe, le plus sereinement possible. Contrairement à lui, je suis totalement crispée. Je ne sais pas du tout à quoi m'attendre. J'essaie de rester positive, je me répète en boucle que tout va bien se passer, que s'il a fait tout ça, c'est parce qu'il tient un minimum à moi… non ?

***

Tandis que nous mangeons, Tobias me parle de ce qu'il ressent lorsqu'il boxe, de sa puissance, son euphorie, toutes les émotions qui le traversent quand son adversaire est à terre, K.-O. Pour la première fois, il me partage sa passion, son amour pour le ring. Pour la première fois, il m'ouvre la porte.

Malgré tout, de nombreuses questions continuent de se bousculer dans ma tête. Remarquant sans doute que je suis ailleurs, Tobias arrête de parler et plonge son regard au plus profond du mien, comme s'il cherchait à lire en moi.

Je pense que c'est le bon moment pour lui faire part de mes interrogations.

— Pourquoi tu es venu me voir après ton combat ? demandé-je brusquement, en triturant la fin de mon plat avec ma fourchette.

Son visage se ferme aussitôt. Il s'empare de la bouteille de vin blanc et s'en verse un verre.

— Parce que je ne te connaissais pas.

— Comme la majorité des personnes présentes ! pouffé-je.

Il hausse un sourcil face à mon ton moqueur.

— Ce que je veux dire, c'est que les personnes qui viennent assister aux combats se ressemblent toutes. J'ai presque cru que tu t'étais perdue ! répond-il d'un ton railleur.

Je laisse échapper un rire.

— Bah, sincèrement, c'était presque le cas. Je ne savais pas ce que je faisais là.

Il boit lentement quelques gorgées de vin.

— Mais tu n'étais pourtant pas obligé de venir me voir… ? insisté-je.

— Tu me lâcheras pas, hein ? dit-il dans un rire.

J'acquiesce en souriant et il soupire en passant une main dans ses cheveux.

— Tu ne ressembles pas à toutes les autres, tu as quelque chose en plus… de bien plus.

OK. Léonie reste calme. Expire, inspire, expire, inspire.

J'attrape promptement mon verre de vin que je bois d'une traite. Mon Dieu que j'ai chaud. Je me ressers un autre verre sous son regard moqueur.

Soudain, il se lève et se place à côté de moi.

— Viens.

Il me tend une main que je m'empresse d'attraper. Je me lève et le scrute en attendant qu'il dise quelque chose. Il se contente de prendre la bouteille de vin et de m'entraîner un peu plus loin sur le toit.

Mon cœur rate un battement.

Un drap blanc est étendu sur le sol et plusieurs bougies sont posées un peu partout. La vue est incroyable, presque féerique. D'ici, nous pouvons observer toute la ville. Des milliers d'étoiles habillent le ciel, ce qui donne un aspect particulièrement romantique à ce moment. Mes doigts se resserrent autour de sa main tant l'émotion qui m'anime est immense. Du coin de l'œil, je vois que lui aussi est conquis.

Je m'assois en même temps que lui, tel un robot, toujours pas remise de toutes ces attentions. Je plante enfin mon regard au plus profond du sien. La lueur dans ses iris fait vibrer mon cœur bien trop sensible.

— C'est magnifique…

— Je sais, souffle-t-il.

Je m'installe plus confortablement tandis qu'il ajoute :

— Personne ne connaît cet endroit, même pas Rodéric.

Il s'appuie contre le petit muret derrière nous tout en posant ses bras sur ses genoux, le regard perdu vers l'horizon. Je fais de même, en silence.

— Ça ne devait pas se passer de cette façon, l'autre soir, déclare-t-il d'un ton rauque.

Je déglutis difficilement à ce simple souvenir.

— Ça va… C'est passé.

— Tu n'as pas à me mentir, je sais très bien que c'est faux.

Une boule se forme aux creux de ma gorge quand je repense aux mots qu'il m'a balancés en pleine figure, aux coups que j'ai reçus et à la haine que j'ai ressentie.

« Sache que ça ne voulait rien dire », « C'est mon frère qui a insisté pour que je vienne vers toi » Ces mots me hantent et me déchirent le cœur à chaque fois que j'y songe. Il me fait souffrir. Il me fait mal, constamment. Je ne devrais pas être là aujourd'hui, je devrais être déjà loin…

Sauf que le simple fait de le savoir loin de moi m'est encore plus douloureux.

— Est-ce que tu pensais réellement ce que tu as dit, ce soir-là ? demandé-je, le cœur battant à tout rompre.

— Bien sûr que non.

Je souffle légèrement, et mon corps est pris de tremblements à cause de la fraîcheur qui s'est installée. Je n'arrive pas à être convaincue. Il semblait si sincère, son regard ne mentait pas. « Tu n'es rien pour moi » : voilà ce que son regard m'avouait.

Tobias se redresse soudainement et enlève sa veste pour la poser sur mes épaules. Je murmure un timide « merci » qui me vaut enfin un sourire de sa part.

Malgré cette épaisseur supplémentaire, je grelotte encore, mes dents claquent les unes contre les autres. Il fait vraiment froid à présent et je regrette presque d'avoir opté pour une robe. Ne voulant pas qu'il remarque à quel point je suis congelée, je tente de contrôler mes tremblements.

— Allez, viens là, chuchote-t-il en me tirant vers lui.

Il me place entre ses jambes et instinctivement, je me blottis entre ses bras qui m'enlacent, pour me réchauffer. La tête posée sur son épaule, je contemple la multitude de tatouages dessinés sur ses mains. Je me retiens de les effleurer du bout des doigts. Je sens son souffle sur ma tête qui vient caresser délicieusement mon oreille. J'inspire profondément et ferme les paupières, pour savourer son odeur qui m'enivre.

— Tu me fais perdre tout contrôle, Léonie… Et ça me fait dire ou faire des choses regrettables, me confie-t-il, tendu.

— Parce que tu n'as pas l'habitude de perdre ce contrôle, ajouté-je en posant mes mains sur ses avant-bras.

— Non.

— Il faut simplement que tu apprennes à lâcher prise, à te laisser aller comme bon te semble. À trop te mettre de limites, tu t'empêches de vivre. Si tu réagis ainsi quand tu vas au-delà, c'est que tu ne te connais pas vraiment toi-même.

Je sens sa respiration s'accélérer et son cœur taper violemment contre sa poitrine, alors je m'empare tendrement d'une de ses mains.

— Ça n'a jamais été nécessaire d'y réfléchir avant… Tout ça est nouveau pour moi, je n'ai jamais ressenti ça pour personne.

Je ne peux m'empêcher de relever le visage pour le regarder, éberluée.

Ce que je ne saisis pas, c'est que, si cette perte de contrôle est problématique pour lui, alors pour quelle raison est-il auprès de moi aujourd'hui ?

Je me mets à fixer un point invisible devant moi, sans un mot. Je suis tendue, extrêmement tendue. Comment va se terminer cette soirée ? Va-t-il me repousser ? Va-t-il prendre la fuite, encore ?

— Je me souviens encore des mots de Rodéric, quand on était jeunes… souffle-t-il. « Je te promets qu'un jour, une personne parviendra à te faire sourire, elle parviendra à te faire oublier ta douleur. Au début, juste l'espace d'un instant, mais ensuite, pour toujours. Et tu seras enfin heureux. »

Les yeux fermés, je l'écoute attentivement, comme si ses mots étaient une douce mélodie.

— Ce jour-là, je lui avais ri au nez. Mais je me rends compte que je n'aurais pas dû… parce qu'il avait raison, avoue-t-il sans honte.

J'entrelace mes doigts aux siens, un sourire discret au coin des lèvres. À sa manière, il me dévoile ses sentiments ; une déclaration subtile mais bien réelle.

— Depuis que je suis petit, j'ai toujours su garder le contrôle de mes émotions. La seule exception, c'est pendant mes crises. Comme je garde tout en moi, à force d'accumuler autant de contrariétés, autant de colère et de haine, je finis par exploser…

Sa voix se brise et je me rends compte comme c'est difficile pour lui de se livrer ainsi. J'enfouis alors mon visage dans son cou en y laissant un baiser, de façon à lui donner la force de continuer.

— Mes parents biologiques m'ont envoyé en foyer d'accueil quand je n'étais seulement qu'un nourrisson. Une première famille m'a pris en charge, mais ils m'ont renvoyé à seulement cinq ans. Quelques mois après, un couple est venu m'adopter. Ils semblaient si agréables, si attentionnés, si gentils… J'étais seulement trop jeune et trop innocent pour me rendre compte à quel genre de personnes j'avais affaire.

Il respire bruyamment. Un long silence s'installe durant lequel je devine qu'il essaye de se ressaisir.

Je lui laisse tout le temps qu'il lui faut. Je ne préfère pas intervenir, je ne veux en aucun cas le brusquer.

Il me parle, il se confie enfin à moi, alors pour rien au monde je ne gâcherai ce moment.

— Les premiers mois ont été difficiles, mais peu à peu, je me suis senti comme chez moi. Comme j'étais un garçon turbulent et agressif, ils ont commencé à m'enfermer dans une espèce de cave, pour me punir. Au début, c'était histoire de quelques minutes, puis de quelques heures, et à la fin… de plusieurs jours et parfois même des semaines entières. C'était si étroit, si sale, si obscur… C'est toujours l'homme qui descendait pour me donner à boire et à manger. Je me souviens de son regard, son regard noir. Il me frappait, constamment. Je me souviens de la douleur, du goût du sang dans ma bouche, de la poussière qui me donnait tant de mal à respirer.

Je suis si bouleversée que je ne parviens pas à dissimuler ma peine. Mes larmes coulent dans mon cou. Il me fait pivoter et je me place à genoux face à lui, entre ses jambes.

Il raconte son passé d'une façon si poignante que mon cœur se brise en mille morceaux.

Comment peut-on faire endurer ça à un enfant ?

Je détaille longuement son visage. Mon cœur est lourd, comprimé, éploré.

— Ne pleure pas… murmure-t-il en passant ses pouces sous mes yeux.

Je prends une profonde inspiration et je pose mes mains sur les siennes.

— Continue… soufflé-je.

De longues secondes s'écoulent. J'observe un Tobias bouleversé. Son regard me déchire le cœur.

— Progressivement, j'ai perdu la notion du temps. Je n'ai presque plus vu la lumière du jour durant plus de quatre ans. Le noir est devenu mon quotidien, il est devenu mon pire cauchemar…

Soudain Tobias s'agite, comme s'il se sentait oppressé. Il me saisit par les coudes et me pousse sur le côté, d'une douceur qui contraste avec la nervosité qui anime son corps. Une fois debout, il fait quelques pas puis s'arrête, les mains dans les poches, le regard vers l'horizon. Je le rejoins en gardant précieusement sa veste autour de mes épaules. Il tremble, sa respiration est saccadée et sa mâchoire contractée. J'ai mal, j'ai terriblement mal pour lui…

— La porte ne s'ouvrait pas tous les jours, mais lorsque c'était le cas, je pouvais profiter d'un peu de lumière… Je pouvais enfin voir mon corps… Un corps maigre et sale. Dès qu'il descendait ces escaliers, je savais ce qui m'attendait. Je savais que je n'en sortirais pas indemne, mais le bonheur d'enfin voir la lumière l'emportait sur la terreur et me permettait de m'accrocher. Je gardais espoir… Mais au fil des années, cet espoir… cette petite flamme qui me gardait en vie s'est éteinte.

Il s'arrête un instant.

— Quand les services sociaux se sont rendu compte de ce que ces gens me faisaient endurer et qu'ils m'ont sorti de là, c'était déjà trop tard. L'ancien Tobias, le Tobias plein d'espoir et d'amour, est mort dans cette cave.

C'est trop pour moi… Sans pouvoir me retenir une seconde de plus, je passe mes bras autour de sa taille et l'étreins de toutes mes forces. Je me fiche de sa réaction. À vrai dire, je n'y pense même pas. J'ai besoin de le serrer dans mes bras, j'ai besoin qu'il sache que je suis avec lui dorénavant, et que je le serai toujours.

— Je suis désolée…

Il caresse mes cheveux tout en me rendant mon étreinte. Je sens son souffle contre mon oreille, sa main venir presser ma hanche pour me rapprocher davantage de lui.

— Tu n'as pas à l'être, trésor.

Je souffle contre sa chemise.

— Ce n'est pas juste…

Il ne répond pas, il se contente de me frotter le dos.

— Tu ne méritais pas ça…

Je sens son cœur frapper contre sa poitrine alors je relève mon visage. Il baisse lentement sa tête et plonge ses yeux dans les miens, au plus profond des miens. Je ne cherche même plus à retenir mes larmes.

Le sentiment qui se dégage de son regard me fait perdre pied. Je comprends maintenant. Je comprends son manque de confiance en autrui, je comprends son comportement autodestructeur. Surtout, je comprends maintenant ce qui s'est passé ce soir-là, dans l'appartement. J'ai comme l'impression d'enfin le connaître, que tout s'éclaire, enfin.

Je le détaille longuement, comme si c'était la première fois que je le voyais. Je rencontre enfin le vrai Tobias.

— Je vais bientôt partir quelques jours avec Rodéric, rendre visite à nos parents, annonce-t-il subitement.

Un courant électrique parcourt mon corps.

— Prendre un peu de recul sur tout ça nous fera du bien, précise-t-il devant mon air hébété.

Je le dévisage en essuyant les dernières larmes qui ont coulé. Il a raison, c'est certain, mais dit comme ça, ça ne sonne pas comme une nouvelle réjouissante.

Ma bouche s'ouvre, mais aucun son n'en sort. De toute manière, que puis-je bien répondre à ça ?

Devinant ma détresse, il s'empare de mon visage, un sourire en coin :

— Ne t'inquiète pas, trésor, je ne t'abandonne pas.

Chapitre 35
Léonie

Trois semaines plus tard

Ça fait maintenant presque trois semaines que Tobias est parti. Les vacances ont débuté il y a presque deux semaines et Dayan en a profité pour aller rendre visite à sa grand-mère. Je suis donc seule à l'appartement. Ce n'est pas plus mal, je peux enfin réfléchir et me remettre les idées en place tranquillement. De toute manière, je n'aurais pas eu beaucoup de temps à lui accorder : Damien a doublé mes heures jusqu'à la reprise des cours.

Je salue de la main Isabelle et June avec un grand sourire lorsqu'elles entrent dans le café. Nous nous sommes donné rendez-vous ici quelques heures avant mon service, pour pouvoir papoter un peu.

— Tu as réussi à lui échapper ? se moque Isabelle.

Je grimace.

Depuis que Tobias et Rodéric ont quitté la ville, Daniel me suit partout. Il m'appelle sans cesse et m'envoie des tonnes de messages. Au début, ce n'était qu'un SMS par-ci par-là, mais c'est presque devenu du harcèlement. Il a même réussi à me trouver trois fois de suite dans plusieurs cafés différents ! Ça commence vraiment à me fatiguer.

— Ça me ferait presque peur, avoué-je.

— Ne t'inquiète pas, ça va lui passer, me rassure June en s'asseyant en face de moi.

Je lui souris. J'espère qu'elle a raison.

— T'as commandé ? demande ma meilleure amie en prenant place à mes côtés.

— Oui ! milk-shake choco-banane et bagels pour mesdemoiselles, dis-je en frottant mes mains.

— Tu gères ! s'enthousiasme June.

Nous nous mettons à discuter de tout et de rien, allant des cours aux potins de l'université. Durant un instant, j'oublie tout. J'oublie ce qu'il s'est passé ces dernières semaines, j'oublie le sang qui a coulé, j'oublie les coups qui ont été portés, j'oublie les larmes que j'ai versées et… j'oublie le fait que je suis follement et irrémédiablement amoureuse de *lui*.

— Et du coup, avec Rodéric… c'est vraiment fini ? s'intéresse June.

Isabelle lève subitement les yeux vers notre amie, surprise de sa question.

— Oui. Je pense qu'on est allés trop vite…

— Tu penses qu'avec le temps vous pourriez…

— Non, je ne pense pas, me coupe sèchement Isa.

Face à son ton froid, June et moi nous regardons discrètement, confuses. Je pose une main sur celle de ma meilleure amie en m'excusant :

— On ne voulait pas te mettre mal à l'aise…

Elle nous scrute l'une après l'autre puis souffle un grand coup :

— Oui, je sais bien. C'est juste que je n'aime pas trop aborder ce sujet, ça me fout le cafard…

— Promis, on n'en parle plus ! répond June.

Isabelle lui sourit de bon cœur tandis que nos commandes arrivent avec un peu de retard. Je remercie Damien qui m'envoie un clin d'œil avant de repartir derrière le comptoir.

Affamée, je croque sans attendre dans mon bagel.

— Tu n'aurais pas quelque chose à me dire, Léo ? m'interroge June en sirotant sa boisson.

Un électrochoc me traverse le corps.

— À propos de quoi ? demandé-je, en priant pour qu'elle ne veuille pas aborder *ce* sujet-là.

— Oh Léo, s'il te plaît ! siffle-t-elle.

Je tente un regard vers Isabelle pour qu'elle me vienne en aide, mais June enchaîne aussitôt.

— Reed !

C'est ce que je craignais.

Embarrassée, je me mets à triturer la paille de mon milk-shake. À chaque fois que *son* nom est évoqué dans une conversation, ça ne se termine jamais bien.

— Pourquoi tu ne me l'as pas dit… ? demande-t-elle tristement.

Je plante mes yeux dans les siens et je distingue une réelle déception, ce qui me serre le cœur.

— Tout simplement parce que je savais que tu ne le prendrais pas bien…

— Mais je l'aurais su tôt ou tard, Léo ! Tout le monde en parle… les bruits courent, tu sais ? « La mystérieuse fille qui fait chavirer le cœur de notre boxeur ». Il ne m'a pas fallu longtemps pour faire le rapprochement avec toi, vu la façon qu'il a de te regarder. Je t'avoue que j'aurais préféré l'apprendre de toi, dit-elle, dépitée.

— J'aurais dû te le dire, c'est vrai, mais je ne pensais pas qu'il y aurait quelque chose entre lui et moi… Je n'aurais jamais pensé que ce serait aussi sérieux…

— Ah, parce que tu crois vraiment que c'est sérieux ? m'interroge-t-elle d'un ton cassant.

Mes poils se hérissent et mon pouls s'accélère.

— Léonie, reviens sur terre ! continue-t-elle en posant une main sur la table. C'est Tobias Reed, le mec le plus fou au monde. C'est un meurtrier, un barjot, un mec qui ne tombe pas amoureux.

J'ai toujours admiré la franchise de June, mais là, elle va trop loin.

— Ce qu'elle essaie de dire un peu maladroitement, reprend Isabelle en fusillant June du regard, c'est que Tobias n'est pas un gentil, contrairement à toi. Il est toxique, c'est une âme brisée. Je sais que, pour une raison inexplicable, il ressent pourtant quelque chose de fort pour toi. Mais il finira par te faire du mal, volontairement ou non, parce que c'est ce qu'il fait, c'est sa façon d'être, balance-t-elle en serrant ma main dans la sienne.

Je déglutis difficilement. Au fond de moi, je sais que tôt ou tard, il me détruira. Je sais que son quotidien n'est que noirceur. Mais je sais aussi qu'il n'a connu que ça, et qu'il n'a pas choisi d'entrer dans les ténèbres. Après toutes ses révélations sur le toit, après qu'il s'est confié à moi, après qu'il m'a offert sa confiance, je ne peux pas croire qu'il laissera le moindre mal m'arriver.

J'écarte la main de ma meilleure amie en gardant difficilement mon calme :

— C'est pour ça que vous m'avez fait venir, hein ? Pour me parler de lui.

— Léonie, écoute-moi… tente June.

— Non, je ne veux plus rien entendre ! grondé-je en me levant.

— Tu ne peux pas sauver quelqu'un qui ne veut pas être sauvé ! s'emporte-t-elle.

— Qu'est-ce que t'en sais, June ? Hein, dis-moi ? réponds-je dans un rire nerveux.

Elle ouvre la bouche avant de la refermer. Elle me dévisage, le regard empli de tristesse et de colère. Je me mords l'intérieur de la joue à plusieurs reprises pour ne pas exploser.

Isabelle se lève aussi et étreint de nouveau ma main.

— On s'inquiète simplement pour toi… Je ne supporte pas de savoir que tu es constamment en danger…

Mes muscles tremblent de colère… ou de tristesse, je ne sais pas… je ne sais plus. J'ai terriblement mal au cœur, comme s'il était compressé.

— Rassure-toi, je ne cours aucun danger ! m'exclamé-je en m'apprêtant à partir.

— Je t'en prie, ne pars pas… me supplie ma meilleure amie en me tirant la main, les larmes aux yeux.

Je la dévisage longuement, la gorge serrée. Je n'aime pas fuir devant le conflit, mais je refuse de les écouter plus longtemps.

Je lui lance un regard rempli de tristesse et secoue légèrement la main pour lui faire lâcher prise avant de me réfugier derrière le comptoir du bar.

Je n'en reviens pas qu'elle m'ait fait ce coup-là, elle, ma meilleure amie. Elle semblait si emballée quand je lui parlais de Tobias, quand il est venu me chercher, deux fois de suite. C'est même elle qui m'a poussée à me lever du lit, la toute première fois qu'il est venu à l'appartement… Je ne la comprends pas.

***

1 h 35

Je commence le ménage en attendant que les derniers clients quittent le bar. Je prends le temps de ranger les bouteilles d'alcool et de tout remettre en ordre dans les placards.

— Tu es sûre que tu ne veux pas que je reste pour fermer ? me demande Damien, me faisant sursauter.

— Non, ne t'inquiète pas, je gère, lui dis-je avec un clin d'œil.

— OK, chef ! s'esclaffe-t-il en faisant le tour du comptoir.

— Rentre bien.

— Toi aussi, sois prudente !

Il me fait la bise puis se dirige vers la dernière table occupée, sans doute pour demander aux trois garçons qui y sont installés de partir, ce qu'ils font dans la minute. Damien me fait un signe de la main et s'en va.

Enfin seule, je jette le chiffon sur le bar et m'accoude à ce dernier. Cette soirée a été chaotique. Dès que je suis partie, Isabelle et June ont immédiatement quitté le bar, sans un mot. Je savais que June réagirait de cette manière, c'est la raison pour laquelle je voulais lui parler de Tobias le plus tard possible… Même si j'avoue que c'était stupide de ma part de croire que lui cacher la vérité serait une bonne idée. Mais le comportement d'Isabelle, même en y réfléchissant, encore et encore, je ne le comprends pas… Depuis le début, je sais ce qu'elle pense de lui, elle a toujours eu peur de lui, elle l'a toujours redouté, comme tout le monde… alors pourquoi s'est-elle autant impliquée… ? Pourquoi a-t-elle pris la peine de m'offrir cette robe si ça ne l'enchantait pas de me savoir avec lui ?

Elle voulait simplement ton bonheur… Malgré le danger, Léonie…

En voyant l'heure sur le cadran, je me dépêche de finir le ménage et vais rapidement me changer. J'éteins les lumières et je sors du bar, affrontant le froid presque hivernal. Je verrouille la porte et tape des pieds pour me réchauffer, puis je prends rapidement la direction de l'appartement, emmitouflée dans mon écharpe.

Mon téléphone n'arrête pas de vibrer dans ma poche, mais je n'ai pas du tout la foi de sortir mes mains de mes poches. En plus, il est tard, il fait froid, je suis fatiguée, alors plus vite je serai rentrée, mieux ce sera.

Je ne traîne pas. Il fait déjà sombre dans les rues de Chicago, et, pour ne pas rien arranger, de nombreux réverbères sont hors service. Je n'ai pas osé dire à Damien que j'ai terriblement peur de marcher seule, le soir, dans le noir complet… Il avait enfin la chance de pouvoir rentrer plus tôt, alors je n'ai pas voulu le lui en priver.

Je me fige brusquement en entendant un bruit de pas derrière moi.

Non, Léonie, ce n'est rien… Calme-toi.

Je reprends ma route et essaie de calmer mon cœur qui tambourine contre ma poitrine. Ça ne peut pas m'arriver, pas une deuxième fois, non… J'essaie tant bien que mal de me remémorer les mouvements que j'ai appris lors de mes entraînements de boxe, mais avec la panique, c'est comme si j'avais tout oublié, ce qui m'angoisse encore plus.

Je vais faire une syncope…

Par mesure de sécurité, je décide de quitter cette rue sombre pour rejoindre l'avenue qui, elle, est parfaitement éclairée. Je m'arrête un instant et tends l'oreille. Rien.

Rassurée, je lâche un profond soupir.

Malheureusement, le soulagement est de courte durée. Rapidement, de nouveaux bruits se font entendre et une boule se forme au creux de ma gorge. Je jette un œil par-dessus mon épaule et mon cœur s'arrête l'espace d'une microseconde : deux hommes, la capuche de leur veste relevée sur la tête, marchent dans ma direction.

Non, non, non…

Instinctivement, je me mets à courir à toute allure, les larmes aux yeux. Ils me suivent, je les entends. L'un d'eux est en train de rire en essayant de me rattraper. J'accélère. J'essuie mes larmes qui me brouillent la vue puis tourne dans plusieurs ruelles, essayant tant bien que mal de leur échapper. Mes poumons sont en feu, mais je ne m'arrête pas. Je sais à leurs hurlements qu'ils sont derrière moi, même si je ne comprends pas un traître mot de ce qu'ils disent.

Je n'arriverai pas à les semer… Ils me rattrapent… Je n'y arriverai pas…

Je ne peux même pas me permettre de perdre quelques secondes en prenant mon téléphone… Je ne peux pas…

Si je hurle, personne ne sortira. Dans ce quartier, c'est chacun sa peau… et tout le monde le sait très bien… Moi la première.

Malgré mon souffle de plus en plus court, mes jambes qui flageolent et mes larmes qui coulent abondamment, je cours. Je ne m'arrête pas, guidée par mon instinct de survie.

J'entends un bruit de moteur, mais perdant tout espoir que cette dernière s'arrête, je continue de courir dans les rues, désormais perdue. Je ne sais plus où je vais, je ne sais plus où je suis…

Un cri s'échappe de ma gorge lorsqu'une voiture de sport fait un dérapage devant moi et que la portière s'ouvre brusquement. J'hésite une seconde pour essayer de voir le visage du conducteur, mais les voix des deux hommes qui résonnent finissent par me convaincre. Je m'engouffre dans l'habitacle sans réfléchir.

Le conducteur fait crisser les pneus et démarre en trombe. Toujours à bout de souffle et le cœur battant à tout rompre, je m'effondre. Je pleure, sanglote et tremble. Mon corps relâche enfin la pression.

— Ça va aller, vous êtes en sécurité désormais, me rassure l'homme au volant.

Je me tourne immédiatement vers lui et je sanglote de plus belle. Je reconnais son sweat. Et ce regard… Comment pourrais-je oublier ce regard glacial…

— Oh mon Dieu… Laissez-moi descendre, je vous en supplie, l'imploré-je, la main sur la poignée de la portière.

— Hé, dit-il doucement en enlevant sa capuche, vous ne craignez rien. Vous êtes en sécurité, répète-t-il en me souriant.

Oh non, c'est pas vrai…

Je reconnais cet homme. C'est celui qui me regardait fixement au café, il y a plusieurs semaines… C'était lui…

— Qui êtes-vous ? demandé-je en me recroquevillant sur mon siège.

— Je ne peux rien vous dire, Mademoiselle, je suis désolé.

— Vous m'emmenez où ? dis-je en tremblant.

— En sécurité.

Je prends une grande inspiration, sèche mes larmes et insiste :

— C'est-à-dire ?

— Chez monsieur Reed !

Mon cœur s'accélère à nouveau.

— Pardon ? m'écrié-je.

— Je ne peux rien dire, je suis désolé, répète-t-il.

Je suis à deux doigts de péter les plombs. Je vais craquer et exploser d'une minute à l'autre. Je regarde par la fenêtre, j'essaie de reconnaître les environs, mais nous sommes au beau milieu de nulle part, je ne sais même pas si nous sommes encore à Chicago...

Mes poumons se compressent dans ma poitrine et mon corps se met à trembler. Dans un éclair de lucidité, je recule le siège au maximum et pose les mains sur le tableau de bord, la tête baissée. J'essaie tant bien que mal de calmer cette crise de panique qui s'empare de moi. J'ai besoin d'air...

— Mademoiselle ?

— Arrêtez la voiture, soufflé-je.

Plutôt que de ralentir, l'homme accélère.

— Arrêtez cette putain de voiture ! hurlé-je, à bout de nerfs.

Il finit par s'arrêter sur le bas-côté et je descends aussitôt, sans prendre la peine de refermer la portière. Je fais quelques pas puis m'accroupis sur la route, le souffle court. Je n'en peux plus, c'est trop pour moi. Être coursée par deux barjots et ensuite être repêchée par un homme qui me surveillait déjà depuis un moment, et qui, en plus, dit vouloir m'emmener chez Tobias... J'aurais vraiment tout vu !

Une main se pose sur mon épaule et dans un sursaut, je tombe sur les fesses.

— Ne me touchez pas ! éclaté-je.

Il a un mouvement de recul tandis que ses yeux sont grands comme des soucoupes. Bordel, mais qui est-ce et qu'est-ce qu'il fait là ?

— Écoutez-moi ! dit-il d'une voix douce. Je ne suis pas là pour vous faire de mal, sinon je l'aurais déjà fait ! Laissez-moi vous emmener chez monsieur Reed et ensuite, si vous me le permettez, je vous expliquerai.

Je souffle bruyamment. Je ne pense pas avoir le choix… Il ne semble pas mal intentionné… Même s'il faut se méfier des apparences, mais il reste mon seul recours…

Résignée, j'attrape la main qu'il me tend et me relève. Nous reprenons la route dans un silence de mort.

* * *

Il se gare devant une immense villa, perdue au milieu de nulle part. Je ne saurais dire où nous sommes. Nous sommes entourés de verdure, sans aucun immeuble à l'horizon. Je descends de la voiture et laisse passer le type – dont je ne connais même pas le prénom – devant moi, sur mes gardes. Il sort un trousseau de clés de sa poche et ouvre la porte d'un geste vif puis entre. Toujours suspicieuse, je préfère rester sur le pas de la porte et croise les bras contre ma poitrine.

— Vous allez attraper froid en restant là.

— Je ne pense pas que Tobias vous aurait laissé les clés de sa maison, déclaré-je en faisant un pas en arrière.

Il hausse un sourcil, comme surpris par ma méfiance.

— Léonie, s'il vous plaît, entrez pour que je puisse tout vous expliquer.

— Je vous écouterai d'ici ! m'entêté-je.

Il croise les bras à son tour et me fixe longuement, comme s'il pesait le pour et le contre. Lorsqu'il finit par soupirer, je sais qu'il s'est résigné.

— D'accord, comme vous voulez. Monsieur Reed a fait appel à moi afin de garder un œil sur vous tous les jours, pour éviter que des évènements fâcheux, comme ce qui s'est passé cette nuit, se produisent.

— Vous vous foutez de moi ? dis-je dans un rire nerveux, abasourdie.

Il hausse un sourcil face à mon soudain tutoiement, puis continue :

— Je ne plaisante pas. Je pense qu'une personne comme vous a besoin d'un garde du corps.

— Une personne comme moi ? m'offusqué-je.

Il se redresse, une main sur l'encadrement de la porte, en m'adressant un sourire désolé.

— Je me suis mal exprimé. Dieu sait le nombre d'ennemis que monsieur Reed s'est fait. Or, vous le fréquentez, ce qui fait de vous une cible potentielle.

— C'est n'importe quoi ! m'énervé-je en battant le vent de la main.

— Léonie, vous êtes l'une des rares personnes à qui Reed porte de l'attention et à qui il tient, par la même occasion… maintenant, tout le monde le sait. Ses ennemis cherchent à le toucher, à le détruire, et s'en prendre à vous est la façon la plus simple de le toucher, lui.

C'est un cauchemar… Réveillez-moi…

— Ça me fait vraiment peur… avoué-je en soufflant bruyamment.

— C'est pour ça que je suis là, dit-il en s'écartant du passage pour m'inviter à entrer.

Je fais quelques pas, légèrement rassurée, mais m'arrête net.

— Mais qu'est-ce qui me dit que vous êtes sincère ?

Il se retourne promptement et je remarque une lueur d'agacement dans ses yeux.

— Vous pouvez l'appeler si vous voulez !

Je grince des dents et ferme la porte derrière moi. Je m'approche de ce mystérieux garde du corps, *mon* garde du corps, et viens me planter devant lui.

— Je veux bien vous croire, mais si vous cherchez à faire quoi que ce soit et qu'il m'arrive malheur, je pense que vous ne passerez pas la nuit ! le menacé-je.

Il se met à rire en me regardant de toute sa hauteur.

— Je suis ravi de vous rencontrer, Léonie Foster !

Je fronce les sourcils tandis qu'il s'éloigne vers la cuisine. J'en profite pour le regarder plus en détail : il est plutôt grand et très musclé. Je lui donne à peine vingt ans, ce qui à mon sens, est incroyablement jeune pour être garde du corps. Mais si Tobias a fait appel à lui, c'est qu'il doit être compétent.

— Vous ne vous êtes pas présenté, dis-je en le rejoignant.

— Je m'appelle Trevor.

Je lui souris.

Une fois la pression redescendue, la fatigue vient s'emparer de mon corps, alors je décide de partir à la recherche d'une chambre où passer la nuit – ou du moins, ce qu'il en reste.

* * *

Samedi

Je me réveille en grognant lorsque j'entends des hurlements dans la maison. Je frotte mes paupières en bâillant et en m'étirant de longues secondes. Encore endormie, je m'assois en tailleur, fixe un point imaginaire un long moment puis m'empare de mon téléphone. Mon téléphone m'informe qu'il est dix heures trente et que j'ai un millier d'appels manqués de Dayan. Mon Dieu, il va m'étrangler…

Je sors paresseusement du lit, et je remarque que je ne porte qu'un simple t-shirt blanc. J'avais complètement oublié que j'étais tellement fatiguée hier soir que j'ai enfilé le premier vêtement venu.

En entendant de nouveaux cris, je décide d'aller voir ce qu'il se passe. Je longe le couloir au bout duquel se trouve la chambre dans laquelle j'ai dormi puis atterris dans un immense salon, très moderne. Diverses peintures sont accrochées aux murs et des bouquets de fleurs sont posés à plusieurs endroits, donnant à la pièce un air chaleureux et apaisant. Je n'avais pas remarqué comme la maison était grande hier soir, c'est assez impressionnant.

Mon cœur fait un bond lorsque je vois Tobias entrer, le téléphone près de l'oreille, le visage fermé et crispé.

— Comment tu veux que je fasse, Rodd ? Ils savent qui elle est, ils feront tout pour l'avoir pour m'atteindre putain, tu comprends ça ? hurle-t-il de nouveau, dos à moi.

Visiblement, il n'a pas remarqué que j'étais là.

Les muscles de son dos ressortent tant il est tendu. Sa voix n'est pas comme d'habitude, elle est rocailleuse et tremblante.

— Je vais finir par craquer, Rodéric… Ça me rend dingue, complètement dingue.

Je tressaille en l'entendant parler de cette façon…

Il se retourne enfin et croise mon regard. Aussitôt, il jette son téléphone sur le canapé et fonce sur moi avant de s'emparer de mon visage qu'il inspecte millimètre par millimètre.

— Tu vas bien ? demande-t-il.

— Oui, ça va, ne t'inquiète pas, réponds-je en souriant.

— Trevor m'a appelé, et je suis revenu aussitôt.

Mon cœur tambourine dans ma poitrine à ces paroles.

— J'ai vraiment cru que…

— C'est fini, je suis là maintenant, trésor, me coupe-t-il en me prenant dans ses bras.

Je ferme les yeux un instant et inspire son odeur.

— Ça fait combien de temps qu'il travaille pour toi ?

Il se redresse et me lâche en mettant ses mains dans les poches.

— Ça n'a pas d'importance, si ? gronde-t-il après quelques secondes de réflexion.

— Bien sûr que si ! réponds-je sur le même ton.

Il mord sa lèvre et m'observe de son regard aguicheur. Mon pouls s'emballe mais je ne craquerai pas. Je veux des réponses !

— Dis-moi ! insisté-je.

Tobias m'adresse un sourire carnassier pour simple réponse puis il passe lentement sa langue sur ses lèvres en me fixant d'un air coquin.

Oh non…

Il presse mes hanches de ses doigts puis me colle à lui. J'essaie de me dégager de son emprise, mais rien n'y fait. Mon traître de cœur bat la chamade et mes yeux sont ancrés aux siens comme s'ils étaient les plus beaux joyaux au monde.

Ses lèvres s'écrasent sur les miennes avec avidité, et me coupent le souffle. Ses mains attrapent vivement mes fesses, ce qui m'oblige à me positionner sur la pointe des pieds. Je passe mes bras autour de son cou en répondant à son baiser, à ce baiser si délicieux, si fougueux, si sensuel. Ses doigts se faufilent sous mon t-shirt. Ils caressent et frôlent ma colonne vertébrale jusqu'à ma nuque et je ne peux retenir un frisson. Je halète contre sa bouche tandis que mon t-shirt se lève seconde après seconde, dévoilant bientôt ma poitrine.

Je me sens en sécurité dans ses bras ; j'ai cette impression d'être invincible et intouchable lorsque je suis auprès de lui. Je ne me suis jamais sentie aussi heureuse et comblée qu'à ce moment même.

Je me rends compte à quel point sa présence m'avait manqué, et à quel point je suis éperdument amoureuse de lui. Je l'aime malgré ce qu'il a pu faire, je l'aime malgré ce qu'il a pu dire… Je l'aime envers et contre tout, envers et contre tous.

— Tu sais que dans cette tenue, qui plus est, dans mon t-shirt, tu me rends complètement dingue ?

— Ah oui ? murmuré-je à son oreille.

Tobias me dévisage d'une façon si intense que je plaque mes lèvres aux siennes, ce qui le fait reculer de plusieurs pas. Il sourit largement contre ma bouche. Mes doigts parcourent son corps, passant de ses épaules à ses pectoraux et glissent lentement jusqu'à ses abdominaux. Je passe mes mains sous sa chemise puis la lui retire en prenant le temps de caresser sa peau.

Je hoquette de surprise lorsque, toujours en m'embrassant, il me soulève pour venir me poser doucement sur la table, après avoir fait valser tout ce qui s'y trouvait. Je suis si excitée que je ne fais même pas attention au désordre qu'il vient de mettre. Je passe instinctivement mes jambes autour de sa taille et il se presse entre mes jambes. J'admire son corps incroyablement musclé et ses tatouages minutieusement dessinés.

Son regard est brûlant de désir. Il finit par retirer mon t-shirt, qu'il balance à l'autre bout de la pièce. Soudain, gênée d'être presque nue devant lui, je me sens rougir. Il sourit puis vient poser un chaste baiser sur mes lèvres.

Il pose une main sur mon ventre, me faisant frissonner de la tête aux pieds, avant de me coucher sur le dos. Il se dresse au-dessus de moi, les coudes ancrés de chaque côté de mon visage. Il m'observe, m'analyse avec une extrême minutie. Mon souffle s'accélère et un gémissement s'échappe de ma bouche lorsque ses lèvres viennent chatouiller mon cou. Il parsème mon corps de tendres baisers, en s'attardant plusieurs secondes sur ma poitrine. Il descend lentement jusqu'à mon ventre. Quand sa bouche atteint la bordure de ma culotte, il se redresse et plante son regard au plus profond du mien, comme s'il attendait mon consentement. Je hoche la tête frénétiquement, ce qui lui arrache un sourire en coin. Il m'ôte le dernier bout de tissu présent sur mon corps et le laisse tomber à ses pieds. Il me contemple de la tête aux pieds. Il se mord la lèvre et ses iris s'enflamment.

— Tu es si belle… souffle-t-il.

Mon cœur va exploser.

Il écarte lentement mes jambes sans me quitter des yeux et je me sens rougir une seconde fois. Je ne peux m'empêcher de gémir bruyamment lorsque sa langue vient caresser cette petite peau si sensible de mon anatomie. Il me frôle, me titille, me mordille, encore et encore, avec une dextérité déconcertante. Il m'arrache d'innombrables soupirs d'exaltation, au point que je dois mordre mon poing pour étouffer mes cris. Il tient fermement mes cuisses pour m'empêcher de bouger et je me cambre lorsque ses coups de langue se font plus intenses.

Je sens que je vais exploser.

— Tobias…

J'en veux plus, j'en veux beaucoup plus…

Je devine un large sourire se former aux coins de ses lèvres.

Soudain, il assène un dernier coup de langue sous mes gémissements puis se redresse. Il se replace au-dessus de moi pour me déposer un baiser sur les lèvres. Il m'adresse un sourire ravageur puis tourne les talons.

Je ne peux m'empêcher de pousser un cri plaintif.

Il ne va pas faire ça… ?

— Que… Qu'est-ce que tu fais ? bégayé-je en m'asseyant.

Il revient vers moi dans un rire et plaque ses mains sur mes cuisses avant de me murmurer à l'oreille :

— C'est tout ce que tu auras aujourd'hui, trésor.

Il m'embrasse une dernière fois avant de disparaître dans le couloir, me laissant seule, pantelante.

Je reste assise sur la table, le cœur battant toujours la chamade.

Je le déteste…

Chapitre 36
Tobias

20 h 30

Depuis mon plus jeune âge, les autres vont, viennent, et finissent toujours par partir tôt ou tard. Les relations humaines ont toujours été éphémères. J'ai toujours cru que ma vie se résumerait à la solitude et la colère, à une haine profonde et douloureuse. Mais *elle* m'est apparue ce jour-là, tel un ange tombé du ciel. Parfois, il m'arrive de penser qu'elle est la lumière que je n'ai jamais eue, la lumière que je cherchais constamment, la lumière éclairant la noirceur de mon âme.

— Tu penses être prêt pour ce soir ? me demande Rodéric, une main sur mon épaule.

Un sourire moqueur étire mes lèvres.

— Tu me prends pour qui ? plaisanté-je.

Il se met à rire tandis que je passe une vitesse. Ce soir j'ai un combat de prévu, et je compte bien écraser chacun de mes adversaires, un par un.

Une heure plus tard, j'observe mon frère me bander les mains avec application. Assis sur l'un des canapés de ma loge, les muscles saillants et prêts à combattre, j'attends patiemment mon entrée sur le ring. Je peux sentir mon cœur taper dans ma poitrine. Mon regard se perd, je ne pense plus à rien, seulement à la tempête qui s'apprête à faire rage, au sang qui se prépare à couler à flots. J'ai l'impression d'être comme un lion en cage, attendant le moment où il va pouvoir sortir et rugir, tel un roi entrant dans son royaume.

Une fois qu'il a fini, Rodéric se redresse et se recule avant de faire les cent pas devant moi, les doigts à sa bouche. Il est toujours stressé alors qu'il sait pertinemment que tout se passe pour le mieux à chaque fois.

— Normalement, il ne devrait pas y avoir de problème, commence-t-il en faisant les cent pas devant moi. Je ne pense pas que ce seront les combats du siècle au vu des boxeurs que tu vas affronter, mais il faut tout de même que tu fasses attention…

Je me lève, me plante devant lui puis pose mes deux mains sur ses épaules.

— Rodd, calme-toi ! Arrête d'être aussi angoissé, tout va se passer comme prévu !

— Hm… soupire-t-il.

Je tapote sa joue et vais me rasseoir. Les coudes sur les genoux, les yeux fermés, j'inspire et expire lentement de longues secondes pour me préparer mentalement, jusqu'au moment où la porte s'ouvre pour laisser entrevoir Léonie, plus belle que jamais. Elle est vêtue d'un slim noir qui épouse parfaitement ses formes, une chemise blanche rentrée à l'intérieur ainsi qu'une veste en cuir. Cette tenue est simple, mais elle la rend si sexy que je ne peux décrocher mon regard d'elle.

Mon frère s'éclipse de la pièce, un sourire taquin sur le visage, après avoir salué Léonie. La porte se referme et le silence s'installe dans la pièce. Je ne bouge pas d'un pouce, me contentant de la dévorer du regard. Je souris intérieurement en voyant ses joues rosir et l'un de ses pieds taper nerveusement sur le sol. La tension est palpable. C'est comme si d'un instant à l'autre, l'un de nous allait sauter sur l'autre – mais je ne craquerai pas le premier.

— Rodéric m'a dit que tu étais sur les nerfs avant chaque combat… dit-elle d'une voix hésitante, en brisant le silence.

— Ah, il t'a dit ça ? demandé-je d'une voix suave.

— Hm… Je pensais que venir te voir t'apaiserait… me confie-t-elle, peu sûre d'elle.

Je me lève sous son regard enflammé, m'approche d'un pas lent puis me plante devant elle, la dominant de toute ma hauteur et murmure :

— Tu crois ?

— Oui, je crois.

Je pose alors ma main contre sa joue, et la caresse de mon pouce. Je la sens frissonner sous mes doigts.

— Avec qui tu es venue ? la questionné-je.

— Isabelle et Dayan, souffle-t-elle.

— Dayan est revenu ?

— Oui, il m'a appelée plusieurs fois la nuit dernière pour me dire qu'il serait de retour aujourd'hui.

Je hoche la tête pour simple réponse.

Animé par le besoin de la sentir contre moi, je passe mon bras derrière son dos pour la coller contre mon corps, et elle enroule aussitôt ses bras autour de mon cou dans un sourire. Je pose mon front contre le sien en fermant les yeux quelques secondes. Pour la première fois de ma vie, je me sens bien : calme, serein, apaisé. Toute la rage et la férocité qui coulent dans mes veines s'évaporent l'espace d'un instant.

— Je serai au premier rang, chuchote-t-elle.

J'ouvre les paupières, me redresse et embrasse son front. Elle enroule maintenant ses bras autour de ma taille puis pose sa joue sur mon torse. Elle inspire profondément tandis que je hume son odeur, une odeur si agréable. Je caresse ses cheveux, ses longs cheveux bruns aussi doux que de la soie. Elle soupire profondément avant de poser son menton sur mon torse en me dévisageant, les yeux pétillants.

— Ne tombe pas dans les pommes cette fois, me moqué-je.

Elle fronce les sourcils puis se détache de moi.

— Alors je ne veux pas te voir les genoux à terre !

Un sourire vient étirer mes lèvres. Je m'empare de sa main pour la ramener à moi.

— Ce n'était pas prévu, trésor, lui chuchoté-je à l'oreille.

Elle me sourit et se love contre moi, le regard fiévreux. Mon cœur explose tandis que mon bas-ventre s'éveille.

— Si tu continues de me regarder de cette façon, tu risques de ne pas sortir indemne de cette pièce, la préviens-je.

Ses lèvres s'étirent et laissent apparaître ses jolies dents blanches. Ses mains se faufilent sous mon t-shirt et caressent ma peau frissonnante. Elle se hisse sur la pointe des pieds puis parsème mon cou de baisers plus voraces les uns que les autres. Les doigts accrochés à ses hanches, je la laisse faire sans broncher. Sa bouche vient s'écraser sur la mienne avec une intensité étourdissante.

Elle se colle à mon corps si fort que je me mets à bander comme un dingue. Je n'ai pas baisé depuis si longtemps qu'une simple caresse me fait perdre pied.

Je faufile mes doigts dans ses cheveux en la poussant vers le canapé, mais avant que je puisse l'y faire basculer, elle s'échappe de mon étreinte.

— C'est tout ce que tu auras ce soir… déclare-t-elle.

Je baisse la tête en souriant bêtement.

Petite garce !

Elle ouvre la porte, me lance un clin d'œil et la referme derrière elle.

Ah, elle n'a pas aimé mon petit tour de ce matin !

OK. Bon. Je pense que je vais aller prendre une douche froide avant de monter sur le ring.

* * *

Je longe le couloir qui mène à chacune de mes victoires et tape plusieurs fois mes gants entre eux en étirant mon cou à plusieurs reprises. J'essaie de prendre de longues et profondes inspirations. Le brouhaha, de l'autre côté de la porte, est assourdissant. Mon adversaire est déjà sur le ring, ce qui provoque les hurlements de toute la salle. Mon cœur explose dans ma poitrine, il cogne et il cogne comme s'il savait ce qui l'attendait. Mon sang pulse dans mes veines. Ma respiration est saccadée. Mes muscles sont déjà prêts à enchaîner les coups. J'ai ce besoin irrémédiable d'être sur le ring. Je ne céderai jamais, pas tant que mon adversaire ne sera pas K.-O., en sang.

J'inspire profondément une dernière fois et pousse la porte.

— Et je vous demande maintenant des hurlements, des cris, des t-shirts en l'air pour notre Dieu du ring… Theeeee Deviiiiiiil ! s'époumone le commentateur.

Mon gant rouge brandi dans les airs, je traverse la foule et me dirige sur le ring tandis que tous les spectateurs se bousculent en hurlant mon nom. Une fois monté sur le ring, l'autre boxeur, grand et baraqué, me dévisage de la tête aux pieds. J'esquisse un sourire et me dirige vers Rodéric qui commence à me faire son speech d'avant combat. Mais je ne l'écoute pas, je *la* cherche. Quand je l'aperçois enfin, mes poings se serrent dans mes gants. *Qu'est-ce que ce barjot fait ici putain ?* Sa main est posée sur l'épaule de Léonie qui rit de la bêtise qu'il vient de lui glisser à l'oreille. Pourquoi elle ne m'a pas dit que ce crétin de Daniel était avec elle ? Mon sang bout dans mes veines, et une colère noire s'empare de mon corps. Une fureur incontrôlable.

— On se calme, les agneaux ! Le combat va commencer ! annonce le mec au micro, un bras en l'air.

Le silence se fait aussitôt.

Mon adversaire, un peu trop sûr de lui à mon goût, se place devant moi, l'air agressif. Mais sa colère n'est rien comparée à la mienne. Ce n'est rien comparé à la tempête qui fait rage au fond de moi.

Dès que la cloche tinte, mon poing s'abat sur la mâchoire de l'homme appelé l'Ours. Mon coup est si violent qu'il est propulsé à plusieurs mètres. Il relève son visage et plante ses yeux noirs dans les miens, avant de se jeter sur moi. Il me lance plusieurs coups de genou et coups de poing que j'esquive comme s'ils ne valaient rien. J'entends les hurlements de mon frère, heureux et fier de ma performance. Malgré la facilité du combat, je compte me donner à cent pour cent. Rien ni personne ne pourrait calmer le feu qui brûle mes entrailles depuis ce que mes yeux ont vu quelques minutes plus tôt – mis à part le sang.

Il m'assène un coup douloureux dans les côtes, ravivant l'atroce souffrance de ma blessure. Je recule en serrant les dents. Il en profite pour me mettre une droite en pleine mâchoire, ce qui m'oblige à cracher le sang qui envahit ma bouche. Mon cœur s'emballe, plus les secondes passent et plus mon pouls est incontrôlable. Ma fureur s'accentue et mes yeux s'assombrissent. La tête baissée, je reçois d'innombrables coups au ventre, qui me fait grincer des dents ; mais dans un élan de frénésie, je lance un uppercut, que je ne loupe jamais. L'Ours s'étale de tout son poids sur le ring. Le combat est fini, mais je fonce sur lui et le frappe de toutes mes forces, faisant jaillir du sang de sa bouche, son nez, ses arcades… Malgré les cris de terreur, les injures de l'arbitre et les hurlements de mon frère qui me supplie d'arrêter, je n'arrive pas à reprendre le contrôle. À chaque fois que je relève mon visage, je le vois à *ses* côtés. Je vois ses mains répugnantes posées sur *ses* épaules, sa bouche près de *son* oreille, ses yeux qui reluquent *son* corps…

— Tobias ! Ça suffit, putain de merde ! Tu vas le tuer ! s'égosille Rodéric.

Ma respiration est coupée par mes tremblements de colère. Mon frère m'attrape par les épaules pour me forcer à lâcher mon adversaire, ce que je finis par faire. Je me redresse, plante mon regard dans celui de Daniel et crache le sang qu'il me reste dans la bouche. Léonie est pétrifiée, mortifiée, les yeux embués de larmes. Mon corps tremble, mon cœur me fait mal, *je* me fais mal… Je pose mon regard sur l'homme étalé au sol, inconscient, et me rends compte de ce que je viens de faire. Lorsque mon frère saisit mon bras pour me faire descendre du ring, mes yeux fixent de nouveau Léonie. Je déglutis en la voyant aussi malheureuse, à cause de moi…

***

Rodéric ouvre la porte de ma loge et me pousse à l'intérieur, paniqué et fou de rage.

— Mais qu'est-ce qui t'a pris, putain ? Tu voulais le tuer ou quoi ? hurle-t-il de plus belle.

Je reste de marbre, me dirige vers la salle de bains et balance mes gants par terre. J'ouvre le robinet et asperge mon visage ensanglanté d'eau froide. Mon frère me rejoint immédiatement, mais reste silencieux, dans l'encadrement de la porte. Je le regarde dans le miroir, les mains accrochées au lavabo. Il passe une main dans ses cheveux en soupirant. Il tremble comme une feuille. Ses yeux sont embués de larmes, encore…

— Quand est-ce que tu vas arrêter d'être aussi sensible ! craché-je sans réfléchir.

Je peux voir dans ses yeux qu'il est terriblement blessé et je regrette immédiatement mes paroles. Il ouvre la bouche pour la refermer puis fait volte-face.

Je prends une longue inspiration et le rattrape avant qu'il ne quitte la loge.

— Excuse-moi, Rodd… soufflé-je dans son dos.

Il ne se retourne pas, il pose les mains à plat sur le mur et appuie son front sur ce dernier.

— Non, tu as raison ! reconnaît-il sur un ton de reproche. Je suis beaucoup trop sensible quand il s'agit de toi. Je devrais déjà être parti loin d'ici, loin de tout ça. Ça ne devrait pas être permis de s'infliger autant de souffrance.

Ses mots me font mal. Terriblement mal. Ce sont les pires choses qu'il pouvait me dire, les seules choses qui peuvent me détruire…

— Je ne t'ai jamais obligé à rester.

— Non, c'est vrai ! dit-il en se retournant, me pointant du doigt. Je reste parce que tu es mon frère, et que je sais que tu as autant besoin de moi que j'ai besoin de toi !

Mon cœur tape férocement dans ma poitrine. J'essaie de garder mon calme, mais c'est difficile. J'ai affreusement peur de le perdre. Une peur qui me tord les tripes, qui me broie l'estomac, qui s'insinue au plus profond de mon âme, une peur qui me tuerait si elle devenait réelle.

Avant de partir, Rodéric me lance un dernier regard.

— Je t'aime, Tobias, OK ? Mais tu n'entendras plus jamais ces mots sortir de ma bouche, je veux simplement que ça rentre dans ta petite tête de con !

J'esquisse un rire et m'approche de lui. J'attrape sa tête et l'étreins plusieurs secondes. Il passe un bras derrière mon dos et m'enlace à son tour. Ce qu'il peut être gnangnan quand il s'y met. Mais, pourtant, je ne serais vraiment rien sans lui.

***

Lundi, 13 h 00

Deux jours se sont écoulés. Deux jours de silence et de réflexion. Rodéric n'a pas reparlé du combat de samedi ; en revanche, toute la ville n'a que ça à la bouche. Les gens murmurent à mon passage, les chuchotements me suivent où que j'aille.

Le gars n'est pas mort, il ne faut pas abuser non plus !

Après la discussion avec mon frère dans la loge, l'autre soir, je ne suis pas retourné sur le ring pour participer aux autres combats. Ouais, le « Grand Tobias Reed » n'est pas retourné sur le ring. J'ai préféré partir et Rodd m'a encouragé à le faire pour ne pas provoquer un autre accident…

Léonie m'a appelé une vingtaine de fois depuis ce soir-là. Elle est même allée trouver Rodéric pour savoir où je me trouvais, mais mon frère a gardé le silence. Je l'ai aperçue à l'université. Je l'ai aperçue à ses côtés, aux côtés de ce merdeux de Daniel qui lui colle aux basques. Je me demande vraiment comment elle fait pour ne pas se rendre compte que ce gars est nuisible.

Je sors de l'amphi après deux heures de calvaire et me dirige vers la sortie du bâtiment. Une fois dehors, je m'allume une clope et m'adosse contre un muret de pierre. J'attends Rodéric qui ne devrait plus tarder quand j'entends une voix maintenant familière.

— Putain, Tobias, mais t'étais passé où ?

Je tire une taffe, avalant la fumée avant de la souffler, le plus calmement possible.

— Tobias…

— Qu'est-ce que tu veux ? demandé-je froidement.

— Que s'est-il passé, l'autre soir ? m'interroge Léonie, le regard attristé.

— Il t'a enfin lâchée ? dis-je en soufflant de nouveau la fumée.

Je n'ai pas pu m'en empêcher. Elle hausse les sourcils et passe une main dans sa chevelure brune, nerveuse.

— Attends, c'est pour ça que tu m'ignores ? demande-t-elle en riant nerveusement.

Ma mâchoire se contracte.

— Tobias, parle-moi ! insiste-t-elle en se rapprochant de moi.

Je me redresse brusquement, ce qui la fait presque sursauter, mais elle se ressaisit aussitôt. Je plonge mon regard dans le sien, dans ses yeux bleus qui me rendent fou. Je caresse sa joue, pour toucher cette peau si douce et si désirable. Les autres étudiants nous dévisagent sans aucune discrétion, mais à cet instant, je n'en ai rien à faire.

— Non, arrête ! grogne-t-elle en me repoussant. Arrête d'esquiver les choses sérieuses de cette façon, Tobias, et parle-moi ! Tu m'as ignorée tout ce temps parce que tu es jaloux ? Tu ne trouves pas que c'est un peu excessif comme réaction ?

J'inspire profondément. Bien sûr que ça l'est, mais j'ai bien trop honte pour le reconnaître, bien trop d'ego.

— Réponds-moi, ou je te jure que je m'en vais, Tobias ! gronde-t-elle.

Je ne la quitte pas des yeux. Je l'observe attentivement tandis que son regard empli de colère ne lâche pas le mien.

— Ma réaction était un peu disproportionnée, je le reconnais… avoué-je.

Ces mots écorchent ma gorge. L'admettre à voix haute est bien plus difficile que je le pensais et si je le fais, c'est bien parce que c'est elle, et la perdre est tout bonnement inenvisageable.

— Un peu ? dit-elle dans un rire nerveux en croisant ses bras.

Mon visage se ferme aussitôt. Elle soupire avant de dire :

— Je veux seulement que tu me parles, Tobias… Surtout dans ce genre de situation. Je veux comprendre, *te* comprendre…

J'esquisse un sourire en coin et agrippe sa hanche pour la coller à mon corps. Ses mains se plaquent sur mon torse.

— Léonie… murmuré-je. Si je devais te parler de tout ce que je ressens, tu deviendrais complètement dingue, dis-je dans un rire.

— Non, mais…

Je la coupe en plaquant mes lèvres sur les siennes. Elle ne réagit pas les premières secondes, mais finit par céder en me laissant l'accès à sa langue. Je l'embrasse langoureusement et agrippe ses cheveux à pleine main, la faisant gémir contre ma bouche.

Après quelques secondes, je mets fin au baiser et lui envoie mon plus beau sourire.

— Ce soir, je t'attendrai sur le toit, celui où je t'ai emmenée la première fois, à vingt heures.

— Je ne sais même pas où c'est…

Je lève les yeux au ciel et lui indique l'adresse avant d'ajouter :

— Tâche de ne pas être en retard, trésor.

Chapitre 37
Léonie

19 h 45

Je me demande parfois – chaque jour, en fait – comment j'ai pu me laisser aller de cette façon… et tomber éperdument amoureuse de lui. Plus le temps passe, plus je comprends que ce genre de questions demeurent sans réponse, que le destin en a décidé ainsi et que rien ni personne n'aurait pu changer ça.

Tobias est tout ce qu'il y a de plus obscur. Pourtant, je sais que la lumière est toujours là, au fond de lui, et qu'elle ne demande qu'à refaire surface. Lorsqu'il est près de moi, j'ai l'impression que sa noirceur est mise de côté, qu'il est lui-même, qu'il n'a pas besoin de jouer un rôle comme au début de notre relation.

Lorsque je me remémore les souvenirs de lui sur le ring, je vois un guerrier. C'est un champion. C'est un combattant. Il est né pour ça. Sa férocité est inégalable. Lorsqu'il est au milieu du ring, le gant rouge brandi dans les airs, le sourire victorieux, le regard sauvage posé sur moi, je sais qu'il ne cédera jamais.

Mais samedi soir, à ce combat, j'ai vu le meurtrier qu'est Tobias. J'ai revu ces yeux noirs, ce regard dangereux et maléfique, celui que je craignais de recroiser un jour. Malgré tout, comme une cruche, je cours le rejoindre sur ce toit…

Je remercie le chauffeur du taxi en lui tendant quelques billets puis descends rapidement de la voiture. Je me dirige vers le bar laissé à l'abandon que m'a indiqué Tobias. Il m'a assuré que la porte serait ouverte et, effectivement, j'entre sans difficulté. Je ne me souviens pas être passée par ici la première fois… J'avance à tâtons dans l'obscurité. Une odeur de vieilles pierres vient chatouiller mes narines et me fait éternuer bruyamment.

Super, Léo !

J'aperçois des escaliers, faiblement éclairés par une ampoule poussiéreuse, et décide de les emprunter. Après quelques minutes d'effort, j'arrive enfin sur le toit, essoufflée. J'avance prudemment, sur mes gardes, quand j'aperçois quelqu'un tapi dans l'ombre. Mon cœur fait un bond, mais lorsque je reconnais la carrure de mon boxeur, je ferme les paupières de soulagement.

— Tobias… ?

Il ne réagit pas les premières secondes mais finit par se retourner, puis avance vers la lumière. Je déglutis en découvrant son visage blême et encore bleuté au niveau de la lèvre à cause des coups reçus ce week-end. Il met ses mains dans les poches en me sondant du regard, d'un regard froid et distant.

— Pourquoi t'as pas répondu à mes appels ? demandé-je en rompant ce silence pesant.

— Je n'en avais pas envie, répond-il sèchement.

— C'est tout ? dis-je, irritée.

Il se met à observer les buildings de Chicago, comme si l'architecture était devenue sa nouvelle passion. Il s'approche du vide, le regard perdu vers l'horizon.

— Pourquoi tu ne m'as pas dit que Daniel assisterait au combat avec toi ?

— Parce que je ne savais pas qu'il allait venir ! Et puis, qu'est-ce que ça change de toute manière, qu'il soit là ou pas ?

— Qu'est-ce qu'il y a entre vous ? me demande-t-il sérieusement, dos à moi.

Je m'étrangle presque face à sa question. Comment peut-il penser un seul instant que Daniel et moi entretenons une relation autre qu'amicale ?

Comme si le ciel s'accordait à l'humeur de Tobias, il commence à pleuvoir. Je m'approche de lui puis attrape son bras pour le forcer à pivoter.

— Tobias… Il n'y a rien avec lui… soufflé-je.

Ses émeraudes viennent s'enraciner aux miennes d'une extrême douceur. Mon cœur tape violemment contre ma poitrine. La pluie s'intensifie, dans quelques minutes, nous serons trempés jusqu'aux os.

— Le voir aussi proche de toi, sa bouche aussi proche de la tienne, ses mains touchant ton corps comme si tu lui appartenais, ça m'a rendu malade ! peste-t-il d'une voix enrouée.

J'en reste bouche bée. Sa jalousie devrait me flatter, mais à la place, une profonde tristesse s'empare de moi.

Comme je ne réponds rien, il finit par tourner les talons et plutôt que de le suivre, je reste là, sous la pluie, comme paralysée. Mes pieds restent accrochés au sol, mes muscles ne me répondent plus.

Je prends une grande inspiration et le rattrape en me plantant devant lui, une main sur son torse, avant de lui avouer :

— C'est toi que je veux Tobias, et personne d'autre.

Il hausse les sourcils. Je sais qu'il ne s'attendait pas à cette déclaration.

— Tu as été horrible et odieux, tu m'as fait peur, des dizaines de fois même, tu m'as dit des choses épouvantables, aussi. Malgré tout, j'ai réussi à trouver une brèche dans ta carapace èt à te percer à jour. Et... je suis tombée amoureuse de toi, Tobias... Je t'aime comme jamais je n'ai aimé... et même si beaucoup diront que c'est le pire choix que je puisse faire, je ne le regretterai jamais.

Je soutiens son regard, cherchant à tout prix une quelconque émotion. Mon sang pulse violemment dans mes veines, mon cœur tambourine dans ma poitrine à m'en faire mal. Je viens de lui dire... Bordel, je viens de lui dire...

Il entrouvre ses lèvres et je décèle une profonde tristesse au fond de ses iris.

— Léonie... souffle-t-il.

Il s'empare de mon visage de ses grandes mains et scrute chaque centimètre de ma peau.

— Tu ne peux pas m'aimer...

Mon cœur se brise en mille morceaux. Il semble si triste, si vulnérable que le monde s'écroule autour de moi.

— Tu as le droit d'être aimé, Tobias...

Ses pouces caressent mes joues. Il me regarde avec tellement d'intensité...

Contre toute attente, il vient sceller ses lèvres aux miennes. Il m'embrasse avec tellement de passion que je me retiens de hurler de soulagement. J'ai cru que tout était fini. J'ai cru qu'en découvrant les sentiments que j'éprouvais pour lui, il serait parti en courant… Mais à cet instant, pour la première fois depuis que je l'ai rencontré, je me sens apaisée. J'aimerais qu'il me réponde, oh que oui, mais sa réaction est si inattendue et magique qu'elle me comble de bonheur.

— Tu es une victoire… ma plus belle victoire, souffle-t-il contre mes lèvres.

Mon. Dieu. Je vais finir par tomber par terre. Mon bas-ventre s'éveille, mon pouls se déchaîne de plus belle, et mon sourire s'élargit.

Je m'accroche à son cou et lui rends son baiser avec la même intensité, collant mon corps au sien. Nos langues s'entremêlent dans une danse endiablée. Ses doigts caressent ma colonne vertébrale avant de s'emparer de mes fesses avec ardeur. Ses lèvres chaudes et rendues humides par la pluie me rendent complètement dingues ; plus les jours passent et plus le besoin de les sentir contre les miennes s'intensifie.

— On devrait rentrer, tu vas attraper froid, dit-il en se détachant de moi, à contrecœur.

Je râle en faisant une petite moue, ce qui le fait rire. Je n'ai pas envie de le quitter, pas après ce qu'il vient de se passer, pas après ces si belles paroles.

— Allez, je te ramène !

Il me prend la main et m'entraîne vers les escaliers. Nous traversons le bar avant de nous diriger vers sa voiture. Il s'allume une cigarette, appuie sur le bouton de la radio d'où s'échappe une musique douce, et démarre à toute allure.

* * *

Il se gare dans son « garage privé », comme il m'a dit, où plusieurs voitures de luxe sont entreposées. Il y en a tellement que je ne sais plus où donner de la tête. Je détaille ces petites merveilles une à une. Il y en a des bleus, des rouges, des jaunes, des noires et des blanches. Je n'arrive pas à y croire.

— Ça fait toujours drôle au début, se vante-t-il.

— Elles sont toutes à toi ?

— La majorité, oui, les autres sont à Rodéric.

Je n'en crois pas mes oreilles ! À l'entendre, on dirait qu'il parle de vulgaires chaussettes.

Je sursaute lorsqu'il pose ses mains sur mes épaules, collant son corps au mien pour me faire avancer vers une porte au fond du garage. Je l'ouvre et atterris directement dans son immense demeure.

— Rodéric n'est pas là ? demandé-je, alors que je connais très bien la réponse.

— Non, il avait des choses à faire, répond-il en m'observant d'un regard sauvage.

Je hoche la tête pour simple réponse et avance dans la pièce en la contemplant avec des étoiles dans les yeux, même si j'étais ici ce matin. Cette maison m'émerveille toujours.

— Je n'ai pas eu l'occasion de te le dire, mais ta maison est vraiment… commencé-je en me tournant vers lui.

Il me coupe en se jetant sur moi. Il m'embrasse avec fougue, ce qui me fait reculer de plusieurs pas. Ses mains sont posées sur mon visage et j'agrippe ses poignets pour ne pas tomber en arrière. Un délectable frisson parcourt ma peau lorsque sa langue caresse la mienne avec gourmandise. Je n'ai jamais ressenti une telle envie pour un homme. C'est une sensation troublante mais si exquise…

Tobias détache soudain ses lèvres des miennes et plante ses prunelles enivrées de désir au plus profond des miennes. Mon pouls s'accélère et une boule se forme dans mon ventre. Je déglutis douloureusement… *Va-t-il me repousser ?*

Je hausse un sourcil dans l'espoir de déceler une réponse dans son regard, mais je n'y parviens pas.

Je hoquette quand il me porte brusquement, et j'enroule mes jambes autour de sa taille. Un souffle de soulagement s'échappe de ma bouche et je ne peux m'empêcher de sourire. Je plaque mes lèvres sur les siennes, les bras autour de son cou. Une main dans mes cheveux et l'autre sur mes fesses, il passe de pièce en pièce sans jamais lâcher mes lèvres. Il ouvre une porte et nous atterrissons dans une chambre, mais je ne prends pas le temps de la regarder, je suis bien trop absorbée par mon boxeur. Il me plaque contre le mur, puis referme la porte d'un coup de main avant d'allumer la lumière. Je relève mon visage, le regard plongé dans le sien. Il me caresse tendrement la joue.

— Tu sais, commence-t-il en me regardant droit dans les yeux, je n'ai jamais réfléchi au sens du mot « aimer », parce que je n'en voyais pas l'utilité. Je n'ai jamais voulu éprouver ce genre de sentiments qui me semblaient si surfaits… Quand je voyais tous ces couples dans les rues, je me demandais souvent comment ils faisaient pour ne pas se rendre compte à quel point ils étaient ridicules…

Il échappe un rire.

— Mais en réalité, je me rends maintenant compte que c'est bien moi qui ai été stupide… terriblement stupide… continue-t-il en poursuivant ses caresses. Tu m'as prouvé que j'avais tort. Tu m'as appris à aimer, Léonie.

Mon cœur rate un battement.

Psychologiquement, je n'étais pas prête à entendre ces mots, mais je me rends compte que physiquement non plus. Mon Dieu. Mon cœur tape violemment dans ma poitrine, au point que j'ai l'impression de le sentir battre jusque dans ma tête.

Je secoue doucement la tête et viens sceller mes lèvres aux siennes. Il fait plusieurs pas en arrière avant de me déposer au sol, devant le lit. Je pose une main sur son torse avant de souffler :

— Te l'entendre dire est si…

— Léo… murmure-t-il à son tour en voyant mon hésitation.

C'est la première fois qu'il m'appelle comme ça…

— Non, laisse-moi te le dire, je veux que tu le saches !

Un sourire s'étire doucement sur ses lèvres.

— J'attendais depuis longtemps que tu me parles de tes sentiments, que tu m'avoues enfin ce que tu ressens… Tu ne peux pas imaginer comme c'est douloureux de ne pas savoir ce que l'autre éprouve… Et te l'entendre dire est merveilleux. Excitant même…

OK. Léonie, tu perds le contrôle…

Je me mets à rougir alors qu'il me dévisage, un sourcil relevé. Il plaque une main dans mon dos et me colle à son torse avant de me murmurer à l'oreille :

— Excitant, hein…

Mon corps va finir par convulser s'il continue. Une tornade d'émotions s'empare de moi, j'ai l'impression de suffoquer intérieurement. Il passe une main sous mon t-shirt et vient caresser ma colonne vertébrale de son index tandis qu'il parsème mon cou de délicieux baisers.

— Lève les bras, chuchote-t-il.

Je m'exécute et mon t-shirt finit à l'autre bout de la pièce. Je me hisse sur la pointe des pieds et viens sceller nos lèvres tandis que mes doigts se glissent sous sa chemise. Il sourit contre ma bouche et commence à retirer les premiers boutons, mais je le stoppe en attrapant ses mains.

— Laisse-moi faire… lui susurré-je.

Il ne dit rien et lève ses paumes en l'air, signe de son accord. Je m'humecte les lèvres et déboutonne sa chemise avant de la lui retirer, sous son regard sauvage. Le voir me déshabiller du regard de cette façon me chamboule au plus profond de mes entrailles. La lumière tamisée me permet de contempler son torse tatoué. Je me retiens d'embrasser chaque parcelle de son corps. Ma respiration est saccadée. Je n'en peux plus d'attendre… Je n'en peux plus.

Il laisse échapper un rire rauque avant de me porter de nouveau pour me déposer délicatement sur le lit. Il m'embrasse de plus en plus fougueusement et mon cœur explose. Mon corps est en feu.

Il se met à genoux et attrape mon pantalon. Avant de me l'ôter, il me lance un regard, comme s'il souhaitait avoir mon consentement, alors je lui souris pour l'encourager à continuer, ce qu'il fait aussitôt. Il reste longuement à genoux en me contemplant. Son regard est si intense que je dois me mordre la lèvre pour garder une certaine contenance.

Je tressaille quand ses mains viennent se poser sur mes genoux, puis glisser le long de mes cuisses pour venir s'abandonner aux creux de mes reins. Il recouvre mon ventre de baisers en cheminant jusqu'à mon cou puis sa bouche retrouve la mienne. Je sens son érection contre mon entrejambe et un souffle m'échappe.

C'est comme si une bulle nous enveloppait, comme si plus rien n'avait d'importance, comme si tout ce qui comptait, c'était lui et rien ni personne d'autre.

Je cherche sa ceinture à tâtons puis la lui retire d'un geste vif. Il se redresse et enlève rapidement son pantalon dans un sourire. Il s'insinue entre mes jambes que j'enroule autour de sa taille et je passe un bras derrière sa nuque tandis que mon autre main caresse son torse. Il me mordille l'oreille sous mes gémissements puis murmure :

— Tu es à moi, et rien qu'à moi.

Je resserre mon étreinte autour de son cou et réponds dans un souffle :

— Je suis à toi et tu es à moi.

Il mordille la peau de mon cou puis passe une main dans mon dos. Je me cambre légèrement pour l'aider à dégrafer mon soutien-gorge qui finit à l'autre bout de la pièce. Lorsque ses lèvres humides et chaudes viennent embrasser ma poitrine, je ne peux retenir un profond gémissement, celui que je retenais depuis bien trop longtemps. Il ne s'y attarde pourtant pas et sa langue continue sa descente dans un mouvement si sensuel que je fonds sous ses caresses. Il embrasse, séduit et lèche chaque centimètre de ma peau. Il s'arrête à la bordure de ma culotte, puis, sans me quitter une seule seconde des yeux, me la retire. Je me retrouve entièrement nue devant lui, et le rouge me monte aux joues. Il m'a pourtant déjà vue, ce matin, mais une gêne reste présente.

— Tu es magnifique, trésor… magnifique… souffle-t-il.

Il m'embrasse la joue puis ouvre un tiroir de la table de nuit pour en sortir un préservatif. Il l'enfile après avoir enlevé son caleçon sous mon regard fiévreux, bien qu'anxieux.

Il arbore un sourire en coin en se replaçant lentement au-dessus de moi. Il effleure mes lèvres, ses yeux ancrés au plus profond des miens. Mon bas-ventre n'attend que lui, je suis intérieurement en train de mourir d'impatience. Il parsème mon cou de baisers, et chemine jusqu'à mon épaule. C'est une vraie torture qu'il m'inflige et il le sait.

— Tobias… l'appelé-je, suppliante.

— Oui ? répond-il d'un ton narquois.

En le sentant se presser contre moi, un violent frisson imprègne ma peau.

— Tobias… l'imploré-je de nouveau.

Je me sens vraiment idiote de le supplier de cette façon, mais plus les minutes passent, plus l'envie grandit, si bien que toute peur de douleur s'envole.

Je me cambre en le sentant se glisser en moi, ce qui m'arrache une grimace malgré sa douceur. Mes ongles s'enfoncent dans son dos, le faisant gronder, et il s'arrête aussitôt. Il m'embrasse tendrement et me scrute avec inquiétude. Il observe chacun de mes mouvements avec attention. Je hoche la tête pour lui faire comprendre de continuer. Il dépose un baiser sur le bout de mon nez et je passe un bras derrière sa nuque pour le serrer davantage contre moi. Il me regarde intensément, son souffle tapant sur mes lèvres. Il caresse mon bras et entrelace ses doigts aux miens. D'un coup de reins, il s'insinue un peu plus en moi. Je ne peux m'empêcher de soupirer de plaisir en le sentant entièrement en moi. Il pose son front contre le mien et commence de légers va-et-vient qui m'arrachent plusieurs gémissements tandis qu'il gronde à plusieurs reprises.

Il accélère la cadence, vient sceller ses lèvres aux miennes. Mes talons s'enfoncent dans le matelas et mes ongles accrochent son dos pour contenir tout ce plaisir en ébullition, ce qui lui arrache de nouveau un grognement que j'absorbe entre mes lèvres. Mon bassin va à la rencontre du sien, me calant sur son rythme, et nos mouvements de balancier se font plus intenses, plus rapides. Il place sa tête dans mon cou pour le mordre sous ses puissants coups de reins. Je me cambre en fermant les yeux, au bord de l'extase. Je plante mes ongles dans son dos et un râle s'échappe de sa gorge. C'est si bon que ça en est presque irréel.

Il ralentit la cadence, puis vient poser son front contre le mien. Maintenant yeux dans les yeux, il me regarde avec amour et désir. Je caresse délicatement sa joue de mes doigts, et de l'autre, je m'accroche toujours à son dos.

D'un coup, il reprend ses coups de reins, lents, puis rapides, doux, puis brutaux. Je laisse échapper de bruyants gémissements. Il me rend folle. Son front toujours accroché au mien, ses yeux toujours plongés au plus profond de moi, il lâche un soupir avant de se déverser en moi, entraînant ma propre jouissance.

Je souffle d'extase, le cœur léger et comblé. Il se retire délicatement et ses yeux émeraude viennent plonger au plus profond des miens. Il roule sur le dos en m'entraînant avec lui et je me retrouve allongée sur son torse. Je passe mes bras de part et d'autre de son visage, le sourire aux lèvres. Pensif, il replace une mèche de cheveux derrière mon oreille avant de demander :

— Je ne t'ai pas fait mal ?

— Non… réponds-je en embrassant ses pectoraux.

Il ne dit rien et dépose un petit baiser sur le bout de mon nez. Je me laisse glisser à ses côtés, la tête dans le creux de son épaule et du bout des doigts, je suis les lignes de ses tatouages. Il m'observe en silence tandis que je continue mes caresses jusqu'à une date inscrite en chiffre romain. Curieuse, je demande :

— Que signifie cette date ?

Il regarde son tatouage puis repose sa tête sur le coussin.

— La date où ils ont commencé à m'appeler le diable, c'est en quelque sorte ma date de naissance.

Je me redresse en me posant sur mon coude.

— Mais ce n'est pas vraiment toi, Tobias.

— D'une certaine manière, si… souffle-t-il en fixant le plafond.

Une boule se forme au creux de ma gorge. À chaque fois qu'il semble aussi mélancolique, je ne peux m'empêcher de ressentir une profonde douleur… Je me rends compte à quel point je deviens folle… folle de lui.

— Qui tu es réellement est ici, dis-je en posant ma main sur son torse, sur son cœur. Et je sais qu'il y a une lumière au fond de toi, une lumière capable de prendre le dessus sur l'obscurité.

Je sens les battements de son cœur marteler contre sa poitrine. Ses yeux se posent sur moi, un sourire affligé sur son visage. Il m'observe longuement en me caressant la joue puis finit par articuler d'une faible voix :

— Je ne veux jamais que tu me quittes, Léonie…

Un soupir attristé s'échappe de ma bouche. J'approche mon visage du sien et murmure :

— Je serai toujours à tes côtés Tobias, toujours.

Je l'embrasse et me replace au-dessus de lui. Ses mains accrochent mes hanches mais avant d'aller plus loin, je me détache de lui en chuchotant :

— Je veux que tu me promettes une chose.

Il acquiesce en attendant ma demande.

— Ne retourne plus en prison…

Il sourit, se redresse, puis emprisonne mon visage de ses grandes mains.

— Je te le promets.

Chapitre 38
Tobias

Je me réveille en sursaut, le corps trempé et le cœur tambourinant dans ma poitrine. Ma gorge me fait mal, mes muscles me font mal, ma tête me fait mal. Je m'assois au bord du lit, tremblant.

Putain…

Inspire. Expire. Inspire. Expire.

Rien n'y fait.

Ma respiration est saccadée. Mon cœur me fait si mal.

Je passe une main dans mes cheveux puis pose mes coudes sur mes genoux en fermant les yeux de longues et interminables secondes.

Je reprends peu à peu le contrôle.

Je prends une profonde inspiration puis soupire. Je me redresse et tourne la tête. Je me mets à sourire en la voyant dormir paisiblement. Je me penche vers elle et embrasse tendrement sa joue. Je caresse sa peau du bout de mes doigts et la regarde un instant. Elle est là, avec moi. Je ne sais pas où nous allons comme ça, je ne sais pas vers quoi je me dirige, mais j'y vais. Je ne veux plus me poser de questions, je veux juste être avec elle.

Je me lève enfin puis me dirige vers la salle de bains.

J'ai besoin d'une douche, d'une douche chaude.

Je suis en nage, je n'en peux plus.

Je me glisse sous l'eau bouillante et pose mes paumes sur la vitre, la tête baissée. Je serre la mâchoire sous cette apaisante douleur. Toutes mes pensées, tous mes souvenirs s'échappent, et me bercent d'un soudain réconfort. Je prends de grandes inspirations et me laisse aller plusieurs minutes.

Petit à petit, des images de cette nuit me reviennent en mémoire. Je n'ai jamais ressenti un sentiment aussi puissant de toute ma vie. J'étais heureux. Je suis heureux et c'est bon, incroyablement bon.

— Putain, Tobias ! hurle Léonie dans mon dos.

Je tourne mon visage, surpris, et l'observe entrer en furie dans la douche, seulement vêtue d'une culotte. Elle tourne le bouton vers l'eau froide.

— Mais ça va pas ? s'égosille-t-elle en me frappant l'épaule. Regarde ton dos, il est rouge écarlate !

Je lui souris, heureux de la voir, et l'entraîne sous l'eau avec moi. Elle essaie de me repousser, mais je la colle contre mon corps. J'embrasse amoureusement ses lèvres douces et chaudes. Elle pose ses mains sur mon torse et se recule de quelques centimètres, le regard noir.

— Pourquoi t'as fait ça ?

— Ça m'aide à calmer mes crises… lui confié-je.

— Oui, mais, non ! maugrée-t-elle. Il faut trouver une autre solution…

Je souris face à son inquiétude et passe une main sur son dos. Je la colle de nouveau à moi et murmure à son oreille :

— Elle est là, ma solution.

Ses yeux s'ouvrent en grand, ce qui m'arrache un léger rire. C'est pourtant la vérité, lorsqu'elle est auprès de moi, toutes mes angoisses disparaissent, comme si elles n'étaient qu'un lointain souvenir. Tous mes maux ne sont plus qu'un souffle lorsqu'elle est auprès de moi.

— Je t'aime, Tobias… souffle-t-elle.

Je l'embrasse tendrement, la soulève, et la colle contre la vitre. Entendre ces mots me rend dingue, complètement dingue… d'elle.

J'ai fait des erreurs dans ma vie, d'innombrables erreurs, mais elle… elle est loin d'en être une.

Léonie

Ses lèvres accrochées aux miennes, j'enroule mes bras autour de son cou. Il presse fermement mes fesses et un soupir s'échappe de ma bouche. Depuis cette nuit, mon désir pour lui est sans pareil. Cette soirée restera gravée dans ma mémoire, pour toujours. Je n'ai jamais ressenti une telle plénitude, un tel bien-être de toute ma vie.

Je n'ai jamais été amoureuse, tout simplement.

Ses doigts agrippent ma culotte et il finit par la faire glisser le long de mes cuisses. Je l'éloigne de mon pied puis viens me lover un peu plus contre lui. Ses émeraudes me sondent plusieurs secondes. Je finis par l'embrasser avec fougue et il soulève l'une de mes jambes pour venir la presser contre sa hanche. Du bout des doigts, il vient me caresser tendrement. Je lâche un soupir lorsque l'un de ses doigts vient s'insinuer au plus profond de moi. Je m'accroche à ses épaules, le souffle court. Il entreprend de délicieux va-et-vient qui me font gémir, encore et encore. Il se redresse soudain, arrête ses merveilleuses caresses, et revient accrocher ma cuisse de sa main. Il se mord sa lèvre puis, d'un coup, me pénètre d'une telle ardeur et d'une telle douceur à la fois que je gémis bruyamment. Je resserre mon étreinte autour de son cou, ce qui le fait soupirer contre mon oreille.

Il agrippe mes hanches afin d'accentuer ses coups de reins et je me perds progressivement dans une exquise jouissance.

Il plonge ses prunelles au plus profond des miennes, comme s'il parvenait à lire en moi, comme s'il devinait, en un regard, tout ce que je ressens pour lui. Il finit par capturer mes lèvres. Je tressaille, mon cœur explose dans ma poitrine et toutes mes pensées – quelles qu'elles soient – deviennent floues. Je me mords douloureusement la lèvre pour étouffer un bruyant cri de délectation. Il lèche la peau de mon cou pour enfin exploser à son tour, lui laissant échapper un râle guttural contre ma peau.

Il s'agenouille sur le sol tout en m'emmenant avec lui, l'eau roulant sur nos corps. Assise entre ses jambes, je le contemple en caressant sa joue du bout des doigts. J'effleure la cicatrice sur sa pommette de longues secondes, puis mon cœur se serre, ma gorge se noue.

Il s'empare vivement de ma main et embrasse mes doigts.

— Ce n'est rien, murmure-t-il.

— C'est eux qui t'ont fait ça ? demandé-je doucement.

Il ne répond pas mais son regard en dit suffisamment. Il ne cherche pas à me fuir, il affronte la vérité avec impétuosité.

Lentement, je pose ma bouche sur la sienne.

— Je suis si désolée qu'une chose pareille te soit arrivée… chuchoté-je.

— Léonie… souffle-t-il en se crispant.

Je secoue la tête.

— Savoir qu'on a pu te faire souffrir, d'une quelconque manière, me rend folle, Tobias…

Un léger sourire se dessine sur son visage. Il replace une mèche mouillée derrière mon oreille et dépose un baiser sur mes lèvres, un baiser profond et intense qui réchauffe mon cœur attristé.

Nous nous contemplons de longues minutes, comme si c'était la dernière fois, et cette simple éventualité me fait serrer les dents. Le savoir loin de moi, ne plus voir son visage, ne plus pouvoir le toucher ou encore sentir son odeur, me déchire le cœur.

Ce n'est pas envisageable, ça ne l'est plus.

* * *

15 h 00

Je tourne en rond dans la maison. Tobias est parti rejoindre son frère pour boxer. Je lui ai dit que ça ne me dérangeait pas de rester chez lui, mais je n'aurais pas dû !

Je m'ennuie à mourir…

En plus, j'ai tellement de choses à raconter à Isabelle – comme la nuit passée par exemple ! En restant ici, je cogite, je réfléchis et je pète un câble.

Je me dirige vers la cuisine d'un pas rapide et attrape mon téléphone pour composer le numéro de ma meilleure amie.

Au bout de plusieurs sonneries, elle répond :

— Allôôô !

Je ris face à son enthousiasme et rétorque sur le même ton :

— Il faut absolument que je te voie !

— Oula, toi, il s'est passé un truc de fou !

— Si tu savais… soufflé-je en me mordant la lèvre.

Je l'entends rire puis ajoute :

— Bon, on se rejoint où ?

Je lui indique l'adresse d'un café pas très loin de la maison de Tobias et raccroche, le sourire aux lèvres.

Quelques heures plus tard, j'aperçois la chevelure brune de ma meilleure amie, assise à une table sur la terrasse. Je m'approche à pas de loup pour la prendre par surprise, mais je me fige aussitôt lorsque j'aperçois Daniel s'éloigner dans la direction opposée.

Je m'affale sur la chaise, ce qui fait sursauter et rire Isabelle.

— Daniel était avec toi ? demandé-je.

— Ouais ! Il était vraiment bizarre… m'avoue-t-elle.

— Ah bon ? m'intéressé-je en posant les coudes sur la table.

— Ouais. Il est parti en furie quand je lui ai parlé de Tobias et toi…

Oh…

C'est vrai qu'il ne porte pas Tobias dans son cœur – j'en ai eu la confirmation la dernière fois au café – mais de là à réagir comme ça…

Je pourrais presque penser qu'il m'évite.

— Je ne sais pas ce qui lui prend.

— J'ai l'impression qu'il est fou de jalousie ! me confie-t-elle.

— Tu crois ?

— Vu sa réaction, ça ne fait aucun doute !

Je fais la moue, embêtée. Je savais que Daniel m'appréciait beaucoup, mais pas dans ce sens-là…

— Ça lui passera, va ! sourit Isa en chassant le vent de sa main.

Hm, je l'espère, car je ne voudrais pas qu'il y ait de malentendu avec lui. Je l'apprécie malgré tout.

— Au fait, t'avais pas quelque chose à me raconter… lance-t-elle en changeant de sujet, les yeux en cœur.

Je me mets à sourire de toutes mes dents. Rien que de songer aux évènements passés, à la nuit dernière ou encore à ce matin, mon cœur en est tout retourné.

— J'ai passé la nuit avec Tobias… avoué-je en me pinçant les lèvres.

Sa bouche et ses yeux s'ouvrent en grand, ce qui me fait éclater de rire.

— Oh. Mon. Dieu ! s'exclame-t-elle en hurlant presque. Je veux tout savoir, mais alors tout !

Je ris de nouveau puis commence à lui raconter ma nuit passée, dans les moindres détails. Elle m'écoute attentivement, l'air intéressé, ce qui me fait extrêmement plaisir.

Une fois que j'ai fini, elle me prend la main puis caresse ma joue avant de murmurer :

— Je suis tellement heureuse pour toi, si tu savais…

— C'est gentil, ma Isa.

— Je sais que je n'ai pas été une très bonne amie lorsqu'il s'agissait de Tobias, mais je souhaitais seulement ton bonheur, je souhaitais seulement savoir que tu étais en sécurité. Je restais bloquée sur le côté négatif de Tobias sans faire attention à ce que, toi, tu me révélais et j'en suis désolée. J'aurais dû prendre le temps de t'écouter… m'avoue-t-elle en serrant un peu plus ma main.

— Je ne t'en veux pas, Isa. Je te comprends, je pense que j'aurais agi exactement de la même façon que toi si tu avais été à ma place.

Elle me sourit puis, quelques secondes après, une lueur malicieuse éclaire ses prunelles brunes.

— Du coup, avec tout ce que tu viens de me dire, les filles ne mentaient pas à son sujet alors !

Je hausse un sourcil, pas certaine de comprendre.

— C'est un dieu du sexe ! s'écrie-t-elle.

— Isa ! la grondé-je.

Elle pouffe.

« Les filles ne mentaient pas à son sujet. » Rien que de l'imaginer avec une autre, ça me donne envie de vomir.

— Oh non, ne fais pas cette tête, c'est pas pour ça que je disais ça ! s'excuse-t-elle en me prenant la main.

Je lui souris pour simple réponse et l'observe un instant. Elle est si belle, si gentille, si parfaite… Quelle chance j'ai de l'avoir à mes côtés ! C'est rare de rencontrer une personne aussi sincère et aimante. En général, les amis vont et viennent, puis finissent toujours par partir tôt ou tard. Mais eux, Dayan et Isabelle, ils ont été là dès le début. Et je pense qu'ils ne me quitteront jamais.

Et moi non plus d'ailleurs.

Tobias

20 h 00

Au *Red*, adossé sur le comptoir du bar, j'enchaîne les culs secs de whisky, seul. Rodéric fait une séance d'entraînement avec Dayan, ce qui me laisse un peu de répit. Le bar est bondé, et comme d'habitude, certains murmurent et me dévisagent tandis que d'autres ne font pas attention à moi, sans pour autant oser s'asseoir à côté de moi.

Le regard perdu dans le vague, son visage m'apparaît. Je la revois, le sourire aux lèvres, radieuse. Je la revois, étendue sur le dos, si désirable et si diablement excitante. Je repense aux mots qu'elle a prononcés : « Je suis amoureuse de toi, Tobias. » Une sensation de bien-être s'est alors emparée de mon corps et a bercé mon cœur. Je n'ai jamais éprouvé un tel sentiment de plénitude de toute ma vie.

Pourtant, je n'ai pu lui confier qu'une infime partie de ce que je ressens pour elle. Mes mots se bloquent dans ma gorge et refusent de sortir de ma bouche. Mais il le faudrait… il faudrait qu'elle le sache.

Je fixe mon verre de longues minutes puis le bois cul sec. Je remarque Daniel, derrière la baie vitrée du bar, en train de me dévisager d'un regard noir.

Qu'est-ce qu'il veut, lui ?

Je le regarde du coin de l'œil à plusieurs reprises. Il reste planté là, devant le bar, à me fixer comme un psychopathe.

OK. Comme tu voudras.

Je me lève brusquement et tous les chuchotements s'arrêtent immédiatement. Je balaie la salle du regard, d'un regard noir et dédaigneux, et me dirige vers l'extérieur.

J'ouvre les portes et un froid glacial me fouette le visage et me fait frissonner. J'enfouis mes mains dans les poches de mon manteau et cherche cet idiot de Fox qui semble avoir disparu. Après quelques minutes, je l'aperçois enfin, dans une petite rue. Je m'avance et m'arrête à plusieurs mètres de lui. Il me toise, les mains dans les poches de son pantalon.

Ça va encore mal finir…

— Qu'est-ce que tu veux ? demandé-je, irrité.

— Alors ça y est, t'es avec elle ?

Sa question sonne davantage comme une affirmation. Je hausse un sourcil puis esquisse un sourire en coin.

— Tu es venu jusqu'à moi pour me demander ça ? dis-je d'un ton moqueur.

Il passe fébrilement une main dans ses cheveux. D'où je suis, je peux facilement remarquer ses yeux rouges et des cernes bleutés. Il a vraiment l'air mal en point.

— Cette garce s'est vraiment foutue de ma gueule ! s'énerve-t-il.

Tobias, garde ton calme.

— Bon, écoute, je pense que tu vas faire demi-tour et aller te coucher comme un bon gamin, réponds-je le plus calmement possible.

Sa mâchoire tressaute. Il sort ses mains de ses poches, les serre fermement, et s'approche de moi d'un pas vif. Je ne bouge pas d'un centimètre. Je me mets à sourire largement en le voyant complètement péter un câble.

— Tu n'es pas bon pour elle, Reed. Tu ne mérites pas une fille aussi bien qu'elle !

J'avale ma salive en me mordant la joue. J'essaie tant bien que mal de calmer ma colère. Je préfère l'ignorer et partir, mais il me retient :

— Je sais qui tu es vraiment, Reed. Je le sais, pas grâce aux rumeurs, parce qu'elles sont toutes fausses. Je sais qu'au fond de toi se cache un gamin traumatisé et faible. Et c'est pas en dissimulant cette faiblesse à travers la boxe et en te faisant passer pour le grand méchant de la ville que tu n'en restes pas moins une mauviette !

Cette fois, c'est trop. Je me retourne et fonce sur lui. Je l'attrape par le col et colle contre le mur, perdant mon sang-froid.

Au lieu d'être effrayé, il explose de rire.

— Oh, je crois que j'ai énervé le diaaaable ! dit-il en appuyant sur le dernier mot en bougeant ses mains.

Je serre mes doigts autour de son cou.

— Tu devrais arrêter ton petit jeu, tout de suite.

— Sinon quoi ? Tu vas me frapper ? Oh non, me tuer peut-être, hein ? C'est ta spécialité non, tuer ceux qui te font du tort ?

Il est suicidaire ou quoi ?

Mon sang pulse dans mes veines, mon cœur tape violemment contre mon torse et même dans ma tête, ce qui me donne soudainement chaud. Ma colère s'accentue et, d'une minute à l'autre, je ne contrôlerai plus rien.

Il faut que je parte, et vite.

Je desserre mon étreinte autour de son cou, prêt à le laisser filer. Si je lui laisse cette chance, ce n'est pas par envie. Je le fais pour elle, je le fais pour tenir la promesse que je lui ai faite.

Je le lâche puis me recule. Il toussote en se massant le cou. Je pense en avoir fini avec lui quand il tourne les talons, mais il se retourne brusquement en me pointant du doigt.

— Non, tu sais quoi, je n'vais pas partir ! Je vais rester ici ou alors… je vais aller rendre visite à la salope qui te sert de vide couilles pour lui donner une bonne leçon… ouais, c'est pas mal comme…

Je ne le laisse pas terminer que mon poing s'abat sur sa mâchoire. Sous la puissance de mon coup, il s'écroule par terre. Tout mon corps se met à trembler, mon cœur bat si fort que ça en est assourdissant. Je fais un tour sur moi-même, les mains derrière la tête puis je m'accroupis devant lui. J'encercle de nouveau son cou de mes doigts.

— Si tu t'approches d'elle, ce sera fini pour toi, Fox. Je ne te le dirai pas deux fois !

Il plante ses yeux dans les miens en souriant de toutes ses dents désormais recouvertes de sang puis articule :

— Je n'ai aucun compte à te rendre… aucun.

Je secoue la tête puis passe ma langue sur mes lèvres. Je le relève légèrement sous son regard provocateur.

— Tu ne le feras jamais, tu es tellement amoureux d'elle que jamais tu ne la toucheras ! indiqué-je en le poussant contre le béton.

Deux personnes s'approchent de nous pour nous demander si tout va bien, mais en me voyant, elles s'enfuient en courant.

Quelle merveilleuse solidarité !

— Tu ne sais rien ! hurle-t-il. S'il faut que je passe par elle pour te faire souffrir, je passerai par elle ! Tu ne sais pas ce que j'ai prévu de faire à ton cher frère aussi !

Mon sang ne fait qu'un tour.

Mon poing s'abat de nouveau sur son visage. Il s'écroule au sol, encore. Il crache du sang à de multiples reprises en grimaçant de douleur. Il se recule pour se recroqueviller contre le mur. Il me regarde fixement, attendant certainement un nouvel assaut.

— C'est tout ce que t'as ? me provoque-t-il en crachant de nouveau au sol.

— Je ne vais pas m'abîmer les mains pour un gamin comme toi.

Il baisse la tête dans un soupir. Son visage devient progressivement violacé, son arcade saigne ainsi que son nez et sa bouche. Le voir dans une telle position devrait canaliser la rage qui envahit tous les pores de ma peau, mais ce n'est pas le cas.

Remis sur pied, ce fils de pute serait vraiment capable de s'en prendre à elle et à mon frère, et c'est inconcevable.

Je fais les cent pas, les mains accrochées à la nuque.

Réfléchis, Reed, réfléchis.

Contre toute attente, Fox se relève, non sans peine, et sort un couteau de sa poche.

Je me plante devant lui, un sourire au coin des lèvres.

Sa main tenant la lame se met à trembler face à mon indifférence et surtout, face à mon regard devenu noir. Il tente de foncer sur moi et, perdant tout contrôle de mes gestes, ne faisant plus la différence entre le bien et le mal, je m'empare du couteau et l'enfonce dans son ventre. Il serre douloureusement mon épaule, le regard affolé, et laisse échapper un sanglot.

Il se met à tousser sans me quitter une seule seconde des yeux. Ses jambes flageolent et malgré moi, je l'accompagne jusqu'au sol. Je retire la lame de son corps et la laisse tomber sur le béton. Plusieurs larmes roulent sur ses joues, il crache de plus en plus de sang.

— Me menacer a été une grosse erreur, Fox. Je t'avais pourtant laissé une chance de t'enfuir.

Le regard de Daniel est si… malheureux que, même s'il l'a mérité, je ne peux m'empêcher de ressentir de la peine pour lui. C'est bien la première fois. Mais ça, c'était avant *elle*.

Léonie… Bordel de merde… Qu'est-ce que je viens de faire…

Contre toute attente, Daniel me sourit puis me presse davantage l'épaule en me confiant difficilement :

— Je suis… vraiment désolé pour toi, Tobias… Je suis désolé que tu sois ce genre de personne… Personne ne mérite d'être comme toi…

Une boule se forme au creux de ma gorge.

Putain…

Daniel commence à fermer les yeux en se laissant tomber sur le côté…

Non, non, non, non…

— Hé, hé, reste avec moi, reste avec moi… le supplié-je.

Je vérifie son pouls, qui est présent mais beaucoup trop lent. Je me mets à trembler, une sueur froide s'empare de mon corps. *Qu'est-ce que j'ai fait… ?*

Je me fais propulser en arrière par un homme en train de hurler. Mes oreilles bourdonnent, je n'entends rien, absolument rien… Ma main est inondée de sang, de *son* sang… L'homme s'égosille pour que je lui réponde, mais j'ai l'impression d'être ailleurs. Je ne l'entends pas, je vois simplement ses lèvres bouger.

Je me lève brusquement sous les hurlements de l'attroupement qui commence à se former et me mets à courir. Je cours encore et encore, jusqu'à arriver devant la maison. Je passe une main sur mon visage en grelottant. Les larmes me montent aux yeux.

Je vais *la* perdre.

Les personnes présentes savent qui je suis, ils ont tout vu… Les flics vont arriver d'une minute à l'autre. Ils vont se rendre à chacune de mes adresses jusqu'à ce qu'ils comprennent où je me trouve. Il faut que je la voie… j'en ai besoin…

Mais avant, il faut que j'appelle mon frère…

Je m'empare de mon portable, les mains tremblantes. Je tourne sur moi-même, la respiration hors de contrôle, les larmes au bord des yeux.

— Putain ! hurlé-je en tombant sur la messagerie.

Je souffle un grand coup puis décide de lui laisser un message, le message le plus douloureux de toute ma vie.

— Rodéric… c'est moi… commencé-je. Je t'imagine te demander ce qu'il se passe au simple son de ma voix… J'ai fait une connerie, une terrible connerie, le dérapage de trop…

Je marque une courte pause en me mordant la lèvre pour contenir mes larmes.

— Je suis désolé, Rodd, je suis désolé de t'infliger tout ça. Je suis désolé de savoir que tu vas souffrir encore une fois par ma faute… Tu ne mérites pas ça, tu mérites tellement de bonnes choses, tu mérites tant de bonheur et de joie… Tu ne mérites pas de vivre dans l'obscurité que je t'impose… C'est pour cette raison que j'aimerais que tu partes, que tu quittes cette ville et que tu refasses ta vie.

Je m'arrête une seconde fois. Je ravale mes sanglots. J'ai si mal. J'ai si mal au cœur…

— Je t'aime, Rodéric, et je t'aimerai le restant de ma vie, mais je ne peux pas t'infliger ça plus longtemps… je ne peux pas. Alors s'il te plaît, écoute-moi et promets-moi de faire ce que je t'ai demandé…

Je raccroche aussitôt et m'accroupis au sol. Les larmes dévalent sur mes joues. Je ne parviens pas à les retenir. Je m'empresse de les essuyer mais, le chagrin bien trop lourd à supporter, je hurle de toutes mes forces. Je n'ai jamais ressenti une telle souffrance… J'ai mal, j'ai si mal au cœur… J'ai l'impression d'être prisonnier de mon propre corps.

Je me relève enfin, essuie de nouveau mes larmes et me dirige vers la porte d'entrée que j'ouvre rapidement.

Je la vois, debout devant moi, les mains tremblantes.

Chapitre 39
Léonie

Cinq minutes plus tôt

Après m'être séché les cheveux, j'enfile un pantalon et un t-shirt et je descends dans le salon. Je dois rejoindre Isabelle pour travailler sur un projet qu'on doit rendre après les vacances. Je suis rentrée pour me changer et récupérer mes affaires chez Tobias, qui devrait être déjà revenu pour m'emmener voir ma meilleure amie et passer la soirée avec elle, mais comme il n'est toujours pas là et qu'il ne répond pas au téléphone, je vais prendre le bus.

J'enroule une écharpe autour de mon cou et vais prendre mon manteau, lorsqu'un hurlement me fait sursauter. Cette voix… Je la reconnais aussitôt. Mon pouls s'accélère et mes mains se mettent à trembler, mais je n'ai pas le temps de rejoindre la porte d'entrée pour me précipiter vers l'extérieur que Tobias l'ouvre et entre dans la pièce, les joues humides. Il y a du sang sur son t-shirt.

Non… mon Dieu, non…

En me voyant plantée là, au milieu de la pièce, le visage mortifié, il s'arrête brusquement de marcher.

— Léonie… murmure-t-il, anéanti.

Je m'approche de lui en le dévisageant, le cœur serré. Il s'empare de mon visage, les yeux remplis de désespoir.

— Je suis désolé, souffle-t-il en posant son front contre le mien.

À ces mots, ma respiration se coupe. Tobias ne s'excuse jamais. Je comprends directement qu'il s'est, sans aucun doute, passé quelque chose de grave.

— Qu'est-ce qu'il s'est passé ? demandé-je, apeurée, en recouvrant ses mains des miennes.

Il respire bruyamment. Il tremble. Je ne l'ai jamais vu dans un tel état et la terreur s'empare de tout mon être.

— Je te demande pardon… je ne veux pas que tu oublies tout ce que j'ai pu te dire, Léonie. Ne l'oublie jamais, dit-il en m'embrassant le front.

Mes yeux se remplissent de larmes en l'entendant parler de cette façon. Je ne comprends pas ce qui est en train de se passer et je redoute le moment où je vais le découvrir.

Il s'apprête à me lâcher mais je resserre mon étreinte autour de ses poignets pour replacer ses mains sur mes joues :

— Tobias, parviens-je à articuler, dis-moi ce qu'il se passe, je t'en supplie…

Une larme roule sur ma joue.

Sa respiration est saccadée et je ressens son inquiétude et toute sa peur dans son regard, mais pas n'importe quelle peur : celle de me perdre, *à tout jamais.*

— C'était inévitable, Léonie, inévitable…

Il essuie les larmes qui roulent le long de mes joues et reste plongé dans mon regard.

— Qu'est-ce que t'as fait, Tobias ? demandé-je dans un souffle.

Il écrase brusquement ses lèvres sur les miennes en me serrant de toutes ses forces, comme si ce baiser allait être le dernier. Il m'embrasse avec une telle douceur que je ne peux retenir un sanglot.

Lorsque j'ouvre de nouveau les yeux, je me rends compte que l'homme dont je suis amoureuse et dont je le serai, sans doute, jusqu'à la fin de ma vie, verse une larme.

Une boule se forme au creux de ma gorge et mon cœur se serre. J'ai l'impression de suffoquer. C'est la première fois depuis notre rencontre que je le vois pleurer et c'est une vision que je me serais bien passée…

Je pose tendrement une main sur sa joue pour cueillir cette larme.

— Tobias…

Je sursaute et lâche un cri lorsque la porte s'ouvre brutalement, laissant apparaître une dizaine de policiers armés dans la maison.

— Monsieur Reed-Vega, vous êtes en état d'arrestation pour tentative d'homicide envers monsieur Daniel Fox. Vous avez le droit de garder le silence, tout ce que vous direz pourra être retenu contre vous devant un tribunal.

« Daniel ». « Tentative d'homicide ». Mes oreilles commencent à bourdonner. Je n'entends plus rien, mes membres ne bougent plus. Seules mes larmes continuent de couler. Tobias me serre une dernière fois la main, son regard accroché au mien. Un policier le menotte et rompt ainsi le contact entre nous.

J'ai l'impression d'être dans un cauchemar. Et que je ne me réveillerai jamais.

Tobias n'oppose aucune résistance.

Je déglutis douloureusement. Je ne sais plus quoi faire. J'ai la sensation que ce n'est pas réel, que rien de ce qui est en train de se produire n'est réel.

Les bourdonnements dans mes oreilles s'estompent lorsque je réalise ce qui est en train de se passer.

— Tu m'avais promis ! m'égosillé-je en faisant plusieurs pas vers Tobias.

J'essaie tant bien que mal de m'approcher de Tobias, mais un policier me rattrape aussitôt en me maintenant près de lui. Tobias, lui, parvient à se dégager et se précipite vers moi, mais le policier qui me maintenait s'interpose.

— Je t'en supplie, attends-moi… me supplie-t-il d'un ton empli de détresse.

Un sanglot incontrôlable m'échappe en me rendant compte que je ne le reverrai plus avant longtemps, à cause de toutes ses erreurs. De ses putains d'erreurs…

Il m'adresse un dernier regard puis plusieurs hommes se ruent sur lui et l'emmènent, pour de bon cette fois.

Lorsque je le vois se diriger vers la voiture noir et blanc, sans protester, je fonds en larmes. Je m'effondre sur le sol. La voiture de police démarre et s'éloigne, sous mes sanglots.

— Je suis désolée, Mademoiselle… chuchote le policier qui s'était interposé. Vous avez quelqu'un à appeler ?

Je ne réponds pas, les yeux rivés sur le coin de la rue, là où la voiture a disparu. La douleur est si grande, si déchirante, que je ne ressens même pas le froid. Je reste assise là, par terre, sur les genoux, le visage bordé de larmes.

— Mademoiselle, il ne faut pas rester ici… insiste le flic en s'accroupissant devant moi.

Mes mains posées à plat sur le sol, je sanglote de plus belle, sans répondre. Dans un geste réconfortant, il pose une main sur mon épaule.

J'ai mal, j'ai terriblement mal.

— Ne restez pas seule, appelez quelqu'un… dit-il dans un sourire avant de partir en direction de sa voiture.

J'entends le moteur gronder et il démarre, me laissant seule dans mon chagrin qui, je le sais, sera insurmontable.

* * *

Plusieurs minutes passent tandis que je reste sur le pas de la porte à observer les étoiles, frigorifiée.

Depuis ce matin, je pensais que tout se passerait pour le mieux, que nous serions heureux, éloignés de tout problème ; mais je me rends compte que je vivais dans un rêve et que je viens maintenant de revenir à la réalité.

« Je t'en supplie… attends-moi. » Ses mots résonnent dans ma tête.

J'enfouis mon visage dans mes mains. Mon corps tremble, mes larmes ne font que couler. Je n'ai jamais ressenti une telle douleur…

Tu es si faible, Léonie… si faible.

Je prends une profonde inspiration et je me lève enfin.

Ma décision est prise.

Il faut que je parte.

La raison est parfois
plus forte que l'amour.

Chapitre 40
Tobias

Dix ans plus tôt

Assis sur le ponton, au bord du lac, j'admire les étoiles qui s'offrent à moi, en silence. Je passe les mains derrière ma tête et inspire bruyamment.

— Tobias ? m'appelle Rodéric.

Je ne réponds pas. Je l'entends s'approcher de moi puis s'allonger à mes côtés.

— Qu'est-ce que tu fais ici ? lui demandé-je doucement.

— Je voulais te voir.

Mes yeux restent ancrés à ces petites lumières scintillantes qui me fascinent. J'ai été enfermé si longtemps étant petit que je n'ai jamais eu la chance de les regarder. Je déglutis à cette simple pensée et mon cœur s'emballe. Mes mains deviennent moites et je me sens soudainement oppressé. Je me redresse, le souffle coup et je suffoque, une main sur mon torse.

— Hé, ça va aller, je suis là…

J'ai la sensation d'étouffer. Ma gorge se noue et plusieurs larmes roulent sur mes joues.

— Tobias, regarde-moi ! commence mon frère en s'emparant de mon visage. Inspire et expire profondément, je suis avec toi, tu n'es pas seul.

Je fais ce qu'il me dit et plonge mes yeux dans les siens. Je me calme doucement, après plusieurs secondes. Rodéric passe une main derrière ma tête puis vient me serrer dans ses bras.

— Ça va aller, petit frère, je suis là maintenant… pour toujours.

Je me redresse et le regarde longuement avant de murmurer :

— Merci.

Il me sourit puis s'approche du bord en observant l'eau du lac. Je le rejoins, et laisse pendre mes pieds. Je prends un peu d'eau dans ma main puis m'en verse sur le visage et le cou, sous le regard peiné de mon frère.

— Tu sais, un jour tu vaincras tous ces démons.

Je ris nerveusement.

— Je ne pense pas.

Il presse mon épaule de sa main.

— Je peux te promettre qu'un jour, tu rencontreras une personne qui t'aidera à surmonter ton passé. Moi aussi, je serai là, bien évidemment, mais il y aura également cette personne. Et ça, ce sera ton équilibre, ton parfait équilibre qui te permettra de vaincre ces ténèbres.

Je l'observe longuement, les larmes prêtes à couler.

— Je te promets qu'un jour, une personne parviendra à te faire sourire, elle parviendra à te faire oublier ta douleur. Au début, juste l'espace d'un instant, mais ensuite, pour toujours. Et tu seras enfin heureux.

J'essuie mes joues maintenant humides.

Rodéric vient poser sa main sur la mienne et finit par la serrer très fort. Je n'arrive toujours pas à réaliser que j'ai maintenant un frère. Un frère qui m'aime et serait prêt à tout pour moi.

Je souris et réfléchis un instant. S'il dit vrai, j'attendrai cette personne. Mieux que ça, je me battrai, corps et âme pour la trouver. Cette personne qui bouleversera ma vie.

Je ne céderai jamais.

À suivre…

Remerciements

L'univers de Wattpad a été une aventure extraordinaire, qui m'a permis de rencontrer de merveilleuses personnes qui m'ont soutenue, suivie, qui ont hurlé de joie avec moi et qui continueront de le faire, jusqu'au bout du monde. Sans ma communauté, sans vous, je n'en serais pas là aujourd'hui. Vous êtes ma force au quotidien.

Je remercie aussi ma famille, qui a été présente à chaque instant, et qui me suit au quotidien dans cette aventure.

Ma sœur, Pauline, qui a été ma première lectrice, qui a été la première à découvrir ma passion pour l'écriture, et qui m'aide au quotidien.

Merci, du fond du cœur.

@nishaEtcaetera est sur les réseaux sociaux :

RdV sur nos pages pour du fun, des cadeaux, des promos et pour découvrir tes auteures en off !

On a hâte de papoter avec toi :)

Vous avez un manuscrit de romance
à nous proposer ?

Foncez !

Envoyez-le-nous à cette adresse :

manuscrit@editionsopportun.com

Imprimé en France par CPI Firmin-Didot
en juin 2023
N° d'impression : 175657
ISBN : 978-2-38015-781-9
Dépôt légal : juillet 2023